俄苏文学经典译著·长篇小说

高尔基（1868—1936）

原名阿列克赛·马克西莫维奇·彼什科夫，苏联作家。生于木工家庭。当过学徒、码头工、面包师傅等，流浪俄国各地，经历丰富。列宁称他为"无产阶级艺术最杰出的代表"。代表作品有《母亲》《童年》《在人间》《我的大学》等。

王季愚（1908—1981）

原名王尚清，笔名西冷、季子、及寓等。四川安岳人。1932年毕业于北京大学法学院。后辗转到上海，1936年加入"左联"。在上海期间，曾任中学教师，并兼任《上海妇女》半月刊编辑。1939年加入中国共产党。后任延安鲁迅艺术学院编译、哈尔滨外国语学院院长、上海外国语学院院长等职。1981年逝世。译著有《在人间》《西班牙万岁》《苏联妇女在内战中》等。

俄 苏 文 学 经 典 译 著·

长 篇 小 说

Russian

Literature

Classic.

NOVEL

В людях

Gorky

在人间

[苏] 高尔基 著

王季愚 译

三联书店

图书在版编目（CIP）数据

在人间/（苏）高尔基著；王季愚译. —北京：生活·读书·新知
三联书店，2020. 3
（俄苏文学经典译著. 长篇小说）
ISBN 978 - 7 - 108 - 06508 - 7

Ⅰ. ①在⋯ Ⅱ. ①高⋯②王⋯ Ⅲ. ①长篇小说-苏联
Ⅳ. ①I512. 45

中国版本图书馆 CIP 数据核字（2019）第 039983 号

责任编辑　韩瑞华
封面设计　樱　桃
责任印制　黄雪明
出版发行　生活·讀書·新知　三联书店
　　　　　（北京市东城区美术馆东街 22 号）
邮　　编　100010
印　　刷　常熟市人民印刷有限公司
排　　版　南京前锦排版服务有限公司
版　　次　2020 年 3 月第 1 版
　　　　　2020 年 3 月第 1 次印刷
开　　本　650 毫米×900 毫米　1/16　印张　22.75
字　　数　300 千字
定　　价　68. 00 元

俄苏文学经典译著

出版说明

　　本丛书是对中国左翼作家所译俄苏文学经典一次系统的整理和展现，所辑各书均为名家名译，这不仅是文献和版本意义上的出版，更是对当时红色文化移植的重新激活。

　　早在1948年生活书店、读书出版社、新知书店合并为生活·读书·新知三联书店前，三家出版社就以引介俄苏经典文学和社会理论图书等为己任。比如1937年生活书店出版托尔斯泰的《安娜·卡列尼娜》，1946年新知书店出版《钢铁是怎样炼成的》。1949年以后，虽然也有出版社对俄苏文学经典进行重译、重编，但难免失去了初始的本色，并且遗失了些许当时出版的有价值的译著；此外，左翼作家的译介因其"著译合一"的特点，在众多译本中，自有其价值；更重要的是，这些文学经典蕴含的对生活的热情、对信仰的坚守、对事业的激情在今天亦鼓动人心，能给每一位真诚活着的人以前行的动力。因此，系统地整理出版左翼作家翻译的俄苏文学经典是必要的。

　　我们在对书稿进行加工时，主要遵循了以下原则：

　　一、本丛书为重排本，由繁体字竖排版改为简体字横排版。

　　二、忠实原作，保持原译语言风格及表现方式；对书中人物及相关译名除必要的规范外基本保留。

　　三、原书注释如旧，编者所出的注释，均以"编者注"标明，以示与原书注释的区别。

　　四、对原书中各种错讹脱衍之处，直接订正。

　　五、数字只要统一、规范，基本沿用；对标点符号的用法，尽可能做到规范。

　　六、在不影响原译意的情况下，对个别表述可能有歧义的字句进行必要斟酌处理。

俄苏文学经典译著

总　序

　　生活·读书·新知三联书店推出"俄苏文学经典译著·长篇小说"丛书，意义重大，令人欣喜。

　　这套丛书撷取了1919至1949年介绍到中国的近50种著名的俄苏文学作品。1919年是中国历史和文化上的一个重要的分水岭，它对于中国俄苏文学译介同样如此，俄苏文学译介自此进入盛期并日益深刻地影响中国。从某种意义上来说，这套丛书的出版既是对"五四"百年的一种独特纪念，也是对中国俄苏文学译介的一个极佳的世纪回眸。

　　丛书收入了普希金、果戈理、屠格涅夫、陀思妥耶夫斯基、托尔斯泰、高尔基、肖洛霍夫、法捷耶夫、奥斯特洛夫斯基、格罗斯曼等著名作家的代表作，深刻反映了俄国社会不同历史时期的面貌，内容精彩纷呈，艺术精湛独到。

　　这些名著的译者名家云集，他们的翻译活动与时代相呼应。20世纪20年代以后，特别是"左联"成立后，中国的革命文学家和进步知识分子成了新文学运动中翻译的主将和领导者，如鲁迅、瞿秋白、耿济之、茅盾、郑振铎等。本丛书的主要译者多为"文学研究会"和"中国左翼作家联盟"的成员，如"左联"成员就有鲁迅、茅盾、沈端先（夏衍）、赵璜（柔石）、丽尼、周立波、周扬、蒋光慈、洪灵菲、姚蓬子、王季愚、杨骚、梅益等；其他译者也均为左翼作家或进步人士，如巴金、曹靖华、罗稷南、高植、陆蠡、李霁野、金人等。这些进步的翻译家不仅是优秀的译者、杰出的作家或学者，同时他们纠正以往译界的不良风气，将翻译事业与中国反帝反封建的斗争结合起来，成为中国新文学运动中的一支重要力量。

这些译者将目光更多地转向了俄苏文学。俄国文学的为社会为人生的主旨得到了同样具有强烈的危机意识和救亡意识，同样将文学看作疗救社会病痛和改造民族灵魂的药方的中国新文学先驱者的认同。茅盾对此这样描述道："我也是和我这一代人同样地被'五四'运动所惊醒了的。我，恐怕也有不少的人像我一样，从魏晋小品、齐梁词赋的梦游世界中，睁圆了眼睛大吃一惊的，是读到了苦苦追求人生意义的19世纪的俄罗斯古典文学。"[1]鲁迅写于1932年的《祝中俄文字之交》一文则高度评价了俄国古典文学和现代苏联文学所取得的成就："15年前，被西欧的所谓文明国人看作未开化的俄国，那文学，在世界文坛上，是胜利的；15年以来，被帝国主义看作恶魔的苏联，那文学，在世界文坛上，是胜利的。这里的所谓'胜利'，是说，以它的内容和技术的杰出，而得到广大的读者，并且给了读者许多有益的东西。它在中国，也没有出于这例子之外。""那时就知道了俄国文学是我们的导师和朋友。因为从那里面，看见了被压迫者的善良的灵魂，的酸辛，的挣扎，还和40年代的作品一同烧起希望，和60年代的作品一同感到悲哀。""俄国的作品，渐渐地绍介进中国来了，同时也得到了一部分读者的共鸣，只是传布开去。"鲁迅先生的这些见解可以在中国翻译俄苏文学的历程中得到印证。

中国最初的俄国文学作品译介始于1872年，在《中西闻见录》的

---

[1]茅盾：《契诃夫的时代意义》，载《世界文学》1960年1月号。

创刊号上刊载有丁韪良（美国传教士）译的《俄人寓言》一则。[1] 但是从1872年至1919年将近半个世纪，俄国文学译介的数量甚少，在当时的外国文学译介总量中所占的比重很小。晚清至民国初年，中国的外国文学译介者的目光大都集中在英法等国文学上，直到"五四"时期才更多地移向了"自出新理"（茅盾语）的俄国文学上来。这一点从译介的数量和质量上可以见到。

首先译作数量大增。"五四"时期，俄国文学作品译介在中国"极一时之盛"的局面开始出现。据《中国新文学大系》（史料·索引卷）不完全统计，1919年后的八年（1920年至1927年），中国翻译外国文学作品，印成单行本的（不计综合性的集子和理论译著）有190种，其中俄国为69种（在此期间初版的俄国文学作品实为83种，另有许多重版书），大大超过任何一个国家，占总数近五分之二，译介之集中可见一斑。再纵向比较，1900至1916年，俄国文学单行本初版数年均不到0.9部，1917至1919年为年均1.7部，而此后八年则为年均约十部，虽还不能与其后的年代相比，但已显出大幅度跃升的态势。出版的小说单行本译著有：普希金的《甲必丹之女》（即《上尉的女儿》），陀思妥耶夫斯基的《穷人》、《主妇》（即《女房东》），屠格涅夫的《前夜》、《父与子》、《新时代》（即《处女地》），托尔斯泰的《婀娜小史》（即《安娜·卡列尼娜》）、《现身说法》（即《童年·少年·青年》）、《复活》，柯罗连科的《玛加尔的梦》和《盲乐师》，路卜洵的《灰色马》，阿尔志跋绥夫的《工人绥惠略夫》等。[2] 在许多综合性的集子中，俄国文学的译作也占重要位置，还有更多的作品散布在各种期刊上。

其次翻译质量提高。辛亥革命前后至"五四"高潮前，中国的俄国

―――――――――

[1] 可参见笔者在《二十世纪中俄文学关系》（学林出版社，1998；高等教育出版社，2002）中的相关考证。

[2] 这套丛书中收入了这一时期张亚权译的柯罗连科的《盲乐师》（商务印书馆，1926）。

文学译介均为转译本，且多为文言。即使一些"名家名译"，如戢翼翚译的普希馨《俄国情史》（即普希金《上尉的女儿》，1903）、马君武译的托尔斯泰的《心狱》（即《复活》，1914）、林纾和陈家麟合译的托尔斯泰的《罗刹因果录》（收八篇短篇，1915）等，也因受当时译风的影响，对原作进行改动或发挥之处颇多，有的译作几近于演述。1919年以后，译者队伍与译风发生了根本上的变化。一批才气横溢的通俄语的年轻人加入了俄国文学作品翻译的队伍，其中有瞿秋白、耿济之、沈颖、韦素园、曹靖华等。以本套丛书入选译本最多的译者耿济之为例。耿济之早年在俄文专修馆学习，1919年在《新中国》杂志上发表最初的译作，即托尔斯泰的《真幸福》（即《伊略斯》）和《旅客夜谭》（即《克莱采奏鸣曲》）等作品。20年代初期，耿济之又有果戈理的《马车》和《疯人日记》、赫尔岑的《鹊贼》、屠格涅夫的《村之月》、奥斯特洛夫斯基的《雷雨》、托尔斯泰的《家庭幸福》和《黑暗之势力》、契诃夫的《侯爵夫人》等重要译作。此后他一发不可收，数十年间译出了大量的俄国文学名著，是中国早期产量最多和态度最严肃的俄国文学译介者。当然，这时期仍有相当一部分翻译家依然利用其他语种的文字在转译俄国文学作品，如鲁迅、周作人、李霁野、郑振铎、赵景深、郭沫若等。这些译者大多学养深厚，译风严谨。鲁迅在20年代前期和中期译出了阿尔志跋绥夫的《工人绥惠略夫》《幸福》《医生》和《巴什唐之死》、安德列耶夫的《黯淡的烟霭里》和《书籍》、契诃夫的《连翘》、迦尔洵的《一篇很短的传奇》等不少俄国文学作品。尽管是转译，但翻译的水准受到学界好评。

　　20世纪二三十年代，中国文坛开始引进苏俄文学。1931年12月，瞿秋白在给鲁迅的信中谈到：有系统地译介苏联文学名著，"这是中国普罗文学者的重要任务之一"[1]。不少出版社在20年代末相继推出

---

[1] 瞿秋白：《论翻译》，见《瞿秋白文集》第2卷，人民文学出版社1954年版。

"新俄文学"作品专集。最早出现的是由曹靖华辑译、北平未名社1927年出版的《白茶（苏俄独幕剧集）》一书。而后，鲁迅、叶灵凤、曹靖华、蒋光慈、傅东华、冯雪峰和郭沫若等辑译的各种苏联文学作品集相继问世。这一时期，译出了不少活跃于十月革命前后的苏俄著名作家的作品。比较重要的有：拉夫列尼约夫的《第四十一》、革拉特珂夫的《士敏土》、绥拉菲莫维奇的《铁流》、法捷耶夫的《毁灭》、聂维罗夫的《不走正路的安得伦》、雅科夫列夫的《十月》、伊凡诺夫的《铁甲列车Nr. 14-6》、富曼诺夫的《夏伯阳》、肖洛霍夫的《静静的顿河》（前两部）和《被开垦的处女地》、奥斯特洛夫斯基的长篇小说《钢铁是怎样炼成的》、诺维科夫-普里波伊的《对马》、马雅可夫斯基的诗集《呐喊》、爱伦堡等人的报告文学集《在特鲁厄尔前线》和阿·托尔斯泰的剧本《丹东之死》等。

这一时期，作品被译得最多的作家是高尔基。最早出现的是宋桂煌从英文转译的《高尔基小说集》（上海民智书局，1928）。这部小说集中载有《二十六个男和一女》和《拆尔卡士》（即《切尔卡什》）等五篇作品。最早出现的单行本是沈端先（即夏衍）从日文转译的高尔基的《母亲》。[1] 30年代中国出版的有关高尔基的文集、选集和各种单行本更多，总数达57种，如鲁迅编的《戈里基文录》、瞿秋白译的《高尔基创作选集》、黄源编译的《高尔基代表作》、周天民等编选的《高尔基选集》（六卷）等。此外问世的还有：鲁迅等译的短篇集《恶魔》和《俄罗斯的童话》、史铁儿（即瞿秋白）译的《不平常的故事》、巴金译的短篇集《草原故事》、丽尼译的《天蓝的生活》、钱谦吾（即阿英）译的《劳动的音乐》、蓬子译的《我的童年》、王季愚译的《在人间》、杜畏之等译的《我的大学》、何素文译的《夏天》、何妨译的《忏悔》、罗稷南译的《四十年间》、赵璜（即柔石）译的《颓废》（即《阿尔达莫诺夫家

---

[1] 该书1929年由上海大江书铺出版第一部，次年出版第二部。

的事业》)、钟石韦译的《三人》、李谊译的《夜店》(即《底层》)和贺知远译的《太阳的孩子们》等。

进入 20 世纪 40 年代,由于苏德战争和太平洋战争的爆发,中国文坛把自己的目光转向了苏联卫国战争文学。1942 年在上海创刊(1949年终刊)的《苏联文艺》发表的各类作品的总字数达六百多万字,其中大部分是反映苏联卫国战争的文学作品。此外,仅就单行本而言,各出版社出版或重版的此类书籍的数量有百余种之多。这些作品极大地鼓舞了中国人民反抗外族入侵和黑暗统治的斗志。也许今天的人们已经淡忘了它们,有些作品从艺术上看似乎也有些逊色。但是,其中经受住了历史检验的优秀之作,仍值得我们珍视。这一时期,苏联其他一些文学作品也有译介。值得一提的有:肖洛霍夫的《静静的顿河》(全译本)、叶赛宁、勃洛克和马雅可夫斯基合集的《苏联三大诗人代表作》、阿·托尔斯泰的《苦难的历程》和《彼得大帝》、费定的《城与年》、奥斯特洛夫斯基的《暴风雨所诞生的》、潘诺娃的《旅伴》、克雷莫夫的《油船德宾特号》、波列伏依的《真正的人》、卡达耶夫的《时间呀,前进!》、列昂诺夫的《索溪》、冈察尔的《旗手》(第一部)、包戈廷的剧本《带枪的人》《苏联名作家专集》(共五辑)等。其中不少名著在这一时期初次被译成中文。可以说,至 20 世纪 40 年代末,苏联重要的主流文学作品译介得已相当全面。

1919 年以后的 30 年间,译介到中国的俄苏文学作品产生了巨大的影响。钱谷融教授曾经生动地描述过抗战时期他随学校迁至四川偏远小城,在那里迷上俄国文学的一些情景。他还表示自己"是喝着俄国文学的乳汁而成长的","俄国文学对我的影响不仅仅是在文学方面,它深入到我的血液和骨髓里,我观照万事万物的眼光识力,乃至我的整个心灵,都与俄国文学对我的陶冶薰育之功不可分。我已不记得最先接触到的俄国文学名著是哪一本了,总之是一接触到它就立即把我深深地吸引住了,使我如醉如痴,使我废寝忘食。尽管只要是真正的名著,不管它是英、美的，法国的，德国的，还是其他国家的，都能吸引我，都能使我迷醉。但是论其作品数量之多，吸引我的程度之深，则无论哪一国的文学，都比不上俄国文学"。这样的感受和评价在那一时代的知识分子中并不罕见。

由于社会的、历史的和文学的因素使然，中国知识分子（特别是左翼知识分子）强烈地认同俄苏文化中蕴含着的鲜明的民主意识、人道精神和历史使命感。红色中国对俄苏文化表现出空前的热情，俄罗斯优秀的音乐、绘画、舞蹈和文学作品曾风靡整个中国，深刻地影响了几代中国人精神上的成长。除了俄罗斯本土以外，中国读者和观众对俄苏文化的熟悉程度举世无双。在高举斗争旗帜的年代，这种外来文化不仅培育了人们的理想主义的情怀，而且也给予了我们当时的文化所缺乏的那种生活气息和人情味。因此，尽管中俄（苏）两国之间的国家关系几经曲折，但是俄苏文化的影响力却历久而不衰。

在中国译介俄苏文学的漫漫长途中，除了翻译家们所做出的杰出贡献外，还有无数的出版人为此付出了艰辛的努力，甚至冒了巨大的风险。在俄苏文学经典的译著中，我们常常可以看到商务印书馆、中华书局、开明书店、文化生活出版社等出版社的名字，也常常可以看到三联书店的前身生活书店、读书出版社、新知书店的名字。这套丛书中就有：生活书店 1936 年出版的、由周立波翻译的肖洛霍夫的小说《被开垦的处女地》，生活书店 1936 年出版的、由王季愚翻译的高尔基的小说《在人间》，生活书店 1937 年出版的、由周扬和罗稷南翻译的列夫·托尔斯泰的小说《安娜·卡列尼娜》，新知书店 1937 年出版的、由梅益翻译的普里波伊的小说《对马》，读书出版社 1943 年出版的、由王语今翻译的奥斯特洛夫斯基的小说《暴风雨所诞生的》，新知书店 1946 年出版的、由梅益翻译的奥斯特洛夫斯基的小说《钢铁是怎样炼成的》，生活书店 1948 年出版的、由罗稷南翻译的高尔基小说《克里·萨木金的一生》。熠熠生辉的名家名译，这是现代出版界在中国文化发展史上写就的不可磨灭的一笔。这套丛书的出版也是三联书店文脉传承的写照。

　　尽管由于时代的发展，文字的变迁，丛书中某些译本的表述方式或者人物译名会与当下有所差异，但是这些出自名家之手的早期译本有着独特的价值。名译与名著的辉映，使经典具有了恒久的魅力。相信如今的读者也能从那些原汁原味的译著中品味名著与译家的风采，汲取有益的养料。

陈建华

2018 年 7 月于沪上西郊夏州花园

高尔基

目　录

一

　　我，在人间，开始是在城里闹市上的一家"时新鞋店"里做学徒。

　　我的主人是一个矮矮的小胖子，有着刮得光光的紫栗色的脸、青色的牙齿和一双生着眼屎的眼睛。我觉得他是瞎子，并且相信他一定是的。我就做了个鬼脸。

　　"不要装怪样！"他轻轻地可是严厉地说。

　　我不喜欢这双龌龊的眼睛盯住我，可是也说不准它们盯的什么。也许他只是打量我为什么做鬼脸吧！

　　"我说，不要装怪样。"他更加轻声地，连那肥厚的嘴唇都不会牵动一下地叱道。

　　"不要抓手，"他对我发出枯燥的噜苏，"要记着，你是在城内大街上的高等商店里做事情哩，小徒弟应该像木头人样站在铺子门口。"

　　我不懂什么叫木头人，可是我不能不抓手。我的两只手，连肘部都给红点跟疮疤布满了，里面的疥癣的微生虫咬得我简直受不了。

　　"你在家里干什么的？"主人瞅着我的手问。

我告诉了他。他摇摇给白发密密地粘贴着的圆头，轻视地说：

"拾垃圾，这真比做乞丐还要坏，比做强盗还要坏。"

我毫不自馁地表示：

"我也偷过东西的。"

于是，他的手像猫爪子似的按在柜台上，惊讶地对我眨白眼，喃喃地说：

"什么？怎么偷的？"

我解释了那是怎么一回事。

"嗯，这倒是小事情，但是，假如你偷了我的靴子或者银钱的话，那我可要你坐一辈子的监……"

他说得很平和，我却给恐吓得越发不敢亲近他了。

除掉主人，在铺子里做生意的，还有我的表兄沙夏亚戈服夫和一位灵巧的执拗的黄头发大司务。沙夏穿着藕褐色的上衣，白衬衫，打着领带，还有卷边的裤子，很骄傲，不大瞧得起我。

外祖父领我到主人那儿的时候，曾经拜托沙夏照顾我、教训我。他顿时皱了皱眉头，严肃地抢着说：

"应该的，他应该听从我的话！"

外祖父把手放在我头上，压弯了我的颈子。

"要听他的话啊，年龄跟资格他都比你老……"

沙夏瞪着眼，提醒我：

"别忘记外祖父说的呀！"

于是，从第一天开始，他认真地摆起自己的老资格来了。

"贾士林，不要瞪着眼睛！"主人教训他。

"我，不要紧。"沙夏偏着头答应。于是主人马上接着说了：

"不要紧，回头让顾客把你当作山羊……"

大司务，尊严地笑了笑。主人丑态地噘起嘴。沙夏痛苦地噙着一口舌根下流出的血。

我不喜欢这些语言，许多的话，我都不懂，有时候好像这班人是在说外国语似的。

女顾客进来的时候，主人赶紧把手从衣袋里拔出来，摸摸胡子，脸上堆起得意的微笑，这脸就充满了皱纹，一双盲了似的眼睛，转也不转地盯着。大司务拉长了身子，手肘紧靠住腰，随后两条臂膀朝天伸了伸。沙夏怯生生地眨眨眼，拼命地藏着凸出的眼睛。我站在门口稍微抓抓手，一面留心做买卖的规矩。

大司务屈着膝头站在女客面前，大大地散开手指去量靴子的尺寸。他那颤抖的手，那么细心地触到女人的脚，仿佛生怕擦破了它似的。脚呢，肥大得活像一个弯颈的长瓶。

一天，不知道哪一位官太太哆嗦了一下，脚随后缩了回去，说道：

"嗨，你干吗搔痒……"

"这个，一种礼节。"大司务赶紧热诚地声明。

大司务那么殷勤地对待女客，瞧着是多可笑啊！我为了要忍住笑，只好掉过头来对着玻璃门。但是，不久仍旧呆呆地继续去观察做买卖的礼节。大司务那样的招待，实在使我非常开心。同时，我想到我是一辈子也不会那么殷勤地散开手指，那么灵敏地给别人穿靴子的。

往往有这种事情：主人离开铺子到货柜背后的小屋子去，同时把沙夏也叫了去。趁这机会，大司务跟女客就眉来眼去起来。一次，他摸了一个黄头发少妇的脚，摊在中指头上，吻了一下。

"嗨，你这流民！"妇人叹着气。

"苍……苍蝇！"

这儿，我忍不住哈哈大笑了，简直笑到站不稳脚那种程度。门闩给撞落下来，门打开了，我的头碰在玻璃上，玻璃给我碰得粉碎。大司务踢了我一脚。主人用戴着金戒指的手，在我头上搂了几下。沙夏呢，也几乎拉脱了我的耳朵。黄昏时候，我们回家的当儿，他还严厉地警告我：

"留心赶走你这滑稽鬼啊！嗯，这有什么可笑的?"

接着又解释道，假如大司务对太太们亲热的话，生意就会发达起来的。

"太太是并不需要靴子的，她故意来买也许只是想瞧瞧仁爱的大司务，但是，你，不懂事，胡闹……"

这可侮辱了我啊，我何尝同谁胡闹过，只是他闹得厉害呀。

每天早晨，一个生病的爱发脾气的厨娘，在她没起身之前的一点钟，就叫醒了我。我起床之后，首先洗干净主人、大司务和沙夏他们的衣服、帽子，刷干净他们的鞋子，其次是炖"自暖壶"，预备一切炉子的木柴，洗涤中饭用的"味料架"，后来才到铺子里，打扫地板，揩灰尘，预备茶水，配合买客的货色，然后回家吃中饭。这个时间内，沙夏替代我站门口的职务。但是他认为这是降低了他的身价，责备我：

"懒东西，上工，我是在替代你呀……"

我是多烦恼多寂寞啊！过去习惯了放荡不羁的生活，从早到晚溜达在沙石满地的古纳汶城的街上、龌龊的伏尔加河岸、田野间、森林里。除了外祖母跟自己的同伴，不同谁谈天。但是，现在刺激人的生活对我暴露了它自己丑恶与欺骗的里子。

往往发生这样的事情：一位女客什么都不买就走了，顿时他们三人感到怪难为情。主人甜蜜的微笑深藏着不露了，命令式地叫道：

"贾士林，把货色收拾好!"

接着是恶骂：

"哟，猪猡，蹲在家里不安逸了，要到铺子里来游魂，假如你做了我的老婆，那我可要你……"

说到他那泼辣的老婆，是一个黑眼睛、大鼻子的妇人，用脚踢他使唤他，好像当他是奴仆。

他们常在低首下心地用阿谀逢迎的语句送走女客过后，立刻就卑鄙无耻地瞎说女客的坏话，刺激得我常想一下子跑上街去，追住那女人，告诉她他们怎样说她的坏话。

自然啰，我知道人们背地里都是爱互相诽谤的。他们一谈到这些，总是特别兴奋，好像这样一来，就会给谁认识他们是极聪敏的人类，取得了世界法庭之认定似的。无数的人，总爱嫉妒，他们永远不赞美任何人，并且关于每一个人的任何丑恶，他们无不知道。

某一次，一位年轻的、苹果色脸、眼光闪闪的太太来到铺子里。她穿着黑皮领子的天鹅绒大衣。她的脸露出在领子上边，好像一朵珍奇的花。她在炕边把大衣脱给了沙夏，就更加显得美丽了些。匀整的脸紧遮着青灰色的面纱，耳上戴的是透明的宝石耳坠。她使我记忆起华希里士花王来，因此我自信这就是本省的省长夫人。他们非常恭敬地招待她，在她面前，弯着身子，好像在烈火前面那么畏首畏尾，满口是阿谀逢迎的话。他们三个，满铺子颠来倒去，好像着了魔。他们的影子划过玻璃大门，仿佛周遭起了火又熄灭了，因此立刻变成了另一种景象、另一种形式。

但是当她匆匆地挑选了几双贵价钱的靴子走了之后，主人噘着嘴对伙计们说：

"狗婆……"

"总而言之，时髦戏子。"大司务轻蔑地说。

接着，他们开始你一句我一句地说着关于这位太太的情人和她的交际生活。

中饭过后，主人到店堂后面的房间里睡觉去了。我呢，打开他的金表，淋了几滴醋在机轮里。我很欢喜瞧它不走动。主人手拿着表退出铺子来，若有所失地说：

"为什么缘故呢？表突然不走了！本来是永远不会停的，该不是弄坏了吧？"

虽然处在十足浮华的铺子里，又忙于家庭的工作，但是我总像沉溺在严重的郁闷的深渊里似的。因此我常常这样想：做出怎样的一件事情来，他们才会把我赶出这铺子呢？

冒着雪的行人，静悄悄地晃过铺子门口。光景是他们正在埋葬谁到墓地去。但是有的人在慢吞吞地出殡，有的人却匆匆忙忙追着棺材。马摇摆着用劲地征服了雪地。铺子后面的教堂钟楼上，每天报丧似的响着钟声。这是大斋期。钟声好像枕头似的在人头上撞击，虽然不觉得头痛，然而却感到神经麻痹与迟钝。

一天，当我正在铺子门口的天井里收拾刚才取出了货物的木箱时，教堂的门房直朝我走来。这位暸眼睛的老头儿，软绵绵的身子，活像用布巾扎成的，狼狈得像狗在后面追着撕咬他似的。

"神圣的人儿，怀偷双硬底鞋，给我好吗？"他挑逗地说了。

我不言语，蹲在空的木箱上。他张开口，打了个哈欠，又说：

"你给我偷吗？"

"怎么可以偷东西呀！"我声明。

"他们都是偷东西的，但是，要尊敬老人家啊！……"

他很仁慈，不像我住的地方的那些人。我感到他是满相信我正在打算给他偷的，而且我答应给他放双硬底鞋在窗榄里。

"这多妙呀！"他并不见得高兴，可是平和地说，"别说谎！嗯，嗯，我瞧你是不骗……"

他蹲下来，沉默了一分钟，揩着皮靴底上醒醒潮湿的雪泥，随后口衔着瓷器的烟斗，突地威胁我：

"假如我要欺骗你呢？我取双同样的硬底鞋，拿到主人跟前去。我说是你打半价卖给我的？好吗？它的价钱最多只值两个银卢布。你要打半价？优待主顾？唉！"

我不愿意瞧他，好像他已经照刚才说的那样实行了，但是他老是那么和气地说着，盯住自己的鞋底，口吐着青烟。

"假如，打个比喻来说，这是主人叫我来的：'去，替我试探试探徒弟，看他有多少贼物。'要是这样，你将怎么办？"

"我不给你硬底鞋！"我生气地说。

"现在不能不给，要不然就得赌咒！"

他捏住我的手，掠到他面前，用冷冰冰的手指敲着我的太阳穴，没精打采地继续道：

"你既然这样也不，那样也不，唉，要我自己动手吗？"

"你自己去请求吧。"

"我可以请求一件小事情！请求你去劫掠教堂，你去吗？难道说可以信服一个人？嗨，你，小傻瓜……"

于是推开我，他站起来。

"硬底鞋不要偷了，我不是绅士，用不到穿它。这，我只是开开玩笑的……为了你的虚心。复活节到了的时候，我要开放钟楼。你来敲钟，眺望一下子城市……"

"我认识城市的。"

"它从钟楼上望下来是更美丽些啊。"

他的皮靴尖儿，陷在雪地里，慢吞吞地朝着教堂的转角上走去。我瞅住他的背影，惶恐地思索：老头儿真的是开玩笑，还是被主人派来调查我的呢？我怀着疑惧走进铺子去。

沙夏一下子跳出天井来，叫道：

"你见了什么鬼呀！"

我突地愤怒起来，拿了火箸向他挥舞着。

我知道他跟大司务都爱偷主人的东西。他们不拿靴子就拿鞋套藏在烟囱里，等到出店的时候，塞在大衣的袖筒里。我不欢喜这个，却反而要受威胁，记得主人威胁过我。

"你偷了东西吗？"我问沙夏。

"不是我，只是大司务，"他严厉地对我解释，"我不过帮帮他的忙罢了。他说：'要忠实啊！'我当然得听从他，可是这就使我受损失啦。主人！他自己过去也是司务，他完全懂得，你不要作声吧！"

他说着，照照镜子，用他那动作不自然的、散开得好像大司务做事情的手指，整理领带。他精神勃勃地对我表现他自己的资格和在我之上的威权，低声地叫唤我，命令我伸长着手推开镜子前面的锡板。我比他要高些、有力些，只是瘦骨嶙峋、皮肤粗糙。他呢，丰满、柔嫩而多脂肪。他穿上礼服跟卷边裤子，比起我来似乎觉得要郑重而雅致一点儿。但他的心眼却是不仁爱的、可笑的。他嫌恶厨娘。那奇怪的女人，谁也不能够了解她是善良的，还是凶恶的。

"在世界上，我挺爱打架，"她睁大着兴奋的黑眼睛说，"我最爱的是这样的打架，比方斗鸡哪，狗打架哪，农民打架哪！"

假如鸡或者鸽子在天井里打起架来，她总是立刻丢了工作，跑去观战，直到末了，她还瞧着那幽暗朦胧的窗户。每到黄昏，她就对我跟沙夏说：

"小孩子，你们干吗呆呆地坐着？打架挺好玩呀！"

沙夏生气地说：

"告诉你，傻瓜，我不是小孩子，是二等司务呀。"

"嗯，这才稀奇呢，我嘛，倒没有瞧上眼，我把没有讨老婆的都当作小孩子。"

"傻东西，傻头傻脑的……"

"魔鬼倒是聪敏的，可惜上帝不爱他。"

她的谈话，特别使沙夏受刺激。他也爱对她挑衅。但是她呢，怀疑地瞧着他，说：

"嗨，你，蟑螂，上帝的罪魁！"

他几次怂恿我拿墨汁或锅底灰去涂她睡熟了的脸，拿针撒在她的床褥上，或者开些旁的任何玩笑。但是我害怕厨娘，因为她睡觉挺容易惊醒。她常常失眠，爬起来点灯，随后蹲在床沿上，瞅住某一个屋角。有时候，她到我睡的炕床后边来，搅醒了我，沙声地请求：

"我不是发梦癫，聂克希加，怕什么，同我谈谈吧。"

我做梦似的告诉她些什么。她呢，只是蹲着不出声，摇动着身子。我似乎觉得她那灼热的身子，熏出一种白蜡的臭味儿。她快要死去了啊，也许马上一筋斗跌下来扑在地上，就会死去也说不准。我怀着恐惧，开始高声大气地说话。但她立刻止住我：

"嗤！回头吵醒了那些个无赖汉，他们要疑心你是我的情人的……"

她老是用那么一种姿势蹲在我的身边：弯着身子，手肘塞在两个膝头之间，捏住她尖骨头的腿。她乳房扁平，同时在厚实的粗布汗衫里面，凸出几条箍桶圈般的肋骨。她许久沉默地蹲着，低着头，后来突地咕噜道：

"虽说一个人终是要死去的，但是，怎么要那样痛苦呢……"

过了一会儿，又不知向着谁说：

"就这样挨下去，嗯？"

"睡觉吧！"她说，打断了我还没说完的半句话，弯了弯腰，一声不响地消失在厨房的黑暗中。

"妖怪！"沙夏背地里就这么叫她。

我说他：

"背后你才这么说她呀！"

"你想，不害怕吗？"

但是立刻皱了皱眉，说着：

"不，当面我不说她。也许她真是个妖怪……"

她对于一切都瞧不起，发脾气，对待我什么事也不肯宽松。早晨六点钟，就抓住我的脚，叫道：

"还在睡觉呀！烧火，炖'自暖壶'，洗马铃薯啊！……"

沙夏给吵醒了，马上就埋怨：

"你乱喊什么？我要告诉主人，睡都睡不着……"

她赶紧沿着厨房移动着两条干枯的腿，火红的失眠的眼睛朝他那一方射出冷光，说：

"嗯，上帝的罪魁，假如你叫我作干妈，我也许会饶恕你的。"

"她妈的！"沙夏咒骂。到铺子去的一路上，他都怂恿我："应该找事情来赶走她，应该留心小事情，这一晌食盐不是加多了吗？假如她还要说盐不够吃的话，就要她滚蛋。还有火油哩。你干吗张大嘴？"

"可是你呢？"

他生气地哼了一声。

"胆小鬼！"

厨娘真就死在我的眼前了：她弯下身子去提"自暖壶"，好像有谁迎面推她一下似的突然蹲在地上，接着一声不响地侧着身子倒下去，手向前伸着，口里流出血来。

我们两人顿时就明白她已经断气了，但是给恐怖袭击着，许久凝视着她，连说话的劲儿都没有。后来沙夏跟跄地跑出了厨房，可是我呢，不知道到底该怎么办，身子紧靠着正对晨光那一面的窗口。主人走进来，担心地蹲下来，用手摸摸女仆的脸，说：

"真的，死了……怎么一回事？"

于是马上开始朝着屋角上的幻术家尼古拉的小像画十字、祷告，后来朝着厨房的门口，发命令：

"贾士林，赶快报告警察局去！"

警察来了，检验过尸首，喝完茶，就走开了，后来又带了一辆破烂的马车来。他们抬头抬脚地把她搬到街上。女主人从门限外边瞧了瞧，命令我：

"洗地板呀！"

于是男主人说：

"夜里死才侥幸呢！……"

我不懂，为什么说侥幸。睡觉的时候，沙夏非常认真地对我讲：

"不要熄灯啊！"

"你害怕？"

他拿被子捂住脑壳，老躺着不言语。肃静的夜，仿佛正在偷听什么，期待着什么。我似乎觉得，下一秒钟内，就会有人敲警钟，于是一切的人，突地在城里奔跑，在大骚动中叫喊。

沙夏从被窝内露出脑壳顶，轻轻地说：

"同我一块儿睡上炕去，好吗？"

"炕上热啊。"

他沉默一下，说：

"她此刻怎么样，啊？你觉得妖怪……我睡不着……"

"我也睡不着。"

他开始讲关于鬼的故事，说鬼可以从坟墓里爬起来，满城溜达到半夜，寻找哪儿是它住过的地方，哪儿有它的亲属。

"鬼只记得城市，"他轻声地说，"可是街道跟房舍它是记不清的……"

死寂的夜，仿佛越发黑暗了些。沙夏抬起头来，问：

"要瞧瞧我的箱子吗？"

我老早就想明白他的箱子里装的是什么。他用吊锁锁着它，往往带着某种特别谨慎的心情打开，因此如果我企图瞧瞧箱子里面，那么他就毫不客气地问：

"你要什么？嗯？"

当我同意了的时候，他蹲在床沿上，用命令的调子叫我把箱子搬到他脚前的床沿边。钥匙是同他护身的十字架一块儿挂在衣服扣子上的。他瞅着黑暗的厨房屋角，皱了皱眉，打开箱子，对着它的盖儿吹口气，仿佛它是热的似的，随后支起箱子盖，取出几套衣服。

装药的木盒子、成卷的各种颜色的包茶叶用的纸、镔铁的靴油盒和沙丁鱼的盒子塞满了大半箱。

"这是什么？"

"你就要瞧见的……"

他伸脚夹了箱子，在箱上俯着身体，轻轻地哼道：

"上帝——"

我等着想瞧玩具。我从来没有玩过玩具，对于它总是怀着表面的轻视的心肠，但是对于那些有玩具的人也没有丝毫的嫉妒。我很欢喜沙夏那么大的人还玩玩具。虽然他忸忸怩怩地藏着它，但我很懂得这种忸怩。

他打开第一个药盒子，从里面取出一副金边的眼镜，戴在鼻梁上，严肃地瞅着我，说：

"什么意味都没有，没有光，这叫什么眼镜呀！"

"给我瞧一下！"

"你的眼睛不合适，这是瞎子用的，你的眼力多么亮呀！"他解释着，主人样地咳嗽了声，一下子惊惶地瞧了瞧整个的厨房。

镔铁的靴油盒里，装了许多各种各样的西服扣子。因此，他自负地对我表白：

"这通通是我在街上捡来的啊！总共三十七颗……"

在第三个木盒里，发现一些大的黄铜胸针，也是从街上捡来的。以下还有成双的、破皮靴底子上的磨光的环马蹄铁，皮鞋跟鞋套上的扣子，铜的门把手，牛骨头的手杖柄子和姑娘们的压发梳子，还有许多同等价值的东西。

据我的观察，这些破布跟坏骨头，也许我也能够容易地收集到，一个月里只要去收集十次以上。沙夏的物件，触动我一种懊丧怅惘的感情，以及对于他的难堪的怜恤。但他用心地瞅着每一件零碎的东西，亲切地用手抚摩，严肃地噘起他肥厚的嘴，鼓着眼惦念地感伤地凝视着。但是，那副眼镜显出了他那儿童的面孔的滑稽。

"你为什么？"

他那金边眼镜外面的眼光，电闪般地扫射着我。他用破响的高调子问：

"要我送你什么东西吗？"

"不，我不要……"

显然由于我的使他难堪的拒绝和对于他的财宝的轻视，他就沉默了一会儿，后来轻轻地提议：

"拿块手巾去吧！这全是干净的，哪一块是醒齚的……"

他把东西上的灰尘拭去，包装好的时候，一筋斗翻到床里面，脸朝壁头睡下。下雨了，雨点从屋顶滴落下来。风敲着窗儿。

沙夏不掉头地对我说：

"等下子，晴天到花园里去，我要拿种东西给你看，你会惊叹的！"

我不作声，预备睡觉了。

又过了几秒钟，他突然跳起来，手抓住墙壁，怀着激动的心情，开始说：

"我害怕，上帝，我害怕呀！上帝饶恕我！这是什么？"

这儿，我给惊骇到失掉知觉了。我觉得正对天井那面的窗户旁边，厨娘背朝我站着，低着头，额角贴在玻璃窗上，好像生前的她，站在那儿瞧公鸡打架。

沙夏抓住墙壁，跺着脚，恸哭了。我好像置身在红通通的煤火上似的，不敢往四下里瞧了，后来费了许多力气在厨房内兜个圈子，又同他一块儿睡下。

一直骚动到精疲力竭的当儿，我们才开始睡觉。

这件事情过后的不多几天，不知是个什么纪念日到了。这天，我们只做半天的生意。回家吃过中饭，当主人睡午觉去了的时候，沙夏悄悄同我说：

"我们走吧！"

我猜想我马上会瞧见他那使我惊叹的东西了。

我们到了花园内。在两排房舍之间的一块狭窄的地上，长着一半枯老的菩提树，枝干给树浆蒙盖着，黝黑的赤裸裸的树枝死气沉沉地竖立着。树枝之间，一个乌鸦的窝儿也没有。一些树墓碑般地屹立着。除掉几棵菩提树，花园中什么也没有，既无灌木，又没有花草。凹形的地面，给踏黑得仿佛火车道似的。低洼的地上，堆积地铺上一层生霉的隔年的落叶，好像水里的浮萍。

沙夏走到对着大街那面的篱笆转角上，站在菩提树下，鼓起眼，盯住邻家模糊不清的窗户。随后，蹲在地上，开始用手抓散树叶堆，发现一条粗大的树根，根子的近旁，两片炼瓦深深地压着泥土。他把炼瓦搬起来，在它底下，又发现一个铁的屋顶板，铁屋顶板底下是一个穿通树根的大窟窿。

沙夏擦燃火柴，点了一支残烛扔进窟窿里去，对我说：

"你瞧！别害怕啊……"

他自己显然很害怕了，手哆嗦地拿着蜡烛，脸色发白，怪不和气地噘着嘴，眼睛开始湿润了。他轻轻地把他空着的那双手背在背上。他的恐惧传染给我。我十分谨慎地瞅着树根的深处，发现棍子是在一个圆的洞里。洞底，沙夏点燃了三支蜡烛，绿幽幽的火光，充满了全洞。洞是十分宽深的，比一只木桶的内部还要深些。它的两旁，堆积着各种颜色的玻璃屑跟茶具的碎片。中间，高地上，安放着一副盖有红色柳条布的小棺材。它的上半用花缎被面遮着，其余的一半粘贴着铅色的纸张。被面底下，凸现着野鸟的爪子跟小雀子的脑壳尖顶。棺材的后方，立着一个神座。神座上面放着铜的护身十字架。它的近旁，在被包糖果的黄的跟白的纸张缠着的烛台上燃着三支残烛。

火光的尖头偏向洞口。洞内朦胧地闪烁着各种颜色的火花与光斑。蜡烛、泥土跟热烘烘的腐烂臭气扑面而来，注入眼眶里，微尘般的红霓不时地跳跃着。这一切使我万分激动，镇压着我的恐惧。

"好吗?"沙夏问。

"这是什么?"

"小祠堂。"他解释说，"像吗?"

"我不知道。"

"小雀是死的！它将来可能变化成骷髅，它是无辜的暂时受灾难的殉教者……"

"你发现它的时候就是死的吗?"

"不，它刚飞到小屋子去，我拿帽子把它盖起来，就窒息死了。"

"为什么?"

"没有为什么……"

他盯住我的眼睛，又问:

"好吗?"

"不好呀!"

于是他弯下身子对着洞，赶快用木板跟铁板盖住洞口，又拿炼瓦压在地上，站起身子，拍了拍膝头上的灰尘，严厉地问:

"你干吗不高兴?"

"可怜鸟儿……"

他用定了神的眼睛瞧了我一下，好像瞎子似的，于是朝我胸脯上推了一巴掌，喊叫着:

"傻瓜!你因为羡慕这个，你就说不欢喜!你以为在你加纳特大街的花园里的设备还要更好些吗?"

我回忆起本街上的亭子，自信地回答:

"当然要更好些啰。"

沙夏从肩上把他自己的礼服脱来摔在地上，挽着衣袖，在手掌上吐着口沫，提议道:

"那么，打架吧!"

我不愿意打架，我也许被懦弱的郁闷征服了，只呆呆地瞧着表兄的狰狞面孔。

他一步跳上前来，用脑袋撞击我的胸脯，撞倒了我就踏在我身上，叫喊:

"要活还是要死?"

但是我的力气比他大，同时又非常生气了，一下子弄得他脸朝地地躺下了。他两手伸长在脑后，嘎着嗓子。我愕然地扶起他来。他拳打脚踢使我越发惊惶了。我离开他往别处走，不知道怎么办好。他抬起头来，说：

"瞎扯什么？我将总要那样报复你一下，只消主人瞧不见的时候。可是，这儿可怜你，你，将来总有人要你滚蛋的！"

他咒骂、恐吓我。他的话使我生气。我率性跑到洞口那儿，搬开石块，扔到墙那边的街上，捣毁整个洞的内部，随后踏它几脚。

"你瞧见了？"

沙夏对于我的暴乱，只是蹲在地上，稍微张开嘴巴，动着眉毛，不声不响地注视着我。当我做完了的时候，他不慌不忙地站起来，摇了摇身子，礼服披在肩上，平和而又恶辣地说：

"马上你就要瞧见那是怎么一回事，日子快到啦！我有意要作弄你一下——魔术！嗨……"

于是我也蹲下来，好像给他的话创伤了似的，我整个的心给阴冷浸浴着。但是他去了，毫不回顾地走了之后，我愈显得被他的镇静压抑着。

我决心明天逃出城去，离开主人，避开沙夏和他的魔术，离开这一切的压迫与愚笨的生活。

第二天早晨，新来的厨娘叫醒我，说：

"天啊！你脸上是什么？"

"魔术发作了？"我不自然地想道。

厨娘于是打了个大哈哈，我也勉强笑了笑。后来对着镜子一瞧，我脸上给涂了一层浓厚的煤烟。

"这是沙夏干的？"

"难道是我呀！"厨娘嬉皮笑脸地叫道。

我开始擦靴子，手刚塞进靴筒里面，我的指头给胸针扎着了。

"它就是魔术呀!"

在所有的靴子里都发现了胸针跟缝衣针。它们被安放得那么巧妙,正好可以扎到手掌。当时我抓住舀凉水的木勺,尽情地泼些凉水在那还没睡醒的人的头上。也许他是假装睡熟的魔术师吧。

但是,我自己依然有很坏的感觉。一切宛如在眼前,那棺材里的鸟儿,灰色的、钩形的趾爪与怪可怜地凸现着的鸟儿的脑壳。周围呢,不疲倦的各种颜色的火花的闪光,仿佛它愿意爆发出虹彩而又不可能。棺材膨胀了,鸟的爪子生长起来,向上曳长着,颤抖,活动。

我决心这天晚上跑走。中饭之前我一面去煤油炉子上暖菜汤,一面打算着。菜汤已经烧开了,可是正当熄火的时候,汤锅一下子倒翻在自己的手上。后来他们送我到医院去。

记得是一家神经病医院。在黄色的震荡的空虚中,有些灰色的苍白脸,藏在面纱中的脸在呼号,在呻吟,混乱地骚扰。还有一个长着短髭样的眉毛,摇动着粗大的黑胡子的高个子,挂着拐杖走来。他念着哼着:

"光明到来啦!"

一些病床使我回忆到棺材,病人仰面躺着,活像死的鸟儿。黄色的墙壁摇晃着,天花板给布帷子摇晃成弧线形。地板上亮光光的。一排排的病床动荡着,移动着。一切都是虚弱而可悲的。窗户后边小树的丫枝竖立着,好像几根棍子,不知道谁在摇动它们。

一个黄头发的纤弱垂死的病人,跺着脚,用他自己的短手画着,叫喊了:

"我不应该得神经病的呀!"

挂拐杖的人对着他的头叫:

"光明……"

外祖父、外祖母跟一切的人都时常说:医院里头会杀死人的。我认为我自己的性命快完结了。一位戴眼镜的顶着头纱的女人向我走来,在我枕头下的黑木牌上写了些什么。粉笔断了，粉屑撒了我一头。

"你叫什么名字?"她问。

"不叫什么。"

"你有名字吗?"

"没有。"

"嗯，不要傻气，留心挨打啊!"

我相信会挨打，因此偏不答应她。她呼吸时好像只猫，随后这猫一声不响地走开了。

点了两盏灯，淡黄的火光悬在天花板底下，好像快要瞎的眼睛，睁着，闭着，时而不愉快地昏花着，时而又把两张眼皮合得很紧。

屋角上不知谁在说话:

"来打牌吧?"

"没有手怎么打呢?"

"唉，他们割断你的手啦!"

我立刻意识到:这人为着打牌给割掉了手。但是，在这些事情前面我到底会有怎样的结果呢，将要杀死我吗?

我的手发烧而且溃烂了，好像是谁要从里面拔出骨头来似的。由于一种恐怖与疼痛，我开始悄悄地哭。为了不让人发现眼泪，我只得闭上眼睛，可是泪儿却老是向外流，流在太阳穴上，落进耳朵里去了。

夜来了，病人们倒在病床上，躲藏在灰色的被窝底下，一切都一分钟又一分钟地变得愈渐寂静。只有屋角上不知谁在喃喃地说:

"他一点儿也走不出去，他——废物，她——废物。"

我很想写一封信给外祖母，请她来把我接出医院去，趁我还活着。可是我不能够写，手不能动，也不能拿什么。我想试一试，是不是可能从这儿逃走呢?

夜愈发变死，仿佛永远地定格了。我轻轻地把脚落到地板上，朝大门走去。这门是半掩半开的。走廊上，路灯底下，木的靠背椅上，一个白发的刺猬般的人头凸现着，冒着青烟，深陷的眼直瞅着我。我来不及躲避了。

"谁在散步？到这儿来呀！"

声音是平和的，并不可怕。我走去，瞧了瞧圆圆的脸跟那蓬松的头发。头上的最长的头发，则披散在周围，用银色的发圈箍着。这人的腰上吊着一串钥匙。他有挺长的胡子和头发，活像彼得的徒弟。

"这个，给汤烫伤的手？你干吗要夜里溜达？有这种规矩吗？"

他对着胸脯吹气。我的脸上罩着许多烟。他用灼热的手抱住我的颈子，把我掠到他身边去。

"你害怕？"

"怕啊！"

"初到此地一切都可怕。实际上并没有什么可怕的。尤其是同我在一块儿……我永远不会无礼对人……要抽烟？嗯，不要抽，这对于你太早了，等两年吧……你父母在哪儿？没有父母啦！嗯，不应该……我们过着无父无母的生活，只是别怯懦啊！明白没有？"

我从来没有瞧见过那么会用明了的话语简单而友善地谈话的人，我带着难以形容的愉快听着他说。

当他答应我再回到病床上去的时候，我又要求他：

"同我一块儿坐坐！"

"可以的。"他同意了。

"你谁呀？"

"我？军人，最近待在高加索的兵士，上过战场，但是有什么稀奇呢？兵士为着战争而生活。我同匈牙利人、波兰人、切尔克斯人打过仗……有什么好处！兄弟，战争是极其残酷不仁的啊！"

我闭上一会儿眼，刚一睁开时，穿着黑衣裳的外祖母坐在靠近军人的地方。他站起来靠着她，说：

"等一等，一切都将要死去，是不是？"

病房里，太阳闪耀着，将这里的一切都给镀上金子。一会儿太阳藏着了，但是一会儿又亮堂堂地瞧着一切，好像开玩笑似的。

外祖母低下身子问我：

"怎么样，亲爱的？他们要伤害你？我已经对他说了，那黄毛鬼……"

"我立刻一切都依照规则行事。"兵士一面走，一面说。但是外祖母拭着脸上的泪，说：

"我们的军人，请您转来……"

我以为一切都是我在做梦，于是不说话。医生走来缠好我的伤口，随后我同外祖母乘了马车沿着城的街道走去。她告诉我：

"外祖父简直疯癫了，变得那么贪婪……瞧着真令人恶心啊！最近他的新朋友黑伦士脱给他偷来一个值一百卢布的诗篇。这是干吗呢，嗯？"

太阳光明地照耀着白色的鸟儿浮飘在白云叆叇的天空。我们沿着小桥走去，经过伏尔加河。冰块正在鸣响，膨胀。窄狭的桥底下，流水哗啦啦地响着。肉红色的市立中央寺院的屋顶上，金黄的十字架闪着耀眼的光辉。一个手里拿一把杨柳枝的乡下女人给我们遇见。春天来了，马上就是复活节啦！

心就雀跃起来。

"我很爱您，外祖母！"

这话并没有使她惊奇。她用平和的调子对我说：

"因为是亲人呀！可是我并不是自夸，就是陌生的人也会爱我的，谢谢你呀，圣母！"

她微笑了，又补充道：

"圣母马上就要快乐了，她的儿子复活！可是我的女儿瓦纽沙呢？"
于是沉默了。

二

外祖父在院子里迎着我，他正跪着用斧子削什么尖劈。他扬起斧子好像要摔在我头上，后来摘下帽子嬉皮笑脸地说：

"你好啊，大人先生！放工了？嗯，现在打算怎么生活，嘿！你……"

"我们知道，我们知道。"外祖母连声说，身子从他身边摇过，只是直往屋子走。她随后一面烧茶，一面告诉我："现在你外祖父家破产得干干净净了，所有的钱统统还了尼古拉教主的债。但是还钱的收据呢，他公然不拿出来！我不知道他留下收据干吗的。我们不是已经破产，银钱用光了吗？一切都只怪我们过去没有帮助贫苦者，没有怜恤不幸的人，也许上帝想到这是他分给我们贾士林这族人的恩惠吧？要不然怎么把一切都剥夺去了呢……"

她四处瞧了瞧，继续说：

"对于上帝我已经尽可能地多少做些善事，为的是他将来不苦痛地压迫老头子……现在我每天夜里做一种'静默的慈善'劳动。今天我们就要去，我有钱……"

外祖父走进来，皱皱眉问：

"要大吃一顿?"

"没有你的，"外祖母说，"如果你要来同我们一块儿坐着，看遭打啊。"

他对着桌子蹲下来，轻声地咕噜：

"休息一会儿……"

屋子里一切依旧，只有母亲住过的那一个屋角悲惨地空着。外祖父卧床的墙壁上，挂着一幅用大写字母题写的纸张：

"唯一的活的救世主耶稣基督，愿你的圣名，在我们有生命的时间中时时刻刻地与我们同在。"

"这是谁写的?"

外祖父不答复。过一会儿，外祖母带着微笑说：

"这张纸值一百卢布呀!"

"不关你事——"外祖父叫道，"我要卖给外国人!"

"卖什么，过去又不卖。"外祖母平和地说。

"别多嘴!"外祖父咆哮了。

这儿一切都井井有条的，一切都还是同从前一个样子。

在屋角里的柜子上，装换洗衣服的篮子里，戈雅（即高尔基的弟弟）正睡醒起来，往一边瞧了瞧。蓝色的眼圈，几乎陷进太阳穴下。他愈渐变得苍白、呆笨、衰弱了。他不认识我，一声不响地翻转身子，随后闭上眼。

街上许多悲惨的消息等着我：雅黑尔在最近大斋期中的第五周里死去了，哈毕搬到城里住着，亚嘉给割断了一条腿不能出来玩了。黑眼睛的戈司特诺姆报告我这一切，生气地说：

"这些小伙子很快就要死光了!"

"不是只有雅黑尔死去了吗?"

"大家都是同样的，谁要是离开街上，大约也得死去。唯一的只有习惯结交朋友，在工作当中假如没有同志，那么就会死去的。这儿，在你们院子里，捷司诺夫旁边住着几个新人，有也夫兴基跟少年纽司加，没有什么，机巧的人！他有两个妹妹，一个还小，一个是跛子——用手杖走路，她是美丽的姑娘啊。"

他想了想，补充说：

"兄弟，我同屈尔克都爱上了她，大家就得起争斗啦！"

"爱她？"

"为什么？大伙儿爱上她……才稀奇哩！"

自然啰，我知道大部分的青年跟农夫都爱讲恋爱，同时我知道这是一种愚蠢的思想。我开始不快活了，可怜戈司特诺姆，呆呆地瞧着他那尖角形的身子和生气的黑眼睛。

这天晚上，我瞧见这跛脚的女孩子。她从台阶上走下院子来，手杖掉落了，于是无可奈何地蹲在阶沿上。细小、瘦弱而有光彩的手攀着栏杆。我愿意拾起手杖，可是缠上绷带的手不便于动作。我许久地不安与焦急着。可是她呢，站在我的上头，轻轻地冷笑了：

"您的手怎么了？"

"烫伤。"

"我，脚跛。您是这个院子的？睡在医院里很久吧？我在那儿躺了很久！"

叹息中，她补充一句：

"很久呀！"

她穿着浅蓝色的镶边的旧的可是干净的白衣，头发梳得光光的，粗大的短发辫垂在胸前。她那大而严肃的眼睛，在镇静的眼圈子里燃烧着浅蓝色的小火，照耀着憔悴的尖鼻子的面孔。她愉快地微笑，但是我有点儿不欢喜她。她这一切的病态好像说：

"别搅扰我，对不住！"

同伴们怎么会爱上她呢？

"我近来身体稍微有点儿不舒坦。"她和悦地说，仿佛很自负，"女邻居跟妈妈都诅咒我、责骂我，我对她们有损害……在医院里你可害怕?"

"嗯……"

同她在一块儿总觉得不合适，我走开到屋子里去。

将近半夜，外祖母亲切地叫醒我。

"我们去吧，怎么? 替人类劳动……手也许很快就痊愈的……"

她抓住我的手，在黑暗中牵瞎子似的牵着我。夜是黝黑的，风不断地吹着，好像江河在迅速地泛滥，冷冰冰的沙土抓紧着腿。外祖母谨慎地对着黑暗的平民房子的窗户走下去，画了三次十字，随后在窗槛上摆放好五个戈比和三块饼干，又画十字，瞧着没有星星的天空，低声说:

"神圣的圣母，帮助人类。在您面前一切都是罪人，亲爱的圣母啊!"

我们离家愈远，周遭变得愈是幽暗与死寂。夜的天空沉没在深邃无底的黑暗里，好像日月星辰永远地藏匿了。不知从哪儿滚出一只狗来，在我们的对面停住脚，开始啜泣了。它的眼睛在黑暗中发光。我怯生生地抱紧外祖母。

"不要紧，"她说，"这个真的是狗。这不是魔鬼出没的时候，此刻对于它太迟了，雄鸡已经开始啼唱啦!"

她对狗招招手，瞧了瞧它，于是忠告道:

"你瞧，好狗儿，别来吓我的乖外孙呀。"

狗嗅嗅我的脚，远远地走开。外祖母到窗户底下把"静默的慈善"摆在窗槛上，总共有二十次。天刚开始亮，一些灰色的房屋从黑暗中生长出来。雪白的拿波尔教堂的钟楼白糖似的矗立着，墓地上的砖瓦墙垣稀薄得如同一铺破草席。

"老太婆疲倦了，"外祖母说，"是回家的时候啦! 娘儿们明天睡醒起来，圣母已经给她们的小孩子准备好了一点儿粮食! 当她们什么都得不到的时候，就是这么一点儿也够惬意啦！哎，奥列沙，老百姓穷苦地生活着，简直没有谁关怀他们的痛苦。"

> 有钱人不靠上帝，
> 不畏惧森严的法庭，
> 穷人和他既不是朋友，又非兄弟。
> 他也许只晓得搜刮金钱——
> 也许是地狱之角落里的金钱。

"就是那么的！应该相互友爱地生活，上帝是关怀着一切的啊！我快乐，因为你又同我在一块儿了啊……"

我也暗暗地快乐起来，纷乱地感觉着刚才听到的一些话和我永远都不会做的一些事情。靠近我身边，一只长着狐狸口鼻和一对善良的求饶的眼睛的黄毛狗摇摆着身子。

"它将来同我们一块儿生活？"

"怎么，可以的，假如它愿意。那么我给它一块饼干，我留下两块。我们在小长凳上坐坐吧，不知怎么的我疲倦……"

我们在门口的长凳上坐下，狗躺在我们脚边，咀嚼起干燥的饼干来。外祖母告诉我：

"这儿住着一个欧洲女人，她家里至少也有九口人吃饭。我问她：'您怎么生活的，摩西伏娜？'她说：'我同上帝，同自己的人一块儿生活，另外还同谁呢？'"

我倚靠在外祖母身侧，开始睡觉。

生活重新迅速地浓重地奔流着，广泛的印象之狂流每天带给灵魂一些新的什么。这些新的使人魅惑，不安，难为情，思想闭塞。

马上我也用所有的力气去憧憬所可能的，希望瞧瞧跛脚的小姑娘，同她谈谈或者默默地同坐在大门边的小长凳上——同她在一块儿就是不谈话也愉快。纯洁的她，活像一只小小的燕子，流利地讲述着住在顿城的哥萨克的故事。她同她的伯父——制油所的机器师，在那儿住了许久，后来她父亲——锁匠，又搬到下城。

"还有一个二伯父，他在本国的皇宫里做事情。"

晚间，每逢放假日，全街的居民都要出来游玩。少年男女们到墓地上去舞蹈，农夫们聚集在酒吧间里，街坊上只剩下一些女人和顽皮的孩子。女人们不是蹲在门口的沙地上，就是坐在长凳上，提高粗大的喉咙争吵着、评论着。顽皮的孩子呢，做着击球戏和九柱戏。母亲们观看着游戏，鼓励机敏的、嘲弄笨拙的"游戏员"。这种喧哗的不愉悦的快乐，够叫人神经麻木的啊！"观众"的评判与注目刺激着我们，于是特别机巧与热情的好胜心渗透在这种游戏里边去了。但是任它怎样有劲儿，也不能诱惑我们三个人——戈司特诺姆、屈尔克和我。我们老是那个样子。这样一来，有的人跑到跛脚女孩子跟前去夸张：

"您瞧，柳德米娜，我是不是把五个柱子一下子都打到圈子外面了啊？"

她甜蜜地微笑了，连连地点着头。

过去我们的伴侣都共同努力维持着一切的游戏，可是现在我瞧见屈尔克和戈司特诺姆每每玩弄着不同样的玩意儿，总爱机巧而剧烈地相互竞争，结果往往弄到流泪和打架。有一回他们那么猛烈地打起架来，弄得观众出来干涉，后来他们双方用凉水互泼，好像对付狗似的。

柳德米娜用她健康的那只脚在地上一阵跺，可是当斗士们翻滚到她跟前撞落她的手杖的时候，她愕然叫道：

"停止啊！"

她脸色苍白，眼睛定神而且突了出来，好像癫痫病患者。

还有一次，戈司特诺姆难为情地对屈尔克玩了九柱戏。他躲藏在杂货店的面粉仓里，蹲在那儿悄悄地哭了。这差不多是很可怕的。他紧紧地咬着牙关，颊骨凸出来，瘦削的脸上表情极冷酷，但是黑眼眶里滚落出苦涩的大点的泪珠。我开始安慰他的时候，他啜泣着，喃喃地说：

"待一会儿，我要用碎石打破他的脑袋……您瞧着吧！"

屈尔克骄傲着，新郎似的在街心徘徊，帽子歪戴着，手插在口袋里。他学会了像女仆那样从牙齿缝隙里吐口沫，后来宣告道：

"马上就要学会抽烟了，我已经试验过两次，不过有点儿恶心。"

这一切都使我不快活。我发现我已经失掉了同伴，同时我感觉到柳德米娜做错了事。

某一个晚间，我正在院子里整理捡来的骨头、破布跟一切废物的时候，柳德米娜直朝我走下来，摇晃着身子，用右手挥着。

"您好呀，"她说，点了三下头，"戈司特诺姆同您一块儿散步吗？"

"是的。"

"屈尔克呢？"

"屈尔克不同我们交朋友。他们爱上了您。这全是您的错误，并且……"

她脸儿开始发红了，但是嬉皮笑脸地回答：

"再说呀！我到底什么地方错了？"

"您为什么讲恋爱？"

"我没有要求他们爱呀！"她生气地说，于是走开几步说，"这实在愚蠢！我比他们的年龄都要大些，我十四岁啦。年龄大些的女孩子不讲恋爱……"

"您知道得可不少，"我故意侮辱她似的叫道，"瞧，这儿铺子的老板娘的妹妹，不简直是老了吗，可是她还同年纪轻的小伙子缠绕不清哩！"

柳德米娜回过头来朝着我，用她自己的手杖在院子里的沙地上深深地栽插着。

"您自己什么也不知道，"她连忙说，声音里面有眼泪了，娇柔的眼艳丽地开始发红，"铺子的老板娘是缠绕不清，我也是那样的，是吗？我还是年纪轻的小女孩，我不能被人所感触、所激动和一切的……您将来也许要读到长篇小说《卡姆查达尔》的第二部的，那时再说吧！"

她啜泣着走开了。我开始可怜她，在她的话语里面鸣响着某种我不曾认识的真理。我的友伴为什么感动她的呢？并且他们还说——爱上了……

第二天，我愿意在柳德米娜面前去赎偿我自己的过失。我买了七个小钱的"大麦糖"制成的冰糖给她，我早就知道她喜欢吃这种糖。

"您欢喜？"

她怪生气地说：

"滚开，我不同您交朋友！"

但是她立刻抓住冰糖，对我说：

"虽然是纸包着的，可是您的手多脏呀！"

"我洗过，只是没有洗干净。"

她捏住我干枯的灼热的手，瞧了瞧。

"怎么创伤的……"

"可您的手指也有不少被刺伤的……"

"这是针扎的，我缝了许多……"

过了几分钟，她往四下里瞧着，对我提议：

"听着啊，我们躲藏到什么地方去，开始念《卡姆查达尔》，您愿意吗？"

寻找藏身之处，很久，很久，到处都觉得不合适。最后我们决定最好是利用浴室的前屋。那儿很黑暗，不过可以蹲在窗户旁边。窗户朝向一个肮脏的角落开着，处在贮藏室与隔壁屠户房之间，人们很少注意到那儿。

于是，她侧着身子靠着窗户，病的那一条腿伸在长凳子上，健康的低放在地板上，用展开的书本遮住脸，感动地解释着许多不明白的叫人苦闷的语句。但是我也感动着。我蹲在地板上，瞧见她那庄严的两只眼睛在每一页上闪动着碧绿的小火，有的时候滚下泪儿。女孩子的声音颤抖着，急速地讲解那些结构不明了的不熟识的语句。但是我抓住这些句子拼命当它们是诗句，把意义通通转变过来。这终于妨碍了我的理解，我不知道这本书究竟讲述的是什么。

狗跪在我旁边打瞌睡。我叫它作"韦桀儿"（即风的意思），因为它多毛，而且身子很长，跑路很快，呻吟起来像秋风吹着烟囱。

"您听见没有？"女孩子问。

我默默地点点头。杂乱的语句特别使我受刺激，我最不安宁的欲望是想要把它另外改编过来，改编成诗歌，使它每一个字都成一颗活泼的放光的天空的星星。

天快黑下来的时候，柳德米娜放下拿书的那只有点儿发白的手，问：

"不算坏吧？你瞧……"

从这天的黄昏时候起，我们常常坐在浴室的前屋里。柳德米娜满意我了，马上拒绝念《卡姆查达尔》。我不能够答复她关于这本未续完的书写的什么，因为它还有第二部。从第二部起，我们打算开始发表个人读书的心得，可是还有第三部，后来柳德米娜告诉我说它还有第四部哩。

假如天气阴沉，不下雨，浴室里烧着火，这种坏的天气对于我们要算是最好不过的了。

院子里飘着雨，无论谁也不会走出来瞧我们这个黑暗的屋角。柳德米娜就非常害怕有人"惊动"我们。

"您知道别人这时候在做什么感想？"她轻声地问。

我知道，同时我也惦念到是不是真的有人来"惊动"呢。我们坐了整个钟点，谈论着一切。有时候我告诉她外祖母的故事，柳德米娜也告诉我关于密特威尔哲河的哥萨克人的生活。

"啊，那儿多好呀！"她叹息，"那儿，怎么？那儿只是乞丐居住的。"

我决定等我长大了之后，要实地去观察一下密特威尔哲河。

不久之后，我们就不需要蹲在浴室的前屋了。柳德米娜的母亲在毛皮匠那儿找着工作，早晨就得离开家庭，妹妹在学校念书，哥哥在砖瓦制造所里干工作。天气不好的时候，我到女孩子家去帮助她烧饭，整理屋子跟厨房。她开玩笑地说：

"我同您，好像丈夫和妻子，只有睡觉不在一块儿。我们得更好地生活。丈夫是不帮妻子的忙的……"

假如我有了钱，就买些糖果。我们喝茶，为了不使她那爱唠叨的母亲发觉到我们喝茶，在喝完茶之后我们就用凉水把自暖壶弄凉。有时候外祖母走来，一面蹲着编花边或者缝衣服，一面讲述奇奇怪怪的故事。只有外祖父进城去了的当儿，柳德米娜才到我们家里来，我们毫无挂碍地吃饭。

外祖母说：

"啊呀，你们好好地生活！各人的钱财，各人去寻找啊！"

她鼓励着我们的友谊：

"男孩子同女孩子交朋友，这是挺好的事情，只是不应该'那个'……"

于是她用了婉转的话漂亮地解释起"那个"的意思来。但是我明明懂得：一个人不可以攀折花儿，当它还没有开放没有芬芳也没有果实的时候。

"那个"，我可不愿意，但是这也不会妨碍我的。我曾经对柳德米娜谈过关于愉快地沉默着那回事情。有人说这只是一种需要。自然啰，因为在人们那种草率的形式里边的性的关系太平常了。不过，殷殷勤勤地包围着一个人，对于我们也是过分的耻辱。

柳德米娜的父亲是个四十来岁的美男子，有着卷曲的头发和短髭。他非常沉默。我不记得他说过一句话，仿佛哑巴似的发着直声吼叫。他喜欢小孩，同时也爱一言不发地打老婆。

　　黄昏时候或放假的日子，他穿着浅蓝色的汗衫，哔叽短裤，擦得亮光光的皮鞋，背上用皮带背着一个大的手风琴，走出大门时停下脚，像上火线的兵士样地来一个"立正"，走到我们门口马上"奏"了起来。妇女和年轻姑娘们一个个脚跟脚地走出来，眯着眼从睫毛底下瞅也夫西戈——柳德米娜的父亲，接着再睁着贪婪的大眼睛。他也站住，噘着下嘴唇，睁大一双黑眼睛。在这种静寂的用眼睛对话，与女人们走过男人身边慢吞吞的矫揉造作的动作中间，有着一种不知什么的狗一般的不仁爱的风味，仿佛她们中有谁正在讲恋爱。假如男人们殷勤地对她们挤挤眼，那么她们顿时会像受伤者似的恭顺地倒卧在满是尘埃的街的沙地上的。

　　"山羊出来啦，无耻的丑鬼！"柳德米娜的母亲叫嚷着。

　　瘦弱的高个子的她，带着没揩洗的长脸和病后剪短的头发。她好像一把用坏了的帚子。

　　柳德米娜同她坐在一块儿，毫无成效地拼命引诱她对于街上的注意，固执地询问着一切事情。

　　"得啦，不幸的怪物！"母亲埋怨着，着急地挤弄眼睛。她那细小的蒙古人的眼睛非常光亮而且沉静，死盯住什么不转。

　　"您别生气吧，妈妈，大家都是一样的。"柳德米娜说，"您瞧，编织女工的穿着多好呀！"

　　"我也许会穿得好些，如果没有你们三个，你们吃我，大大地吃我！"母亲硬心地仿佛噙着眼泪回答，眼睛盯着高大的单身的编织男工。

　　她好像一座小小的房子。她的胸脯挺出来像阶沿石，红色的面庞给绿头巾遮盖着、分开着，仿佛一个当太阳光反射在玻璃街上时的明窗。

　　也夫西戈把手风琴挂在胸前奏着。许多协调的附和的鸣响，从那儿悠扬着。全街的野孩子跑来，有的散布在奏琴者的脚边，有的在沙地上出神，还有狂欢着的。

　　"稍微等一等，低下你的头来瞧瞧。"柳德米娜的母亲请求她的丈夫。

他默默地瞟她一眼。

编织女工们有的蹲在周围，有的坐在黑伦士脱铺子门口的长凳上，脑袋歪在肩头上倾听着。

旷野里，墓地后面，晚霞灿烂着。街道上仿佛一条小河，许多的衣衫、大块的肉体和妩媚的醉人的空气鲜明地游泳着。小孩们旋风般地叫嚣。不知什么热烘烘的辛辣气味令人窒息。特别使人难嗅的算是那些油腻的稍微带点儿甜味的臭气——血腥气息。毛皮匠住的那一边院子里飘着一种辛辣的刺透人的感觉的气息。女人们的谈话，醉汉的吼叫，小孩子的嚷闹，奏手风琴者的悠扬的歌声，这一切混合成一种浓重的轰响，威武地壮健地叹息着被创造的世界。一切的粗鄙与暴露，激动起巨大的坚牢的信仰的感觉，对于这黑暗的生活与无耻的动物。这种动物一面赞美着自己的力量，一面苦痛地紧张地搜寻他们发泄的对象。因此某种十分悲怆的话，有时候通过喧嚣钻进心窝里，永远坚固地留在记忆中。

"大家不能够同时攻打一个人——应该按照秩序……"

"谁怜恤我们呢！假如自己不怜恤自己……"

"难道上帝是天生来嘲弄女人的吗？……"

将近深夜，空气比较新鲜了些，轰声也比较平静了，蒙着阴影的木房膨胀着、生长着。小孩们散满在院子里——有的躺着，有的在墙垣下的母亲脚边或者膝头上开始睡觉。夜间的孩子们变得特别柔和。也夫西戈渐渐地消失了，好像雪融解似的。编织女工们也不见了。悠扬的手风琴在墓地后边的什么地方远远地奏着。柳德米娜的母亲愁眉苦脸地驼着背蹲在长凳上，好像猫似的。我的外祖母呢，到隔壁她的义妹助产婆家喝茶去了。助产婆是一位大个儿的瘦女人，水鸭鼻子，平坦的男性的胸脯上挂着"起死回生"的金奖章。全街人都害怕她，把她当作女巫。有人说，有一次失火的时候，她曾从火堆里救出了某大佐的三个孩子和他患病的老婆。

外祖母跟她很要好。她们两个在街上遇见了总是不知怎么特别要好地远远地互相微笑着。

戈司特诺姆、柳德米娜同我一块儿坐在大门口的长凳上。屈尔克逗着柳德米娜的哥哥玩儿。他们拥抱着，脚在沙地上一阵乱踏，尘土飞腾起来。

"停止吧！"柳德米娜害怕地请求。

戈司特诺姆瞟着她的黑眼睛，说着关于猎人加里林的故事。这是一个灰白色头发的老头儿，长着一双阴险的眼睛，是各村庄都认识的著名傻瓜。他最近死了，大家刚把棺材安放在靠近另一座坟墓旁的地上，还没有埋葬到沙土里去。棺材是黑色、高脚的，盖子上画着象形的十字、戈矛、芦苇，还有两根骨头的图形。

每个夜间，天刚黑下来，老头儿就从棺材里站起身来沿着墓地溜达，搜寻着什么，一直要到第二天早晨鸡叫。

"别说出来唬人吧！"柳德米娜请求。

"放手呀！"屈尔克叫了，从她弟弟的怀抱里挣扎着。他后来嬉皮笑脸地对戈司特诺姆说："你相信吗？我亲眼瞧见有人埋棺材，只是上面是空的，为着做纪念碑……死人会走路？喝醉酒的铁匠发现的……"

戈司特诺姆瞧也不瞧他，只是生气地说：

"假如我说谎，那么你到墓地上去过夜看看吧！"

他们开始争论，只有柳德米娜郁闷地摇着头，问道：

"妈妈，死人每天晚上可以爬起来？"

"可以爬起来。"母亲重复一句，好像远处的回声。

隔壁小店里老板娘的儿子，肥大的、红头发的、二十岁的瓦约克刚刚走来，听见争论，于是说：

"你们三个人谁去躺在棺材上，睡到天亮，我愿给二十戈比和十支烟卷。但是，谁要是害怕，我就要拔去他的胡子。谁去，嗯？"

大家不言语地骚乱着，只有柳德米娜的母亲说了：

"多么愚蠢呀！难道好怂恿小孩子去做这件事情……"

"给一个卢布来，我就去！"屈尔克认真地说。

"为着二十个戈比，你动摇？"又一个人对瓦约克说，"就给他一个卢布，大家都不要同去，他只是吹牛的……"

"嗯，拿卢布去！"

屈尔克连忙从地上站起来，慢吞吞地走开，躲在墙垣近旁。戈司特诺姆把手指塞在嘴里，尖锐地对着他的背影吹口哨——嘘！但是柳德米娜不安地说：

"嗨，上帝！这个吹牛皮的家伙……这是怎么的呢！"

"你往哪儿去，胆小的家伙！"瓦约克奚落着，"亏你还自命为街坊上第一等的斗士啊，阉猫……"

听着他的挖苦是很难为情的。这个吃得饱饭的青年我们都不欢喜，他每每怂恿孩子们做些邪恶不正的事情，告诉他们关于姑娘和妇人们的污秽的谣传，教他们学着挑拨是非。孩子们听他的话，于是苦痛地罪过地照着做去。他不知怎的讨厌我的狗，扔石头打它，有一回还放枚缝衣针在狗的饭里。

最使人难堪的是瞧见屈尔克皱着眉头忸忸怩怩地走开那种情形。

我对瓦约克说：

"拿卢布来，我马上去……"

他狞笑着，恐吓着我，后来要求柳德米娜的母亲借出卢布来，但这妇人严厉地说：

"我不愿意，不借钱！"

于是，她气冲冲地走开。柳德米娜也不打算借这钱，给瓦约克开了一个挺大的玩笑。我已决定不要他的钱，就这样去。恰巧外祖母走来，知道了怎么一回事。她拿出卢布，平和地对我说：

"穿上小外套，再带着被子，那儿天亮的时间很冷……"

她的话暗示了我无论什么事情也不会发生的信念。

瓦约克订好了条件：我必须在棺材上躺着，或是蹲着，直到黎明，无论如何不得跑下来，即使没有事情发生。同样，即使棺材震动，加里林老头儿从坟墓里爬出来的时候。我故意预先演习，在地上跳跃着。

"瞧吧，"瓦约克警告我说，"我要整晚地监视你的！"

当我到墓地上去的时候，外祖母对我画着十字，忠告道：

"万一发现了什么，不要移动，只是念念圣母的名字……"

我赶快走去，很想一下子就开始而且完成这一切。瓦约克、戈司特诺姆跟几个不知姓什么的青年伴送我。我裹上被子想爬进砖墙去，刚一跳下墙，立刻就站起来，好像抛沙子似的。墙那边有人在哈哈大笑着。不知什么在胸前擦过，一股不愉快的冷气，沿着背皮奔流。

我蹒跚地走到黑棺材那儿。棺材的一头给沙土掩没着，另一头露出了粗大的棺材脚，仿佛并不想抬它起来溜达似的。我蹲在棺材脚下的旁边，瞥见丘陵起伏的墓地上，给灰暗的十字架密密地挤塞着，摇晃的阴影躺在坟墓上，毛茸茸的冈陵拥抱着坟包。有一个地方，在令人迷路的十字架之间，竖着几株细小的枯萎的桦树，它的丫枝将分隔着的坟茔联络起来，穿过坟墓的边缘凸现着树叶的阴影，这种灰暗的景象是极其凄凉的啊！教堂的雪一般的屋顶耸入天空，不动的白云之间颓唐的月儿发出冷光。

亚作夫爸爸，"不中用的农夫"，懒洋洋地敲着警钟。每一次，他拉着一端挂在屋顶铁板上的绳子的时候，总得哭诉似的吼叫一声，然后才给小小的钟儿使劲地一敲。钟声是短促而忧郁的。

"上帝别对失眠者敲钟啊！"我记取守夜者的话。

墓地上我很熟识。我同亚作夫或旁的同伴在大墓之间游玩过十来次。这儿靠近教堂那一边，埋葬着我的母亲……

心里发怵。虽然夜的空气很新鲜，但我却浸浴在闷气之中了。万一加里林老头儿从坟墓里爬起来，我究竟能不能冒昧地跑到守夜者那儿去呢？

一切还不曾瞌睡，一阵阵的哄笑声与断续的唱歌声从大村落里传出。山冈上的铁道上发出沙声，卡的作夫克村庄那儿有手风琴在哀叫、啜泣。醉酒的铁匠马却夫，老是在墙后边走着，歌唱着。一听那调儿，我就知道是他。

> 我们的妈妈啊，
> 罪过的妈妈——
> 她无论谁也不爱，
> 只爱爸爸一个……

这种最后的生命之叹息，听着却很愉快。但是每一次钟声过后，都变得愈发静谧。静谧好像河流般流泻在草原上，把一切都淹没、遮蔽了。心儿浮游在深邃无涯的空虚中，终于像正在这空虚的海洋之间拓展着的黑暗之中的火柴头上的小火般地灭熄了。在这空虚的海洋之间，有着闪烁而难得的星星，但是在陆地上一切都不需要地死灭般地消失。

我裹着被子，盘起腿坐在石棺上，脸朝向教堂，后来身子摇动的时候，石棺便咯咯作响，下面的沙土发出一阵窸窣的响声。

不知什么东西一次两次地打落在我后面的地上，随后一块砖瓦更近地掉落下来。这是很可怕的啊，但是我立刻打量到这是瓦约克和他的同党从墙那边扔来的，他们故意恐吓我。然而由于知道附近有人，我反而愈加平静了些。

这儿不得不想到关于母亲……有一回，我试着学抽烟卷的时候，她初次打了我，但是我说：

"别打人，就不抽烟我也同样坏……"

随后，被责罚的我蹲在炕床背后，但她对外祖母说：

"没有感情的坏孩子，无论谁他也不爱……"

我很可耻地听见这种话。当母亲责备我的时候，我倒可怜她，为着她的愚笨；她很少真实地赏罚。

在生活中，通常有很多侮辱的。比方说，墙那边的人们虽然知道我一个人在墓地上害怕，但是偏要成心恐吓我，为什么呢？

沙地上许多云母石的碎块，在月光中暗淡地发着光。于是我回忆起某一次我躺在窝瓦河的竹筏上，凝视着水里。突然间，一个怪物差点儿漂流到我的脸前，后来侧身地周转了下，仿佛是一个人的脸颊，终于用鸟儿般的圆眼睛盯着我，时而浮在水上，时而沉下水底，漂荡着，如同掉落的槭树叶。

记忆愈渐努力地工作，过去各种各样的生活情形复活着，好像要用它抵抗幻想与顽固的被创造的恐怖。

我模糊地瞥见远处的城楼上已经变得愈渐明亮。早晨的寒冷袭击着我的脸颊，使我眼睛睁不开了。我扭转身子，脑壳藏在被窝里，静待着什么事情的发生！

外祖母叫醒了我，她站来同我并排，后来抓开了被窝，说：

"站起来！没有着凉吧？嗯，害怕吗？"

"害怕的，只是您别对任何人说，尤其是别告诉小孩子们啊！"

"干吗要瞒着！"她惊奇地说，"如果真是害怕的话，这没有什么可以自责的啊……"

我们回家去，她在路上亲切地说：

"一切事情都应该自己去经历的，小宝宝，一切事情都应该自己去认识。假如自己不去学，无论谁也教不会的呀……"

将近黄昏，我变成街上的"英雄"了，大家都问我：

"真的不害怕？"

于是我说：

"害怕啊！"

他们摇着头，吼叫道：

"嗨！你瞧见吗？"

老板娘也高声地、说教似的表示：

"你们这些饶舌家，加里林也许起来过的。如果他起来了，难道他还来惊动小孩子？他只不过扫除一下墓地，不会往那儿瞧的。"

柳德米娜带着亲切的惊讶凝视着我。外祖父显然也很满意我的。大家都微笑着，只有屈尔克严肃地说：

"他当然容易做，他的外祖母是巫婆呀！"

三

　　戈雅弟弟好像朝霞中之小星星般地渐渐消失了。外祖母和他还有我一块儿睡在矮小的敞房的柴堆上，盖着各种各样的烂布巾，同我们的屋子并排，隔层有鳞隙的墙壁那一边是房主人的养鸡室。从早晨起，我们就听着那些吃饱的鸡拍翅膀、撒播灰土，以及生蛋的鸡的歌唱。大清早，大喉咙的黄毛公鸡就吵醒了我们。

　　"哦，总要撕碎你的！"外祖母一面瞌睡，一面咕噜。

　　我已经睡不着了，只观察着太阳光线怎样穿过敞房的鳞隙，射到我的床上，不知什么银白色的灰尘在太阳光线里面舞蹈着。这些微细的尘土仿佛故事里边的字。老鼠在柴堆里喧扰，还有一种翅膀上长着黑点的红色的甲虫也在那儿奔跑着。

　　有的时候，我离开这令人窒息的鸡屎臭的地方，从敞房里爬了出来，蹲在它的屋顶上，注视着那些无眼、高大、浮肿的在睡梦中的人们。

　　这儿，满脑头发的船夫——费尔曼夫——严厉的醉酒汉从窗口爬出来。他用沾着点儿眼屎的眼睛凝视着太阳，野猪般地呻吟。外祖父跑出来到院子里，双手压着棕色的头发，忙着到浴室去洗冷水澡。多话的房主人的尖鼻子女仆，脸上给斑点密密实实地撒布着，活像一只斑鸠。自己的主人呢，年老的肥鸽儿？这一切的人们好像鸟儿、牲畜。

早晨是那么可爱、清朗，但是我感到有点儿郁闷，因此愿意离开这儿到那一个人也没有的旷野间去。我知道人们每每都要到日高三丈的时候才开始耕作。

有一回，我正躺在屋顶上的时候，外祖母叫我去。她不大声地在自己的床上点着头说：

"戈雅死了啊……"

小孩子踢落了丝织的被窝，躺在毛毡上，天蓝色的汗衫滑脱到颈子上，膨胀的肚子跟弯曲的长疮的腿裸露着，双手紧挟着腰。他好像希望把自己提高起来，脑壳差点儿歪到肋下。

"谢谢上帝，去吧，"外祖母梳着自己的头发说，"他怎么活得了呢，穷人！"

外祖父跳舞似的走出来，谨慎地用手指摸了摸孩子闭着的眼。外祖母生气地说：

"怎么拿脏手去摸呀？"

他开始咕噜了：

"就只是生孩儿……住房子，吃饭……除此之外什么也不……"

"埋葬吧。"外祖母打断他的话。

他对她使白眼，后来走到院子里，说着：

"我可不去埋，你自己……"

"呸，你，倒霉的家伙！"

我出去了，一直到将近黄昏才回家来。

第二天早晨，我们埋葬了戈雅。我没有到教堂去，同着狗还有亚作夫爸爸一块儿蹲在被掘开的母亲的墓旁。他廉价地掘了墓穴，因此在我面前夸口。

"我不过讲了点儿人情，但是，那么一个卢布……"

我瞧着黄色的墓穴，从那儿发出一种浓重的臭气。后来我发现了黑色的潮湿的木板在墓坑旁边。细细的流水直流散到地底，注入两旁木板的皱痕里。由于我的震动，小丘上的沙子撒散在坟墓的四周。后来为着把这些木板掩盖着，我故意地震动着。

"你别儿戏吧!"亚作夫爸爸一边抽烟，一边说。

外祖母用手端来了一副白颜色的小棺材。亚作夫爸爸连忙跳下墓坑去，接住棺材，把它同黑木板放在一排，然后从坟里跳起来，开始用脚跟锹推压沙土。他的烟管香炉般地冒出青烟。外祖父和外祖母也默默地帮他的忙。没有神甫，没有乞丐，只有我们四个在稠密的十字架丛中。

给了守墓者钱，外祖父带着谴责的口吻说:

"你，还要搅乱家鬼瓦娜……"

"这有什么稀奇呢? 那么我抓住别人的地方吧。这个，不要紧!"

外祖母对坟墓深深地一鞠躬，一边啜泣，一边走。她的背后是外祖父，遮阳帽遮住他的眼睛，清洁的礼服引张着。

"人们在未开辟的土地上播种啊!" 他突然说，一下跑到前面，好像菜园的乌鸦似的。

我问外祖母:

"他干吗?"

"上帝保佑他啊! 他有他自己的思想。"外祖母回答。

天很热。外祖母艰难地走着，她的脚陷落在沙地上，往往不能前进，只是用头巾拭着汗湿的面庞。

我很兴奋地问她:

"坟坑里的黑东西就是母亲的棺材?"

"是的，"她生气地说，"不聪明的狗婆……一年还不到而瓦娜就已经腐烂啦! 这全是由于沙土渗水。如果腐烂的话，顶好是……"

"大家都要腐烂?"

"大家?只有圣徒免得了这个啊……"

"那么你不会腐烂了啰!"

她停着脚,整理下我头上无边缘的帽子,严肃地忠告道:

"不要想到这个,不应该。听见吗?"

但是我想:"怎么觉得死就难为情而要反对它呢?多么缺德呀!"

实在也是我的不好啊。

当我们回到家里的时候,外祖父已经预备好了自暖茶壶,摆好了饭桌。

"我们喝茶啊,天气真热,"他说,"我亲手烧的,全都是。"

他踱到外祖母跟前,拍了拍她的肩膀。

"怎么,阿妈,啊?"

外祖母挥挥手。

"这是干吗的呀!"

"就是那么的!假如一家人不健全地活着,如同手上的指头似的……那么上帝生了我们的气,会把我们分割成一块块的呀……"

他一向都不曾说过那柔和而仁爱的话语。我听着他说,于是期待着老头儿一下子消灭对我的侮辱,同时我忘怀了那黄的坟坑跟黑色的在它旁边的木片。

但是外祖母粗暴地止住他:

"得啦,阿爸!你一辈子会说这些话,但是对谁温柔过?你一辈子好像铁锈似的吃光了一切……"

外祖父咳呛着,盯着外祖母,不言语。

黄昏时候,在大门边,我带着苦痛告诉了柳德米娜关于早晨所见的那回事情,但是这并不曾引起她一种显著的感想。

"过着孤儿生活是挺好不过的啊。将来我的父母死了,我也许把妹妹留给哥哥,我自己呢?进修道院去过活一辈子。我还往哪儿去呢?出嫁吗？我可不合适。做女工吗？脚是跛的，并且还得生出跛脚的小孩啦……"

她好像我们街上那一切女人似的，那么聪明地说着。往后，也许就是从这个黄昏起吧，我便失掉了遇见她的机会。生活那样过着，简直使我同朋友们不相往来了。

弟弟死去的几天之后，外祖父对我说：

"今天早些睡觉，明朝天亮我就叫醒你，我们到森林里捡柴去……"

"我要搜集杂草啊。"外祖母表示。

枞树和白桦树的林场，是在一个湖沼的岸边，离我们村庄大约有三威尔斯他。那儿有许多干柴和风刮倒的老树。它一面靠近窝瓦河，另一面遥对着到莫斯科去的铺石的大道。林场之上，郁郁的松林软柔而毛茸茸的黑天幕似的高举着。

这一切的财产都属于伯爵舒瓦诺夫所有，保护得很不好。古纳汶城的市民一向把它视为自己所有的，他们搜集风刮倒的树，砍割干柴，有机会还毫无顾忌地砍伐些生树。一到秋天储藏过冬的柴薪时期，森林里面随时都有十来个带着斧子跟腰缠绳子的人。

因此天刚亮，我们三个人沿着青白色的多露的旷野走去。朝着我们院落的左边走，在窝瓦河的后身，在嘉特尔山红色的山腰上与白的尼日尼诺夫戈洛特的城头上，葱绿的丘陵里，金黄黄的教堂的屋顶上，俄罗斯的懒洋洋的太阳慢吞吞地站了起来。静谧的风瞌睡地从静谧的醒醒的窝瓦河吹来，给夜露压抑着的黄金花儿摇曳着，淡紫色的钟楼哑然地朝地上沉坠，各种色彩的纪念物冷落地竖立在缺少果实的草坪上，"夜美人"——石竹花对着血红的星星开放出来。

森林用它黝黑的集团欢迎我们。松翼仿佛无数的大鸟儿。白桦活像处女。酸溜溜的湖沼气息流满了旷野。伸出玫瑰色舌头的狗同我一道走来，一下子停下脚，嗅了嗅，迷惑地摇着狐狸头。

外祖父穿上外祖母的短衫，戴着没有边缘的便帽，挤了挤眼睛，不知对什么微笑了，粗大的腿谨慎地大跨一步，好像做贼似的。外祖母穿着天蓝色的上衣、黑裙，头上披着白的头巾，匆匆忙忙地满地溜走，很不容易追着她的。

愈近森林，外祖父愈见活泼。他拉伸鼻子呼吸空气。他起初天真地含糊地说话，但是后来简直酒醉汉似的狂喜、撒娇。

"森林——上帝的花园，没有谁不给它撒播种子的，即便是一个上帝的轻浮汉。一个圣洁的生物……有一回我在惹古尔，当无理地漫游的时候……嗨，阿列克西别把你自己这一点儿经历看作就是我的！窝瓦河岸的森林，从卡西莫谟到姆拉谟，或者是从伏尔加河后面的森林走到乌拉尔，这一切全是极其奇妙的呀！"

外祖母睥睨着他，后来对我挤挤眼。但是他呢，一面在小山上蹒跚着，一面琐琐碎碎地撒出一些枯燥无味的话语。这些话深藏在我的记忆里。

"我们运送一只载油的帆船从萨拉多伏出发到玛加里市场，我们里边有一位从布列黑来的伙计叫基里罗，一位水夫——嘉西谟的鞑子——阿克富，还有叫什么的……我们走到惹古尔，一阵阵的东风吹着我们的眼睛，冲散了气力。我们死死地站着，哆嗦着，终于下了船到岸上烧饭去。大地上正是五月，伏尔加河俨如一个大海，河上的波浪一群群地游戏，好像千百只天鹅在里海中游泳。青苍的山巅在天空中摇曳，嵯嵯的白云在天上飞驰，陆地上太阳的余光融解着。我们栖息，我们互相地亲爱、仁慈。河中间寒冷，而岸上暖和，多么艳丽啊！东风底下，我们的基里罗——粗野的男人，突然站起脚来，脱了帽子，说：'嗯，我并不是你们的工头，也不是仆人。孩子们，各自去吧，我要到森林里去啦……'我们大家摇了摇身子，究竟怎么办呢？在主人跟前不复命不可能的啊！不去，得丢掉脑袋！虽然这儿是伏尔加河，可是也可能逃到陆路上去的。老百姓，愚蠢的禽兽，干吗要怜恤他？我们惊骇着。然而他自己：'我不愿过这样的生活，给你们做牧童，我要逃到森林里去！'我

们想抓着他揍他一顿，但是后来替他想了想，又突地叫：'站着！'于是
靰子水夫也叫：'我也要逃走呀！'靰子怪可怜的，跑了两次的路，主人
没有给他一点儿工钱。这时候，人们叫喊着，直叫喊到天黑。但是到了
夜里，我们里边已经逃走七个人了，剩下的我们不到十六个，也不到十
四个。这就是森林啦！"

"他们做强盗去？"

"也许是去做强盗，也许是去做隐士。这个时代不很爱干这些事
情的。"

外祖母画着十字。

"神圣的圣母！原谅这些人们，怜恤他们吧。"

"赐予他们一种智慧。要知道，魔鬼从那儿出来的呀……"

我们沿着湖山与枯老的枞树林之间的潮湿的小道走进了森林。我还
得常常离开家到森林去，如同基里罗之离开布列黑，这是很好的。森林
中，没有爱唠叨的人类，没有争斗、酗酒。那儿，你会忘怀了关于反常
的外祖父的贪婪，关于悲惨的母亲的坟墓，与一切可耻的压溃了心儿的
沉重郁闷。

在干地上，外祖母说：

"应该吃东西了，坐下来！"

她的手提篮里，有黑面包、胡瓜、葱、生盐和烂布包的冻牛奶。外
祖父狠狠地凝视着这一切，挤了挤眼。

"我一点儿也没有拿吃的，啊嘿，诚实的阿妈……"

"你通通都拿去呀……"

我们坐下来，背靠着铜硬的桅杆样的松树干。空气散布着树脂的气
息，静穆的风从旷野吹来，摇曳着马尾草。外祖母用脏脏的手一边摘杂
草，一边告诉我关于这些杂草的药性。什么切弟草哪，圣约翰哪，羊角
蕉哪，还有什么富于神秘魔力的羊齿草、黏性的依凡茶、土灰色的狮子
草，等等。

外祖父砍断了被风刮倒的树,我本来应该把这些砍断的搬来放在一个地方的,但是,因为我很少到密林里来,于是只跟在外祖母的背后。她在大树干之间飘摇着,好像沉落似的整个身子伏在饰满了针叶的地上。她走着,一个人自言自语地说:

"我们应该再早一点儿来,菌子快要少啦!上帝,你没有好好地关怀穷人,菌子是穷人无上的美食呀!"

我跟在她背后不言语,为的是不使她发现我。我小心地注意着。我不愿搅乱她同上帝、草儿和青蛙的谈话。

但她终于瞧见我了。

"你刚从外祖父那儿跑来的!"

于是她赞美着这穿上袈裟般的美丽草衣的黑色的地界。她说某一年上帝生了人们的气,大降洪水,淹没了一切的生物。

"但是上帝的仁爱母亲搜集了一切粮食的种子,收藏在手提篮里,后来她请求太阳把土地一方一方地晒干。为了这个,人们将要谢谢你的!太阳真就晒干了土地,于是她把她收藏的种子拿出撒播了。上帝瞧见:大地上又长满着生物——草木哪,家畜哪,人类哪!'……这是谁做来违背我的意志?'他说。这儿她就对他道歉了。不过上帝瞧见这荒凉的下界,早已发生了慈悲心,所以他对她说:'这个你做得很好的啊!'"

我欢喜故事,但是我很惊奇,于是郑重地说:

"难道真有这么一回事?洪水灾过后,不是又经过了许多年圣母才诞生的吗?"

"这是谁告诉你的?"

"小学里,教科书上记载着……"

她镇静了一下,忠告我:

"你算了吧,忘掉这一切,让他们去相信教科书!"

后来她平和地愉快地笑了笑。

"这是傻瓜的思想！有上帝而不会有他的母亲。哎呀！他是谁所生的呢？"

"我不知道。"

"那就很好啰！到'不知道'里去学习知道！"

"神甫说，圣母是亚当跟夏娃所生的。"

外祖母已经生气了，站在我面前严厉地直朝我的眼睛瞧。

"真的是亚当、夏娃？你如果再这样想，我可要打你的手心啦！"

但是，过了几分钟，她对我解释：

"圣母无论如何是有的，她早于一切呀！她生了上帝，只是后来……"

"耶稣基督又是谁生的呢？"

外祖母不言语，纷乱地闭着眼。

"耶稣基督吗……嗯，嗯，嗯？"

我瞧见我胜利了，我搅乱了她的上帝迷，但这可使我很不快活啊！

在森林里，我们直朝前走着，淡黑的烟雾中给黄金色的太阳光线截断。在温暖宜人的树林里头，不知什么奇特的噪音平和地鸣响着。这种梦呓似的噪音引起人发生一种幻觉。十字嘴鸟儿在喊喳，云雀嗡嗡地鸣叫，杜鹃嬉笑着，高丽莺吹着口哨，金翅雀一声不断地哼着嫉妒的歌儿，奇怪的鸟儿——蜡嘴鸟沉思地歌唱，青蛙在脚下舞蹈。它们时而在树身之间躺着，抬起金黄黄的头，时而蹦跳着。栗鼠毛茸茸的尾巴在松盘上闪动。它怀疑地瞧我，但是愈想瞧，而我愈是远远地离开。

松茎之间现出透明体的天空色的巨人般的影儿，一会儿又消失在黑黝黝的茂林之中。密林外面，银灰色的天空明朗着。华美的苔藓的花毡、绣花布般的越橘树和柔软的红苔藓丝躺在脚下，核果的血点放光，菌子喷射出强烈的香气。

在森林中，她好像家主婆，对于周遭的一切又好像亲属。她像熊婆似的走着，无论瞧见什么都爱赞美、感叹。一种温暖仿佛从她身上发出似的流满了森林。我最爱瞧的是，她脚踏着苔藓立刻整理下又站起来的那种情形。

我一边走，一边想：做强盗不好吗？专门偷窃贪心的富人，而分赃给穷人，让大家都温饱、愉快，没有嫉妒，不互相恶狗般地狂吠。同时又想：接近外祖母的上帝、她的圣母好吗？到他们面前去诉说一些真实话，比方人们的生活怎样好，怎样不好，与他们怎样可耻地在尘芥的沙土里互相埋葬。还有多少普遍的在世界上简直不应该的耻辱。如果上帝信仰我一下，那么允许赐予那样的聪明，为的是我能另外建设一切挺好不过的无论什么；或者是允许人类带着信心听从我的话——我也许将要去寻找挺好的生活呀！这个，不要紧，我还是小孩子。耶稣基督的年纪不是比我大了许多岁，那时候聪明的人们才听从他的吗？

有一回，我给胡思乱想弄盲目了，我一筋斗跌落在地洞里，跌破了脑后的皮。我蹲在冰冷且有黏的尘土的洞底，好像生了根似的，后来很难为情地想到我自己爬不出来，但是对外祖母惊叫又觉得太笨了，终于我还是叫了她。

她活泼泼地牵我出来，于是画着十字说：

"谢谢上帝啊！嗯，妙呀，这是个空洞，是不是有主人躺在那儿呢？"

于是她连哭带笑着，随后引我出去。她洗干净手，用她自己的汗衫布裹好伤口，并且还敷上些什么止痛的树叶，带我到火车站去。我没有力气，不能走路到家了。

我差不多每天都请求外祖母：

"我们到森林去吧！"

她不耐烦地同意了，因此整个夏天直到秋末我们都过着搜集杂草、蕈菌和胡桃的生活。外祖母把搜集的东西卖钱来养活家口。

"懒惰的家伙们！"外祖父喊喳地说，虽然我们没有享受过他的面包。

森林引起我一种灵魂的镇定与愉快的感觉。我一切的悲哀都消失在这种感觉之中，一些不愉快的也遗忘了。尤其是，在那时候，我产生一种非常护身的感觉：听觉跟视觉变得越发灵敏，记忆也更加清楚，印象的仓库也愈见深刻。

于是，无论什么都使外祖母十分地惊奇。我习惯地认为她是一切人类里边最高尚的人物，世界上极善良而智慧的，只不过爱毫不倦怠地固执着一种说教罢了。

某一个黄昏，我们搜集好了白菌子，刚走出森林圈子，快到回家的大路上，外祖母蹲下来歇气。但是我呢，仍旧回到树林里瞧还有没有菌子。

突然听见她的声音，我一瞧：她蹲在小道上，平心静气地分开着菌子根儿，而她旁边站着一个伸出舌头的瘦小的灰狗。

"你走，走开，"外祖母说，"同上帝一块儿去吧！"

不久以前瓦约克毒杀了我的狗，我很愿意得到这只新的，我顿时跑到小道上。狗奇怪地弯曲着背，没有现出颈子，饥饿的黑眼球盯着我，于是夹着尾巴跑到森林里去了。它的威风不大像狗，后来我吹口哨的时候，它凶猛地直朝矮树林里跑。

"瞧见吗？"外祖母微哭着问，"当初我认它是狗，后来仔细地瞧它，牙齿不像狗的，而且颈子也不像！我吃惊了！嗯，我说，假如你是狼的话，那么赶快走开啊！还好，夏天的狼是很驯善的……"

她在森林里从来不会迷路的，能很正确地指定回家的大道。根据草的香味，她知道哪种菌子应该生长在哪个地方，哪一种又是在另外的地方。她常常考验我：

"哪一种树子爱长蕈子？在有毒的菌子中间你怎么区别出没有毒的？哪一种菌子爱羊齿草？"

根据树皮的一点儿小裂缝，她就指示我那是栗鼠洞。我爬上树去毁了小兽的洞子，取出了储藏来过冬的胡桃，有的时候，在它们的窝里可以得到十多"风特"（重量的名称，相当于斤、两等）。

因此，某一回我正在干这种事情的时候，不知道姓什么的猎人击进了二十七颗打山鹬的子弹在我身体的右边。外祖母用缝衣针挑出了十一颗，其余的留在我的皮子里许多年，后来才逐渐地脱落出来。

外祖母很欢喜我能忍耐劳苦。

"年轻人，"她夸奖，"有了忍耐性将来不愁没有聪明的！"

一次，当她积蓄了一点儿卖菌子跟胡桃得来的钱的时候，她又拿它摆放在窗户底下做"静默的慈善"，可是自己呢，每个纪念日出去捡废物和烂布。

"你比乞丐还要坏呀，真是羞辱了我。"外祖父咕噜着。

"不要紧，我不是你的女儿，又不是未婚妻……"

他们的争吵越发变成常事了。

"我一点儿也不曾得罪过别人，"外祖父难为情地叫道，"反而要遭受这么大的惩罚呀！"

外祖母生起他的气来：

"鬼知道，谁在那儿干吗呀。"

于是她挤眉弄眼地同我说：

"我的老头儿害怕鬼！他赶快老去，带着恐怖……嗨，可怜的人儿……"

整个的夏天野生在森林里，找的身体长得非常结实，而且失了对于同伴与柳德米娜的兴趣，而她似乎觉得我有着聪明的苦闷……

一天，周身湿透的外祖父从城里回来。这是秋天，下着雨。他在阶沿旁边乌鸦般地摇撼着身子，后来庄严地说：

"嗯，流浪儿，明天到一个地方去啊！"

"还往哪儿去？"外祖母气冲冲地问。

"到你妹妹玛特林家去……"

"阿爸，你计划得太坏啦！"

"不要作声，傻家伙！说不准他会成为一个图案师的。"

外祖母低着头。

黄昏时候，我告诉柳德米娜我将要离开这儿，住进城去。

"他们也快要带我到那儿去啦！"她思索地对我说，"爸爸愿意我干脆把脚割掉。没有脚，我将来也许会健康的。"

夏天过后，她开始消瘦了，脸皮发青，眼珠子也凸了出来。

"你害怕吗？"我问。

"害怕。"她说，不响地哭着。

没有什么可以安慰她。我自己害怕过城市的生活。悲愁的沉默中，我们许久地蹲着，互相拥抱着。

我想明年夏天，我也许劝说外祖母同女孩子去周游世界。说不准柳德米娜还同我一块儿去——我载她在独轮车里。

是秋天，沿街飞着潮湿的风，破絮般的白云布满了天空，大地上愁眉苦脸的鄙陋与不幸开始了。

四

　　我重新来到城里一家棺材般的两层楼的白房子里。这儿是许多的人公有的。崭新的房子，但是某种消化不良而肿胀的气象恰像一个偶然发了财，一下子吃胖的乞丐。它坐落在大街的侧边。它的每一层楼大约有八个窗子，但是那儿必须有四个窗户开来朝向着房子的正面。底下层可以望到巷堂、天井，而上层——穿过篱笆，在矮小的洗衣女的房子顶上，正对着醒龊的水沟。

　　街道，我对于它很熟悉。醒龊的水沟，在房子前面给窄小的土堤分割成两个地方。水沟朝左边流到拘留所的大门跟前，人们倒些从院子上得来的垃圾在里面，水沟底上是浓厚的污黑的水潴。向右边流去，在水沟的尽头，黏泥的星星池塘发酸臭。而水沟的中央呢——房子对过，半边给尘芥撒布着，生长着荨麻、牛蒡和马齿草，其余半边是牧师、杜里梅东特、波克诺夫斯基培植的花园。花园里头——薄木板造成的凉亭，染有青的颜料。如果有谁抛块石头到亭子里去，木板就要喳喳地破毁。

　　地方，苦闷到不能再有的苦闷，肮脏到无耻的肮脏。秋天无情地摧残了尘芥，黏泥紧抓着人脚的地面，换上了一层褐色的污水。我永远也没有瞧见过那么多的灰土在小小的桌面上，过惯了旷野的清洁生活，这个城市基角上的山林惹起了我一种苦痛。

水沟后头，蜿蜒着几道古老的灰色墙垣。在墙垣之间，我远远地瞥见一座紫栗色的小房子，里面住着过冬的未来商店的小学徒。接近这个房子越发地压迫了我啊！为什么我又来住在这种街上呢？

我知道我的男主人同他的弟弟过去曾经一块儿来拜访过我的母亲。他们兄弟两个是那么样的：哥哥，钩鼻子，蓄着长头发，很和蔼，瞧着似乎觉得他是善良的；弟弟，维克多尔，生着也是那么长雀斑的一副马脸。他们的母亲呢——我外祖母的妹妹——脾气很大的长舌女人。哥哥结了婚的，他有一个美丽而白净得像小麦面包似的大黑眼睛的妻子。

开头的几天，她两次同我说：

"我送过你母亲一件带着玻璃珠子的缎子的长外套啊……"

我不知怎的老不相信她送过人情，而母亲接受了她的赠品。当她又一次对我提说到关于这件长外套的时候，我开始忠告她：

"你送了人情，别那么骄傲吧。"

她愕然地从我身边跳开。

"什么，你同谁说话呀？"

她的脸上立刻堆着红色的斑点，眼睛突出来，她叫了声丈夫。

他手拿着两脚规，耳朵上嵌着铅笔走来，听完妻子的话，同我说：

"一切她都应该对你说的。但是你不应该说大胆话啊！"

后来他不耐烦地说妻子：

"你别拿空事情来扰乱我呀！"

"怎么，空事情？也许是你自己的亲戚……"

"见鬼，亲戚！"主人一边叫，一边走出去。

我也不欢喜这些人们——外祖母的亲戚。据我的观察，亲戚们之间的关系，坏得来比陌生人还不如的啊！关于彼此间很坏而可笑的事情，他们比外人知道得更清楚，他们挺会恶意地造谣、诬蔑、争论、敷衍。

主人开始欢喜我了。他美丽地摇摆着压在耳朵背后的头发，使我记忆起"好事情"什么的。他常常带着满意的冷笑，灰色的眼心平气和地瞧着，鹰鼻近旁愉快地牵动着可笑的皱纹。

"你们骂够啦，'老虎婆'们！"他说他的妻子跟脸上露着亲切的细小微笑且抿着嘴的母亲。

婆婆和媳妇每天总得要吵骂。我很奇怪她们怎么那么容易而且迅速地争吵起来。从早晨起，她们还没有梳洗好、穿戴好，就开始满屋子转来转去，好像房子里发生火灾似的，整天地喧闹。唯一的，只有吃中饭、晚茶和夜饭那几个时间，她们才会停息一下。他们吃得多，喝得多，吃要吃到疲倦，喝酒要喝到大醉，中饭过后，就谈论到关于饮食的事情，大家懒洋洋地翻来覆去责备，预备着大的争论。也许是婆婆还没预备好吧，媳妇便反对地说：

"我的妈妈，这个别那么做。"

"不那么，就更要坏些！"

"不坏，挺好！"

"嗯，回到你的娘家去吧。"

"我要在这儿啦，女主人！"

"我是谁呀？"

男主人走来干涉了：

"够了，'老虎婆'！你们发疯啦？"

房子里面，一切都是不可思议的奇怪而可笑的：从厨房到饭厅去的过道上，摆着一幢房子里面唯一的窄小的厕所，搬送自暖茶壶跟菜饭到饭厅去得走过那儿。厕所是愉快的诙谐的题目，而时常也是可笑的误会的泉源。注水在厕所的地上算是我的责任，我睡觉的地方呢，在厨房里，正对着它的门，靠近正厅阶沿的门边。脑壳给厨房的火炉烤得发烧，而脚被阶沿上的冷风吹着。睡觉的时候，我得收集一切的草垫子，堆叠在我的脚上。

空虚而寂寞的大厅里，壁上挂着两面镜子跟金子铸造的"倪甫"的褒奖像，摆放着一对招待客人的条桌和一打活动的椅子。小小的客厅中，给杂色的精致的家具、"陪嫁"的银盾和茶具密密地挤塞着。还有三个灯，一个比其他都大一些，做这屋子的装饰品。黑暗无火的卧室里，除开宽大的床、桌子、箱子和衣橱没有别的东西，衣橱里面发出一种烟草和波斯干橘花的气味。这三个房间常常是空的，主人们只挤塞在小小的饭厅里，互相地妨碍着。吃过早茶之后大约八点钟光景，男主人立刻就同他弟弟两人移开桌儿，在桌上摆着白的纸张、算盘、铅笔、墨水盒，后来开始工作了。一个在桌子的末席，一个在他的对面。桌子没有安稳，当女主人和乳母从儿童室走来，触动了桌子的边角的时候，满桌的东西都给震动了。

"请你不要在这儿逛啊！"维克多尔叫道。

女主人难为情地向丈夫说：

"瓦侠，你告诉他别对我咆哮吧！"

"你不要摇动桌子啦。"男主人和蔼地忠告她。

"我，怀孕的人，这儿太……"

"嗯，我们到客厅工作去。"

但是，女主人愤怒地叫道：

"上帝，谁到客厅去工作呀？"

老太婆玛特林·依瓦诺夫娜，从厕所门里探出凶狠的给炉火烫伤的脸儿来，叫：

"喂，瓦侠，瞧：你在工作，她在四个屋子里头都不能生下小牛。梳髻子的少奶奶，聪明女人，不装模作样的啊。"

但是媳妇用恶意的雄辩灌注着婆婆，后来倒在椅上唉声叹气地说：

"我要离开这儿，我要去死！"

"别妨碍我的工作，见你们的鬼！"面孔苍白而紧张的男主人咆哮着，"疯狂的家庭，为了你们我背脊都磨伤了，你们吃饱啦！啊，'老虎婆们'……"

开始时这种争吵恐吓了我，特别使我受惊骇的一回，是女主人抓了饭厅的小刀，跑到厕所去，锁上两个门，在那儿开始凶猛地恸哭的时候。房子里沉静了一会儿，后来男主人弯着身子一边用手开门，一边叫我：

"你爬上去，打碎玻璃，拔出门闩来！"

我活泼泼地跳上他的背，打碎了门顶上的玻璃。但是，当我弯下身子的时候，女主人生气地用刀柄敲打我的后脑壳，终于我还是成功地打开了门。男主人拼命把老婆往饭厅里拖，掠走她的小刀。后来我蹲在厨房里拭着碰伤的脑袋，一下子打量到这是无聊的灾害：钝的刀子，他们用来切块面包都切不断，还能割破皮肉吗？实际上，我无须乎爬上男主人的背，我也能用椅子打破玻璃的，而且拔掉门闩还比较方便些——很长的门闩。在这段争吵的历史过后，屋子里越发不使我受惊了。

兄弟们在工作完毕之后，开始轻轻地哼唱教堂的歌，哥哥唱的低调：

"我遗失了。

女孩子的灵魂之戒指在海洋里……"

弟弟用高的调子加入：

"我戴着那种戒指，

毁灭了人间的幸福啊。"

从儿童室里开始播来女主人的和平的叹息：

"你们发疯？小孩睡觉啦……"

要不然就：

"你，瓦侠，既然已经讨了老婆，就可以不唱关于女孩子的歌，这是为的什么呢？好啦，马上要敲钟做'通夜祷'……"

"嗯，那么我们唱赞美诗……"

但是女主人暗示说一般的赞美诗不应该在某些地方哼唱，况且这儿还有……因此她雄辩地用手指示着小门——厕所门。

"你说应该搬搬房子，但是鬼知道什么呢！"男主人说。

他时常说应该移动下房子，可是他又说这个要再延长三年。

听着主人们谈论人类，我每每回忆起鞋店：那儿也是那么谈论。我明白主人们也认为自己是城市中的优秀分子，他们懂得极其正确的行为准则，而他们所支持的这种准则是我所不了解的，他们残酷无情地裁制着人类。这个法庭惹起了我剧烈的痛苦与反抗主人们的法律的烦恼，我要毁灭法律，建立一种对于我的满足。

我的工作非常多，我得履行使女的任务：每个礼拜三洗擦厨房的地板，洗涤自暖茶壶和黄铜的家具；每逢礼拜六得洗擦一切房间的地板和两个扶梯；每天要搬运木柴烧炉子，洗器具、蔬菜，同女主人一道上市场，替她拿买东西的提篮，跑小铺和药店。

我最接近的监督——外祖母的妹妹，爱喧扰的性子，暴躁的老太婆，早晨六点钟就爬起来，匆匆忙忙地梳洗后，穿着一层的汗衫，跪在神像面前，许久地对上帝埋怨自己的生活、小孩子和媳妇。

"主啊！"她声音里带着眼泪叫道，叠着三根指头按在太阳穴上，"主啊！我什么都不请求，无论什么我都不应该，只请求给我安息，给我镇静。主啊，你的威力呀！"

她的哭泣吵醒了我。我苏醒在床上，从被窝里偷瞧，带着恐惧听她可怜的祷告。秋天的早晨，从厨房的玻璃窗上望出去模糊地瞧着密密的雨丝。地板上，冷飕飕的幽暗中，摇晃着灰暗的人影和不安地挥着的手。头巾从她小小的头上滑落下来，散在颈子上与疏薄的发光的头发垂在的肩膀上。头巾随时从头上掉落，老太婆使劲地用左手整理着它，嚷叫道：

"总要撕毁你的！"

后来她挥手打了打自己的太阳穴、肚子和肩头，喃喃地说：

"主啊，别惩罚媳妇，惩罚我吧。她的一切全是我的不好！顾念我的子息，顾念她和维克多鲁司加（亲爱的维克多尔——译者）！主啊，帮助维克多鲁司加，把你自己的慈善给他……"

维克多鲁司加也正在厨房的炕床上睡觉，给母亲的呻吟吵醒的他，用梦呓的嗓子叫道：

"妈妈，天不见亮你又在咆哮啦！这真是可怜！"

"嗯，嗯，你自己睡觉吧。"老太婆过失地咕噜。她静默地摇晃了一两分钟，突然又高声说："无家无室的东西，遭枪杀的，主啊……"

我的外祖父也不那么可怕地祷告啊。

她一边做祷告，一边叫醒我：

"起身吧，将来再睡，将来您不为着那个过生活！……炖自暖壶，拿来，你昨天不曾预备好木屑？嗯！"

我拼命地赶快做完一切，尽可能不再听她喃喃的咕噜。但是要取得她的欢心——不可能。她满屋子穿来穿去，好像冬天的暴风云似的，啰唆，咆哮着：

"安静些，魔鬼！你吵醒了维克多鲁司加，我要揍你的！买东西去……"

每逢作业日，他们得买两风特的小麦面包下早茶，给年轻女主人的小孩买两戈比的小布」。当我买了面包来的时候，妇人们疑心疑鬼地检察它，摊在手掌上量了量，随后问："加添的没有？没有加？嗯，你张开嘴！"于是她们胜利地叫："加添的他吃光了，这儿，面包屑还在牙齿上啦！"

我欢喜劳动，欢喜扫除房间里面的尘土——洗地板，擦铜的家具、通气口跟门钮。我不止一次听见妇人们在亲睦的那一刹那间谈论到我：

"忠实的。"

"爱洁净的。"

"只是胆子很大。"

"嗯，谁教育过他呢！"

于是她们两人拼命教训我，但是我认为她们是"半糊涂"的家伙，我不欢喜听，只是同她们敷敷衍衍地说几句。也许年纪轻的女主人注意到多少个教训对于我都未发生好的实效，因此时常说：

"你应该记着你是贫穷家庭出身的啊！我送过你母亲的缎子长外套，带有玻璃珠子的！"

一回我说她：

"得了这件长外套，你要我怎么对待你呢？"

"阿爸，他可能杀人放火啦！"女主人愕然地叫。

我非常惊讶，为什么是杀人放火？

她们俩为了我到男主人跟前去诉苦，而男主人严厉地说了我：

"你，兄弟，当心我吧！"

但是一天他心平气和地说妻子跟母亲：

"你们也要好一点儿！你们驾驭小孩子好像驾驭阉马似的，要是旁的人也许老早就逃走了，要不然就给那样的工作累死……"

这可使女人们生气到流泪啦！妻子跺着脚，疯狂般地叫道：

"难道可以那样说他，你这长头发的傻瓜！这样一来，叫我往后怎么对待他？我，怀孕的女人。"

母亲哭泣地咆哮：

"上帝原谅你，华西里，但是，记着我的话，你把小孩子娇养了！"

她们生气走开的时候，男主人严厉地说：

"瞧，讨厌鬼，为了你多么吵闹！再这样，我要遣送你到外祖父那儿去，你还是去做你的烂布商人吧！"

我受不了侮辱说：

"做烂布商人，总要比在你们这儿好些呀！我是来做学徒的，但是你教过什么？教倒脏水……"

男主人无情地抓着我的头发，仔细瞧着我的眼睛，惊讶地说：

"但是，你这强情汉！这个，兄弟，我的不对，不对……"

我以为他们快要赶走我了，但是，过了几天，他拿着一筒厚纸，铅笔、曲尺和界尺来到厨房里。

"你磨好刀子，来画这个图啊！"

有一张纸上，画着一个有许多窗户跟装饰品的一楼一底的房子的正面图。

"这是你的两脚规！量量全线，全线的末端都在纸上做个标点，随后用铅笔从这一点到那点画上直线。开始的长线是平行的，后来的横线是垂直的。动手呀！"

我很欢喜清洁的工作，初次学习，只是带着尊崇的恐惧凝视着纸张跟工具，什么也不明白。

但是，我还是立刻洗干净手，蹲下来学习了。画好一切的平行线，量了量，不错呀！虽然有三根显得多余。我画完了一切垂直线，于是愕然地发现房子正面怪诞地不合适：窗户有些移来朝向壁间的地方，而且有一个移到壁头后面，悬挂在隔壁邻舍的半空中。正厅也朝天地矗立着，高得来简直高过了二层楼。屋顶正中发现屋脊，风窗开来朝向烟囱。

我久久地凝视着这些不正确的奇迹，差点儿流泪了，企图明白怎样使它们完善。但是老是不明了，我终于用了虚想的补救来改正：房子正面的一切屋脊与屋顶上，画上一些乌鸦、鸽子和小雀，而在窗前的地上画着打雨伞的弯腿人们，但是仍旧没有完全遮蔽掉丑像。后来附添一些倾斜的线纹，把工作交给教师。

他高高地竖起眉，搔着头发，严肃地质问道：

"这叫什么东西？"

"下着细雨，"我解释，"下雨天的一切房屋都好像弯曲的，因为细雨本来每每都是弯曲的。鸟儿，这全是鸟儿，躲藏在天花板基角上。因为老是下着细雨，所以这些人们正在跑回家去。这就是一个跌倒的太太，这个是挑柠檬担子的……"

"我至诚地感谢你，"男主人说了，于是脑袋低在桌沿上，头发扫着纸，一边大笑，一边叫，"啊嘿，拿去撕成片片，畜生！"

女主人摇摆着圆桶般的肚子走来，瞧了瞧我的成绩，说丈夫：

"你揍他一顿呀！"

然而男主人和蔼地说：

"不要紧，我自己初次学也不挺好的……"

他拿红铅笔画根杠在画坏的正面图上，又给了我一张纸。

"去重画一次！你将来画这个如果还不努力认识清楚的话……"

第二个临图比较作得好些，不过，窗户画来朝向阶沿的大门。我不欢喜空洞洞的房子，因此给它添上一些各种各样的居民：窗户里面蹲着手拿团扇的少奶奶和抽烟卷的武士，这些武士里边一个没有抽烟卷的对着众人伸着长长的鼻子。靠近阶沿站着马车夫，躺着狗。

"你干吗又画蛇添足？"男主人生气地问。

我对他解释没有人物太空虚，但他开始责骂：

"这全是见鬼啦！如果你愿意学习，就要学好呀！但是，这个，没有道理……"

最后，当我作成功一个正面临图，简直就同标本一个样子的时候，这可使他高兴了。

"瞧，你已经会画了，就是这样，好，我们跟你马上就成同行啦……"

于是又给了我一课：

"你作成功一幢房舍的草案：房间怎么安排，门开在那儿，窗户朝向什么地方。我一点儿也不指示，你自己去作！"

我走进厨房，刚刚开始思索：从什么开头？但是，就在这一点上，我图案技术的研究给阻止了。

年老的女主人刚刚踱进厨房，就凶狠地问：

"你想作图案画？"

她一把抓着我的头发，把我的脸朝桌子那边一推，于是我自己撞伤了鼻子跟嘴唇，可是她跳跃着，撕碎图画，连同桌上的工具一块儿扔掉，后来手又在腰上，胜利地叫：

"学图案，不，这可不成，让陌生人来给血亲做工，你自己走开吗？"

男主人跑来，妻子怂恿着他，于是粗暴的辱骂开始了。三个人互相地攻击、鄙弃、咆哮。这事的终了，当女人走开去哭泣的时候，男主人说我：

"你还是抛掉这一切，不要学，你自己瞧这是闹的什么！"

我可怜他这被蹂躏的失掉拥护的一辈子都给女人们吵聋了耳朵的人。

我早就明白老太婆不愿意我学习，她故意妨碍我做这种工作。我在坐下来作图案之先，每每都要问她：

"没有什么做的？"

她皱皱眉答应：

"什么时候没有呢。"

于是过了一会儿，她不是差使我到无论哪儿去，就说：

"你干吗不扫干净大厅？基角上有渣子、灰尘，去，扫去……"

有一回，她倒些酵母水在我整个的图画纸上；又有一次，拿神像面前的灯油浸在上面。她无理地取闹，仿佛一个带着孩子气的调皮与不懂事的矫情女孩子。我永远也没有瞧见过像她那么迅速而容易受刺激，像她那么爱感情地对着一切埋怨一切的人。一般人都爱埋怨，但是她更为喜悦做这个，好像她唱歌一般。

她以近于愚蠢的爱对待儿子，而用她自己的魔力来嘲弄、威胁我。这种魔力，我把它叫作强暴的魔力，当然不能说是过火一点儿。有一回，早祷过后，她立在炕梯上，双手按着炕床木板的边缘，激烈地咕噜：

"你是我和上帝所稀罕，所宝贵的。我鲜艳的纯洁的血肉，珍贵、柔软，安琪儿般的羽翼！你睡觉，睡吧，孩子，用你自己的灵魂钻进快乐的梦乡去！你去梦见你的未婚妻，第一等的美人儿，皇后、发财女、商人的女儿！希望你不生疾病，不烦闷，希望你们的友爱延长到一百岁，女孩子也伴着你活到一百岁，像母鸭同公鸭似的！"

我忍不住笑了：粗野而懒惰的维克多尔好像啄木鸟那样的斑斑点点，大鼻子，那样顽强、愚笨。

母亲的咕噜，有时候吵醒了他，于是他梦呓地埋怨：

"你要撞鬼的，妈妈，你那儿的鼻涕流在我身上啦！……活得不耐烦！"

有时候，她恭顺地走下梯子，狞笑着：

"嗯，你睡觉，睡觉吧……野蛮鬼。"

但是，有一次是那么的：她的脚吊下来，在暖炉边上必必剥剥地敲着。她张开嘴，大声地呼吸，好像舌头发炎，后来涌出一些激烈的话：

"怎么？叫你妈去撞鬼，狗儿子？嗨，你，讨厌的恶鬼，夜半更深地侮辱我，魔鬼使你来刺创我的灵魂，也许你自己会短命的！"

她说那些恶毒话、街头巷尾的糊涂话，听着怪烦恼的啊！

她很少瞌睡，着急地在炕床上跳动着。有的时候，夜间几次倒在我前面的沙发上，搅醒了我。

"你干吗？"

"别作声，"她咕噜了，一面画着十字，一面注意到黑暗中的什么，"上帝——伊索寓言家……女殉教徒，瓦尔瓦娜……保护意外的死亡……"

她用颤抖的手开始点燃蜡烛。她那圆鼻子的面庞，紧张得肿胀，灰色的眼睛不安地转着，探索着物件与变幻无常的阴暗。厨室本来是大的，但是给衣橱、箱子堆积着。夜间她似乎显得很渺小。厨房里，月光静谧地照临着，神像面前不熄的灯的小火花颤抖着，壁头上小菜刀冰柱般地放光，长椅上黑的锅子像没有眼睛的脸。

老太婆细心地爬下炕来，仿佛从河岸上走下水去似的，于是一双赤脚啪嗒啪嗒地走到基角上去，那儿有个好像砍掉头的大耳朵水瓶挂在脏水缸顶头上，凉水桶也安放在那儿。

她一边喝水，一边叹息。喝够水后，她瞧了瞧鱼肚色的霜雾迷蒙的玻璃窗外。

"恕我，上帝，恕我吧。"她喃喃地祈求。

有的时候，刚刚熄灯，她就跪下来，难为情地咕噜：

"谁爱我，上帝，我被谁所需要呢?"

她爬上炕床，对着烟囱画着十字，后来摸了摸暖炉盖子是不是盖好了。手给煤烟弄脏了，绝望地咒骂，立刻撒播着什么，好像一种瞧不见的魔力损害了她。当我被她辱骂的时候，我想：可惜外祖父没有讨她做老婆，要不然她也许就可以同他相骂，并且我也许可以得到她的胡桃。她时常侮辱我，但是，有些日子，当她那浮肿得像棉花镶成似的面庞，变得忧郁，眼睛噙着泪水的时候，她确实地说：

"你想，我不困难吗? 我生产孩子，养育孩子，我站的什么地位? 就只是给他们做厨娘，这个我愉快? 儿子讨进来了外姓的女人，他对于她把自己的血液都变换过，这个好吗? 嗯?"

"不好!"我老老实实地说。

"啊? 是那么……"

于是她开始不害羞地谈到媳妇了：

"我同她一道洗澡，我瞧见她的! 什么值得崇拜? 那叫什么样的美女? ……"

关于男人对于女人的关系，她老是谈得怪肮脏的。起初她的话惹起我对她发生仇恨，但是，过了一会儿，我就惯于留心地带着巨大的兴趣听，感到这些话有某种重大的真理存在。

"女人，魔力，她是欺骗自己的造物主，就是那么的!"她用手掌拍着桌子，叽里咕噜地说，"因为全人类的夏娃都往地狱里钻，是那么的！"

关于女人的魔力，她可能无穷尽地述说，我每每觉得她用这些谈话来故意恐吓谁似的。我尤其记得"夏娃是欺骗的造物主"。

我们的院子里有座厢房，也像一幢房屋那么大的一所。两层楼的，八个房间里面，有四个住着军官，其余的住着联队的牧师。整个的院子都是俘虏、从卒、勤务兵、洗衣女、使女和女仆同他们往来着。整个的厨房里，不断地带着眼泪、诅咒和殴打演出着戏剧。兵士们互相地殴打，还同掘地工人和房主人的工人殴打。他们打女人。所谓淫乱、放荡经常地在院子里沸腾起来——兽性的驯化的健康青年之饥饿。这种给残酷的感情、荒谬的苦恼与卑鄙的胜利者之骄傲喂饱的生活，被我主人们在中饭、夜茶和晚饭之后很详细而犬儒学派似的裁判。老太婆老是知道院子里的一切历史，激烈而幸灾乐祸地述说它。

年轻的女主人听着这些故事，肥厚的嘴唇微笑着。维克多尔哈哈大笑。男主人呢，皱着眉，说：

"够啦，妈妈……"

"上帝，我连话都不可能说啦！"说话者诉着冤。

维克多尔怂恿她：

"去吧，妈妈，去镇压什么！反正一切都是你自己……"

大儿子带着嫌厌的怜恤对母亲，避免同她一块儿相对地停留着。如果有这样的事情发生，那么母亲开始对他抛开对于媳妇的埋怨，而亲切地要钱。他匆匆忙忙地拿一个卢布或者三四块钱塞在她手里。

"没有意思，你，妈妈，拿些钱去，我可不怜恤他们，真是没有意思！"

"我要赏给乞丐，我要点蜡烛，进教堂……"

"嗯，那儿有什么乞丐！你毕竟只是害了维克多尔。"

"你不爱弟弟，是你最大的罪过啊！"

他身子从她跟前摆开，走了。

维克多尔无礼地嘲弄地对着母亲。他很馋嘴，老是饥饿着。每个礼拜日，母亲烘好煎饼每每要藏几块放在我睡觉的他的沙发下的小木盒子里。做祷告回来，维克多尔得着木盒，嚷道：

"你不能够再多藏点儿吗？'硬洋钉！'"

"赶快吃，要不然他们瞧见……"

"我偏要说你偷煎饼跟菜头给我！"

一回，我找到小木盒，吃了两块煎饼。为了这个，维克多尔打伤了我。他不爱我就像我不欢喜他一样。他戏弄我，白天里要我给他刷三次靴子，但是躺在炕床上，移开木板，吐些口沫在罅缝里，拼命吐落在我头上。

也许是模仿时常说"老虎婆"的哥哥吧，维克多尔也使用俏皮话，但是他们这一切都是非常盲目荒谬的。

"妈妈，向右边绕一个圈，我的脚尖在哪儿？"

他用蠢笨的问题考问我：

"阿列司加，你回答：为什么写文章写'深蓝色的'，说话说'枣树'？为什么人们说'钟'，不说'靠近风的舞台'？为什么对着树林不能够哭泣？"

我受了外祖母和外祖父的漂亮语言的教育，不高兴他们一切的谈话。我开始不明白那些不连接的联合语句，譬如"恐怖的可笑""我吃到死""可怕快乐"。我觉得可笑的不一定就是恐怖的快乐，并不可怕，一切人不一定可以吃到死的那一天。

我问他们：

"难道可以那样说？"

"你是什么样的教师，说呀！看撕掉耳朵啊！"

但是"撕掉耳朵"，我觉得是不对的。撕掉花、草、胡桃也许可能。他们企图对我证明耳朵也可能撕掉的，但是这可没有说服我，我带着胜利的口吻说：

"耳朵总是撕不掉的！"

周遭是那么多的残酷野蛮与卑鄙无耻——比繁杂的古纳汶街上的"娼妓院""卖淫妇"还要不如。在古纳汶为着野蛮卑鄙所发生的某种感想，这种感想理解到野蛮与卑鄙的不可避免性，因为困难的半饥饿的生活、艰苦的工作。这儿，人们饱食而容易地生活着，不明了的无聊的纷乱与喧嚷替代了劳动，因此某种辛辣而刺激的郁闷躺在这儿的一切人身上。

我不会生活。我感到自己最坏的算是外祖母来探望我的时候。她从后阶沿走进厨房里，对神像画了十字，后来向妹妹弯弯腰。这种礼节仿佛许多风特重的重力，压弯了我，使我窒息着。

"啊，这是你，阿苦林娜。"我的女主人不大理睬地淡然地迎接着外祖母。

我不认识外祖母了：她恭恭敬敬地抿着嘴，整个的面庞变成很陌生的。她坐在靠近脏水缸的门边不言语，好像是在平和与谦逊地认着错，回答妹妹的问话。

这可使我烦恼了，于是我生气地说：

"你干吗蹲在那儿？"

她亲切地对我对着眼，暗示地回答：

"你别作声，你不是这儿的主人！"

"他老是不专心自己的事情，虽然打他、骂他。"我的女主人开始告发。

她常常幸灾乐祸地问她姐姐：

"阿苦林娜，你怎么过得穷生活呢？"

"这种贫穷……"

"要不是讲廉耻的话，那么一切都不会贫乏啰。"

"人说，耶稣基督也是过过讨乞的生活的……"

"这是一般的偶像跟异教徒的说法，但是，你，老傻瓜，听啦！耶稣基督不是穷人，是上帝的儿子，他下到凡间来，总是带着光荣裁制生的和死的——尤其是死的，记着啊！姨妈，你也逃不过他的手的，虽然身子化成灰烬……为着你们跟我的骄傲，他不是对你同华西里显过报应的吗？我，曾经帮你们祈求过发财……"

"我也努力帮你请求过的，"外祖母平心静气地说，"上帝显了灵验，你知道……"

"你很少，很少……"

妹妹用她兴奋的舌头许久地对外祖母唠叨。但是，我听着她那恶意的唠叨，苦痛地疑惑：外祖母怎么能受得了这个呢？因此，在那几分钟内，我不爱她。

年纪轻的女主人从屋子走出来，诚恳地对外祖母点了点头。

"到饭厅去，没有关系，走呀！"

妹妹跟在外祖母背后：

"枞树做的三角腿，在湖沼上给造成的！"

男主人愉快地迎接着外祖母：

"啊，贤惠的阿苦林娜，你好？贾士林老头儿也好吗？"

外祖母用她心窝里的欢笑对他笑了笑。

"你一直努力劳动？"

"一直在劳动，就像囚犯似的。"

外祖母同他们亲切而漂亮地谈着，不过好像老前辈似的。有时候，他们提起了我的母亲：

"不错，瓦尔瓦娜·华西里也夫娜……这样的女人——英雄，啊？"

他的妻子对着外祖母，又插出一句话来：

"记得吗，我送过她一件黑颜色的缎子的长外套，带有玻璃珠子的？"

"是那么……"

"还是上好的长外套……"

"得啦,"男主人咕噜,"挞里玛,斑里玛(都是名词,俄文长外套的意思——译者),但是生活——歇里玛(俄文无赖汉——译者)!"

"这个,你说的什么?"妻子疑问他。

"我?就说的你……快乐的日子来到,好的人们来到……"

"我不懂,这个你对什么说的?"女主人着急起来。

后来他们引外祖母去瞧新生的婴孩,我收拾饭桌上的肮脏的茶具。男主人思索地低声对我说:

"好个老太婆,你外婆……"

我深深地感激他这句话,但是,我同外祖母面对面地停留着时,带着心底里的苦痛对她说:

"你干吗到这儿来,干吗呢?难道你没有瞧见他们……"

"嗨,奥列沙,我全都瞧见的。"她优秀的面庞上带着善良的微笑,瞧着我回答了。于是,我知道:嗯,显然她完全瞧见,完全知道,知道这一分钟内生长在我心里的一切。

她小心地四下里张望着,是不是有谁走来,随后抱着我,恳切地说着:"要是你不在这儿,我也许不会来的,他们怎么对待你?外公得病了,我没有做工,没有钱,我来同他们商量……并且,儿子,米哈依尔驱逐沙夏,我应该养活他啦。他们说定每年给你六个卢布,因此我想此刻他们是不是可以给出一个银卢布?你已经住了差不多半年……"后来她凑近我耳朵边低声说:"他们指挥你,叱骂你,他们说你,无论谁都不要听。小宝宝,你也许还要给他们做工,再忍耐一两年,等你长结实啊!要忍耐啊!"

我发誓忍耐,这可十分困难的啊!这种贫穷而郁闷的生活压迫着我,为了吃饭,一切都陷于忙碌奔走之中。我好像做梦似的生活着。

有的时候,我想:应该逃走。但是,正逢着倒霉的冬季,每夜暴风雪咆哮。阁楼上,风在喧嚣,震撼着被霜雪压榨着的屋角。你往哪儿逃走呢?

他们不让我玩,而且没有时间来坑。短短的冬天迅速地、不可捉摸地腐烂在家庭工作的忙乱中。

但是我得按规定到教堂去。每逢礼拜六日去做通夜祷,每个礼拜天去做晚祷。

我欢喜到教堂里去,站在无论哪儿的基角上,挺宽大、黑暗的基角上。我爱远远地瞧着神龛:它好像游泳在蜡烛的火焰之中,烛火用它金黄色的浓重的细流,在灰白色的石头的讲道台上流泻着。黝黑的神圣的肖像轻轻地颤抖。圣门的金边愉快地战栗着。蜡烛的火尖悬挂在蔚蓝的天空中,好像一道黄金色的篱笆。而妇人跟姑娘们的脑壳仿佛一堆花儿。

周遭一切都和谐地混合在赞美诗调中,一切都过着童话般的奇怪生活,整个的教堂摇篮般地震荡在浓厚得像树脂般的黑暗的空虚中。

有时候,我觉得教堂快被运载到湖水的深渊中去了,躲避着陆地,为的是生活特别,不同一般的生活一样。大约这种感觉引起我记起外祖母的关于基洁斯的雹霰的故事来。我同着周遭的一切微睡地摇晃着,给唱歌班、祷告的骚音和人们的叹息催眠了。我自己默念着可歌的忧郁的故事:

> 可诅咒的鞑靼人,
> 给自己异教的魔力蒙蔽。
> 他们,他们蒙蔽了神圣的基洁斯,
> 在光明的早祷的时间……
> 噢,上帝,圣母,
> 我们的主啊!
> 噢,怜恤你自己的奴隶,
> 让他们站着来做早祷,

聆听到《圣经》！
噢，不要让鞑靼人
愚弄神圣的教堂，
妇人、姑娘污秽，
年幼的孩子儿戏，
年老的老人遭凶死！
上帝沙瓦奥菲将要听见，
圣母将要听见，
那些人们的叹息，
耶稣基督的慈悲。
于是，上帝沙瓦奥菲说
世界的总天使米哈依尔：
"去吧，你，米哈依尔，
震撼翻基洁斯之下的陆地，
沉没基洁斯到湖里去，
让那儿的人们做祷告，
没有休息，没有倦怠，
从早祷到通夜祷。"
一切教堂的祷告的光荣，
万岁，万万岁！

在那一年，我的内心给外祖母的诗句充实着，好像蜂蜜似的，我似乎想学她的诗的形式。

在教堂里，我不做祷告，只是傻痴痴地立在外祖母的上帝面前，背诵着老前辈的激昂的祷文和悲伤的赞美歌。我自信外祖母的上帝不欢喜这个，就如同我不欢喜他，并且他们刊印在书里面只是为着那个意思，使上帝知道他们在纪念，知道一切都是识字的人。

因此在教堂里，在那几分钟内，当心给关于某种甜蜜的悲愁压紧或是当流水般的日子的小耻辱所咬嚼袭击着的时候，我努力编着自己的祷文，使我开始想到我自己个人的不幸的命运，话语自自然然地并合在哀怨之中：

上帝，上帝，我郁闷啊！
虽然马上就会长成大人，
但是那种生活不能忍耐。
绞杀了我吧，上帝，对不起！
从学徒中，发生不出意义。
木偶鬼，玛特林老太婆
豺狼般地对我狂吠，
因此，我的生活辛辣已极！

我的许多"祷词"，到今天我还记得起。童年时期中，智能的写作躺在心灵上只是一种多余的深刻的创痕，它们往往一辈子都不能消灭。

教堂里面不坏，我在那儿憩息，好像在森林里与旷野中一般。已经同许多耻辱认识和被凶狠的粗暴生活弄污秽的小小的心灵，在模糊的热情的幻觉中给洗干净了。

但是，我到教堂去不是正当大霜雾的时候，便是当着暴风雪奔逃着满城扫射的当儿。这时候，好像天空已经冰冻，而风朝向天上的雪样的白云撒播，冰冻着的雪地好像永远不会复活、苏生。

静穆的夜，我挺欢喜满城徘徊，从这条街到那条街地在极其幽暗的角落里逗留着。有一回，你走着，好像上梯子。一个地方好像天上的月亮，你面前爬行着自己的影儿。灯火的辉光在雪地上熄灭了，可笑的是你自己去碰土台、垣墙。街道中间守夜的警察手里拿着响铃，带着笨重的皮囊大踏步地走着，狗同他们并排摆动。

这位粗笨的人，好像狗钻洞似的从院子走出来，沿街行动着，不知道往哪儿去，而只是一条焦心的狗跟着他走。

有时候，遇见一些愉快的太太和武士。我想他们也是从通夜裤里边逃出来的。

有时，有光亮的风窗外面，清洁的空气中，流散着不知什么特别的气味，细致地陌生地暗示着我不曾见过的另一种生活。你站在窗户下，嗅着、听着，你会打量：这是什么样的生活，为什么人们住在这个房子里呢？通夜裤，但他们愉快地喧嚣、玩笑，弹奏着某种特别的六弦琴，铜弦的声响从风窗口里浓重地流散着。

尤其是使我发生兴趣的，算是人烟稀少的街角上的矮小平房——纪和诺夫司戈以街和玛尔的诺夫司戈以街。月明的夜晚，我钻到这种房屋跟前去，立在橄榄树前的雪水中。从带着温热的水蒸气的四方形的风窗里，面朝街上流洒出一种不平凡的声响，仿佛某一个很有力气而善良的人闭着嘴在唱歌。字句听不清楚，不过歌词对我显得十分熟识而明了，虽然听起来它是混合着弦的声音，这种弦声怪讨厌地遮断着歌词的流露。我蹲在土台上，打量着这是奏的某一种提琴，才有那么奇妙而难堪的威力。因为听着它，我几乎头痛了。有的时候，它带着那么一种劲儿哼唱，好像整个的房子都在颤抖，玻璃窗在叮当地作响。屋顶上落下雨点来，我的眼眶里也滴下了泪水。

守夜的人精细地走来，把我从土台上推下，问道：

"你在这儿竖着干吗？"

"听音乐。"我解释。

"有什么稀奇呢！滚……"

我赶快在街区上绕了一个圈子，又回转到窗户底下。但是，屋子里已经没有奏乐了。愉快的骚音强烈地从风窗里流洒到街上，并且这是那么与众不同的悲愁的音乐。我听着它好像做梦似的。

差不多每个礼拜六我都跑到这个房子跟前来。但是仅仅有一回，春天，重新在那儿听见梵哑铃。它差不多继续不断地一直奏到半夜。当我回家去的时候，他们打了我。

在凄冷的星星下与荒凉的城市街道之间的夜间的散步，对于我是非常之多的。我故意选择离中心地较远的街道。中心区域有许多灯，认识主人的人们可能注意到我，那么主人们也许会知道做通夜祷的时候，我是在散步，与酒醉汉、警察和"玩家女"混杂着。而且，在偏僻的街道上，可能瞧见地下层房舍的窗户里面，如果它们没有结冰而又没有给布幔遮上的话。

这些窗户展示给我许多各种各样的画面。我瞧见人们怎样地做祷告、接吻、拥抱、斗牌，愉快地喁喁地谈情话。哑口的鱼样的生活展开在我前面，好像要戈比的西洋镜似的。

我瞧见地窖里的桌子跟前有两个妇人——年纪轻的和年龄较大的。她们对面蹲着一个中学生，挥着手，念书给她们听。年纪轻的听了，严肃地皱着眉，凭在椅子靠背上；年龄大一点儿的呢，瘦弱的美丽头发的，突然用手掌遮着面孔，她的肩头开始耸动。中学生扔掉了书。但是正当年轻的刚一跳着脚跑开的时候，他一下子跪在美丽头发的女人面前，开始吻她的手。

在另外一个窗户里，我侦察到一个大个子的长胡子的男人，蹲在穿红色短衫的妇人膝头上，小孩似的摇动她。显然，他在唱歌，大大地张开着嘴巴，鼓起眼睛。她全身笑得发抖，弯着背，跺着脚。他把她的背弄直，又唱，她也重新笑起来了。我许久地瞧着他们，当我明了他们预备快乐一个整夜的时候才离开。

许多相似的画面，永远留在我的记忆里，而且往往我给它迷惑得很晚回家。这个引起主人们的猜疑，因此他们审问我：

"你进的哪一个教堂，哪一位神父讲经？"

他们知道城里所有的一切神父的姓名，同时知道什么时候是什么神父念福音书；他们知道一切，他们很容易捉住我的说谎。

两个女人很崇拜我表叔的上帝——他需要她们带着恐惧去接近他，他的名字经常在女人们嘴边上——甚至于他们也互相地咒骂着，恐吓着：

"天哪！上帝惩罚你这下贱东西……"

复活节里边，大斋期的第一周，老太婆烘烤煎饼，但是所有的煎饼都被她烘焦了。她给火烤红了脸，气愤地叫：

"啊，见鬼……"

于是，突然嗅着锅子，她脸一下子发黑，把锅子扔在地板上，开始咆哮。

"阿爸，锅子是有荤油的，不洁净，在吃素的礼拜一那天，我没有烧炼它，上帝呀！"

她跪下来，含泪请求：

"上帝啊，饶恕了可诅咒的我，这是你自己的灾难！上帝，不要惩罚我这老傻瓜呀！"

他们拿烘焦的煎饼给狗吃，炼制好锅子，但是媳妇开始吵架似的责难婆婆：

"大斋期里面你还拿荤油锅子煎……"

他们在一切家事中，与一切自己渺小的生命的隔角中，都迷信着各人自己的神。因为这难堪的生命，获得了内心的伟大性与重要性，显示出每时每刻的高度的信仰力量。这种神的蛊惑，在郁闷的空虚中压迫着我。我不得不四顾着在某种瞧不见的主宰下自己所感到的每一个隔角。但是，夜里恐怖把我包卷在森冷的云层里，恐怖从厨房里点着"长年灯"的黝黑的神像面前的基角上发生出来。

同棚架一排，有个大窗子，两个窗格是用木柱隔断的。深邃的暗蓝色的空虚瞧进窗口，好像房屋，厨室跟我一齐悬挂在这个空虚的极端。假如使劲移动一下，一切都得撕裂在暗蓝的森冷的空洞中，并且穿过星星不知飞往哪儿去，在死一般的寂静无声中，好像落水的石头似的。我久久地躺着不动，害怕翻过身子，期待着恐怖的生命之结局。

不记得我怎么医治好这种恐怖的毛病的，不过我很快就治疗好了。显然，在这里面，善良的外祖母的神帮助了我，所以我认为那时候已经感觉到一下简单的真理。我既是无论什么坏事都没有做，当然没有过失应该受惩罚啊！不是法律的，但是为了另外的罪恶，我又不是被告者。

尤其是春天的祷告时候，我爱散步。难克服的春之魔力，绝不让我到教堂去。假如他们给我七个小钱来买蜡烛，那么这个会最终被我浪费的。我买骨牌，整个的祷告时间都玩着，因此难免不很迟回家。并且，有一回，我居心输光一个值十戈比的钱币和我在追悼会场从别人的圣饼盘子里偷来的圣饼。这圣饼盘是助祭师从祭坛上端下来的。

我愿意热情地赌博，因此我给赌博引诱到狂妄了。我非常机巧，有力量，很快就成为一个在附近的几条街上著名的赌骨牌、弹子和九柱戏的赌博家。

大斋期，他们逼着我去悔过，于是到我们邻居杜里墨东特·波克诺夫斯基伯伯跟前去忏悔。我认为他是严肃的人。我个人在他面前犯了许多罪恶：用石头打他花园里的凉亭，仇恨他的小孩子。大概他都能记得起我不少的他不欢喜的种种行为。这可使我很受刺激的啊！因此，当我站在贫民的教堂里，期待着轮到忏悔的时候，我的心给震悸打击着。

但是，杜里墨东特伯伯平心静气地低声叫我：

"啊，邻人……嗯，跪下来！有什么过错？"

他拿沉重的毛巾盖着我的头，我窒息在蜡烛和香的气味之中，说话很费劲，而且不愿意说。

"你听从过长辈的话？"

"没有。"

"说过失呀！"

我偶然发射出话来：

"偷过圣饼。"

"这是怎么的？哪儿偷的？"牧师思索了一下，慢吞吞地问。

"在波克诺夫、李果尔和……他们三个祭司那儿偷的。"

"嗯……嗯！这个，兄弟，不好的，罪过，明白吗？"

"明白。"

"你认错呀！不守规则的。为着吃才偷的？"

"当时是为着吃，可是后来打扑克输了钱，并且应该带圣饼回家去，因此我才偷……"

杜里墨东特伯伯开始含糊地无精打采地低声说了什么，后来又给了几个问题，于是突然严厉地问：

"你是不是念过秘密的书籍？"

自然，我不明白问题，于是反问：

"什么？"

"是不是念过被禁止的小册子？"

"没有，无论什么……"

"赦了你的罪恶……起来！"

我惊讶地瞧着他的脸庞。脸庞似乎是幽默而且仁爱的。我真直爽诚实啊！主人们吩咐我去忏悔，他们告诉了罪恶的可怕，引起我老老实实地忏悔了我的一切过恶。

"我扔石头打了你的凉亭。"我表示。

牧师抬起头来，说：

"这个也是不好的！走……"

"还打过你的狗……"

"下次来！"杜里墨东特盯住我招呼。

我一面走开，一面感到自己的受欺骗与难为情。在恐怖中，被人那样怂恿去忏悔，但是一切所经过的并不可怕而且无意味呀！感兴趣的只是那我不会发现过的关于书本的问题。我记起了在地窖里念书给妇人们听的中学生，并且记忆起"好事情"。他也有许多带着不明了的图画的大本的黑书吧。

第二天，他们给我五个古钱，吩咐我去替代吃圣餐。复活节很迟的，雪早已经融化了。街道上很干燥，灰尘沿途飞腾。天气是出太阳的，快乐的。

靠近教堂的墙垣旁边，大伙儿的手工人大胆地赌着骨牌。我认为我来得及吃圣餐，开始请求赌友：

"要我参加啊！"

"给一个戈比的'入场金'来！"一个棕色头发的麻子骄傲地表示。

但是，我毫不自馁地说：

"左方第二牌底下有三个！"

"赌金啦！"

于是我开始赌起来！

我换了五个古钱，压三戈比在一块骨牌下做经常的"标子"，谁拿这一块牌，谁就得钱。打下场，我赚了三戈比。我赢钱了。两个人指望得我的钱，两个都没有拿着。终于，我从大人跟农人那儿赢得了六个戈比。这可十分提高了我的精神啊……

但是，赌友里边不知道谁说：

"孩子们，留心他，要不然他会带着赢得的钱逃走的……"

这儿，我很难为情。我急躁地说明，仿佛敲响鼓似的：

"九个戈比在左边的一块牌下！"

但是，这没有引起赌友们的显著的印象，只有某一个和我的年纪大小的小伙子叫了，警告说：

"瞧，他赢了，这个兹威司经克的图案师，我知道他！"

周身毛皮臭的消瘦的工匠凶狠地说：

"图案师？好，好的……"

他指望得我的"标子"，弯着身子在我跟前问：

"说明了吗？"

我回答：

"右边底下，三个！"

"那该我摸啦。"毛织匠夸大了下，但是又输了。

又是三次，有的人已经不能够摆"标子"了。我开始打另外一家的"标子"，于是又赢得四戈比和一堆骨牌。等到又轮到我下注时，我摆了三倍的钱，后来把钱输得精光。就是那么一次呀！钟敲过！祷告已经完了，人们都从教堂里走出来。

"还要赌吗？"毛织匠问，打算一把抓着我的头发。但是，我回头一趟子跑开。后来不知道什么穿礼服的青年，恳切地招呼道：

"你们吃过圣餐没有？"

"嗯，那是怎么的？"他一面反问，一面疑惑地观察着我。

我请求他告诉我怎么吃圣餐，在这个时候牧师谈什么话，并且我须得怎样地做。

青年严肃地拒绝，而且用恐吓的嗓子吼叫：

"玩得安逸，异教徒？嗯，但是，我无论什么也不说，让父亲来脱掉你的兽皮！"

我刚刚跑回家去，就自信他们将要审问我了。他们必然知道我没有吃圣餐。

但是，我很侥幸，老太婆仅仅问了一件事情：

"你给了教堂执事很多的温暖？"

"五戈比。"我毫不迟疑地说。

"给他三戈比也就够多啦，要不然你自己还可以剩下七个小钱来。傻子！"

春天，每一个白天都穿上新鲜的外衣，每一个新鲜的日子都是极明朗而可爱的。嫩柔的草儿与鲜艳的碧绿的白桦喷出醉人的香气，不能忍耐地引诱你到旷野去听百灵鸟歌唱，在温暖的地上仰面躺着。但是我正洗涤着冬季的衣服，帮着叠在皮箱和装烟草的木箱里，拭除家具里的灰尘，从早到晚同着不愉快的我所不需要的物件缠绕在一起。

闲着的时光，我简直无事可做。我们穷光蛋住的街坊是荒凉而且遥远的。人家不允许我去院子里。暴躁的疲劳的掘土工人、蓬头散发的厨娘和婢仆，每个黄昏，狗一般地轧姘头。这个我可要反对，而且愤恨，简直愤恨到情愿瞎掉眼睛。

我拿着自己的剪刀和各种颜色的纸张走上阁楼去，把纸剪成花边般的图形，拿它装饰屋角。这依然是我苦恼的粮食啊。我不安地愿意到什么地方去，那儿少有酗酒、争论，不那么讨厌地在上帝面前用诉苦来征伐人们，不那么时常拿愤怒的制裁来侮辱人类。

复活节的礼拜六日，人们把弗拉吉米尔圣母的有灵验的塑像从奥南斯基修道院抬进城里来。她在城里一直要拜访到六月十五日，拜访所有的家户，每一个教区所有的房舍。

她到我主人家里来是作业日的早晨。我弄干净了厨房的铜器，当女主人从房间里怯生生地开始叫喊的时候：

"打开阔扶梯的门啊，奥南斯基来啦！"

我一手的油腻，怪龌龊的。我跑下去，开了门。一只手提灯笼，一只手端香炉的年纪轻的教徒轻轻地咕噜道：

"你在睡觉？帮帮忙……"

两座修道院里的用人沿着狭窄的扶梯把沉重的神像抬进屋来。我帮助他们，用龌龊的手扶着神龛子的肩头边。笨重的教徒们在后面踏着脚，不快活地哼出忧郁的调儿：

"最神圣的玛利亚啊，为我们在上帝面前祷告……"

我带着忧愁的自信想了想：

"她会生气我拿龌龊的手抬了她，将使我的手干枯……"

神像安放在前房角落里的围上清洁的布帷的椅子上。两个年轻、漂亮、亮眼睛、快乐、带着美丽的头发的安琪儿般的教徒站在神龛两旁扶着它。

他们做祷告。

"噢，大家对圣母唱赞美歌啊！"大个子的神父提高嗓子引导，苍白的手指摸着藏在美丽的头发里的肥大耳朵。

"最神圣的玛利亚啊，宽恕我……我们。"教徒们无精打采地唱。

我爱圣母。根据外祖母的故事，这个圣母为着安慰穷人曾经撒播了一切花儿与快乐的种子在地界上。一切都是有利益的、美丽的。因此，当挨近她的手的时候，不知不觉好像挨近成年人似的，我心悸地吻了一下神像的嘴唇和脸。

不知道谁，使劲一巴掌推倒我在门限跟前的屋角里。我不记得教徒们怎样抬着神像离开的，但是很记得主人们蹲在地板上包围着我，他们带着巨大的恐惧与忧虑裁判我立刻要发生什么报应。

"应该同那个很会说教的牧师谈谈。"男主人说，接着没有恶意地责备我，"糊涂虫，难道你不明白嘴唇上不能接吻吗？……并且……在小学校里学习过……"

几天来我听天由命地期待着到底要发生什么报应？拿龌龊的手抓过神龛，犯规地接近它。我没有工夫研究这个，没有研究过啊！

但是，显然，圣母赦免了无心的过失，表现诚笃的爱情的过失，或者她的惩罚是那么轻巧，在平常的试验我是不是善良人的惩罚之间我不会注意到它。

有的时候，为着惹年老的女主人生气，我苦恼地对她说：

"显然，圣母已经忘记惩罚我了……"

"你等一等吧，"老太婆恶辣地说，"总还是要见得的……"

我用玫瑰色的茶叶纸剪成的圆形、铅皮、树叶和大菜叶装饰着阁楼的屋角，一面哼着记在脑海里的一切教堂里的祷告文。这个好像喀尔梅克（俄国的一种民族——译者）作的《山歌》：

我坐在阁楼上，

手里拿着剪刀。

剪着，剪着纸张……

我，糊涂虫很郁闷啊！

假如我是条狗——

也许跑到我所愿走的地方，

现在一切的人都叫我：

坐着不要作声，流民，

直沉默到一辈子！

老太婆瞧着我的工作，摇摇头，狞笑了：

"你就这样装饰厨房啦。"

一天，男主人到阁楼上来，视察了我的造作，叹口气说：

"你这开心的家伙，毕西戈夫，见你的鬼……你是幻术家变的？也不打量，打量……"

他给我一个大的尼古拉时代的货币。

我用细铜丝做的钩爪把钱币钩结实，奖牌似的挂它在我斑斑点点的作业之间的极显眼的地方。

但是，过了几天，钱币同钩爪一块儿不见了。我自信这是老太婆偷走了它！

五

春天，我还是逃走了。早晨到铺子去买下茶的面包，店主人正在继续同妻子吵闹，用秤锤打她的太阳穴。她跑出来到了大街上，于是在那儿跌倒了。人们马上堆集拢来，把她扛进四轮马车里坐着，送她到医院里去。我跟着马车夫跑着，不知不觉就出现在伏尔加河岸，手里拿着一个值二十戈比的货币。

春天亲切地光耀着，伏尔加河泛滥着，陆地上是嘈杂而广濶的。但是我直到这一天都好像地窟里的小老鼠似的。因此，我决心不回主人家去，也不去古纳汶城外祖母那儿。老实说，我见着她很难为情，而且外祖父对于我也许要幸灾乐祸。

我沿着河岸流浪了两三天，在善心的力夫旁边吃饭，同他们一块儿在码头上过夜。后来他们里头的一个说我：

"你，小孩子，在这儿慌忙没有意思，我瞧见啦！到'善良'轮船上去吧，那儿需要仆役……"

我去了。高个子的长髯髭的戴没有边缘的丝织品的帽子的厨头子，用醒醒的眼睛从眼镜里面瞧了瞧我，于是轻轻地说：

"两个卢布一个月，有旅行券？"

旅行券我可没有。厨头子想了想，接下去：

"要母亲引来啊。"

我跑到外祖母那儿。她许可我的行动，劝外祖父到职工所去给我讨了旅行券，亲身同我一道去到轮船上。

"好的，"厨头子瞧着我们说，"去吧。"

穿白厨衣，戴白的睡帽的胖厨师引我到船尾上的桌子跟前坐了，喝着茶，同时抽着大颗的烟卷。厨头子推我到他跟前。

"洗碗的。"

我立刻走开。但是厨师挤着鼻涕，捻了捻须须，直接对他说：

"总是爱贪便宜，雇用一切的魔鬼……"

他气冲冲地扬起剪短的黑头发的大脑袋，瞪着紧张得肿胀的黑眼，开始高声地叫：

"你是什么人？"

我不欢喜这个人，虽然穿的全身白，但是总觉得他很醒醒的。他的指头上长毛，汗毛从大耳朵里竖立着。

"我要吃。"我对他说。

他挤挤眼，突然凶恶的脸庞给宽阔的微笑改变了，丰肥的赤红的脸颊皱到耳边，张开着大的马牙，胡须软柔柔地低落下去。他好像一个肥胖的善良女人。

他拿自己杯子的茶倒在船舷上，斟了新鲜的，给我没有吃过的法兰西的上等白面包跟大块香肠。

"吃呀！父母在吗？会偷东西？嗯，不要害怕，这儿全都是强盗。学得会啦！"

他说话好像狗叫似的。他那丰肥的靛青色的剃光的脸上，鼻子旁边给密实的红筋网遮盖着，肿胀的紫色鼻子低在髯髭上，下嘴唇沉重而嫌厌地噘起，嘴角衔着冒青烟的烟卷。显然，他刚刚从浴室里走来。他身上有白桦帚跟胡椒油的气味，太阳穴上和头子上许多汗珠子发着白光。

当我喝完茶的时候，他给我一个纸卢布。

"去，买你自己的长围腰去吧。站着，我自己去买！"

他整理了下睡帽，身子沉重地摇动着，脚在甲板上摸索着，好像狗熊。

夜间，从轮船左边的草原跑开着的月亮鲜明地发光。棕色的烟囱上缠白带子的旧轮船，沿着银色的流水慢吞吞地颠簸地容与着。影儿映在水上的黑黝黝的河岸迎着轮船轻轻地荡漾着。岸上，平房的窗口里红通通地耀光，村庄上正在唱歌，姑娘们正在舞蹈，哼着"呜呼人间"的曲儿，声音好像唱赞美诗。

驳船的锚索曳长在轮船后面。它也是棕色的，顺着甲板遮上一层铁的栏杆。栏杆里面是被判决放逐到外方去充当劳役的囚犯。蔚蓝的天空中，小小的星星也在闪烁着，好像蜡烛似的。驳船上静悄悄的，月亮的清辉丰饶地浴着它。铁栏杆的黑网后面模糊地瞧得见一些灰色的圆的斑点。这是囚犯们凝视着伏尔加河。周遭的一切都好像教堂里似的，那么强烈的油的气味也好像在教堂里头。

我凝视着驳船，回忆起最早期童年时代——从阿斯特拉罕到下城去的途中，母亲跟外祖母的铁的面孔。人类引我到这种兴趣中，虽然在人间生活是艰苦的。但是，当我追忆着外祖母的时候，一切愚蠢的、可耻的顿时离开我了，变换过了，一切变化成更有趣味的、更仁爱的，人类是最善良而可爱的啊……

我们轮船上的人们，尤其是他们那一切老的、少的男人和女人，我觉得都是孤单的。我们的轮船慢吞吞地进行着，有职务的人们蹲在邮箱上，一切安静的无赖汉都集中在我们跟前。他们从早到晚地吃、喝，弄脏许多家具、小刀、调羹、叉子。我的工作是洗家具，洗揩小刀、叉子跟调羹。我开始做这些是从早晨的六点钟起，一直要做到将近半夜。白天，两点钟到六点钟之间；晚上，从十点钟到半夜。我的工作比较得少。乘客们吃过饭休息着，只是喝茶，喝麦酒和啤酒。在这些时间内，一切厨役都闲着——我的监督。靠近升降口的桌子跟前，厨师史姆利，他的助手亚各夫·依瓦冷奇，给甲板上乘客开饭的膳夫雪尔格依，驼背子带着大颊骨的痘痕窝脸的、油腻眼睛的厨役马克西姆，他们正在喝茶。亚各夫·依瓦冷奇说着各种污秽的故事，嘲笑着，露着靛青的腐烂的牙齿嬉笑着。雪尔格依的青蛙嘴拉长到耳边。史姆利跟马克西姆不言语，用严厉的闪动的眼盯着他们。

"小亚细亚人，莫尔多瓦人！"老厨师偶尔发出声响。

我不欢喜这些人。肥胖的秃头的亚各夫·依瓦冷奇只是谈论女人，而且老是卑污地。他那荒唐的脸庞上，长着雀斑，一边脸颊长着一簇棕色的毛。他拿撇针把它扭起来。当柔顺活泼的女乘客出现在轮船上的时候，他不知什么特别胆大而又怯懦地走近她的身边，好像乞丐似的同她甜蜜地诉苦地谈着。他的嘴唇上刚刚挂上口沫，他连忙用污秽舌头的敏捷动作舔掉它。不知怎的，我觉得那么肥腻的人应该是绞刑官。

"应该会热恋女人。"他教雪尔格依和马克西姆。他们留心听他，脸孔膨胀，发红了。

"小亚细亚人。"史姆利嫌厌地踩脚，沉重地站起来，命令我，"毕西戈夫，走！"

到我自己的房舱里，他给我皮书面的小册子，于是躺在靠近冰室壁头边的吊床上。

"念呀！"

我蹲在面条箱上，老老实实地念：

"饰着杂色的星星的吴姆布拉苦尔是到天堂去的便利的道路，这，人们可以从预言家与文盲里边解放出来……"

史姆利抽着烟卷，鼻孔冒着青烟，咕噜道：

"骆驼！骆驼写的……"

"左胸脯的裸露标明心的洁白……"

"谁的胸裸露呢?"

"没有说。"

"那么,即是说女人的……唉,淫荡鬼。"

他闭上眼躺着,手捧着头,烟卷冒出细微的青烟,粘在嘴唇角上。他用舌头舔了舔,身子那样伸长着,不知什么在他胸上鸣啊,宽大的脸沉没在烟云中。有时候,我觉得他睡熟了,便停止念书。盯着可诅咒的书本,我厌恶它到恶心。

但是他沙哑地说:

"念呀!"

"维涅拉布尔答道:'我们瞧瞧吧,我亲爱的弗列尔·秀威良……'"

"谢威良……"

"书上印的是秀威良……"

"嗯?鬼东西!那儿,结尾上写的有诗,从那儿念下去吧——"

我念下去:

"文盲们欢喜知道我们的事业,

他们近视的眼睛永远不会瞧见我们的,

他们的无知正像不知道他们怎样讴歌弗列尔一样。"

"停止吧,"史姆利说,"这个不是诗!书给我。"

他气冲冲地翻开厚的暗蓝色的篇页,于是把书塞在枕头下。

"另外拿一册……"

使我忧闷的算是他那用铁锁锁上的装着许多书的黑箱子,那儿有《奥米诺威古训》《炮兵备忘录》《西经加尔贵族书简》与《关于臭虫为害及扑灭它,以劝告驱散它的方法》。这些书都是没有起头和结尾的。有时候,厨师逼着我选择这些书,给它题上书名。我念了,他气冲冲地嚷叫:

"无赖汉编著的……好像牙齿打架，但是为什么不能够明白。格尔瓦西！他使我见鬼啦。这个格尔瓦西！吴姆布拉苦尔……"

我不认识的名词跟奇怪字眼很令人厌倦地记忆着，搔痒了舌头，很想每一分钟复习它们一次。也许在音节里边启发了思想？窗户后面，河水奋然地讴歌、喝彩。离开屋子到船尾上去很惬意。在那儿，在货物箱之间，水手跟伙夫聚集着，同乘客们斗着牌、唱歌、述说有兴趣的故事。我很快意地同他们坐在一块儿，听着简单明了的话语，眺望着卡姆河岸曳长的铜弦般的松树尖子，眺望着草原上给大水潴成的小湖沼，它躺着好像一块平坦的对蔚蓝的天空反光着的玻璃镜。我们的轮船眼看要同陆地连接了，又从它那边跑开。河岸上，在白天的疲倦的静穆中，隐约的钟楼的钟声传到这儿。这仿佛是关于村庄的，关于人们的。面包皮般的渔舟在水波上荡漾着。河对岸上长着小树林，成群的小孩正在溪沟里洗澡，穿红色汗衫的农夫沿着金黄黄的沙地走着。远处，河那边，一切都好像很愉快。一切仿佛快乐的微细的斑斑点点的玩意儿，愿意对着河岸叫出某种亲爱而仁慈的话来，对着岸上与驳船上。

这棕色的驳船很使我发生兴趣，我能整个钟头不断地凝视着它那迟钝的船头怎样在混浊的水上摇动。轮船拖着它，好像拖猪似的。瘦小的锚索沿着水流噼啪，一会儿又曳长起来，无数的水点滴落着，轮船牵着它的船头。我很想瞧见那些禽兽般的蹲在铁笼里的人们的面孔。到了别尔姆，人们领他们上岸的时候，我混入驳船的梯板上。十来个灰色的人们走过我跟前，带上脚镣的脚叮当地踏着，身子弯曲在重担下。走过的有女人、农夫、老的、年轻的、美的和丑的，不过还是同一切人们一样，只是穿戴不同，髭髯丑陋罢了。自然，这是盗贼。但是，关于盗贼，外祖母曾经说过那么多的漂亮话。

尤其是史姆利，特别像狞恶的强盗，严厉地瞧着驳船，咕噜道：

"上帝救救那样的命运啊！"

某一次，我问他：

"干吗你是烧饭的，而有的又是杀人的，做强盗的?"

"我要不烧饭，正预备着让女人来烧。"他狞笑着说了。他想了想，补充道:"在人类当中，强盗算是愚蠢分子。有一种人是最聪明的，其次是小聪明的，再次简直是傻瓜。但是，为着要学点儿聪明，就应该念正确的书与黑色的魔术，但是哪儿还有什么呢? 一切的书都应该念，那么你就可以寻得正确的……"

他继续劝告我:

"你念书啊! 念一次没有懂得，就再念七次。七次没有懂得，你念二十次……"

轮船上的一切，总少不了不爱说话的厨头子和厌恶地嘟着嘴、竖着髭髭，好像要扔石头打人似的断续地谈话的史姆利。他对我很柔和，而且很关心我，不过在这种关心之中，不知什么稍微地威胁着我。有时候，我觉得厨师就同外祖母的妹妹一样，半聪明的。

有时候，他说我:

"期待着念书啊……"

于是他长久地躺着，闭上眼。他的大肚子掀动着，挺出的胸脯颤动着，好像死人似的，火烧的多毛的手指捏着照不见的火柴和袜子。

后来他突然开始喃喃地说:

"不错。就要你那种聪明去生活! 但是，吝啬聪明是不合适的。假如大家都有同样的聪明，而哪一个没有……一个人明白，其余的不明白。假如真是那样的话，那么一切的人都不愿明白，啊!"

他错错落落地述说着自己当兵生活的故事。这些故事的思想，我可不能捉摸，我觉得他说的没有趣味，而且他说得无头无尾，不过在记忆中过趟路罢了。

"联队长把他的兵士叫来，问道:'中尉对你说什么?'于是他把说过的一切照实回答。兵士本分地回答了真实话。但是，中尉瞧了瞧他，仿佛瞧墙壁似的，随后回转身子，低着头。并且……"

厨师发脾气，吸着烟，嚷道：

"难道我不知道什么可以说，什么不可以说吗？当时有人以社会制度来裁判中尉，但是他的母亲说他……啊，我的天哪！我没有学习过任何的……"

暑热，周遭的一切轻轻地震荡。轰响，房舱的铁壁后面，流水哗响着，轮船的轮子轰隆着。甲板的圆窗外边，河流宽带般地奔流，远远地可以瞥见草原的河岸线上疏生着的小树。听觉习惯了这一切骚音，仿佛周遭都是静谧的，虽然船头上的水手正在哀叫：

"七，七个，七，七个……"

我不愿意参加任何事情，不愿听，不愿做工，只想蹲在那儿的阴影中。那儿没有油腻的炙热的厨房气息，只想半是做梦地蹲着凝视着这平静而疲倦的生命怎样顺着流水滑行。

"念书啊！"厨师气冲冲地命令。

头等舱的膳夫也畏惧他，而且谦和的不爱说话的沙丁鱼似的厨头子显然也是畏惧史姆利的。

"嘿咦，你，猪猡！"他叫厨役，"到这儿来，强盗！小亚细亚人……吴姆布拉苦尔……"

水手跟伙夫们都很尊敬地谄媚地对他。他给他们煎熟的肉汁，询问关于村镇与家庭的事情。油火熏过的白俄罗斯伙夫在轮船上算是低级的人们，大家用一个名字称呼他们——亚古特，并且激怒他们：

"亚古、把古（俄国民族之一种——译者）上岸啦……"

史姆利听见这个的时候，眉毛一竖，血液沸腾着，对伙夫大叫：

"你干吗要让人家嘲笑你，菩提树皮的面孔？打他狗嘴呀！"

某一回管帆长——漂亮而凶恶的乡民说他：

"亚古特跟和和儿（俄国民族之一——译者）是一人信仰啊！"

厨师抓着他的衣襟和腰，朝天举起来，于是开始旋转，说道：

"我要撕碎你！"

人们时常吵闹，有时弄到打架，但是不打史姆利。他有着天生的非人所有的力气，并且除掉这还同他们时常亲密地谈船长的老婆——肥胖的高个子、长着男性般的平坦的脸、男孩样的短发妇人。

他酷爱喝麦酒，但是永远没有喝醉过。从早晨开始喝，喝干四瓶招待客人的酒，将近黄昏又要饮啤酒。他的脸渐渐变成灰褐色，黑的眼睛愕然睁大着。

一天晚上，他蹲在大的白木箱上，一个钟头不言语，愁眉苦脸地眺望着河流的远处。在这个时间，一切人尤其畏惧他，但是我很怜恤。

发热出汗的亚各夫·依瓦冷奇从厨房走了出来，站着，搔着光脑壳，挥着手，不是藏躲，就远远地说：

"鳝鱼死啦……"

"嗯，在水藻里……"

"到底是做鱼汁，或是清蒸呢？"

"预备红烧。"

有时，我决定到他跟前去，他深沉地把眼睛移来对着我。

"什么？"

"没有什么。"

"仁慈……"

在那种时间中，有一回我终于问他了：

"为什么你威胁一切人，难道你是仁慈的？"

出人意料，他没有生气。

"这，我可只有对于你才是仁慈的。"

但是，他马上直爽而思索地补充道：

"啊，自然啰，是这样，我对于众人都是仁慈的。不过没有表明这个，这是不能对人们表示的。一切的人踏上仁慈的道路，仿佛登上湖沼中的小山似的……践踏……去拿烧酒来。"

他一杯一杯地喝完一瓶，舔了舔胡须，又说：

"你将来再大一点儿，我也许教会你许多的。我可以当着人家说，我不是傻瓜……你要念书啊，书本里头包含着一切所需要的。念书不是空事情！要喝烧酒？"

"我不欢喜。"

"好的，不喝酒。酗酒只是一种苦痛，麦酒——鬼东西。要是我将来有了钱，我也许送你进学校。没有学问的人只是一头牛，虽然它能耕田，有肉，但它毕竟只会摆尾巴……"

船长太太给他一册《郭果利》，我念完《恐怖的复仇》，这可使我十分高兴起来，但是史姆利愤愤地叫：

"无聊，小说！我知道还有其他的书籍……"

他掠走我的书，从船长太太那儿拿来了另外的，于是严肃地命令：

"念挞拉司……他怎么样？去寻找呀！他说——好的……谁是好的呢？他好，也许我不好吧？他刨平了自己的头发，啊！但是干吗不刨平耳朵呢？"

当挞拉司挑拨奥司挞朴争斗的时候，厨师深深地讥笑了：

"这是那么的！到底怎么样？你有学问，我有力气，刊布的什么呀！骆驼……"

他注意听着，不过常常嚷叫：

"啊，尤聊！一个人不能从肩膀上一刀割到屁股，不可能！并且不能登上山顶，就得屈服山顶！我曾经做过兵士……"

安特利背叛引起他的离仇。

"下贱小子，啊？为了女人！呸……"

但是当挞拉司枪射儿子的时候，厨师的腿从吊床降落下来，用手按着腿，弯曲着背哭了。眼泪徐徐地流满了两颊，滴落在甲板上。他从鼻子里，喃喃地说：

"我的天哪……我的天哪……"

于是他突然对我咆哮：

"念下去呀，鬼骨头！"

他又哭，而且越发有劲而悲哀了，当奥司挞朴临死之前喊叫"阿爸，你听见没有？"的时候。

"一切都消灭了，"史姆利啜泣，"一切啊！已经完了吗？嗨，可诅咒的事情！这个挞拉司人间也有，啊？不错，这个人间有的。"

他从我手头抓着书，留心察看它，泪水滴落在书面上。

"好书！真正的纪念品！"

后来我们念《依瓦戈耶》，史姆利很欢喜李卡尔特·布郎挞根涅特。

"这是近代的王子！"他暗示说。

书本对于我显然是一种苦闷。

大概我们没有失掉趣味，《关于杜玛司·依峨涅司的小说》诱惑了我，古代译本《杜玛·特龙司弃儿的故事》，但是史姆利咕噜道：

"愚蠢！干吗杜玛司同我隔离得这么远呢？我想他趋向什么？也许还有别种的书吧……"

一回，我对他说我知道还有其他的秘密而被禁止的书，只是要在夜间躲在地窖下才能念它。

他瞪着眼，眉毛一立。

"那是什么样的？你信仰什么？"

"我不信仰什么，忏悔的时候，神父曾经问过我的，不过我亲眼瞧见有人在读这类的书，有人在哭……"

厨师严肃地盯着我的脸，问：

"谁在哭呀？"

"听书的女人，并且还有一个女人带着恐惧跑开……"

"你睁开眼睛说梦话啦，"史姆利说，慢慢闭着眼，沉默了一会儿又开始咕噜，"自然啰，无论哪儿都有任何的秘密，没有它——不可能……我的年纪不是那么的，可是我的性情也是……嗯，但是……"

他能够这么能说会讲地谈整个钟头。

　　不知不觉地我已经习惯念书了，带着满意的心去取得书本。关于书本里边所记述的故事，我很欢喜从生活当中去区别——生活变得越发艰苦了。

　　史姆利也给我许多的教训，他时常间断我的工作。

　　"毕西戈夫，去念书呀！"

　　"我有许多家具没有洗哩。"

　　"马克西姆洗去。"

　　他无礼地赶走年长的仆役去替代我的工作。这年长的仆役带着恶意打碎杯子。后来厨头子客气地警告我：

　　"要下轮船了啊。"

　　有一回，马克西姆故意拿几只喝过茶的杯子放在脏水缸里，我倒脏水在船舷外时，杯子一下子飞奔在那儿了。

　　"这是我的不是！"史姆利对着正在喝茶的厨头子说。

　　厨房的女婢开始瞧不起我，她们说我：

　　"哎呀，你，书呆子！你为什么要得人家的工钱呢。"

　　因此，拼命尽可能地多多给我工作，无意识地弄污家具。我明白这一切对于我都是要发生不好的结果的，因此总不做错事情。

　　黄昏下，一位红脸的妇人同一个用黄色头巾、穿玫瑰色的新上衣的妓女，不知从什么小码头上上我们轮船上来的。她们俩都是喝醉了酒的。妇人微笑着，对众人一鞠躬，谈话好像祭师似的：

　　"对不起，亲人，我稍微喝了一点儿酒！请你们裁制我，纠正我吧，我一时高兴就喝醉酒啦……"

　　妓女也是嬉皮笑脸地盯着人们，后来推了妇人一巴掌。

　　"你走呀，去吧，要知道……"

　　她们在二等舱的旁边摇来摇去，那儿正对着亚各夫和雪尔格依睡觉的小舱。妇人很快就不知道消失到哪儿去了，只有雪尔格依蹲在妓女跟前，贪心地拉长着青蛙嘴。

当我做完晚上的工作，在桌子上睡觉的时候，雪尔格依到我跟前来，一把抓着我的手。

"走，我们给你讨老婆去……"

他喝醉酒了。我企图挣脱手，但他打我了。

"去呀!"

马克西姆一趟子跑下来，他也是喝醉了酒的，于是他们俩顺着甲板拖我到自己的小舱跟前去。走过乘客们睡觉的地方，史姆利正站在小舱的门外边，亚各夫停留在门里的侧柱后面。但是，妓女拿拳头敲他的背脊，用酒醉的声音叫:

"让路呀……"

史姆利把我从雪尔格依和马克西姆的手里掠走，抓着他们的头发，打脑壳，摔倒他们两在地上。

"小亚细亚人!"他说亚各夫，乒乒乓乓地关上亚各夫面前的门。轰隆地骚动了一会儿，他用手推着我:

"走开!"

我离开那儿，跑到船尾上。云霭靉的夜，黝黑的河流，船尾后面两部灰暗的马车摆动着，别离了模糊的河岸。驳船在这些马车之间给拖带着，血红的小火点时而向左时而向右地出现之后，一点儿光辉也没有地消失在极其曲折的河岸之外。火光过去，周遭变得越发黑暗而且难堪了。

厨师走来，同我并排蹲着，深深地叹息了，开始吸燃烟卷。

"他们拖你去做这个? 唉，异教徒! 我早就听见他们在打算……"

"你掠走他们手头的她吗?"

"她?"他粗暴地责备妓女，于是用沉重的嗓子接下去，"这儿全都是些浑蛋。这只鬼船坏得来比村庄还不如。村庄里住过吗?"

"没有。"

"村庄贫穷透了! 尤其是冬天……"

烟头扔在船边上，他沉默了一下，又开始说：

"你堕落在猎猡群里了，我怜恤你，小鸡，并且一切都是可怜的。下一次我不知道该怎么做……也许只有跪着请问：'你们干吗，狗儿子，啊？你们干吗，瞎东西，骆驼……'"

轮船迟缓地轰叫，锚索在水里敲打着。码头上指路灯的小火在浓重的黑暗中闪烁，一会儿又从黑暗中消失了。

"醉昏昏的松林，厨师咕噜，并且河岸也是醉昏昏的。军事专家庞戈夫和书记官查皮沃亨都住在这个码头上，我要上岸去啦……"

大个子的卡姆妇人和女孩子从河岸上拉着载木柴的长的手车走来，身子弯曲在牛皮带子下，脚有弹性地舞蹈着。她们一对一对地朝向伙夫的船舱走来，扔了半"砂仁"长的木片在黑洞里，大声地叫：

"胆小的家伙！"

当她们搬着木柴走过来的时候，水手们摸她们的胸脯和腿。妇人们惊叫，对男人们吐口沫。后退几步，她们用车上的推杠跟铗子做保护自己的武器。我瞧见这个不下十来次。每一条航路，在所有的码头上，都有那一类的人们运送木柴。

我好像觉得我的年纪已经老了。在这只轮船上，我生活了许多年。我知道一切轮船上明天、下礼拜、秋天和明年可能发生的事情。

天已经亮了。沙质的悬崖上，雄壮的松林比码头显得还要高的山麓下，一些妇人又笑又唱地朝向森林走过来。她们给修长的手车武装着，仿佛兵队似的。

想哭，眼泪在胸窝里沸腾着，心好像在泪水中煮熟了似的。这是很痛苦的啊！

但是，流泪，难为情，因此我帮着水手布牙亨洗甲板。

布牙亨是个不大惹人注意的人。不知怎么，一切都是很褪色而且倒霉的。他老是躲藏在角落里，小小的眼睛从那儿射出冷光。

"按照现刻的绰号我不叫布牙亨，但是……所以你瞧，我的母亲过着淫荡生活。我有一个姐姐也是那么样的。那么样，也许她们俩是命里注定的吧。命运，伙计，我们大家都是一样的。你也许要经过……唉，等着吧……"

于是他马上拿布帚拖着甲板，又轻轻地对我说：

"瞧，他们怎么侮辱妇人们？就是那么样的！湿的柴块点燃许久了，开始燃了呀。我不欢喜这个，伙计，我不崇拜这个。假如是我养出的妇人，那么我也许要跳下深水坑去溺死哩。神圣的耶稣基督保佑你啊！……对于任何人那么的意志都没有，唉，那儿又燃烧起来啦！我说，就是阉人吧，也不是愚蠢的百姓啦。关于阉人，你听说过。聪明的老百姓，我曾经十分正确地打量过：他们全都很留心一切琐碎的事物，并且纯洁地信仰上帝……"

船长太太高高地提着裙子，沿着船尾楼走过我们跟前。她常常爱起早。高个子的匀整的她，脸是那么素朴而且莹洁。我想一下子跑到她背后去倾心地请求：

"请告诉我任何事情，告诉我呀！……"

轮船徐徐地离开码头，布牙亨画着十字说：

"我们走啦……"

六

到萨拉布尔，马克西姆离开了轮船。他很严肃、镇静，悄悄地逃走，没有同谁告别。愉快的妇女下了船，狞笑着走在他的后头，可是她的后面又走着被蹂躏的带着浮肿眼睛的妓女。雪尔格依许久地跪在船长面前，吻着门板，用额头敲打门板，哀求道：

"请饶恕我，我没有错呀！这是马克西姆……"

水手、厨役，还有几个乘客明知道他说谎，可是怂恿地忠告道：

"去呀，去呀，他饶恕你啦！"

船长一面赶他走，一面又拿脚踢已经跌倒的雪尔格依，不过结果还是饶恕他了。于是雪尔格依马上搬着摆上器具的茶盘沿着甲板跑，狗样地谄媚地盯着人们的眼睛。

替代马克西姆的位置的是从岸上来的一位联队的小兵——小脑袋的、黄眼睛的筋骨人。厨师的助手顿时吩咐他去杀鸡。小兵刚杀好两只，其余的全逃到甲板上去了。乘客们开始去捉鸡，三只母鸡飞到船舷外去了。这儿，小兵蹲在靠近厨房的劈柴上，伤心地哭起来。

"你干吗，傻瓜？"史姆利愕然地问他，"难道当兵的可以哭？"

"我，没有打过仗的那一连的。"兵士轻轻地说。

这可损害他了。过了半个钟头轮船上所有的人们都大笑他，走近他身边去，眼睛对直盯着他的面孔问：

"是这一个不是？"

于是，人们蒙蔽在可耻的痉挛与愚蠢的嘲笑中。

兵士开始不瞧人们，也不听嘲笑。他用印花布的旧汗衫的衣袖拭着脸上的泪水，好像故意把眼泪藏在衣袖内。但是他那黄色的眼睛立刻开始愤然地发火，后来他用喜鹊般的快语说：

"你们干吗替我剥掉桃子皮？噢，你们撕成碎块啦。"

这可越发引起群众开心了，他们拿手指头钩扯他的汗衫、围腰，同他玩着，好像玩弄山羊似的。他们喂他饭，正当吃饭的时候，不知道谁拿吃过的柠檬片挂在木勺柄子上，套在他的围腰带上。兵士走路的时候，木勺就在他背上摆动着，大家都哈哈大笑起来。可是他像被捉住的小老鼠似的慌张着，不明白人们笑的什么。

史姆利沉默而严肃地跟他走，脸孔好像一个妇人。

我可怜兵士，我问厨师：

"可以告诉他背上有木勺吗？"

他默默地点了点头。

当我告诉兵士人们为什么笑的时候，他赶快摸着勺子，撕掉它，扔在地板上，用脚踏碎，随后双手抓着我的头发。我们开始打架，这可给了群众一个大大的满足，他们马上包围着我们。

史姆利挤开观众，掠走我们，起初拉拉我的耳朵，随后抓着兵士的耳朵。当群众瞧见这个小人儿头在旋转，脚在厨师手下舞蹈的时候，他们疯狂般地吼叫，吹口哨，跺脚，嘴笑得合不拢。

"好啊，卫戍兵！脑壳钻进厨师裤裆里去啦！"

这种兽性的人群的快乐，刺激起我想跑去拿柴块揍他们卑鄙的头脑的念头。

史姆利释放了兵士，随后手背在背上，踱到野猪般的群众跟前，眉一竖，可怕地露着牙齿。

"到各人位置上去，走！小亚细亚人……"

兵士重新跑到我跟前来，但是史姆利一手把他搂在胸怀里，拖到过道上，开始朝水里摇撼。水浇着兵士的头，转动着他那枯瘦的身体，好像布巾扎成的木偶。

水手、管帆长、副船长跑拢来，人群重新聚集在一块儿。安静而哑然如往常的厨头子高高地立在众人之上。

兵士蹲在靠近厨房的劈柴上，用颤抖的手脱下靴子，挤干靴帮上的水，靴帮倒是挤干了，可是他油腻腻的头发上落下水点来，这可惹起群众快乐了。

"一切都是可恶的，"兵士尖细地说，"我要杀死野孩子！"

史姆利按着我的肩头。不知对船长说些什么，水手们把群众赶走。随后当大家走开的时候，厨师问兵士：

"你还要干吗？"

这儿他不作声了，狞恶的眼睛盯着我，周身奇怪地痉挛着。

"平静吧，癫痫病患者！"史姆利说。

兵士答应：

"你别把芦笛儿搁在嘴里吧。"

我瞧见厨师的脸放红了，他那肿胀的两颊颓丧地下垂着。他吐了口痰，引着我一道走开。给惊骇抓紧了的我，大踏步地跟他走。大家都望着兵士，可是史姆利含糊地嚷：

"唉，这样的玩意儿，啊？让你们……"

雪尔格依追着我们，不知怎的咕噜：

"他要自杀啦！"

"在哪儿？"史姆利一边说，一边开始跑。

兵士站在仆役的小舱门边，手里拿着大刀。这刀是砍鸡头和劈柴用的，很钝，刀口缺得像锯子似的。群众站在小舱前面，瞧着这带着湿淋淋的脑壳的小小的可笑人儿。他那塌鼻子的脸颤动着，好像一块冻牛肉，嘴巴疲倦地张开，嘴唇颤抖着，牛一般地吼叫：

"暴君们……暴君们……"

我不知跳上什么地方，从人们的脑壳缝隙里瞧见他们的脸。人们在微笑，吃吃地笑，互相谈话：

"瞧，瞧呀！"

当他用干枯的儿童般的手整理着滑落在汗衫下的裤腰的时候，同我并排的一个漂亮脸孔的男人叹息着说：

"要自杀还要整理裤子……"

群众高声地哄笑了。很显然，无论谁也不相信兵士会自杀，连我也不相信。后来，史姆利对他挤挤眼，开始拿他自己的肚子掀开人们，说着：

"走开，傻瓜！"

他好几次地叫傻瓜，走到整个的人堆跟前，又叫他们：

"到各人位置上去，傻瓜！"

这也是很可笑的，不过觉得真是这样的。今天从大清早起所有的人们都是一个个大傻瓜。

他赶走了群众，走到兵士跟前，伸长了手：

"刀子搁在这儿……"

"一切都是可恶的。"兵士说，曳长着刀子。厨师把刀递给我，推兵士进小舱去。

"躺下来，睡觉！你为什么那样，啊？"

兵士默默地蹲在吊床上。

"他拿酒来给你喝，会喝酒吗？"

"稍微会喝一点儿——"

"你当心别打他，这不是他开你玩笑，听见吗？我说——不是他……"

"他们为什么要苦恼我？"兵士轻轻地问。

史姆利迟疑了一下，于是严厉地反问：

"嗯，我知道吗？"

他同我一道到厨房里去，咕噜了：

"唉……他们真是欺负穷人！你瞧见这个？那就是！人们，兄弟，人们可能得神经病的，可能……他们欺负人，好像欺负臭虫，得啦！那儿的臭虫们还往什么地方去呢！挺凶恶的臭虫……"

当我给兵士送面包、肉跟酒去的时候，他蹲在吊床上，身子一前一后地摇动着哭了，轻轻地啜泣着好像妇人似的。我把碟子摆在小桌上，说：

"吃啊……"

"关上门吧。"

"关上门瞧不见。"

"你就关上吧，要不然他们又钻进来啦……"

我走出去。兵士对我不仁爱，他不能激起我的同情心和怜恤心。这是不对的，外祖母曾经反复地教训我：

"应该怜恤人类，大家都是不幸者，大家都是困难人……"

"你拿去了吗？"厨师问我，"他在那儿干吗？"

"在哭。"

"嗨……蠢家伙！他是什么样的军人啦？"

"我不怜恤他。"

"嗯？那是怎么的？"

"应该怜恤人类……"

史姆利抓着我的手，拖来对着自己，暗示说：

"你尽可能不怜恤，但是吹牛皮也是不对的，明白吗？你没有习惯拌果子酱，自己要知道啊……"

后来他推开着我，严肃地补充说：

"这儿不是你的地方！唉，抽烟吧……"

被乘客们的行为所糟蹋的一切，使我深深地感动，尤其是在他们喂兵士的饭和史姆利提他的耳朵的时候。在他们那么愉快的哄笑的情形之中，我感到难以形容的凌辱与压迫。这儿引起他们这么愉快地发笑的事情，究竟要怎样才能够把他们纠正过来，使他们来反对，怜恤这一切呢？

一会儿，他们又在低矮的天幕下蹲着，躺着，喝，吃，斗牌，平和而雅致地谈天，眺望着江流，好像一点钟之前吹口哨，用催眠术的不是他们似的。他们一切都是同样的肃静、闲逸，如同往常一样，从早到晚他们慢吞吞地在轮船上推挤，好像蝗虫或是太阳光线里头的微尘。一会儿十来个人在搭桥跟前推挤着，画着十字，离开轮船上码头去。但是从码头上对直爬来替代他们的又是那么样的人们，又是那样背脊弯在包卷和箱子下，穿着也是那么样的……

这继续不断的去去来来的人们，在轮船上的生活当中一点儿也没有变换。新来的乘客也会谈走了的人所谈过的一样的话：关于上帝哪，工作哪，土地哪，女人哪，和那一类的话。

"在上帝面前要诚心地忍受劳苦，要忍受劳苦，一个人！那是我们的命运，一点儿办法也没有的啊……"

这些话听着真是厌烦，并且惹起我偏不忍受卑鄙行为，我偏不愿意忍受恶意的无理的凌辱的关系对于我。我毅然地知道，感觉到不给那种的关系服务，并且兵士也不服务。也许是他自己愿意开玩笑……

他们把马克西姆从船上赶走——这是个诚实、仁慈的青年，可是雪尔格依下流的人偏偏留下来。这一切都是不合理的啊！但是这般有本事喂一个人的饭，弄得一个人差点儿失去知觉的人们，为什么往往要卑鄙地屈服水手们愤然的吐骂，不知耻地听着责备呢？

"干吗要倒在船边上？"管帆长叫道，挤着美丽的，可是狞恶的眼睛，"轮船倾斜啦，拉绳滑脱啦……"

拉绳随着倒在另外一个船边上，可是他们不从那儿赶走他们，好像赶小羊似的。

"啊，倒霉的东西……"

炎热的夜里，给白天的太阳烧熟的铁的天幕下，乘客们蟑螂般地沿着整个的甲板爬行着，倒在哪儿就在哪儿睡觉。快到码头的时候，水手就用脚踢醒他们。

"喂，摊伸在过道上干吗的！滚开，到地方啦……"

他爬起来，做梦似的往人们推动他们的那一方移动。

水手也跟他们一样的，只不过穿着不同一点儿，可是命令他们，好像警察兵。

很显然，在人间首先需要一种平和、怯懦与"忧郁的谦虚"，但是当残酷、荒唐，差不多往往是非快乐的暴慢突然揭穿这种谦虚的外衣的时候，是多么奇怪而可怕啊。我觉得人们不知道他们该往哪儿去。在哪儿下船，他们全都一样。他们也许不到岸上的什么地方去，只在岸上暂时蹲一会儿，又上这只或者另外的轮船，又往哪儿走去。他们大约都是迷路的无家可归者，整个的世界对于他们都是陌生的，因此他们全都到了怯懦的愚钝的程度。

一回，半夜过后，不知什么在机器舱里爆炸，噼啪地响着，好像放枪似的。甲板上立刻给白色的蒸汽烟笼罩着。浓密的蒸汽从机器舱里升起来，朝一切裂鳞里冒。模模糊糊的不知道谁喧声地叫：

"包袱，红铅，毡子……"

我睡在机器舱旁边洗器具的桌上，在给噼啪声和震动惊醒的时候，甲板上很肃静的。机器里热冲冲地放出蒸汽，时刻有人用锤在敲着。但是过了一会儿，甲板上所有的乘客不协调地呻吟、叫吼，于是立刻开始恐怖起来。

白茫茫的雾罩迅速地敞开，一些稀稀头发和蓬松的头发的妇人，带着鱼儿眼睛的农夫们的脚相互地搔着、撞着，全都拖着包卷、口袋和箱子不知往哪儿去。他们蹒跚，跌倒，呼救着上帝、尼古拉神人，互相击撞。这是很可怕的啊，不过在那个时间中却有趣味：我跟着人们跑，瞧着他们究竟要做什么。

我第一次瞧见夜间的骚扰，不知怎的立刻明白人们骚乱全是出于一种误会。轮船急速地前进，右边的船舷后头很近的地方，刘草的人们点燃着烟火。明亮的夜，圆胖的月儿高高地站着。

但是，人们还是沿着甲板赶快地搬动，房舱的乘客们跳了出来，不知道谁跳到船舷后边去随着他，又是另外的一个，又是一个。两个农夫跟神父击破了用螺钉钉牢在甲板上的长凳。他们从船尾上把大鸡笼抛在水里。在船长室的吊桥上的扶梯旁边的甲板中间，跪着一个农夫，叩着头跑过吊桥，狼一般地咆哮：

"信仰正教的人们，罪过啊……"

"要划子，魔鬼们！"穿上一条裤子，没穿衬衫的胖子老爷叫道，拿拳头打着自己的胸脯。

水手们跑来，抓着人们的衣襟，揍他们的头，把他们摔在甲板上。穿着夜服跟外套的史姆利沉重地走着，用喊喊喳喳的调儿劝说众人：

"难为情啦！你们干吗发疯？轮船已经停着了，停着了。唉！那就是河岸！为什么跳下水去。刘草的人通通捉着了，掠过来了。那就是他们，瞧见吗，两只划子？"

他用拳头一高一低地打三等舱的人们的脑袋，于是他们默默地痴人般地倒在甲板上。

骚乱还没有平息。一位穿外套的太太，手里拿着饭厅的匙子飞奔到史姆利面前来，用匙子在他鼻子下挥舞着，开始叫道：

"你怎么敢呢？"

水湿的先生拦阻着他，捻了捻胡子，带着懊丧说：

"原谅他，偶像……"

史姆利散开着手，害羞地挤了挤眼睛，问我：

"那是怎么的，啊？她为什么那样对我？好啊？我第一次瞥见她呀！……"

不知什么乡巴佬儿，流着鼻血喊叫：

"嗯，人们！嗯，强盗！……"

夏季之后，我在轮船上瞧见两回纷乱，两回都没有惹起直接的危险。不过，在一种恐怖的前面是有危险的可能性的。第三次，乘客们捉着两个贼，他们里边的一个佯装"烧香客"。人们背着水手一声不响地打了强盗差不多整整一个钟头，但是水手们把强盗掠走的时候，群众开始骂他们：

"强盗藏匿强盗，知道啊！"

"你们自己是骗子，就私通骗子啦！"

骗子们把被打者弄到失去知觉，在到了什么码头送交他们到警察局去的时候，他们还不能够站起脚。

后来，许多那类子的事情，使我热切地感想着不能了解人类。他们到底是狞恶的还是仁慈的呢？谦和的或者是暴慢的呢？并且为什么那样残酷，凶恶地贪婪，可耻地谦虚？

关于这，我问过厨师，但他自己的脸庞上给香烟的烟子笼罩着，带着懊丧略略地说了：

"嗨，什么搔痒了你！人类，嗯，人类吗……一种聪明的，其次愚蠢的。你读书，别再嚷叫。在书本里头，假如他们是端正的话，那就准得详尽地述说着的。"

教会的书和圣哲的言行录，他是不爱的。

"嗯，这是给神父，给神父的子孙的……"

我愿意使他愉快——赠书。到卡查码头，我买了五戈比的《一个兵士援救比得大帝记》，但是那个时间厨师正喝醉了酒，发脾气，我不打算马上把赠品交给他，开始自己念"传记"。它使我非常欢喜，全那么朴实、明了、有趣味、简练。我自信这本书会取得我教师的满意。

但是，当我把书拿给他的时候，他默默地用戴上环子的手掌按着书，于是扔在船边上。

"这就是你自己的书呀，蠢东西！"他严厉地说，"我教训你好像教训狗似的。你要吞食野兽，啊？"

他跺着脚咆哮了：

"这是什么书？我曾经读糊涂了！它里面说的什么，真理吗？嗯，你说！"

"我不知道。"

"那么我知道！当一个人给砍掉了脑袋，他从楼梯上跌倒下来的时候，其余的就不爬上干草堆去了。兵士们不是傻瓜！他们也许会烧掉干草堆，然后才憩息！明白吗？"

"明白了。"

"是那么的啊！我知道关于比得大帝的事情。他同兵士并没有那么一回事的！走开……"

我了解厨师的真理，不过我仍旧欢喜这本小册子。又一回买了"传记"，我两次读完它的时候，带着惊奇心信服这种真正是不好的。这可搅乱了我，因此我越发留心而信赖地对厨师。但他老是时刻带着巨大的懊丧说：

"唉，要怎样地教训你！这儿不是你的地方……"

我也感觉——不是我的地方。雪尔格依仇视地对我。我好几次注意到他偷我桌上的茶具，背着厨头子偷偷地拿它卖给乘客们。我知道这算是贼心肠。史姆利屡次提醒我：

"当心啊，你自己桌上的茶具别给膳夫！"

对于我还有许多不好的事情。我常常想从轮船上逃走，逃到头等的大码头上去，森林中去。但是史姆利阻止了我。他和我的关系越发地柔和。继续不断的轮船的移动恐怖地囚着我。很愉快的是，当轮船停泊在码头旁边的时候，我期待着有什么事情发生，我们好从卡姆汹水到别尔，到雅特克，沿着伏尔加河上，我将见到崭新的河岸、城市、崭新的人类。

但是这个可没有发生，而我在轮船上的生活突然而可耻地给分裂了。一个黄昏，我们从卡查航行到下城的时候，厨头子叫我到他房间去。我刚走进去，他就关上门对那严肃地蹲在毛毡的靠背椅上的史姆利说：

"这就是。"

史姆利粗暴地问我：

"你给雪尔格依的茶具吗？"

"他自己拿去的，当我没有瞧见的时候。"

厨头子轻轻地说：

"你没有瞧见，只是知道。"

史姆利用拳头打了打自己的膝头，后来搔着膝头说：

"等一会儿，你就成功……"

因此，我开始思索。我注意厨头子，他凝视着我好像他那眼睛里面没有眼珠子。

他安静地生活，走路一声不响，说话嗓子怪嘹亮的。有的时候他捻着胡子，失神的眼不知朝屋角的什么地方鼓着，一下子又消失了。入梦前，他许久地跪在食堂里照着快熄灭的小灯的神像跟前……我从门缝里瞧见他的小眼好像深红色的骰子，但是我不能瞧见他怎么地做祷告。他只是站着，凝视着神像和神灯叹息，摸着胡子。

沉默了一会儿，史姆利又问：

"雪尔格依给你的钱没有？"

"没有。"

"从来没有？"

"从来没有。"

"他不说谎的！"史姆利对厨头子说。可是这人不大声地回答：

"大家都是一样的。好吧。"

"我们走吧！"厨师叫我，走到我的桌子跟前，用手指轻轻敲了敲我的脑顶，"傻瓜！我也是傻瓜！我应该跟你……"

在下城，厨头子给我算了工钱。我大约得到八个卢布。我做工第一次得到的大批的钱。

史姆利同我告别的时候，严肃地说：

"唉，唉，就是……现在你当心吧，明白吗？嘴巴不能够打哈欠……"

他拿了一个硝子石的香烟斗递到我手里。

"喏，送给你！这个挺好的雕工，这是教母给我雕刻的……嗯，再见！要读书啊，这是最好不过的事情！"

他抓着口袋下面的我，举起来，接了下吻，平稳地放在朝向码头那边的甲板上。我怜恤他，又怜恤我自己。我不敢吼叫一声，只是望着他回到那冲散着艰苦、孤僻的大个子的力夫的轮船上。

多少年后我才能逢遇像他那样仁慈、孤僻、被人类生活摧毁的人呢……

七

外祖父跟外祖母又搬进城里去了，我来到他们家里，愤懑与武勇交织着的心是很苦痛的。为什么认为我是贼呢？

外祖母亲切地迎接我，立刻跑去炖自暖壶。外祖父嬉皮笑脸的如同往常一般，他问：

"储蓄了不少的黄金吧？"

"世上有多少，通通都是我的。"我回答了，蹲在窗户旁边，胜利地从口袋里掐出烟斗来，郑重地抽烟。

"怎么的，"外祖父说，留心观察着我的动作，"那叫什么呀。你要吸魔鬼般的毒药吗？不太早了？"

"这还是别人送给我的烟斗哩！"我自负了。

"烟斗！"外祖父吼叫，"你怎么，要惹我？"

他奔到我跟前来，曳长纤细而结实的手臂，转着青色的眼。我跳走一步，用头撞击他的肚子。老头儿蹲在地板上，苦恼了几秒钟，愕然地挤着眼盯着我，张开着黑嘴，随后平和地问：

"这是你推倒我——外公？难道我不是你亲生母亲的父亲吗？"

"你们把我攻打够了。"我咕噜着，明白了报复。

暴躁而爽直的外祖父从地板上站起来，坐来和我并排，敏捷地撕掉我的香烟，扔在窗外，用威吓的声音说："野兽的头脑，你是不是不明白这个在你整个的一生里面，上帝永远不会恕你的罪的吗？"他掉转头对着外祖母说："你瞧见他刚才打我？他！是打了，你问他呀！"

她不问，只是走到我跟前，抓着我的头发，开始揍了几下，说着：

"为什么那样对他，就这样……"

没有打痛，可是怪难为情的，尤其是外祖父那种狡笑使人难为情。他跳在椅上，手掌拍着膝头，鸟儿啼般地哄笑。

"应该那么的，应该那么的……"

我挣脱身子，跳到走廊上，躺在那儿的基角上，听着自暖壶的吱吱声，一面感到自己受的压迫和糟蹋。

外祖母走来，弯下身子在我身上，含糊地低声说：

"你原谅我，我刚才故意不打痛你啊！老实说，外公是老头儿，应该尊敬他，他的骨头已经给磨伤了，他满心都是悲哀，不应该使他难受。你已经不小了，你明白这个……奥列沙！他这人也是小孩子，不痛苦那个……"

她的话语洗清了我，好像温水似的。由于这种友爱的低语，我变得怪难为情而爽快，我紧紧拥抱着她，我们开始接吻了。

"到他那儿去，不要紧，去吧，只是别在他面前立刻就抽烟，习惯……"

我走进屋子，瞧着外祖父，简直忍不住笑了。他真是天真得像小孩子，满脸的欢笑，跷起腿儿，用黄毛的指爪敲着桌边。

"怎么，山羊？又要来撞我？唉，你，强盗！全像你父亲！伐尔玛宗，走进屋来不画十字，立刻就抽卷烟。嗨，你，波诺巴尔特，一戈比的价值！"

我不言语。他的话语奔放完了，他就疲倦地沉默着，可是喝茶过后开始教训我：

"一个人极端需要上帝，好像马之需要马衔似的。除掉上帝，我们没有朋友！人类对于人类，凶恶的仇敌！"

什么是仇敌的人类，在这里边我感到某种真理，可是其余的一切没有触动我。

"现在你再到姨婆玛特林那儿去，明年春上再到轮船上去。在他们家里度过冬天，只是别说春天你要离开他们……"

"嗯，干吗你要欺骗人？"外祖母说。

"除开欺骗你就活不了。"外祖父固执着，"唉，谁没有欺骗地生活着呢，你说。"

黄昏时候，外祖父蹲着念诗的时候，我同外祖母到后门外边的旷野间去。在"后城"卡纳特诺依街上，有幢两面窗的小屋子，这是外祖父过去自己的房屋，他曾经在那里居住过。

"将来往哪儿搬呢？"外祖母冷笑着说，"老头儿自己找不着如意的地方啦，他简直是到处搬家。这儿他说不好，可是我觉得好的。"

我们前面展开着约莫三俄里远近的荒凉的被山谷截断的草泥的旷野，山谷的一旁是成行的森林，另一旁是卡山道上的白桦树丛林。鼠尾草、矮树的丫枝从山谷里竖立起来，清凉的夕阳的光线把它们染成一片血红色。静谧的晚风摇撼着灰白树叶。水沟后面，青年的男女市民的影儿摇晃着，也好像树叶。远处，右边，立着天主教徒墓场的红墙，这儿人们叫作"布格诺夫斯基隐者居"；左边，水沟上端，阴暗的丛林从旷野举起来，那儿是欧洲墓场。周遭一切都是贫乏的，一切疮痍满目的大地都是默然的。城边上小小的房子的窗户怯生生地望着尘埃满地的大道。营养不好的小鸡顺着大道走着。女修道院附近，牝牛成群地游逛着，叫吼着。从军营里传来了阵阵的军乐声，吹着铜的军号。

醉酒汉走来，拼命奏手风琴，一面蹒跚地走，一面咕噜：

"我要到你家去……应该……"

"小傻瓜,"外祖母眯着眼对着血红的太阳,说,"你往哪儿去? 赶快走,你在睡觉,你只是梦见……并且音乐是你自己的安慰品呀,去吧……"

我告诉了她轮船上的生活。我瞧了瞧周遭之后,发现这儿的我很忧郁,感觉自己好像锅里的鱼。外祖母沉默而注意地听着,就像我欢喜听她的一样。当我告诉她关于史姆利的一切的时候,她诚意地画了十字,说:

"好人,圣母帮助他啊,好人! 你留心,别忘记他呀! 你要永远牢记着好人,可是坏的要干净忘记——"

我很难对她说为什么人家开除我,但是苦涩着的心终于还是告诉了她。这可没有使她发生任何的感想,她只是好心肠地说了:

"你年纪还小,不会生活……"

"大家都互相说:你不会生活——农夫、水手、姨婆玛特林的儿子。可是,什么是会生活呢?"

她噘着嘴,摇了摇头。

"我可不知道这个!"

"那么,你又要说!"

"为什么不说呢?"外祖母平和地说,"你别难为情,你年纪还小,你不应当学会生活。但是谁会呢? 只有一种骗子。喏,外祖父是聪明人,受过教育的,可是什么也不会……"

"你自己生活得好吗?"

"我? 好的。也生活得不好,一切都……"

人们慢慢走过我们跟前,各个人的后面,拖着修长的影儿,尘土从脚下升起,埋没着这些影儿。夜的愁苦变得越发深沉。外祖父咕噜的声音从窗户里透露出来:

"主啊,别拿你自己的愤怒来降罪我,压息自己的愤怒来惩罚我

114

吧……"

外祖母微笑着说：

"他对于上帝已经厌倦了，主啊！每个晚上都要埋怨，可是为的什么呢？既已经年老了，什么也不应该，只有怜恤一切，敬畏一切……他倾听着黄昏时的骚音，又得冷笑：华西里·贾士林再来吹喇叭吧！……好，我们睡觉去……"

我决心猎取唱歌的鸟儿。我觉得这是很好的活计。我将来捕得了鸟儿，外祖母就拿去卖。我买了网、环子，又做成一只笼子。后来天刚亮我就蹲在山谷里，矮树林中。外祖母携着提篮和口袋，沿着森林走着，搜集着最后的菌子、干果和白榛树。

疲倦的九月的太阳正在东隅始升起来。它那苍白的光线时而熄灭在云层里，时而又落在山谷中——我的跟前。山谷底上还是阴暗的白茫茫的雾罩从那儿举起来。险阻的黏土性的山谷，一边是阴暗而秃然的挺斜倾的，另一边给黄的紫栗色的蔓草与矮树的叶遮盖着。秋风卷起树叶，又投在山谷里。

山谷底上，牛蒡草里金翅雀呐喊着。我瞧见废物般的高草丛中，活泼泼的鸟儿头上顶着血红色的妇人般的头巾。珍奇的云雀在我周围拍着翅膀，白的两颊丰肥得很可笑。它们叫唱、喧嚣，仿佛古纳汶城礼拜日的青年市民。敏捷、聪明、凶恶的它们想要知道一切，触动一切，而结果一个个地堕落在网里。瞧着它们打架很可怜，但是我的行动毕竟是商业化的、残酷的。我把鸟儿囚在贮藏的笼子里头，藏在口袋里头——它们在黑暗中恭顺地蹲着。

成群的山雀飞落在山楂树林上，树林浴在日光中，山雀欢喜太阳，于是越发喜欢歌唱。拿它们的态度看来，活像小学校的小学生。贪心的喜鹊慢吞吞地飞开，飞到暖和的那一边去，蹲在软柔的野蔷薇的枝头，用翅膀毛清洁着鼻孔，黑的眼睛锐利地追寻食物。百灵鸟飞上天空，捉住家蜂，耐烦地钉它在野刺上，又蹲下来，转旋着灰色的刁狡的小脑袋。预言的横嘴鸟一声不响地飞来，贪图我的饵食，于是被捕住了！大鹰打散了群鸟，蹲在赤杨树上，漂亮、尊严得像将军似的，后来摇摆着黑鼻子，愤然地大叫。

太阳愈是出得高，鸟儿也就愈见多，它们愈是快乐地叫唱。整个的山谷充满了音乐，音乐的基本音调算是继续不断的秋风下的木叶萧萧声，鸟儿愤然的声音也不能压低这种平和的"甜蜜的忧愁"的骚音。在这种音乐里面，我听出了夏季的别离歌，它对我低语了某种特殊的字句，而这些字句本身就构成了一首歌。但是，那时候的记忆已经摒弃了我的意志变成一幅残留的画面了。

外祖母不知从山上的什么地方喊叫：

"你在哪儿?"

她蹲在山谷边缘上，铺开手巾，在上面摆着面包、酱瓜、葡萄干、苹果。在这一切好东西中间，摆着一个对着太阳放光的、小巧玲珑的花岗石的瓶子——水晶石的拿破仑头式的瓶塞，瓶子里面有"切弟草"泡的酒。

"多么好啊，上帝!"外祖母感谢说。

"那么，我作诗呀!"

我对她说了好像是诗的话：

"愈是挨近冬天，一切愈是显然，

别了啊，我夏季的太阳……"

但是，她不听我，打断话头：

"那是什么样的诗呀，只有它挺好!"

于是我哼唱地说：

噢，夏天的太阳

没落在黝黑的夜里，

远远的森林之后方。

唉，被人抛弃的我啊，姑娘，

我没有春天的欢乐，只有啊……

早晨出来到近郊，

回忆起我小小的游侣——

清洁旷野忧愁地凝视着——

在那儿啊，我失掉了自己的青春。

噢，朋友啊，我的爱人！

而今又是新软的雪儿飞飞，

飞进了我洁白的心窝，

我的心啊，给埋没在雪里！……

我著作的爱好很少遭受挫折，我很欢喜诗歌，也很怜恤女孩子。

接着外祖母又说：

"这就是唱的哀歌啊！你瞧这是女孩子作的歌：她从春季开始游荡，刚到冬天亲爱的情人就把她抛了。他也许是爱上别的人了吧。她由于这种深切的耻辱而流泪……你自己干吗不去试试？不学好的榜样，瞧，她作多么好的歌啦！"

当她头一回卖鸟儿，卖得大约四十戈比的时候，这可非常使她吃惊了。

"你瞧！我以为是空事情，小孩儿的玩意儿，可是，那多惬意！"

"还是卖便宜了……"

"嗯？"

集市的日子，她卖了差不多一个卢布，越发惊讶起来：空事情怎么会赚得这么多的钱！

"女人整天洗衣服，揩地板，每天不过得二十五戈比。这是捕鸟儿呀！不过这是要不得的！把鸟儿关在笼子里要不得的啊。别干这个，奥列沙！"

但是，我很受捕鸟术的蛊惑，我欢喜它不致惹起任何人的不愉快，除了鸟儿。我预备精巧的必需的器械。邻人教会我许多古老的捕鸟法术。我一个人到三十俄里以外，伏尔加河上戈司杜夫斯基森林去捕鸟，那儿的枞林里面盛产横嘴鸟和一般爱好者素有定评的"安波若诺夫加"山雀——长尾巴的稀有的美丽小鸟。

有一回，我从晚间出发，整晚在卡山小道上蹒跚着，有时候在秋雨之下深沉的泥潭中。背上背着鸟槛和放有饵食的笼子，手里拿着坚硬的干树棒。阴冷而可怕的秋之黑暗中，是很令人恐怖的！……我站在旧道的旁边，窸窣的白桦树叶在我头上敲打，拭着湿淋淋的夜露。左边山麓下黑黝黝的伏尔加河上，最后一只轮船跟驳船的桅杆上疏落的小火荡漾着，好像在逃出这无底的深渊。轮船的机轮在水里轧响，汽笛呜呜地叫着。

村镇的木房从铁道的地带上竖立起来。生气的饿狗在脚下打转。守夜人扛着木槌，怯生生地叫：

"谁过路？夜里走路不出声，怕是鬼遣来的什么人吧？"

我很害怕有人掠走我的器械，自己掏出五个戈比给了守夜的人。荷根诺依村的守夜的同我要好，他常常叹息：

"还要走？唉，你，胆大的急性子的夜民，啊？"

人们叫他作倪芳特，他是一个小个子的花白头发的圣徒般的人，他常常从胸衣里掏出一些胡瓜、苹果和干豌豆这类的东西塞在我的手里，说着：

"喏，朋友，我就住在那边栈房里，你来憩息一会儿吧。"

后来他送我到了附近的地方。

"唉，上帝保佑你啊！"

将近黎明的晨光，我走到森林里，修理好器械，称量好鸟儿的饵食，躺在森林的边地上，等待白天的到来。静谧，周遭的一切凝结在沉沉的秋之幻梦中。银灰色的雾罩之外隐约可见山麓下广大的草原。草原给伏尔加河截断，在河身之外延展着，流散、融汇在烟雾中。远处，森林后面的草原上，刚放光明的太阳慢吞吞地升起来，火花在树林顶上爆射，奇妙的心灵之波动开始了。烟雾急速从草原上爬起来，太阳光线中给镀上银灰色的光芒，矮林、树木、干草场和干草堆从雾罩之外起立，好像融汇在太阳之下，流入黄金色的那一方面去了。于是，太阳触动着岸边的静静的河水，仿佛整个河流在荡漾，在压平着浸渍有太阳的地方。太阳愈是出得高，也就愈见快乐，对于精光的冻僵的大地给了一种福利与温暖，然而大地上正蒸发着秋之气息。透明的空气示出广大的地球，而无穷尽地把它扩大起来。一切在远处荡漾，蔓延到暗蓝的大地的尽头。在这个地方我瞧见太阳出来不下十来次，每每在我面前诞生一个崭新的世界，新的红色的……

不知怎的我特别欢喜太阳。我欢喜它的名字，名字里边隐藏着甜蜜的名称和声响。我爱闭上眼，脸对着温暖的太阳光线，把它捕捉在手里，当它的火箭穿过墙隙或者树枝的时候。外祖父很爱念《侯爵米哈依尔·柴倪戈夫斯基与贵族裴奥多尔不敬太阳》那本书。这些人我觉得都是黑色的，好像严厉而凶狠的骗子似的。他们老是长着病的眼睛，乞怜的兽嘴。太阳照到草原上的时候，我情不自禁地快乐得发笑。

我的头上，针叶树窸窣地响着，摇动着碧绿的叶盘上的朝露。树荫下，华美的羊齿草的叶子上银色的锦缎般的朝露发着光。枯黄的野草被雨水践踏，草茎不动地贴伏在地上。但是，当太阳光降落在它身上，草儿轻轻地摆动的时候，这也许是最后的生命之挣扎。

鸟儿睡醒起来。灰色的"墨斯戈夫加"的羽毛团从这个枝头落到那个树头，急性的横嘴鸟在枞树顶上用弯曲的喙啄着松果，白色的山雀在枞盘的末端上摇摆着，挥着修长的船舵般的翅膀，黑的硝子石眼睛迷惑地斜视着我张开的网子。整个的森林严肃地沉默了一会儿之后，不知怎的你突然就听见百来种鸟声散播出来，这声音给荒凉的地界上生之忙碌充满着。依据它们的情态，地球的美丽父亲人类正在创造着自己的安慰品——天神、上等天使与一切英吉利的礼仪。

我稍微有些怜恤被捕的小鸟，善心地护养它们在笼子里。我很欢喜瞧它们，然而猎人般的赚钱的嗜好与欲望赶走了同情。

雀鸟以它自己的狡猾性搅乱了我。天空色的云雀留心地端详地环视着网子，明白了什么会威胁它，就飞到旁边去，冒险而机敏地偷取网棚外面的食物。云雀很聪明，然而过分的嗜好损害了它。众多的愚蠢的燕雀，整群地走到网里，好像吃饱饭食的小市民进教堂似的。当关好它们的时候，它们仍是很惊讶的眼珠凸出来，肥厚的嘴壳啄着趾爪。横嘴鸟平和而斯文地进网里来，病态、蠢笨一点儿也不像其他鸟雀，许久地蹲在网子前端曳长着弯下来朝向肥大尾巴。长鼻的它沿着树茎跑着好像啄木鸟往往伴随着云雀。在这烟色的小鸟丛中，现出某种的凄凉景况。我觉得小鸟都是孤独的，无论谁也不爱它们，它们也不爱谁。它们很像喜鹊，爱偷东西，躲避细微的光明的什么。

将近中午，我完结了捕鸟的工作，取道森林和旷野回家去。假如走大道，经过村镇，野孩子和青年们就会掠走鸟笼、撕毁器械的。这个我曾经经验过。

走到将近黄昏，我已经疲倦，饥饿了，但是我觉得这天以后我长大了些，认识了某种新的东西，变得更有力气了。这种新的力气给了我一种听得见外祖父严肃平和与无恶意的讽劝的可能性。显然，外祖父开始解释，郑重地说道：

"别干空事情，别干啊！人间没有谁不是雀鸟出身的，没有谁不曾有那样的境遇，我知道！你选择你自己的园地，在那上面去发展自己的聪明。一个人不为细小事情而生活。他，上帝的种子，他应该结出善良的种子的收获！人——同是属于卢布类：朝好的一方转变，变成三个银卢布！你想生活是容易的事情吗？不，非常不容易！世界对于一个人——黑暗的夜，每一个人要为自己点盏明灯。一切人都生得有十个指头，一切的人都更要抓着自己的手。应该有力量，没有力量——阴险。

谁是小，谁是弱？没有天堂，也没有地狱！你仿佛是同人群一起过生活，但是记着只有你一个。听一切人的话，不可信赖任何人。眼睛上信赖，肚子里衡量。记着，房屋和城市不是用舌头来建筑，而是用卢布跟斧头。你不是巴什格列哲，不是卡尔门克（都是俄国的种族名称——译者），谁是挺发财的呢——虱子和绵羊……"

他可能用这类的话说个整夜，我把它熟记在记忆里。话语我很欢喜，然而对于那些话的思想我却怀疑。从他的话句里面显见，他所希望的只是上帝跟人类的两种力量相混合的人生。

外祖母蹲在窗户旁边，编织做纽子的丝绳。编织机的轮子在她灵活的手里鸣叫。她许久地听着外祖父的训词不言语，后来突然说道：

"大家将来都要像圣母，大家欢笑着。"

"这是怎么的呢？"外祖父叫道，"上帝！我不曾忘记过上帝，我知道上帝！老傻瓜，上帝不会种植傻瓜在世界上的。是不是？"

我觉得在世界上生活最好的莫过于哥萨克兵士，他们的生活朴实而愉快。每逢良好天气，他们早晨很早就出现在我们房舍的对面、山谷后边，耕种荒地，好像白的蕈菌似的。他们开始做着一种复杂而有兴趣的玩意儿。他们都是灵敏而有力气的，身上穿着白色的汗衫，愉快地沿着旷野跑步，手里拿着枪，藏匿在山谷里，闻着号令，于是又突然散布在旷野里，在狂暴的战鼓声下，他们一边喊叫"乌拉"（万岁——译者），一边直朝我们房舍跟前跑来，刺刀竖在地上，好像他们一下子就要戳穿地球，分开我们的房子，好像分开干草堆似的。

我也叫"乌拉"，自愉地跟他们跑。狂暴的战鼓的颤抖声，引起我巴不得立刻就毁灭什么——拆毁墙壁跟打击野孩子的沸腾着的热望。

有一回休息的时候，兵士拿粗劣的烟草招待我，摆开沉重的枪，有时候不是这个就是那个拿刺刀对准我的肚子，挺凶地叫：

"要是蟑螂的话！……"

刺刀发白光。我觉得它是一条活生生的毒蛇，想要吃人。这个稍微有点儿害怕，可是也很快乐。

莫尔多（俄国民族之一种——译者）鼓手，教我用棒敲打皮鼓。起初，他抓着我的手腕，直把它揉搓到发痛，然后才把鼓棒塞在我被揉搓的手里。

"敲啊！咚……哒……哒……咚！左边敲轻一点儿，右边错了，咚……哒……哒………咚！"他睁大着鸟儿般的眼睛，雷吼似的叫了。

我同兵士一块儿沿着旷野奔跑，直到操演完毕，后来随着他们走，经过全城走到兵营那儿，听着响亮的歌声，瞧着善良的面孔，一切都是那么新鲜的，好像刚刚铸造好的"巴打克"（值五戈比的钱币——译者）。

健壮而孤独的人群，以各个人的力量一致地沿街流散着。这力量引起人对他们产生友爱的感觉，与潜入他们里边，好像河流之流进森林里去似的欲望。这些人一点儿不可怕，他们大家勇敢地凝聚着，大家都能胜利，大家都能达到所希望的目的。然而主要的原因是，他们大家都是朴实而善良的。

但是，有一天在休息的时间，年轻的下士兵给了我一颗大的烟卷。

"你抽烟啊！这是我的烟卷，不肯给任何人的，你，小伙子，既然感觉苦痛，好啦！"

我开始抽烟。他走开一步，于是红的火焰突然眩晕了我的眼睛，燃烧着指头、鼻子、眉毛。灰白而辛辣的烟刺激我，使我打喷嚏、咳嗽。眼花的愕然的我，双脚连忙在地上乱跺。可是兵士们挤成一个大圈子，包围着我，高声地愉快地哄笑了。我回家去，我的背后还散播着一阵吹嘘跟哄笑。不知什么劈啪着，好像牧童的鞭打声音似的。火烧的手指发疼，面孔给烧破了皮，一只眼睛流着泪水，然而痛苦不曾压抑着我，只是一种沉重而迟钝的惊疑。为什么和我捣这个乱子？为什么善良的青年要开这样的玩笑？

回家去，我爬上阁楼，许久蹲在那儿，回忆着一切我的生活过程中所遭逢的那些可耻的不可解的残酷事情。沙纳布尔的小兵尤其鲜明地活现在我的记忆里。好像有个活生生的人站在我面前，问道：

"什么？明白了没有？"

我所经历过的，马上就不觉得怎么严重而奇怪了。

我跑到别柴尔司戈也村子附近的哥萨克兵营里去。哥萨克似乎比旁的军队不同一点儿，这并不因为他们善于骑马，穿上挺漂亮的衣服。他们语言不同，唱的歌不同，跳舞很好看。一天，将近黄昏，他们弄干净了马，在马房旁边围成一个圈子，一个小小的紫栗色的哥萨克摇摆着前额上的头发，用高亢的嗓子唱歌，好像吹铜号似的，轻轻地紧张地伸长着身子，唱着忧愁的《静静的顿河》与《蓝色的多瑙河》之歌。他的眼睛闭着，好像那老是唱歌着，突然从树枝上跌落在地上死去的猛鸟的眼睛。哥萨克的衬衫衣襟绷开着，姿态像个家主妇，又好像黄铜的马衔，这个人的确像是黄铜铸成的。细小的腿摇动着，好像脚下在发生地震。高声大气的盲人似的他，双手朝前伸，好像停止了人的生活，变成一个铜喇叭或者牧童的竹笛似的。有时候，我觉得他要向后跌落在地上死去；好像猛鸟，因为全副精神和所有的力气都消耗在唱歌方面去了。

同志们手藏在宽大的背后的衣袋里，花圈似的立在他的周围，严肃地凝视着他那黄铜脸儿，留心他在空中轻轻荡漾的手。于是大家郑重而平和地唱着，好像教堂的唱歌班。他们有的蓄胡子，有的没有胡子，在这一刹那间，都好像神像，那般被人类压迫和威胁的神像。悠扬的歌如同一条大道，它是那么平坦、广大、智巧。听着它，你就忘记世界上此刻是白天或者是夜呢！我、小孩子或者老头儿都会忘记一切的啊！慷慨激昂的歌者的声音，听起来仿佛是大沙漠中奔走的驼马的苦痛之叹息，仿佛秋之夜轻轻地从旷野走开了，心增大起来，想要撕毁充塞着不知什么奇特的感觉与对于人类、世界的伟大而沉默的爱情。

小小的黄铜的哥萨克，我觉得他不是人，而是不知什么挺伟大的家伙，童话里面的人物，优秀、高尚的超人。我不会同他交谈，他问我什么的时候，我只有幸福地微笑，震悚地沉默着。我打算狗似的恭顺地跟着他走，只要时刻瞧见他，听着他唱歌。

一天我瞧见他站在马房基角上，手举起来对着脸，细瞧着指头上戴的光滑的银戒指。他那红的嘴唇在颤动，细小的棕色胡子在发抖，脸上是愁苦的、难受的。

但是，某一次，黑暗的晚上，我携着鸟笼走到斯他诺以干草场上的酒吧间里去。店老板是个热情的歌唱鸟的爱好者，常常买我的鸟儿。

哥萨克蹲在火炉和墙壁之间的小桌旁边。一个差不多比他身体大两倍的胖女人同他蹲在一块儿。她的圆脸光滑得好像摩洛哥的山羊皮子。她用亲爱的母亲般的眼凝视着他，稍微感到不安。他喝醉了酒，伸长在地板上的脚跺着，也许是钩女人的脚，钩得发麻了吧。她颤动着，皱了皱眉，轻轻地请求他：

"别傻气……"

哥萨克带着最大的劲儿竖着眉，但是又瞌睡地低下去。他很热，礼服和衬衫的纽子都散开着，领子露在外面。女人从头上抓下头巾来搭在肩膀上，结实而白皙的手摆在桌上，指头捏紧得快出血似的。我愈是瞧着他，愈是觉得他像慈爱的母亲的做错了事情的儿子。她亲切地责骂地对他说些什么。他只是感动地不言语，找不出话来回答忠实的叱骂。

他突然好像给针刺了似的，不信服地站起来，低着头戴上拿在她手里的帽子，胸前的衣服散开着，朝大门走去。女人也站起来，对店老板说着：

"我们马上就回来的，古兹米奇……"

人们以哄笑、讽刺送他们出去，不知谁沉重而粗鲁地说：

"舵手回来，他就要把她让出去的！"

我跟着他们走去，他们在我前面十来步远的阴暗中蠕动着，直朝高出伏尔加河岸满地尘土的旷场的斜坡走去。我瞧见携有哥萨克的女人蹒跚地走着，我听见尘土在他们脚下沙响。女人恳求地低声问道：

"往哪儿去？嗯，你往哪儿去？"

我跟着他们在尘土上走着，虽然这不是我回家的道路。他们走到石铺的斜坡上的时候，哥萨克停下脚来，从女人身边走开一步，突然打她一下耳光。她带着惊讶与惶恐喊叫：

"噢，这是干吗？"

我也吃了一惊，赶快跑近他们跟前去。可是，哥萨克抓着女人的腰身，扔她在栏杆外面的山底下，他随着她跳下去。于是，他们两个顺着野草丛生的斜坡，跟黑魆魆的小丘滚落下去了。我昏迷得快要死去似的，听着山底下好像在噼啪地作响，在撕碎着衣服。哥萨克在啜泣，女人在低声咕噜、涕泣。

"我要叫出来……要叫出来……"

她高声而疼痛地叹息，于是又平息了。我摸着石头，丢下去。旷场上酒吧间的玻璃门响了一下，不知谁在喘气，也许是跌倒了，可是又平静下来，预备着受每一秒钟的不知什么的惊骇。

山麓下现出洁白的一大团。他啜泣着，喘气着，静静地粗野地抬高着头。我分清楚女人在什么地方。她绵羊似的，四肢在活动。我瞧见她的腰上没有衣服，一个宽大的胸脯贴紧了她，好像她有三个脸儿似的。于是她挣扎到栏杆边上，蹲在他身上，差点儿同我并排了。她喘息着，好像辛苦了的马，整理着打散的头发。在她白皙的身体上分明地瞧得见一些黑的尘土斑点。她一边哭泣，一边拭着脸上的泪水，瞧见了我就轻轻地叫：

"上帝呀，这个是谁？走开无耻汉！"

我不能走开，由于一种惊骇与苦恼的感觉弄僵了身子。我记取外祖母的妹妹的一句话来：

"女人——魔力，夏娃是自欺的造物主……"

女人站起来，用被撕破的衣服遮上胸脯，光着腿，匆匆走开。接着哥萨克也从山下爬起来，白色的破头巾在空中摇晃了一下，轻轻地吹口哨，一边听，一边用愉快的嗓子说：

"丹娜，怎么样？哥萨克老是抓得着他所需要的……你以为是醉酒汉？不，这个我做给你看……丹娜！"

他直挺挺地站着，正经而又诙谐的声音响得怪洪亮的。他弯下腰去用破布揩揩自己的靴子，于是又说：

"喂，短衫拿去……丹斯克！还没有撕破……"

于是，哥萨克又对女人陈说了一番不害羞的话。

在夜的静寂中，我孤零零地蹲在碎石堆上，听着这种调儿，感到一种莫名的威胁。

广场上路灯的火光在眼前舞蹈着。右边黑魆魆的丛林跟前，一个穿白衣的高贵的女学生出现着。哥萨克走上广场，摇晃着白色的破衣服，对其他的人懒洋洋地谈着龌龊的调情的话，后来好像痴人之梦似的消失了。

斜坡下，抽水机的汽筒骨碌着，四轮马车的车夫顺着斜地驾驭着，周遭没有一个人。被毒害了的我，手里捏着冰冷的石头，走近斜坡跟前。我来不及扔它去打哥萨克。在耿我尔既也·波别杜诺司哲教堂附近，守夜的警察扣留了我，生气地盘问我是谁，背上的口袋里装的什么。

我详细地告诉了他关于哥萨克的故事，他开始哈哈大笑了，说道：

"妙呀！兄弟，哥萨克是善良的民族，他们不是我们的姘头，而是婆娘们、牝狗们的……"

我给哄笑压迫着，走了很远的时候，还不明白他到底是笑的什么？

恐怖中我想："假如那样的事情发生于我的母亲跟外祖母的话，那么怎么办呢？"

八

下雪的时候，外祖父又带我到外祖母的妹妹家去了。

"这个对你并不坏啊，不坏。"他说我。

我觉得夏季过后，我经历了非常多的事情，长大了一些，聪明了一些。然而我主人的忧郁在这个时间内，变得愈见深沉了。他们依然时常发生疾病，丰富的食物搅乱着他们自己的肚皮，依然琐碎地互相叙述着关于病症的来源。老太婆依然可怖而狞恶地祷告上帝。年轻的女主人生产之后消瘦了一点儿，庞大的身体减小了一些，但是郑重而缓慢地移动桌子那种姿态仍像一个孕妇。她给小孩缝衣服的时候，就得轻轻哼唱千篇一律的歌儿：

司比娜，司比娜，司比娜，
司比娜，我同胞的小兄弟，
自己坐在小雪车里，
司比榴——在雪车的后台上。

假如有人进屋子去，她立刻就不唱了，生气地叫：

"你干吗的?"

我自信她除开这个，并不知道任何一支歌儿。

晚上，主人们叫我进屋子去，命令道：

"喏，告诉我们你在轮船上怎么生活的!"

我蹲在化妆室门边的长椅上，告诉了他们。我欢喜回忆另一种同我意志起冲突的生活。我迷乱得忘记了听众，但只有一会儿的工夫。女人们从来没有乘过轮船，因此问我道：

"还是有点儿害怕吧?"

"我不明白害怕的是什么?"

"它突然落在深水的地方，就得沉没啦!"

主人哄笑了，但是我知道轮船不会沉没在深水地方的。我不能说服女人们。

老太婆自信轮船不是浮漂在水面，而是利用机轮在河底上行走，好像陆地上的货车似的。

"假如它是铁铸的，那么它怎么能浮在水上呢? 可怕，斧头不是不能浮水的吗……"

"木勺子不会沉下水去?"

"你比较呀! 木勺子是小的，空的……"

当我提到史姆利，叫我读他的书的时候，他们猜疑地凝视着我。老太婆说书是给傻子和异教徒编著的。

"但是圣诗呢? 丹威特皇帝呢?"

"圣诗吗? 是圣人的经典，丹威特皇帝为了圣诗还请求上帝赦罪哩。"

"哪儿说的有这个?"

"就在我的手掌上——我抓抓后脑袋，就要知道哪儿说的有!"

她知道一切，老是那么粗野地自信地说着。

"鞑靼人死在炕上，他的喉管里射出一种灵魂的、黑得像煤炭的蒸馏水般的液体！"

"灵魂即是精神。"我说。可是她疑心地叫道：

"鞑靼人有灵魂？傻瓜！"

年轻的女主人也害怕书本。

"念书是很有害的，特别是年纪轻的人。"她说，"在我们格列别司克那儿，有位良家的闺女读呀读地就爱上一个助祭师。助祭师原来的老婆那么侮辱她呀，可怕！在街坊上，人群中……"

有时候，我应用史姆利书里边的话语，书中无头无尾地写着："老实说，没有谁不会发明火药，只要他经常继续不断地从小处去观察剖析。"

不知为什么我很记得这个句子，尤其是欢喜其中的一个词语"老实说"。我感到它里边的力量。这带给我一种悲哀，可笑的悲哀。

一天，主人们又提起告诉他们关于轮船上的什么。我回答道：

"我没有什么可以告诉的，老实说……"

这可使他们吃惊了，他们狂吠起来：

"怎么，你怎么说的？"

于是所有的四个人开始友谊地哄笑，重复道：

"老实说，唉，阿爸！"

男主人又说我：

"你想出的不妙啊，滑稽鬼！"

从那时起，他们经常地叫唤我：

"喂，老实说！来呀，揩揩儿童室的地板，老实说……"

这种无理的取笑，并不使人难为情，然而使我很惊讶。

我生活在迟钝的苦痛的雾罩中，为着要克服苦痛，只有尽可能多多地拼命劳动。工作已经是够多了的。家庭中有两个小孩，保姆们不会取悦主人们，他们常常更换她们。我得照料小孩，每天洗屎尿布，每个礼拜日得到任挞尔姆斯基泉塘去大洗涤一次衣服。那儿的洗衣女们开我的玩笑：

"你怎么替代婆娘们洗衣服？"

有时她们惹我拿湿衣服上的扣子去打她们，她们勇敢地用同样的东西来回打我，但是我同她们在一块儿总是愉快而有趣味的。

任挞尔姆斯基泉水，沿着注入窝瓦河的深水沟的底上奔流，水沟给城市的因古代上帝亚里罗而得名的旷野截断。在邪米克旷野上，城中的小市民开阔了游戏场。外祖母曾经告诉我：在她年轻的时候，人们还在信仰亚里罗，祭奠他。人们做好一个木头轮子，用渍上树脂的麻屑包扎着它，然后让它滚落到山底下去。他们一边叫喊，一边唱歌，留心着被点烧的轮子是不是滚到窝瓦河去了。假如滚到了的话，那么亚里罗就接受了祭祀，夏季将要出太阳，将有好年成。

大部分的洗衣女都是从亚里罗来的，都是活泼而爱讲话的婆娘们。她们知道城里一切人的生活。听着她们讲关于商人、官员与军人的故事，是很有兴趣的。那些人的家庭里，她们曾经帮过工，在冰冻的河水里洗濯着过冬的衣服，算是艰苦的事情啊。一切女人的手都冻得破了皮。她们弯着身子在那用木桩撑开的破旧的天幕之下的水边上洗着衣服。天幕是不能遮蔽风雪的，她们的脸给霜雪刮剃着，绷得快要出血了，霜雪咬嚼着润湿的手肘，眼眶流出了泪水。她们并不畏缩，而且蠢笨地互相谈着，传播着各种故事。她们对于一切关系，总是带着不知什么特殊的果敢。

最会谈话的是纳挞娜·戈兹诺夫司加亚，三十岁的清秀而健壮的女人，长着可笑的眼睛和不知什么特别委婉而泼辣的舌头。她享受一切伴友重视的权利。他们各种的职业都得听她劝告，崇拜她善于劳动与讲究的穿着及她能送女孩进中学校念书的本事。当她身子弯曲在两提篮湿衣服下沿着山下泥泞的小道走着的时候，人们遇见了她，就愉快而惦念地问道：

"小姑娘好吗？"

"谢谢，很好，谢谢上帝，她进学校去了……"

"瞧呀，将来做少奶奶！"

"就因为这个我才教她念书哩。娇生惯养的丑家伙，从哪儿做起少奶奶来？从我们这黑土里出身的一切，又从哪儿高攀起？学问越是多，手臂就越是长，越是攀得着。但是有谁来婆呢，那样的身份……上帝给我们这儿分派一些愚蠢的孩子来。可是往后就需要聪明的老头儿，就是说应当送进学校！"

当她说话的时候，大家不言语，注意听着甜蜜而可信的言辞。人们当面背面地赞叹她的能干和聪明，没有谁不仿效她。她用长皮靴上的黄牛皮做短衫的衣袖，这个可以使她的手臂不会露出来，衣袖也不浸水。大家说她想得好，没有谁不做成一件这样的衣服。可是当我做成功的时候，她们就嘲笑我：

"嗨，你学着婆娘们的聪明！"

关于她的女儿，人们说：

"这是要紧的事情呀！嗯，她将来做个少奶奶难道还不容易吗？真的也许还等不到毕业就给人家聘去……"

"有学问的也同样不会过愉快的生活。那巴希诺夫的女儿不是念过几年书的吗？可是，自己才做个女教师。嗯，也许做女教师的意义就是'流芳百世'……"

"自然啰！没有智识能嫁丈夫吗，人家婆妻子也许就是为着……"

"婆娘们的智识不是在脑壳里……"

她们谈到关于自己的一切是多么无耻啊，听起来真觉得奇怪、蠢笨。我知道水手、兵士和掘土工人怎样谈论女人，我瞧见男人们往往在朋友面前夸耀自己欺骗女人的手腕和同她们交际的耐心。我感觉他们对于女人的关系是敌意的。但是每每为着男人们自己胜利的故事和傲慢态度，不知怎的使我想到这些故事里面，虚构的事实多过真理。

洗衣女不互相地连说每人自己恋爱的故事，然而大家都爱谈农夫的恋爱。我听着可笑的恶意的感情话想着，对不起啊，这是真理：女人——魔力！

"怎么不转变？不同谁交朋友？只是走到婆娘们跟前来，别躲避呀。"一天，纳挞娜说。接着不知什么老太婆用伤风的嗓子说：

"除此，往哪儿去？神甫跟隐士还从天上跑到我们这儿来……"

在如泣的潺潺的流水声下，捣衣声下，水沟底上还不曾给冬雪的清洁的被布遮掩着龌龊的裂鳞中，这些人的谈话与这些无耻的恶意的关于一切人种跟民族起源的神秘的对话，惹起我怯生生的仇视。这种仇视推动着思想和感觉到摒弃"荒唐"的一方面去，烦劳地包围着我。

卑污放荡的故事的表演与"荒唐"的理解紧紧地束缚着我。

但是，在水沟水里、洗衣女群之间、勤务兵的厨室里、掘土工人的地窖中，仍旧存在着一种至高无上的兴趣，比较在那固执着一种同样的语言、理解、事件仅是引起人深沉而剧烈的郁闷的家庭中。主人们生活在可诅咒的饮食、疾病和睡眠的圈子里，忙碌在吃饭睡觉的预备中。他们谈到关于罪过、关于使他们畏怖的死的时候，就冲突着，好像石臼周围的一粒谷米，每每期待着它来捣碎它。

有工夫的时光，我到厂房去劈木柴，希望自己一个人待在那儿。然而这是少有成功的，勤务兵们走来说着关于院子里的生活故事。

最常到厂房里来同我谈天的，算是叶尔沫亨和锡多诺夫两个。前者是个高个子，脊背稍微弯曲的卡鲁加城人，周身冒着粗大而结实的青筋，小脑袋，晕花的眼睛。他很懒惰，懊丧，傻气，动作很缓慢而笨拙，可是瞧见女人的时候，就像牛样的吼叫，弯着身子站在前面，好像要拜倒在她脚下似的，院子里的人都惊奇他征服厨娘和使女的迅速，都嫉妒他，害怕他狗熊般的力气。锡多诺夫是个瘦小的筋骨的土尔城人，他老是不开心，说话很轻，咳嗽很厉害，他的眼睛怯生生地发火，他很欢喜凝视黑暗的角落。不是低声地说话，就是蹲着不作声，他每每瞧着那个挺黑暗的屋角。

"你瞧什么?"

"大约是老鼠跑出来了吧……我爱瞧斯文的老鼠打滚……"

在村镇里,我写过信给勤务兵,写过可爱的杂记。这是我欢喜做的。但是最高兴的是替代别人写家书,替代锡多诺夫写信。他每礼拜六都要寄封信给他土尔城的妹妹。

他招呼我到他厨室去,同我并排蹲在桌子跟前,手掌使劲地摩擦着剪短的头发,在我耳边咕噜道:

"嗯,动手呀! 开头要这么样写:我亲爱的妹妹,祝你福寿无疆,要这么样写! 现在你写:我收到了卢布,实在不敢当,谢谢。我什么也不需要,我们生活很好。我们生活简直是不好,好像狗似的,嗯,你别写这个,只写好的! 她年纪很轻,才十四岁多,为什么要使她知道? 以下你自己照刚才教你的写下去……"

他倒在我左边的腰身上,对我耳朵吐出炙热的臭气,固执地咕噜道:

"为着她的颈子不给青年们拥抱,胸脯跟乳头不给人家接触,请写上:假如有谁谈情话,你不要相信他,他是居心欺骗你,损害你……"

由于用劲地咳嗽,他的脸绷得快出血了,双颊浮肿,眼睛里噙着泪水。他屁股在长椅上一坐,推动了我一下。

"你捣乱!"

"不要紧,你写呀! ……尤其是不要信任大人先生们,他们一次就可以把女孩子欺骗着的。他们懂得女人心,一切都能说,只要你信任他们一点儿,那么你就等于妓女了。还有,假如要储蓄卢布,可以交给神甫保存,当他是个好人的时候。不过挺好是埋藏地底下,一定要使任何人都瞧不见,你记着藏卢布的地方啊。"

这种给风窗的镔铁皮的通风机的轧响压低了的咕噜声,听起来是很悲惨的。我瞧着煤烟熏黑的灶头,苍蝇爬着的碗橱。厨房大概很龌龊的，许多的臭虫，臭得令人发呕的烧肉油和煤油烟子，灶上、菜板上发现蟑螂的胡子。忧愁注入了心窝，差点儿怜恤兵士跟他的妹妹到了流泪的境地。难道可以说，那就是好生活？

我写了些什么，已经听不见锡多诺夫的咕噜了。我又写了关于那苦闷而可耻的生活，但是他叹息着，说我：

"写得太多啦，谢谢你！往后她将要知道应当畏怖的是什么……"

"无论什么也不应当畏怖！"我生气地说，虽然自己恐惧的还多着。

兵士笑了笑，咳嗽着。

"小滑稽鬼！怎么不畏怖？譬如君主、上帝，可怕的还少吗？

接着妹妹寄来的信，他着急地请求：

"请念一念，赶快……"

于是逼着我读两三遍那请卫兵写来的简短不通的信。

他是善良而温和的人，但是对于女人的关系仍旧跟一切的人一样，狗一般的粗鲁、浅薄。我有意无意地观察着这些常常带着显著的污秽的敏捷手腕，从头至尾地展开在我眼前的关系。我瞧见锡多诺夫怎样激发婆娘们仁慈的同情他自己军人生活的感情，他怎样用亲爱的欺骗麻醉她们，但是转背就对叶尔沫亨谈说关于他的胜利，嫌忌地皱皱眉，吐口沫，好像吞下一口苦药似的。这个给我的心一个打击，我生气地问兵士："为什么他们都要欺负婆娘们，对她们说谎话，事后就嘲弄女人，常常打她们，将她们出让给这个、那个？"

他只是轻轻地狞笑了一下，说道：

"你不应该对这些事情发生兴趣，这全是要不得的，这是罪恶！你，小孩子，你还早呢……"

但是有一天，我回答他挺真实的，此刻我还能记起一个答案。

"你以为她不知道我是欺骗她吗？"他眨着眼睛，咳嗽着说，"她知道的！她自己愿意受人家的欺骗。人人都相信实际上这就是那么一回事，大家都感觉难为情，没有谁不爱谁。总而言之，放纵啊！这是很可耻的！等着，你将来会知道！白天在阴暗中，在食料房里，晚间需要女人。对的呀！为了这个，上帝被驱逐出天堂。为了这个，大家都是倒霉者。……"

他说得那么漂亮、悲愁、懊悔。这样一来，我可有点儿同情他的浪漫了。我对他的关系比较对叶尔沫亨友爱一些。叶尔沫亨爱嫉妒，爱拼命嘲笑，煽怒一切。他常常带着不仁爱的企图跟着我满院子跑，但他这种笨拙的心眼是很少达到目的的。

"这是被禁止的啊！"锡多诺夫说。

什么是被禁止的？我知道，但离了这个，人们就要倒霉，别不相信。后来我瞧见了倒霉的事情，但是还是不相信，因此时刻去观察不平凡的情人眼光中的表情，感觉着特殊的爱情的仁爱。瞧着这种欢乐的心儿，老是使人愉快的。

但是，回忆起当时的生活，似乎仍旧极度苦闷而粗俗，老是被固定在那种形式与我天天瞧见的关系中，并没有想到还有关于某种较好的可能性，比较起每天在眼前千篇一律地出现着的。

但是，一天兵士们告诉了我一个故事，深深地感动着我。房舍里面的一个房间里，住着一位和蔼谦恭的本城手艺挺好的成衣匠，他不是俄罗斯人。他有一个年纪轻的不曾养过孩子的妻子。她不分日夜地念书。喧吵的院子里，家户里，给醉酒的人们密密实实地挤塞着，只有这对夫妻不露头面地沉静地生活着，也不接待客人，自己也不上哪儿去，只有每个礼拜天出去看戏。

丈夫从早晨到夜深都在上工。妻子闺阁少女似的每个礼拜进图书馆两次。我常常瞧见她用细小的脚步在堤坝上走着，身子摇摆着，好像跛子，手里拿着书，活像一个天真、愉快、摩登、清洁的中学生，小小的手上戴着手套，鸟儿般的脸，灵活的小眼。她的一切都是漂亮的，好像穿衣镜里边的白瓷美人。兵士们说，她的右边身体上没有长肋骨，所以她走起路来那么奇特地摇荡，但是我觉得这是使人愉快的，因为立刻可以区别出她不和院子里其他的太太一样。军官的妻子，一般高声大气，穿红着绿。穿着高高的衬裙的女人们，保持着某种忍耐性，好像忘却她们长久地在黑暗的食料房里、各种的废物中间睡觉似的。

年轻的成衣匠太太算是整个院子里边的"半聪明的人"。有人说，她丧失了聪明在书本里头，以至于不能经理家务。她丈夫亲自上市场去买食物，亲自吩咐厨娘弄中饭同晚餐。大个子的严肃的红着一只眼的厨娘，也不是俄罗斯人。有人说她不是贵妇人出身，不会区别出哪一种是咸猪肉，哪一种是犊牛肉，有一回怪无知地把萝菜当作芹菜买了。

你们想，多么可怕呀！

他们一家三个，在这幢房子里算是外国人。他们好像偶然从一个笼子里落到一个大的鸡栏里去了似的，又好像从霜雪中逃出来，爬到风窗里面闷气，成了龌龊的人们的住宅里的山雀。

后来，勤务兵们突然告诉我军官主人们已经在居心同年轻的成衣匠太太玩一套可耻的恶意的把戏了。他们差不多每天不是你就是我送给她一封信，信上写着对她的爱慕、自己的热情和她的美丽。她回答他们：请求别扰乱她的安宁。她很抱歉、烦恼，她请求上帝替她爱他们。接着那封信，军官们一齐来念着，嘲笑了一会儿女人，又一块儿给她写封信，用某一个人的名字。

勤务兵们告诉了我这个故事，又嘲笑、责骂成衣匠太太：

"倒霉的傻东西，弯木头。"叶尔沫亨低声说。接着锡多诺夫止住他：

"一切婆娘们都是愿意人家欺骗的。她们完全知道……"

我不相信成衣匠太太知道有人在嘲笑她，因此立刻下决心去告诉她关于这件事情。注意着她的厨娘走进敞房去了的时候，我就沿着黑的楼梯跑进年轻女人那幢房舍去，钻入厨房里——那儿是空的，然后走进厨间。成衣匠太太蹲在桌子旁边，一只手拿着很有分量的金色的喝茶的杯盘，一只手翻开着书。她骇了一跳，书合在胸上，低声地问道：

"这是谁？阿芙古斯塔！这是你吗？"

我连忙开始拉杂地告诉她，期待着她用书或者是杯盘对我摔来。她坐在深红色的大的安乐椅上，身上穿着鸽色的下摆吊结子的花边袖口的常服，两肩披挂着淡黄的波浪形的头发。她好像皇宫门口的安琪儿。她身子靠紧在椅子的靠背上，圆圆的眼睛凝视着我，开始生气，后来惊讶地微笑了。

我把要说的一切对她说完之后，失掉了勇气，头回过来对着门口。她叫我：

"站一站吧。"

茶杯朝盘子里一推，书搁在桌上，合掌着，用成人的沉重的嗓子说道：

"你这奇怪的小孩子……走拢来一点儿！"

我小心地移动拢去。她捏着我的手，用冰冷的小指头摸摸它，问道：

"没有谁叫你来告诉我，没有吗？嗯，好的，我瞧见，我相信你是自己想出来的——"

放脱我的手，她悄悄地拖长声调说：

"关于这个，卑鄙的兵士就那么说呀！"

"你们搬出这个房舍吧。"我文雅地忠告。

"为什么？"

"他们欺侮你。"

她愉快地笑了笑，又问：

"你进过学校没有？欢喜念书吗？"

"我没有工夫念书。"

"假如你欢喜的话，总是可以找得出工夫的。好，谢谢！"

她拉伸我捏紧在一起的手指，放块现洋在里面。捏着这个冰冷的东西怪难为情，我不敢当面拒绝她，只好出去的时候，放它在扶梯的栏杆上。

我从女人那儿带回一种深刻的印象与新的东西，我的面前好像彩霞在闪烁。好几天来，回忆着阔大的房间与穿灰鸽色衣服的安琪儿的成衣匠太太，我过着快乐生活。

周围一切都是稀有的美丽。华美的金黄地毡铺在她的脚下，从玻璃窗外望出去，冬之日光温暖着她的身旁。

我想再瞧她一次。假如我再去，请求她借什么书呢？

我又在原来地方瞧见她。她手里仍旧拿着书，面颊上缠着什么黄金色的头巾，一只眼睛露出来。成衣匠太太给我一本黑书面的书，含含糊糊说些什么。我拿着书愁苦地辞去，发觉书上有防腐药的味儿跟大茴香水点。我藏书在阁楼上，用干净衬衫同纸包裹好，为的是害怕主人们掠走损坏它。

为着制图，他们获得"倪甫"的奖品，可是他们不念它，瞧瞧画片，收拾在寝室的衣橱里，过年时候装订下书面，藏在床脚下已经躺着三卷《绘图学概要》那儿。当我洗寝室地板的时候，龌龊水就流到这些书本底下去了。男主人节录《俄罗斯快报》上的文章，黄昏时候，一边读它，一边骂：

"见他们的鬼，干吗他们写这一切东西！忧愁鬼！……"

礼拜六上楼晒衣服，我就记取了书，把它找出来，翻开念开头的一行"家庭如同人类：每一个人都有他自己的脸相"。这可使我惊奇我自己的真理。我一直念下去，站在耳窗旁边，简直不知道寒冷。晚间主人们出去做通夜祷的时候，我拿书到厨房里，好像秋天的木叶似的沉溺在淡黄的古旧的书篇中。书篇容易引我到不同的生活里边，在新的名词和关系跟前，指示我善良的英雄与昏庸的暴徒，这些都和我所见的人们是不相同的。这是"克沙韦德·孟杰宾"的长篇小说，很长的，跟他的其他长篇小说一样，许多的人、事件——刻描出不相识的急躁生活。这部小说从头到尾都是非常简单明了的，字里行间好像隐藏着某种光明，辉耀着仁慈而凶恶的、爱与憎的东西，使人努力注意纷乱在狭隘集团中的人类之命运，使人立刻发生顽强地帮助这个、干涉那个的欲望，使人忘怀这一切偶然暴露在书本以外的生活，一切都给忘怀在斗争的动荡之中，一切都被那一页上快乐的感情与另一页上的苦恼的感情所吞食。

我读到听见铃子响了的时候，当时远不明白这是谁在拉铃，为的什么。蜡烛快要燃完了，灯盏我早晨才弄干净上好油的。神灯的灯芯已经从灯油盘里滑落出来熄灭了。我必然要留心这个。我沿着厨房跑了一趟，拼命藏匿我犯规的痕迹，把书塞在火炉脚下，整理下神灯。保姆从房里跳出来：

"耳朵聋了吗？有人叫门！"

我跑去打开门。

"睡死啦？"男主人暴躁地问。他的妻子一面苦痛地爬上楼去，一面叫苦，说我使她着了凉。老太婆也咒骂。一进厨房，她马上瞧见点完的残烛，于是开始审问我刚才做了什么。

我不作声，好像从什么高处跌倒，周身给跌伤了似的。恐怖中，老太婆找出书来，大声喊叫我烧黑了房子。男主人同妻子来吃晚饭的时候，老太婆就对他们诉冤：

"瞧呀，整支蜡烛都点完了，房子也烧黑了……"

他们一家四个人一边吃夜饭，一边用各人自己的舌头来苦恼我，追记着我的过失，以死灭来威胁我。但是我已经知道他们大家所谈论的都不是出于恶意，也不是出于仁慈的感情，而只是由于一种郁闷，因此很奇异地瞧着他们那么无聊、可笑，比较起书里头的人来。

吃完饭，他们已经说累了，疲倦地睡觉去了。老太婆蹲在炕床上，用激昂的哀怨对上帝嚷吵着，后来不言语了。那时候，我爬起来，取出小火炉脚下的书，踱到窗户旁边去。夜是明朗的，月亮对直照进窗子里面，细小的活字虽费眼力，不过我却情愿苦痛地念下去。我拿着手杖上的黄铜柄子，使它上面的月光反射在书上，愈见变坏了，愈见黑暗了。

于是，我蹲在屋角里神像面前的长椅上，对着神灯的灯光开始念书。后来疲倦了，我倒在长椅上睡去，终于老太婆的叫喊同推捣把我惊醒了。她拿着书，用书在我肩上痛痛地打了几下，愤然扬着黄毛头。她光着脚，身上穿着一层布的衬衫。维克多尔从炕床上吼叫道：

"妈妈，你别吵闹啊，活得不耐烦……"

"书丢了，他们撕坏了……"我想。

早茶过后，他们审判我。男主人严厉地问道：

"你在哪儿得的书？"

女人们互相抢着叫喊，维克多尔疑心疑鬼地嗅了下书页，说道：

"有香味，真的！……"

知道这是属于牧师所有的书，他们大家又环视一次，惊奇着，埋怨着牧师念小说。但是这倒有点儿使他们镇静，虽然男主人久久地暗示我念了是有害而危险的。

"瞧他们，读书的人想捣毁铁路，谋杀……"

女主人生气地怯生生地吵丈夫：

"你发疯啦！干吗你要对他说？"

我把孟杰宾著的书给兵士，告诉了他书中的故事。锡多诺夫拿着书，轻轻打开小箱子，取出手巾来，包好小说，藏在箱子里，说我：

"你别听他们的话，到我这儿来读，我不对任何人说的！假如你来我不在家，钥匙挂在神像背后，你打开箱子，读去吧……"

在我看来，主人们对于书的关系，顿时提高了书的严重而可怕的神秘性。什么"读者"捣毁那儿的铁路，要谋杀谁的一切引不起我的兴趣，然而我却回忆起忏悔场上牧师的问题、地窖里中学生的说教、史姆利对于"正确的书"的话语，回忆起外祖父的关于法尔玛仲魔术师的故事：

"在圣明的亚列克山大·班夫伦契在位的时候，贵族们鼓吹魔术和法尔玛仲教，企图使整个的俄罗斯民族信仰罗马教皇、武士！有一位亚纳克捷夫将军，捕捉他们的同党，取消了官衔。一切都充军到西伯利亚去做苦工，在那儿他们好像腐败的东西似的消失了……"

我回忆起"吴姆布拉苦尔，饰着杂色的星星"，"格尔瓦西"严正而可笑的话语：

"文盲们欢喜知道我们的事情！我们近视眼睛永远看不透他们的。"

我觉得自己是在某种伟大的神秘的门限之外，过着狂人般的生活。希望读书，害怕它失落在兵士手里，或者他不论怎样毁坏了它。那时候叫我怎么对成衣匠太太说呢？

老太婆的锐利眼监视着我，不让我到勤务兵那儿去，咬牙切齿地说我：

"书呆子！那边的书呆子教些放荡不羁的行为。她这个破书呆子自己不能上市场，只是同军官们乱轧姘头，消磨她的光阴，我知道！"

我想叫出来：

"这是不对的！她不乱轧姘头……"

但是我害怕拥护成衣匠太太，怕老太婆突然打量到我是借的她的书。

几天来，我过着消沉恶劣的生活。零乱的事务和不安的苦痛占有着我。为着孟杰宾的命运，我不能在恐怖中睡好觉。后来成衣匠太太的厨娘在院子上拦住我，说：

"还书来！"

中饭后，主人们睡午觉去了的时候，赧颜而受压迫的我抽空去拜访了成衣匠太太。

她迎着我，依然和我第一次遇见她那样，只是穿着不同一点儿。穿上灰色的裙、天鹅绒的短衫，土耳其玉的十字吊在精光的颈下，她好像一只牝的黄莺。

当我对她说我念不成功书且他们禁止我念的时候，我的眼睛由于瞧见这女人的快乐和难为情，给泪水嵌上了。

"呸，多么愚蠢的人啦！"她皱着眉说，"你主人还是那么有趣味的家伙。我的意思，你可以暂时忍受下苦痛好了，我回头写封信给他。"

这可使我受惊了，我对她解释："我欺骗主人说不是借的你的书，而是借的神父的。"

"请你不要写信！"我要求她，"他们将来会嘲笑你，责骂你的。整个院子上所有的人不是没有谁欢喜你吗？大家都讥笑你，诋你没有长肋骨……"

这全是枯燥无味的话，我顿时明白对于她说得太烦琐啰唆了。她咬紧嘴唇，屁股砰的一声坐落下去，好像骑马似的。我感动地低着头，很想逃遁在地罅里。但是成衣匠太太倒身在长椅上，愉快地大笑了，重复说："噢，多么愚蠢……多么愚蠢呀！但是到底怎么办？"她自己问自己，端详地瞧着我，后来唉声叹气说："你，怪孩子，很……"

同她并排站在穿衣镜面前，我瞧见我大颊骨的宽大的脸子，长着大疮疤的太阳穴，很久没有剪剃的卷曲头发竖立在头的四周。就因为这个被人叫作"怪孩子"？……怪孩子是和苗条的白瓷美人不相同的啊……

"你上回不接受我给你的铜板，为的什么？"

"我不需要。"

她叹息道：

"嗯，到底怎么办呢！如果他们允许你念书的话，那么你来我给你书……"

穿衣镜顶头上放着三本书。这是很厚的书，给我带走了。我愁苦地凝视着她。成衣匠太太对我伸长着玫瑰色的小手。

"好，再见！"

我小心地触动下她的手，赶忙就走开。

对不起，人家说她什么也不懂得，这是可信的。比如值二十戈比的一块钱，她叫作铜板，这仿佛像个小孩。

然而我却欢喜这样。

九

　　我苦闷而又可笑地回忆着多少难堪的卑贱、耻辱与马上就给了我的热心读书的烦恼！

　　我觉得成衣匠太太的书是非常宝贵的，因此生怕年老的女主人丢它们在火炉里烧掉。我拼命不想关于这些书的事情，只是在我每天早晨去买茶和面包的铺子里借些各色各种的小册子来念。

　　店老板是个很不仁爱的青年。这个厚嘴唇的爱淌汗的家伙，瘦削的白脸上堆着瘰疬斑跟黑点，失神的眼睛，肿胀的手腕配着粗笨的短指头。他的铺子显然是一个给一般轻薄的少男少女们幽会的地方。我男主人的弟弟也差不多每个黄昏都到那儿去喝酒打牌。他们常常吩咐我去叫他吃晚饭。在铺厨背后的窄小房间里，我没有一次不瞧见那涂脂抹粉的老板娘不是坐在维克多尔的膝头上，就是坐在另一个小伙子的膝头上。这显然是店老板不怕难为情。当他那在铺子里帮他做生意的妹妹被卖唱者、兵士们和一切爱开玩笑的家伙紧紧搂抱着的时候，他也不感觉惭愧。铺子里货色不多，老板对人解释说他有新的企业。虽然铺子还是秋季开始营业的，但一直都没有工夫扩充内部。他给客人和顾主一些卑污醒醐的画片看，代售描写情欲的无耻诗歌。

我念了几本米士·叶芙司吉格涅夫的无聊的小册子，每一册念完过后得付个把戈比的租金。这种贵价钱的书籍，对于我并不会获得任何的满足。《古亚克或者无敌的忠实》《俄罗斯人与加巴尔达人打架》或者《美丽的回教徒死在妻子的棺材上》《法兰西的婚礼》，和一切这类子的文学也不能满足我，往往惹起猛烈的烦恼。好像这种小册子把我当作傻子在戏弄，它里边记载些难堪的话语，似是而非的东西。

《常备军》《友利·米诺士拉夫斯基》《神秘的僧人》《日本与鞑靼族的骑士》，这一类的书我比较欢喜一点儿。从这些书里边留下了不知什么东西。但是最使我发生兴趣的要算圣徒的言行录了。这儿有某种可信赖的东西，有时深深地感动着人的心。一切殉教徒不知怎的我觉得好像"好事情"跟女殉教徒、外祖母，而最圣洁的好像是在做好人那一刹那间的外祖父。

我劈柴的时候躲在敞房里念书，要不然就在那寒冷而不便当的阁楼上。有时假如书使我感兴趣，或者需要赶快读完它，我就夜里爬起来点蜡烛。但是年老的女主人发现蜡烛每夜都在减少，就用木片量好蜡烛的长短，把尺寸藏在什么地方。假如有一早晨蜡烛短少了尺寸，或者我找着木片不曾比着点过的蜡烛折去一节，那么厨房里愤然的喊叫就要开始了。有一回维克多尔刺激地从炕床上吼道：

"停止狂吠吧，妈妈！活得不耐烦啦！他当然得点蜡烛，因为他要念在小铺里赁得来的小书。我知道！瞧瞧他的阁楼吧！"

老太婆跑上阁楼去，找着不知什么书，马上撕成碎片。

无疑，这使我受伤了，然而读书的欲望越发地坚牢起来。我明白，假如这房子里来了一个圣人，我的主人们也会教他改变本来的和睦性格的。他们之所以这样做，实在是出于苦闷。假如他们停止裁制人类的呐喊和嘲弄，他们学习说话或装哑，那么他们显然就失去他们自己的本色了。为的是一个人他自己感到对于人类必须有一种关系。我的主人们不善用裁制关系教训似的对待身边不同样的人。假如你跟他们一样生活，一种思想，一种感觉，一切都是一样，那么他们还是要裁制你的，因为他们已经成为那样的人了。

我简直使诡计念书了，老太婆很难得到撕毁书的机会。但是我突然发现我欠店老板的赁书钱已经欠到四十七戈比那么大的一笔数目！当我进店买东西的时候，他向我讨债，威吓我说：他要扣除我主人那儿的工钱。

"他会怎么样？"他戏谑地问我。

他难耐地对我提抗议，显然感觉他是带着自己个人的希望用各种不同的威吓来苦恼我。我进铺子去的时候，他那斑斑点点的脸漾动着，亲切地问：

"还债吗？"

"不是。"

这可使他十分恐慌，他皱皱眉：

"到底怎么样？要我请你吃官司，把你充军吗？啊？"

我没有地方拿钱，我的工钱他们付给了外祖父。我失措了，不知道怎样才有钱。店老板答应我缓后还债的要求的时候，对我伸长着油腻肥厚的馒头般的手说：

"吻一下吧，我等着啊？"

但当我抓着柜台上的秤锤对他挥着的时候，他蹲下来喊道：

"怎么？你干吗，你干吗？我开玩笑的！"

我明白他不是在开玩笑，我决定偷钱给他。我每天早晨洗主人的衣服的时候，他的裤腰袋里都有小钱在嗦嗦地响，有时从袋里落出来滚在地板上。一回不知什么落在扶梯下面柴堆缝隙里，我忘记告诉主人。刚刚过了几天，我就在柴堆里拾得二十戈比的一块钱。当我把钱交给男主人的时候，他的妻子说他：

"你瞧,应该数数留在衣袋里的钱有多少。"

但是男主人对我微笑着说:

"他是不偷东西的,我知道!"

好,现在我决定偷东西了,我记取这些话和他信任的微笑,可是一下又感到我实在不容易做贼。我好几次,掐出衣袋里的银角子来,数清数目,不能下决心拿走。三天来我为这事苦痛着,后来突然很快而很认真地决心偷走了。男主人偶然问到我:

"毕西戈夫,你为什么愁闷不开心?为的什么?"

我开诚布公地告诉他我的一切悲哀。他皱着眉头。

"瞧,他们出赁的什么书!由他们时而这样,时而那样,你必然要穷……"

他给了五十个戈比,严厉地忠告:

"要当心,别对妻子或者母亲口快。她们要吵的啊!"

他后来好意地微笑着说:

"见你的鬼,你这顽强家伙!不要紧,这是好的,不过要抛掉无聊的书。我从新年开始编辑一个好的杂志,那时候让你念去……"

因此,后来每个黄昏从喝茶到吃晚饭的时光我就读主人编的新闻报《莫斯科新闻》,瓦斯戈夫、罗克沙林、鲁特宜戈斯基诸人的长篇小说,还有其他给一般被忧郁创害得垂死人们消化的文艺。

我不欢喜念新闻,这种新闻妨碍我理解读过的书。然而我的主人们带着多少崇拜的贪心注意听着,叹息着,惊愕着小说中狠心的主人公。他们骄傲地互相谈论。

"我们安静地生活着,什么都不晓得,谢谢上帝!"

他们淆乱了描写著名强盗屈尔根和邮车夫荷姆·克鲁晴的事实,弄错人的名字。我纠正听者的错误,这可很使他们吃惊。

"嗯,记着他啊!"

《莫斯科新闻》上偶尔遇得见涅峨宜德·格拉夫的诗。我很欢喜他,抄写了几首诗在笔记本上。但是关于诗，主人们说了：

"老头子才写诗啊。"

"他跟酗酒汉、'半吊子'一个样！"

我欢喜斯特鲁士根和伯爵墨满托·莫尔的诗，可是年轻的和年老的女人们肯定说这诗只是一种街头巷语。

"这只是卖唱者和戏子唱的。"

在窄小的房间里，在主人们的眼睛上，度过这寒冬的黄昏，我是非常难堪的。窗外死寂的夜，霜雪不时地沙响着，人们蹲在桌子旁边冰冻的鱼似的不作声。墙上、玻璃窗上给暴风雪打得当当地作响，烟囱也给敲得呜呜地叫，儿童室里小孩们在啼哭。他们想蹲在黑暗角落里，给狼一般的风雪咆哮声骇得缩成一团。

女人们蹲在桌子的一端，不是缝衣服，就是织鞋套。另一端，维克多尔弓着背不耐烦地画图，时刻喊叫：

"别摇动桌子！活得不耐烦啦，'硬洋钉'！狗赶老鼠……"

缝纫架的后方蹲着在十字布上绣花的男主人（绣桌布），他的手指下活现着红虾、青鱼、黄发少女与秋天的红叶。他要亲自绣好这桌布，一连三个冬天都蹲着做这个工作。他讨厌它。白天里我空的时候，他常常叫我：

"喂，毕西戈夫，蹲下来绣桌布，动手呀！"

我蹲着绣花。我可怜主人，不论什么我总想帮助他。我觉得他总有一天要抛弃绘图、刺绣，去打牌和做一切其他的事，做有兴趣的什么事情。他常常突然抛开工作，思想什么，惊惶的眸子不转地盯住工作，好像那上面有他不认识的东西。他的头发吊在太阳穴上，两颊上，好像修道院的修道士似的。

"你想什么？"妻子问他。

"没有什么。"他回答，又开始工作。

我暗暗地惊叹：一个人想的什么，难道可以问得出来？这问题是不能回答的。每每一下子就想到许多：关于眼前的一切，关于昨天和一年前所见到的。一切纷乱渺茫的，一切正在活动着、变化着的。

没有得着《莫斯科新闻》的"文艺栏"的晚上，我提议念放在床脚下的杂志。年轻女主人愕然地说：

"要念那儿的什么，那儿只有画报……"

但是床脚下除开《绘图学概要》，还有《星火》，于是我们开始念沙亚斯的《伯爵加经巴尔吉斯基》。主人很欢喜愚昧无知的英雄主义小说，他大笑贵族子弟的悲惨故事，简直笑到淌眼泪了，后来大叫道：

"不是悲惨的，这是滑稽喜剧啊！"

"得啦，吹牛皮。"女主人为着显自己的聪明说道。

床脚下的文学书对我尽了巨大的义务：我获得了拿书进厨房的权利和每晚念书的可能性。

我挺幸运的算是老太婆在儿童室睡觉的晚间——保姆喝醉了酒。维克多尔不妨碍我。当房舍里一切人都散去的时候，他悄悄地换上衣服，直到第二天早晨都不知消失在哪儿去了。他们不给我灯火，把蜡烛拿进房间。我没有买蜡烛的钱，于是开始偷偷地搜集一点儿烛台上的烛油，盛在装沙丁鱼的镔铁盒里，再掺进些神灯油，用棉纱线扭成灯芯，每夜在灶头上点着青烟缕缕的油灯。

当我展开大卷的书本的时候，灯芯的红舌头颤巍巍地闪烁着，我生怕熄灭。灯芯时常沉在燃化的香馥的烛油里，青烟吞食了眼睛，但是这一切的不方便已经消灭在我看书报念图解的希望中了。

这些饰着童话中的城市的图画，在我面前展示着整个极大的世界，指示我崇高的山、绮丽的海岸。生活奇妙地繁茂着，世界最富于诱惑性，人类最富足，城市极其多，一切都是形形色色的。凝视着素不相识的远方，我已经知道那儿没有荒凉空洞的风景，早先瞥见过的伏尔加河不知怎的觉得特别沉闷。草原平坦地躺在黑压压的补丁般的丛林里，草原的尽头是锯齿形的阴郁的林场的围墙，模糊清冷的暗蓝色的氛围笼罩着草原。大地是空虚的、孤独的。心也是空虚的，平和的忧愁敲碎着它，消灭着一切欲望，使人不思想什么，只愿闭上眼睛。消沉的空虚简直没有什么可以制止，它吸吮干了心里所有的一切东西。

图解明白地告诉了外国的情形和外国人的故事，谈说了各种不相同的过去和现代的事情。很多我都不懂得，这可苦恼着我啊。有时不知什么稀奇古怪的字眼刺入我的脑海里："形而上学""懦弱主义""改良主义者"。它们使我迷乱得受不了，它们奇形怪状地滋生着，隐藏着一切。我觉得假如我不能达到发现这些字眼的意思的目的，那么我一辈子也把握不着什么，即是说它们是一切神秘门外的卫兵。每每整个的句子长久生根在我的记忆中，好像手指里的刺，妨碍我去思索别的东西。

我记得有几行读过的奇怪诗句：

带着铁的镣铐沿着荒地前行，
心中墓茔般的阴暗，
古伦人，皇帝亚吉尔走来，
黑云紧跟在他们的后身，
战争爆发，于是喊叫：
何处是罗马，何处是权威的罗马？

罗马——城市，这个我是知道的，但是古伦是什么样的人呢？必须得知道这个。

我抽工夫问了主人。

"古伦？"他惊讶地重复一句，"鬼知道是什么东西！实在是无聊……"

于是他摇头否认了。

"空话在你脑子里沸腾啦，这是不好的，毕西戈夫！"

"管它好与不好，我总想知道。"

我觉得联队的助祭梭罗威夫准知道。为着要知道古伦是什么样的人，我在天井里抓着他。

这是个老爱发脾气的家伙，惨白的病态的脸，红眼睛，黄短髭，没有眉毛。他把黑色的职杖插在地上对我说：

"你干吗问到这个，啊？"

中尉涅司杰诺夫狰狞地回答我的问题：

"什么？"

因此关于古伦的事情，我决定必须去请教药行的药剂师。他亲切地瞧着我。他有一副聪明的面孔，硕大的鼻梁上戴着金边眼镜。

"古伦，"药剂师班伏尔·郭尔特别儿黑告诉我说，"他是土耳其的一种游牧民族。这个民族现在一个也没有了，全都死光了。"

我很悲苦懊丧，不是因为古伦人的死灭，而是为着那如此其久地苦恼着我的一个词的意义。这见得只是一种空虚，于我毫无补益。

然而我很感激古伦民族：同他们遇会之后，词句使我着急的并不多；同时我感谢亚吉尔：我同药剂师郭尔特别儿黑交好。

这个人知道聪明字句的简单意义，他是一切神秘的锁钥。他两个指头整理着眼镜，大眼镜里的眼睛留心凝视着我，话语好像小洋钉，钉入了我的脑海里。

"伙计，文字好比树木的叶子，要明白为什么长那样的叶子，没有别的，只是要知道这棵树怎样长起来的，要进学校念书啊！伙计，要有好的花园，才有一切愉快而有益的……"

我常常上他的药行去给经常患胃痛的成年人买苏打，买擦车用的氧化镁和治小孩肚子泻的药。药剂师短短的教训暗示我更加与书本发生严肃的关系，它确实为我所需要，好像酗酒汉之需要麦酒似的。

书的教训指示我不相同的生活，巨大感情的与引诱人类走向伟大前程和反叛途径的生活。我发现我周围的人们都不适宜于走向伟大前程和反叛的途径，他们离开群众生活在不知哪一方去了。书本上写的什么，很难明白。人们的生活有什么兴趣？我不愿过这种生活……这显然是我愿意……

从书报的注释中，我知道布拉格、伦敦、巴黎不在山谷之间，没有垃圾堆成的龌龊的土堤，那儿是笔直的广阔的街道、异样的房屋、教堂。那儿没有六个月的冬天把人们囚在房子里，没有只能吃酸白菜、干咸菌、燕麦粉、马铃薯、亚麻油的大斋期。大斋期不能念书，他们掠走我的《绘图学概要》，这空虚的斋期生活重新降临到我跟前来了。此刻是我能用从书中所知道的来比较一下生活的时候，我觉得我挺健康、挺有力气，工作很有效力、很机巧。我有一个目的，愈快地做完事情，愈是有多余的时间来念书。书给掠走了，我开始头脑迟钝、怠惰，从前我所不认识的病态的健忘性第一次征服了我。

我回忆起就在这些空虚的日子发生了一些秘密的事情。一个晚上，大家睡觉了的时候，不知谁突然嗡嗡地敲打着教堂的钟，钟声立刻震动了房舍里的一切，半裸体的人们跑到窗户跟前，互相问询：

"火烧房子？是警钟吗？"

听得见旁的房舍里也在喧哗，乒乓地开门关门。不知谁牵着马在天井上跑。年老的女主人大叫有人抢劫教堂，男主人阻止她：

"吃饱啦，妈妈，不是已经听见这不是警钟吗？"

"嗯，大主教不久死去的……"

维克多尔爬下炕床，一边穿衣服，一边喃喃说道：

"我知道发生的什么事情，我知道！"

男主人吩咐我上阁楼去瞧瞧天是不是红的。我爬到耳窗外面的屋顶上，没有瞧见天红。寂静的霜雾弥漫的空中，钟声懒洋洋地响着。城市躺在大地上做梦，黑暗中有人在奔跑，雪花在沙沙地响，看不清的人们在叫便宜的雪橇，教堂的钟越发厉害地号啕起来。我回到了房间里。

"天没有红。"

"呸，你，先生！"男主人说了，穿上外套，戴好帽子，围上围巾，犹豫不决地伸脚进套鞋。女主人哀求他：

"不去！嗯！你不要去……"

"无聊！"

维克多尔也穿上衣服，惊动了人们：

"我知道……"

兄弟俩上街去了的时候，女人们吩咐了我炖自暖壶。她们跑到窗户旁边，但是男主人差不多顿时就在街上敲了警钟，一声不响跑上楼梯，打开过道上的大门，沉重地说：

"有人暗杀沙皇！"

"有人杀人吗？"老太婆喊叫。

"有人杀人，军官告诉我……马上会发生怎样的事情呢？"

维克多尔敲了警钟之后，厌烦地脱着衣服，生气说：

"我想是打仗了！"

后来他们一家人坐着喝茶，平和而谨慎地轻声谈论着。街上开始平静了，钟也不响了。他们秘密私语了两天，不知到什么地方去过，客人也来拜访他们，详细地告诉了什么。我拼命想明了到底发生的是什么事情，但是主人们把新闻纸藏着不给我看。但当我请问锡多诺夫为什么有人暗杀沙皇的时候，他轻轻回答道：

"禁止声张那个……"

这一种风声很快就过去了，继续不断的只是每日的琐事。顷刻之间，我经验了一件极不愉快的事情。

复活节前几天，主人们出去做早祷的时候，我就烧茶，收拾房间。留在厨房里的大小孩拔出自暖壶上的活动嘴子，蹲在地上玩弄着。自暖壶的烟囱里煤是很多的，当水从壶里流出的时候，茶水壶已经漏得不能装水了。我还在房间里就听见自暖壶愤然地响得不自然。我刚一踏进厨房门限，便恐怖地瞥见整个壶子发青着、动摇着，好像要跳下地来似的。

裂开的壶嘴塞子垂头丧气地低落着，壶顶滑来斜在一边，壶柄下点点的锡屑撒落着，赤黑色的自暖壶颓废得像醉汉似的。我灌水进去，它只是蒸蒸地响着，水悲惨地朝地下流。

大台阶上有人叫门，我开了门。老太婆头一句话就是问茶预备好没有，我短短地回答一句：

"预备好了。"

说出这种使得老太婆兴奋的话，大概是招致嘲弄，增加惩罚的吧。

他们打伤了我。老太婆用一束枞树的木片抽打我，这虽不十分疼痛，然而背皮上却留下了不少深刻的创疮。将近黄昏，我的背肿成一副厚棉褥。第二天上午，男主人不得已把我送进医院。

当瘦长得可笑的医生诊察了我的毛病的时候，他用喑哑的调儿平和地说：

"这儿需编个问病的报告书。"

主人的脸一下子发红了，移动下脚步，对医生悄悄说些什么。医生瞧着他的头，简单地回答一句：

"不能，不可能的。"

后来问我：

"你要诉诉苦情？"

我虽然很痛苦，但是我说：

"我不要，请你赶快医好……"

他们领我到另一间屋子，让我躺在条桌上。医生和气地用冰冷的钳子拨开我的创口，开玩笑说：

"幸好，他们没有脱掉你的皮，朋友，现在你变成不透水的……"

当他搔抓得我受不了的工作完毕之后，他说：

"拔出四十二块小木片，朋友，记着，你好骄傲了啊！明天这时候来包扎创口。他们常常打吗？"

我想了下，答道：

"从前他们常常打我……"

医生悄声笑了。

"真是走的好运道，朋友，真是！"

他领我到主人跟前的时候，就说他：

"要收手术费啊！明天再来换绷带。你幸福，他做了你的喜剧主角……"

坐上马车，主人对我说：

"毕西戈夫，我也挨过打的，怎么办呢？他们不打已经打了，兄弟！我虽然还是怜恤你，但我自己没有谁来怜恤呢，没有谁！人类无论在哪儿总是狭隘，没有一个狗孙子有怜恤心！唉，老虎婆……"

他一路唾骂着。我可怜他，我很感激他对我说人道话。

家里的人教母般的迎接我。女人们逼着要我详细告诉她们医生怎样医治我的，他说什么。她们一边听，一边叹息，愉快地抿着嘴。我很奇怪她们这种紧张的兴趣，对于疾病、疼痛与一切不愉快的事情！

我发现他们很满意我不曾承认诉说他们的虐待情形，因此我就利用这一点请求他们允许我借成衣匠太太的书。他们都不决定拒绝，只有老太婆惊叫了：

"嗯，魔鬼！"

过了一天，我站在成衣匠太太面前。她亲切地说：

"人家告诉我说你在生病，进了医院。你瞧，别人的话多么不可靠呀！"

我不作声，难为情说老实话。为什么要她知道暴虐而悲惨的事情呢？她不跟别人一样，多么好啊。

我重新念着伟大作品——大仲马、孟杰宾、查广、艾玛尔布亚戈仆与唐松德吉尔泣依儿诸人的书。我迅速地一本本地咀嚼这些书。我很快乐。我觉得自己是不平凡的生活的参加者，生活甜蜜地感动人，激发着勇气。我自制的灯盏重新熏照着我。我通宵念书，直念到第二天早晨。我的眼睛渐渐有点儿发痛了，老太婆亲切地说我：

"别念书吧，书呆子，伤了眼睛，将来会成瞎子的！"

同时我很快就理解到一切兴味杂陈的书本，虽然各个故事不同，国家与城市不相同。总而言之，善人被恶人殃害、压迫，恶人往往比善人要幸运些、聪明些，然而末了不知什么不可捉摸的东西征服了恶人，善人本能地胜利了。我讨厌"爱情"，关于"爱情"一切男人与女人都用那一种话语来谈论。这种千篇一律的论调不仅变成苦闷，而且引起纷乱的疑惑。

一回，翻开着头一页书你开始猜想谁胜利、谁失败，正在开始明了故事的结束，你就努力用自己的假想力抓着它。关上书本，你像算学教师算题似的思索书中的事情，往往会成功正确地决定主人公里边谁将要登上一切极乐的天堂，谁将要堕入街头巷尾。

但是为着这一切，我瞧见对于我光明伟大而有生命的真理、异样生活的情况、异样关系的情况。我明白巴黎的马车夫、工人、兵士与一切"黑色人民"不跟下城、卡山和毕尔门的一样。他们同绅士们谈话最勇敢，同他们在一道，保持最朴实的独立的精神。那儿的兵士简直没有一个像我所认识的，不像锡多诺夫，不像轮船上的卫兵，尤其是叶尔沫亨。他们比他们一切都要伟大。他们的内心中存在着较史姆利更平凡的某种东西，但他们不那么野蛮粗暴。那儿的商店老板也比我所熟识的要善良一些。书中的神父不像我认识的那样，他们对于人们的关系是挺真挚的且慈悲的。如像书中所说的外国普通的生活多是挺有兴趣、挺容易的。比较我所知道的那种生活，外国不那么老是保守着兽性；不那么恼恨地揶揄一个人，如同揶揄联队的兵士；不那么慷慨激昂地祷告上帝，像年老的女主人做祷告似的。

尤其值得注意的是，关于恶人与贪婪而卑贱的人们的故事。书中不指责他们那种不可解的残酷性与倾向，不像我所认识的所观察到的那么揶揄一个人。书上的恶人的险恶，每每可以明白他们为什么阴恶的。然而我眼见的险恶是无价值的、荒唐的，一个人只是玩弄险恶以自娱，并不期望险恶中的利益。

从每本新书与外国人的生活里边，俄罗斯的残酷生活更明显地在我面前暴露出来。这种生活引起纷乱的烦恼，增大着读过的黄色书篇中真实性的疑惑。

龚古尔的长篇小说《世界弟兄》突然到了我的手里。我在一夜里一口气读完它，诧异着此时还未经验的什么，于是又重新读一遍朴实而凄怆的故事。书中一点儿也没错综复杂的神秘东西，一点儿也没有肤浅的趣味，从第一页起就显得庄严枯燥，好像圣徒说教似的。那么正确的过于典雅的书中的用语开始使我不愉快地惊奇着，但紧凑地构成句子的经济字眼美妙地躺在心上，好像那《兄弟武术家》的戏剧故事那么动人。由于一种念书的快感，我的手战栗起来。当我读到不幸的折断腿的艺术家爬上他哥哥秘密从事爱好的技术工作的阁楼去的时候，我放声大哭了。

交还这本名著给成衣匠太太的时候，我请求她再给我一册那样的。

"这书的内容怎么样？"她狞笑着问我。

这种狞笑震悸了我，我不能解说我所想的什么，但她问：

"这样忧郁的书？等一等，我给你旁的更有趣味的……"

过了几天，她给我格林武特的《穷小孩故事》。书的目录虽然有点儿刺创我，但第一页开始就引起由衷的狂喜，带着狂喜我念完全书的最后一页，有几章我还念两三遍哩。

怎么有时候外国孩子也得过那么艰苦的生活呢？嗯，我的生活不完全是坏，就是不能消极！

格林武特赐给不少的勇气，但这之后相宜的"正确的"书《也夫根宜·格兰特》很快又到我手里了。

格兰特老头儿活像我的外祖父，册子虽然小得那么难为情，而其中的真理却如此之多。我认识这种真理之后，很厌烦生活。书本指示着崭新的光明是不坏的、和平的。最早我读过的书除开龚古尔裁制人类也跟我的主人们那么的冷酷、唠叨，它们常常引起同情罪犯与恼恨人道主义者的感觉。每每难堪地瞧见那些费尽巨大脑力和心思的人们依然不能获得他所希望东西——人道主义者石柱般的自始至终牢固地站在他们面前，总是令人惋惜。虽然一切恶意的有弊的趋向难免不击碎这般石柱，然而石头终不能引起同情心。墙垣非不坚固、非不美丽，但当你希望采得墙外苹果树上的苹果的时候，你就不可能爱惜它了。我觉得挺有价值挺有生命的东西，不知道被掩藏在人道主义者背后的什么地方。

龚古尔、格林武特、巴尔扎克所描写的人物，既不是恶汉也不是善人，他们都是怪有生命的纯朴的人们。他们不许疑惑一切他们所作所为的，即是说已经作出来的不能再另外去作了。

因此，我懂得什么是"伟大正确"的书的大纪念。但是怎样发现它呢？这一点成衣匠太太不能帮我的忙。

"这就是好书！"她说了，对我提议亚尔新·古西的《充满蔷薇黄金和血的手》，还有毕罗·波尔特哥克和波尔费瓦尔的长篇小说。我努力念它们。

她欢喜莫里哀和韦尔涅尔的小说，我觉这些都是忧郁的东西。我不欢喜斯宾尔加根，但很欢喜亚伍也尔巴黑的小说。雨果我也不很爱好，我选读了瓦尔吉尔司各得的文章。我希望读着像巴尔扎克那么使人感动、愉快的东西。白瓷美人也愈见很少欢喜我了。

拜访她的时候，我穿上干净衬衫，梳光着头发，一切都拼命采取美观。虽说这未必能做得到，但我还是期待她注意我的漂亮，同我说着挺诚实挺友谊的话语，没有鱼样的微笑在那白净的老是闲适着的面靥上。但她微笑着，用疲倦而甜蜜的调儿问：

"念完了？欢喜吗？"

"不。"

她差点儿扬起纤细的眉毛，凝视着我，后来熟悉地叹息着鼻孔说：

"但是为什么呢？"

"关于这个我已经念过了。"

"关于什么的，关于这个？"

"关于爱情的……"

皱着眉，她露出甜蜜的微笑。

"唉，难道所有的书都是描写爱情的吗？"

她蹲在大的安乐椅上，小小的脚在毛皮套鞋里动了动，打着哈欠，身子蜷藏在浅碧色的睡衣里，玫瑰色的手指敲着她膝上的书面。

我想请问她：

"你们怎么不搬出这儿？一切军官既然给你写情书，开你玩笑——"

但是没有勇气对她说这个，后来我拿着关于"爱情"的书辞去的时候，有一种满心悲怆的觉悟。

天井上人们愈是说这女人的坏话，愈是恶意地嘲笑起来了。听着这些故事，我非常难为情，卑鄙的，造谣诬蔑的。暗地里，我怜恤女人，我替她害怕。但是当我到她那儿去，瞧着她锐敏的眼，猫样的软柔柔的细小身躯与这经常闲适的面靥的时候，怜恤心和恐怖青烟般消失了。

春天，她突然搬到不知哪儿去了，刚刚过了几天她的丈夫迁移了房舍。

房间空下来等待着新的房客的时候，我进去瞧了瞧，看到精光的一个地方现着四方形的黑印的壁头。那儿曾经挂过画片，还有弯曲的钉子与钉子印。油漆的地板上到处都是各种各色的破布、纸片、坏的药盒子和没有心子的玻璃钟与放光的黄铜胸针。

我很苦闷，希望再见成衣匠太太一次，对她说声谢谢……

十

在我主人房舍下面成衣匠太太搬走的空房间里，又搬来一位黑眼睛的年轻太太同着一个小女孩跟母亲。半白头发的老太婆不愿地衔着琥珀香烟斗抽香烟。太太是很美丽的，有威权而且骄傲。她谈话的调儿很沉着而仁爱，昂着脑袋注视一切，眼睛微微瞬动着，好像人们离她很远似的。她瞧不起他们。差不多每天都有位油黑的军人叫欧伐也夫的，牵着一匹瘦的棕色马站在她的阶沿下。太太身着天鹅绒衣服，戴着有孔的白手套，穿黄皮鞋出现在阶沿上，一手提着裙子，一手拿藤色的石柄的马鞭。她的小手亲切地摸摸露牙的马嘴。马呢，火红的眼睨视着她，周身哆嗦着，蹄子轻轻地在踏平的地上敲打。

"诺别尔，诺别尔……"她低声说，用劲拍打美丽的弯着的马颈。

后来太太把脚搁在欧伐也夫的膝头上，敏捷地跳上马鞍。马傲慢地舞蹈着，沿着堤堰走去。她那么灵敏地蹲在马鞍上，好像她的身子已经增大了似的。

她美丽得真是稀有的美丽，这种美人我老是觉得她是崭新的，从未见过的，心坎里每每充满着醉人的快乐。瞧着她，我总以为是吉扬、布亚姬、马尔高皇后，娜瓦列尔姑娘和别的美人儿，历史小说中的女英雄那类人物。

城中驻扎的师团军官经常包围着她，每天晚上在她那儿奏梵哑铃、提琴和琵琶，跳舞、唱歌。比其他的人还要殷勤的少佐奥列索夫，一双短小的腿时刻在她身边转动着。这人是个丰肥多脂的赤脸灰白头发的家伙，好像轮船上的机器师。他会奏琵琶，恭顺忠实得仿佛太太的仆人。卷曲头发的五岁的小女孩也跟母亲一般的艳丽。她那大的碧眼庄严地凝视着，平和地期待着人家的注目。这女孩的内心隐藏着不知什么非儿童的沉思。

外祖母从早到晚同着欧伐也夫和严厉寡言的肥胖的斜眼婢仆一块儿治理家务。小女孩没有保姆，差不多是过着无从无靠的生活，成天不是在阶沿上，就在阶沿对过的木柴堆上玩儿。晚间我常常出来同她玩儿。我很喜爱小孩。她不久就习惯同我在一道了。当我给她讲故事的时候，她牵长我的手臂。要睡觉了，我就抱她上床。不久，她睡觉的时候就一定要我去同她告别。我走去，她肥厚的手郑重地伸长着说道：

"明天见！外婆你应该怎么说？"

"上帝保佑你啊！"外婆说，嘟着嘴，尖鼻子里冒出暗蓝色的烟子。

"上帝明天保佑你，此刻我已经睡觉了。"女孩重复一句，身子藏在缝上花边的被窝中。

外祖母提醒她：

"不是明天才保佑，而是时时刻刻的！"

"难道明天就没有时时刻刻？"

她爱"明天"这个字眼，无论什么都欢喜说"明天"，用折下的花或者枯树枝插在地上，就说：

"明天这儿就成花园啦……"

"明天无论什么时候我也要自己买匹马，像妈妈一样，骑在马上……"

她很聪明，然而不十分快乐，有时候正在活泼泼地做游戏，突然一下子沉思起来，突如其来地问道：

"为什么牧师的头发跟女人的一样？"

她点燃荨麻，手指受了伤痛，说道：

"瞧，我帮助上帝，他反而做出些坏事来害我。上帝对众人做坏事呀！他也会惩罚妈妈……"

有时候默然的天真的忧愁降临到她身上。她拥抱着我，凝视着蔚蓝的天空，说道：

"外婆有脾气，妈妈无论何时也没有，她爱笑。大家都爱她，所以客人老是来拜访她、瞧她，因为她是美人。她——我的妈妈，可是奥列索夫说我的妈妈！"

我非常欢喜听女孩子讲话。她告诉我素不熟悉的人世间的故事。她讲到自己的妈妈老是很快意地，滔滔不绝地。新的生活轻轻地在我面前展开，我重新回忆起马尔高皇后，这越发地增大对书的信心与生活之趣味。

一个晚间，我蹲在阶沿上等候着出去逛。奥特戈斯的主人们归来的时候，女孩子睡熟在我手里。她母亲骑马回来，轻巧地跳下地，昂着头，问道：

"她怎么啦，睡觉？"

"是的。"

"好……"

欧伐也夫跳出来照管着马。太太把马鞭往腰带里一插，伸长着手：

"把她给我！"

"我亲自抱去！……"

"喏！"她马样般对我咆哮，脚在阶沿石级上跺了跺。

女孩醒来，挤着眼瞧着母亲，也伸着手对她。他们走开。

我虽然惯听人们对我咆哮，然而这太太也来咆哮却使我很不愉快。假如她轻轻地指挥倒不要紧，可是来人都听见她了。

过了几分钟，斜眼女仆叫我：女孩子坚持不同我告别不肯睡觉。

我傲慢地走进客厅立在她母亲面前。女孩坐在母亲膝上，太太灵巧的手在给她脱衣服。

"好，那就是，"她说，"他来了，这怪物！"

"这不是怪物，是我的孩子！"

"怎么？很好，要送你的孩子什么东西？"

"要，要送。"

"好，我送他东西，你睡去吧。"

"明天见！"女孩说，对我伸着手，"明天上帝保佑你！"

太太惊叫道：

"这是谁教你的——外婆？"

"是，是……"

她走开的时候，太太用手对我打招呼：

"送你什么呢？"

我说我什么也不需要送，但是最好给我几本什么书。

她温暖而香馥的手指提提我的腮，带看仁爱的微笑问着：

"怎样，你欢喜念书，是吗？你念过什么样的书？"

她微笑着，变得更加美丽了。我提心吊胆地告诉她几本小说的名称。

"书里面什么东西你欢喜？"她问，手搁在桌上，指尖轻轻颤动着。

不知什么愉快的强烈的香花味儿混合着马汗的奇臭从她身上发出来。她那透出长睫毛外的眼光沉思而庄严地扫射着我，直到此刻再也没有谁那样瞧我。

由于许多细致而漂亮的家具，屋子里显得非常窄小，好像鸟窝似的。稠密的青枝绿叶的鲜花遮掩着窗户，阴暗中雪白的荷兰瓦的暖炉射出白光，黑漆的大钢琴光泽得照得出人影，壁上薄暗的金色的框子里嵌着不知什么黑字的字画——弯弯曲曲地布满着大写字母的石印的斯拉夫文字。每幅字画下挂着黑字的大的印刷字画。一切东西那么恭顺而胆怯地望着女人，好像我似的。

我对她解释怎样会过很艰苦而郁闷的生活，念着书的时候，忘记了这一切……

"好，那怎样？"她站起来说了，"这是不坏的，我相信……嗯，怎么？我就给你书吗？但是此刻我没有……那么另外给你……"

她从沙发上拿出一本黄色包皮纸包好的破书。

"你念过吗？我给你第二卷，它一共是四卷……"

我带着侯爵墨哲尔斯基的《彼得堡的秘密》走开，后来带着巨大的注意念了这本书，但是从第一页开头我就明白彼得堡的秘密显然比马德里、伦敦、巴黎的还要苦闷些，只有士沃波特和班尔加的对话使我愉快。

"我比你高些，"士沃波特说，"因为我挺聪明。"

但是班尔加回答他：

"不，我比你高些，因为我比你有力气。"

论争着，论争着，他们打架了。班尔加打伤了士沃波特。后来，我记得士沃波特由于受创过重死于医院。

书中穿插着虚无主义者的演说词。我记得大概侯爵墨哲尔斯基是虚无主义者、有毒害的人物，经他一瞥，鸡都会断气。虚无主义者的话语我觉得难为情，不切实，但我一点儿也不懂得，陷于消极的境地。显然，我不会理解伟大的书！但是什么是伟大的书呢？我相信这个：那么庄重而漂亮的太太是不会念坏东西的！

"嗯，怎么样，你欢喜吗？"她问了，当我去还她墨哲尔斯基的黄色的长篇小说的时候。

我很难回答——不，我认为这会使她生气的。

但她只是冷笑着，走到门帘后的卧室里去，从那儿拿出一本咖啡色书面的小册子来。

"这是你欢喜的，只是别弄脏了！"

这是普希金的诗集。我马上一口气读完它。我给贪婪的感觉抓紧着，这种感觉会使你失去经验，会使你坠入绝世美丽的境地，使你突飞猛进地一下子驰过它。经过那种情形之后，当你久久地沿着苔藓满地的泥泞林场之丘陵散步的时候，一片万物都浴在花香与阳光中的干地豁然在你面前展开着。你神志恍惚地眺望一会儿干地，后来幸运地驰过一切，触着沃地的柔嫩青草的脚步悄然地快乐起来。

普希金朴实而音乐化的诗句使我惊奇，至于长篇散文我觉得不大自然，念起来似乎不大顺口。《鲁斯兰》的序诗我觉得跟外祖母的挺好的故事奇妙地糅合在了一起。有几行真理铸成的诗使我愕然了：

在那荒芜的小道上，

撒播着稀有的野兽之足迹……

我下意识地默诵着奇妙的诗句，瞧着这些我很熟悉的外人鲜有知道的小径，发现了被杂草践踏着的神秘足迹，这些杂草还未撼落沉重如水银般的朝露点滴。富于音节的诗篇极容易使人记忆它里边所叙述的一切。这造成我的幸福、我的生活。容易的、愉快的、读诗的声音，好像祝福新生。识字的人多么幸福啊！

普希金壮丽的故事我挺喜爱、挺能了解，读过一两遍就能记得。我躺上床睡觉的时候咕噜着诗，哪怕眼睛不想睁开了，但还是不能熟睡。我常常将这些故事告诉勤务兵们。他们听了一面哄笑，一面亲切地责备。锡多诺夫摸摸我的头，轻声说：

"那就是光荣的，唵？唉，天哪……"

抓紧着我的兴奋精神被主人们发觉了，老太婆便咒骂道：

"读书读疲倦了吗，流民！自暖壶四天没有洗过啦！看来要挨面棒……"

什么是面棒？我顿时用诗来反抗她：

年老的妖怪啊，
酷爱着黑暗的灵魂……

在我的眼光中，太太越发高尚了。看她念什么样的书呀！这可不比白瓷的成衣匠太太……

我去还她的书，愁苦地交给她的时候，她自信地说：

"这个你总喜欢！你听过关于普希金这人的故事吗？"

我好像在杂志上读过关于这位诗人的事情，但是我愿意她亲口告诉我关于他的故事，所以我说没有听过。

她简略地告诉我关于普希金的生和死，好像春之白日般地微笑着，问道：

"瞧，恋爱女人多么危险呀！"

"危险虽然危险，可是一切人都要讲恋爱！女人也为了这个苦恼……"

她注视我，也跟注视一切似的，后来庄重地说：

"怎么？你懂得这个道理？那么我希望你别忘记这回事情！"

她又开始问我欢喜哪一类的诗。

我告诉了她些什么，便挥着手，念我记忆中的诗句。她庄严地听着不作声，后来站起来，沿着屋子踱方步，若有所思地说：

"你，可爱的野兽，要进学校啊！我想这个……你主人是你亲戚不是？"

我切实地回答了她，她大叫"哦"，好像宣判我的罪过。

她给我《别郎士诗集》，装订极精致的册子，有插画的、金边的，还有红色的皮书面。这些诗终于使我神经错乱到时而狂笑、时而又淌着极其狭隘的辛辣的悲哀之泪。

带着冷冰冰的心，我念了吟"老乞丐"的凄苦诗句：

> 毒虫——我扰乱你吗？
> 请用脚踏碎贱夫吧！
> 干吗要怜恤？快快地踏呀！
> 为什么你们不教训我，
> 不给我暴力的出路？
> 蚂蚁也许是从虫儿化身出来的！
> 我将要拥抱着兄弟们死去。
> 垂死的老年流浪汉啊——
> 我愿你为人类而复仇！

念着《哭泣的丈夫》的最后几句话，我大笑到淌眼泪了。我尤其是记得别郎士的一句诗：

> 快乐的学术生活，
> 不给空虚者的艰苦！……

别郎士激起我不可遏止的愉快、欲望与荒唐，激起我对于一切人说胆大的俏皮话的精神，这一点在短期内我就十分成功了。他的诗我也记下来去教训人，跑到勤务兵的厨房去一会儿，我就带着巨大诱惑心眼念给他们听。

但是不久之间由于这我便遭人拒绝了，其原因便是为着下面两行：

> 十七妙龄的姑娘啊——
> 什么冠冕不相宜！

他们故意提起仇视女孩子的论调。这可侮辱我到愤怒了，因此我便拿锅盖打叶尔沫亨的头。锡多诺夫同其他的勤务兵从他笨拙的手头将我掠开。但是从那时候起，我就决定不上军官的厨房去了。

他们不许我上街玩，而且也没有时间来玩，工作愈是加多了。此刻除掉经常的仆婢的守弄堂者的和"小听差"的工作之外，我还得每天在那铺上棉布的大木板上钉图钉，在木板上粘贴图案草稿，抄写男主人的建筑工作计划书，检察包工头的预算表。男主人机器似的从早至晚工作着。

那一年中，公家的市场的建筑物归还商人私有。市商会忙着改造房舍。我的主人领得一笔修理原有铺房和新造铺房的承办费。他拟就"改造圆顶屋""耳窗通过屋根"等等的图案稿。我带着图案稿同装上二十五纸卢布的一封信到老年的建筑师那儿去。建筑师收下钱，回了几个字："此诚写生画，惜经理已采用衣马列克之投标矣。"显然经理不能采用投标，因为他已经病到不能走出房门了，同时建筑师并没有看一看写生画。

我传送贿赂给市场监督人和还有什么要人们，从他们那儿得着"公认一切的非法文件"，这些文件男主人都得签名的。为着这一切，我获得了在大门口或者阶沿上等候主人的权利，当他们出去应酬的时候。这种事情虽不常发生，然而他们回家总在半夜过后。我在阶沿下的石级上或者它对过的柴堆上，一蹲就是好几个钟头，望着我太太房间的窗口，贪心听着快乐的谈话和音乐。

窗是开着的。从窗帘和鲜花丛外望进去，衣冠整齐的军官们的影子满屋晃动着。肥圆的少佐在溜来溜去。穿上极其素朴而又美丽的衣服的她正在姗姗地蹳着方步。

我自己称呼她马尔高皇后。

"那不是法兰西书本中所描写的极其快乐的生活吗？"我凝视着窗户

想，于是稍微使我愁苦了。我带着儿童的嫉妒心眼苦痛地望着马尔高皇后周围的男人，他们好像花树上的采花蜂似的缠绕着她。

一个高个子、额头有疤的、深眼窝的不大开心的军官较其他的人还要到她那儿来得殷勤。他常常带来自己的提琴，美妙地奏着，奏得来简直使过路人都会在窗下停住脚步，全街所有的人们都会集中在柴堆上。这里边也有我的主人们——假如他们在家，那么就打开窗户，倾耳听着，赞美着音乐家。我不记得除开教堂的辅祭，他们还赞美过什么样的人，但我知道他们最欢喜的仍旧是鱼油馒头而不是音乐。

有时候军官用含糊不清的嗓子唱歌、读诗，手捧着额头深深地叹息。一天，我同小女孩在窗下玩儿的时候，马尔高皇后正在请求他唱歌。他推辞许久，终于清晰地唱道：

> 只有诗歌需要美人，
> 美人啊，却不需要诗歌……

我很喜欢这种诗，不知怎的竟怜恤军官起来。

我最愉快的是瞥见我的太太一个人蹲在屋子里的钢琴旁边弹钢琴的时候，音乐使我陶醉。除开窗子，在它里面淡黄灯光中，娉婷的女人的倩影，她傲然的面靥的轮廓与在键盘上跳跃着的鸟儿般的白皙的手，我不管什么东西也瞧不见。

我凝视着她，倾听着如泣如诉的音乐，便自言自语道："假如我拾得了某处的宝物，我通通一道给她，让她做个发财人！假如我是斯哥别列伟，我再要同土耳其宣战，夺回战败的赔款，在奥特戈斯城中最好的一块地方新造一所房子，赠给她，让她搬出这条街，搬出众人说她坏话的侮辱她的这幢房子。"

因为我们院子里的一切邻人同仆人，大家都恶意地说马尔高皇后的坏话，也跟说成衣匠太太一样，不过他们低着嗓子，环顾看左右，比较谨慎地说话罢了。

人们畏惧她，也许因她是非常显贵人家的孀妇吧。她屋子的壁头上挂着旧俄皇帝哥杜诺伟、亚列克山大和大比得赠给她夫家祖父的字画。这是有学问的经常读依凡根宜的书的欧伐也夫告诉我的。或者也许人们害怕她拿藤色的石柄的马鞭打人吧？有人说她曾经打过不知哪一位重要官员。

但是，低调的话语不十分响亮地被人吐露出来。我的太太生活在仇恨她的暗云中，这不为我所明了的仇恨烦恼着我。维克多尔告诉人家说他半夜之后回家来的当儿，偷瞧一下马尔高皇后卧室的窗户里，瞧见她穿上一层的汗衫蹲在卧榻上，少佐跪着在替她剪趾甲，后来又用嘴咬光它。

老太婆唾骂着，年轻的女主人赧颜地喊喳道：

"维克多尔，呸！多么无耻呀，唉，这些上帝的恶人。"

男主人微笑，不作声。我很感激他不作声，但我提心吊胆地等待着他同意参加喧吵、呻吟。女人们一面喊喳，唉声叹气，一面不厌其详地询问维克多尔：太太怎样坐的，少佐怎样跪的。维克多尔加添了一些新的细目：

"红着脸，伸出舌头……"

少佐给太太剪趾甲这类子不名誉的事情，我一点儿也没有瞧见，而且我不相信他会伸出舌头。我觉得这是侮辱人的谎话，我便说维克多尔道：

"假如这是坏事情，那你干吗要偷看窗户里呢？你又不是小孩子……"

他们痛骂我一顿。自然，挨骂并不就是我的耻辱，同时我只有一个希望——跑下去，跪在太太面前，好像少佐似的，请求她：

"对不起，请你搬出这幢房子吧！"

此刻，当我知道所有不同的生活，不同的人们、感觉、思想、家户与一切居民的时候，我心中极度深沉的仇恨思潮越发地奔腾起来。他们一切人简直都被卑污可耻的欺骗网子笼罩着，他们心中没有一个不为众人所不恶意地谈论的人。联队的神父——生病的可怜虫，被人轻贱得如同醉汉跟卖淫妇似的。生活在淫恶中的军官和军官妻子的生活都是我主人们谈话的材料。我反对兵士们关于女人们的千篇一律的论调，尤其是反对我的主人。我深知他们所嗜好的残暴地制裁人们的真价值、观察人们的缺点，唯一的是尽可能享受不花钱的快乐。我主人们唯一的消遣是同身边的人们吵嘴打架，他们仿佛为他们一切辛苦、郁闷的宗教生涯而复仇似的。

当人们说话侮辱马尔高皇后时，我便经过一度非儿童所有的痉挛的癫痫病患者的感觉生活。我的心给憎恨造谣欺骗者的情绪鼓胀了，给不可遏止的愤恨一切的热望占领着。但有时候，我也研究过对自身和对一切人的苦恼的怜恤之潮汐。这种无言的怜恤心，即是极其深刻的憎恨。

我知道马尔高皇后的事情，比他们知道得更多些，所以我害怕他们不明白我所知道的。

每逢放假日，主人们到教堂里去做晚祷的时候，我大清早就去拜访她。她招呼我到她卧室去。我蹲在金色的绸缎椅套的用坏了的小安乐椅上。小女孩在我膝上爬着，我告诉她妈妈关于读过的书的事情。她躺在宽大的床上，一双小手合拢来托着腮，身子藏在那跟她卧室的一切东西一样黄的被窝下，墨样的头发编成发辫，弯曲地经过淡黑的肩头，垂在她的胸前，有时它从床上垂到地板上。

她听着我说，柔媚的眼凝视着我的脸，后来稍微会意地微笑着，说：

"怎么？"

在我眼光中，她那好意的微笑宛如谦逊的皇后微笑。她说话的调儿很沉重而亲切，我觉得她老是这一个调子：

"我知道在一切人中间不能衡量出谁是挺善良、挺纯洁的，他们里面没有谁是我认为必需的……"

有时候，我发现她在穿衣镜面前。她蹲在矮矮的安乐椅上，梳着头发。头发尖子躺在她膝头上，椅子的扶手上，有时吊在椅子靠背外面，差点儿吊到地板上。她那修长而稠密的头发，好像外祖母的似的。我瞧着她镜中的淡黑而健壮的胸脯。她穿着同我的一样的背心和袜子，但她干净的脚趾并不会搅动我难为情的感想，而只是一种为她快乐的自负之感觉。她身上常常喷出一种驱散对于她的恶念头而卫护着她的鲜花香气。

我已经是身强力壮的人了，很了解男女间一切神秘的关系，然而人们老是带着那么残酷、那么秽亵、那么无心肝的幸灾乐祸的心眼对我说着这些秘密。我不能想象女人在男人怀抱中的那种情景，我难于想到哪一个人有权利敢不怕难为情地去触动她的身体。我自信马尔高皇后不懂得厨室与食料房的爱情，她知道某种异样的高尚的快乐和异样的爱情。

但是，一天的黄昏之前，我去到客厅里，听见卧室的凉棚后面我心爱的太太的笑声和男人的请求声：

"等一等……天哪！我不相信……"

我明白了这个道理，我是需要走开的，但又不能走开。……

"谁在那儿？"她问，"是你？进来……"

卧室里，花香扑鼻，窗幔是挂上的。幽暗笼罩着整个屋子，马尔高皇后躺在床上，被窝盖齐下腮，靠壁蹲着穿上一层衬衫、敞开胸怀的军官——提琴师。他身上也长着疤痕，从右肩至乳上散布成一条红色的线形。幽暗中，我清楚地瞧见他活像一只小羔羊。军官的头发蓬松得可笑，我第一次瞧见他忧愁的带刀疤的脸上露出了微笑。他稀奇古怪地微笑着。女性般的大眼睛凝视着马尔高皇后，他仿佛是第一次瞥见她的美丽似的。

"这是我的朋友。"马尔高皇后说。我不知道是说我，或者是说他。

"你干吗害怕？"我好像远远地听见她的声音，"到这儿来呀……"

当我走拢去的时候，她炙热的手拥抱着我的颈子说：

"你长大了，将来准是很幸福的……走吧！"

我把书搁在书架上，拿了另一本走出去。

不知什么东西在我心里爆响。自然，我没有一分钟不想到我的皇后会跟一般女人一样讲恋爱，但是没有想军官也会那么想。我瞧见我面前的他的微笑。他快乐的微笑宛如婴孩的极其惊人的微笑。他忧愁的脸庞上罩上一层美妙的青春复活之辉光。他准是爱上她了啊，难道可能不爱她？而且她也很可能豪爽地以自己的爱情来赠予他呀！他既是那么会奏琴，那么会悲歌慷慨地读诗……

但是，不知怎的我需要找寻哪种安慰了。我发现我自己对于马尔高皇后的那种关系，显然是不十分好而不十分可靠的，我感到失落了什么东西，几天来生活在忧愁的深渊中。

一天，我终于疯狂盲目地暴乱起来。后来当我为了书的事情到太太那儿去的时候，她很严厉地说我：

"你这绝望的流民，我听过啦！我可没有想到这个……"

我受不了苦恼，率性开始告诉她我怎么恶心地生活着，当人们说她坏话的时候，我是怎样地听得难受。她站在我的对面，手按着我的肩，留心地、严肃地听着我的话语，但是顿时冷笑着轻轻推开我。

"得啦，我全都知道，懂得吗？我知道！"

她随后捏着我的两手，很亲切地说：

"往后你愈是少留心这些丑恶事，愈是对你有益……你的手没有洗干净……"

嗯，她可不能这样说，假如她也拭擦家具、洗地板、洗小孩的屎尿布的话，那么她的手也许更要龌龊得比我的不如哩，我想。

"一个会生活的人，人家嫉妒他、愤恨他；不会生活的人呢，人家轻视他。"她思索地说，拉拢我到她身边，带笑地盯着我，"你爱我吗？"

"我爱你。"

"很爱？"

"很爱。"

"那你怎么爱呢?"

"不知道。"

"谢谢你,聪明家伙!人家爱我的时候,我也爱……"

她狞笑了,想说什么,可是久久地沉默着,叹息着,不放开她手里的我。

"你常到我这儿来,假如你可能来的话……"

我利用这句话,从她那儿获得不少的东西。中饭后,我主人们睡午觉的时候,假如她在家我就跑下去,蹲在她家里个把钟头。

"应该读俄罗斯的书,应该知道本国的,俄罗斯人的生活。"她教训我,灵活的玫瑰色的指甲尖插在自己香馥的头发里。

后来,她数着俄罗斯文学家的名字,问道:

"你记得吗?"

她常常带着直爽的懊丧心思索地说:

"你须得进学校,须得进学校,可是我简直忽略了这一点,唉!我的上帝……"

在她那儿蹲了一会儿,手头拿着新书跑上去,心中好像给水洗清爽了似的。

我念完了亚克沙戈夫的《家谱》、俄罗斯的光荣诗《在森林中》、伟大的《猎人日记》,还有几部格列宾克和梭罗古渤的著作,此外还有韦涅威经罗夫、奥特也夫斯基、列特且夫诺人的诗。这些书洗涤着我的灵魂,浣净了它穷苦生活的印象之鳞片。我感觉到什么是伟大作品,明了它们是我所必需的。由于这些书,我心上恬静地集成一个牢不可破的信仰:世界上不仅我一个人——我不堕落!

外祖母来,我带着狂喜心眼告诉她关于马尔高皇后的事情。外祖母趣味地嗅着烟草,自信地说:

"嗯,嗯,那是好的,好人倒是很多,只是要去寻找。你去寻找呀!"

于是她有一回便提议:

"我可以到她那儿去替你道谢吗?"

"不好,不需要……"

"好,不需要……上帝,上帝,愿人人都那么好啊!我,亲睦地活几百岁!"

马尔高皇后注意我念书那回事,已经不成功了。将近耶稣复活节,演了一出倒霉戏剧,差点儿害死了我。

复活节前几天,我的眼睑肿得可怕,眼睛简直睁不开。主人们害怕我要成瞎子,而且我自己也在害怕。他们领我到一位相识的助产医生根黎·罗特经维契那儿去。他割去了我眼睑内的腐肉,在苦痛阴郁的情况中,我躺了好多天。复活节前夕,他们取消绷带,我重新站起脚来,好像一个刚从墓穴爬出的被活埋的人似的。世界上也许没有什么比失掉视觉还更可怕的啊。这难以形容的惭愧掠走了一个十之八九的和平。

快乐的复活节那天,生病的我从中午起就摆脱一切职务闲下来了,因此就上勤务兵的厨房去。除了严肃的欧伐也夫,其余一切人都是喝醉酒的。黄昏前叶尔沫亨用柴块揍锡多诺夫的头,锡多诺夫失去知觉倒在过道上,受惊的叶尔沫亨逃到山谷去。锡多诺夫被打的风声顿时就满院子流放着,人们聚集在阶沿边,凝视着头伸长在厨房到走廊的过道门阀上不动的兵士。人们咕噜着应该报告警察局去,但是无论谁也不肯去,无论谁也不决定触动兵士的身子。

洗衣妇纳挞娜·戈兹诺夫司加亚来了,她穿上崭新的天蓝色衣服,包白头巾,生气地推开人们,走进走廊,蹲下来,大声说:

"傻瓜们,他还是活的,拿水来呀……"

有人忠告她:

"别揉他的身体!"

"我说,拿水来!"她消防队似的喊,能干地提高自己长不到膝的新衣,卷起衬裙,把兵士血淋淋的头摆在自己膝头上。

人们疑惧地散开。薄暗的走廊中,我瞧见洗衣妇白皙的脸上噙着泪水的眼睛在愤然地闪光。我舀了一桶水来，她便命令我浇些水在锡多诺夫头上、胸上，后来警告道：

"别倚靠我，我就要去做客的……"

兵士苏醒了，睁开迟钝的眼，呻吟着。

"头抬起来。"纳挞娜为着不弄脏衣服说道，捏了捏他的腋下和伸长的手和全身。我们把兵士扛到厨房的吊床上。她用湿手巾揩干净他的脸，于是就一边走，一边说：

"用凉水渍湿手巾，盖在他头上。好，我去了，找那傻瓜去。鬼东西，等着吧，总要醉到充军那一天的。"

她的脚降落在地板上，一边走，一边把弄脏的衬裙脱去摔在角落里，随后就用心整理着压皱的衣服。

锡多诺夫伸了伸懒腰，抽噎，叹息，大颗的血珠从他头上落在我的赤脚上。这是很不愉快的，然而恐惧的我又不决定在这些血点下移开脚步。

苦痛，院落上照耀着复活节的白日之光。人家阶沿上饰着青春的白桦。每一条堤堰的两旁绕着新鲜的剪齐的枫树枝与野槐树。所有的街道都快乐地苗绿，一切都是那么青春、新鲜。从早晨起我就觉得春节已经到人间许久了似的，而且从这一天起，生活进行得愈是清洁，愈是光明而快乐。

兵士苏醒过来，窒息的热酒味同生葱气息充塞着厨房。对看玻璃窗那边，不知哪一个的醒齯宽大的塌鼻儿面孔贴在一个人身上。这人手托着腮，一对大耳朵造成了这副丑脸。

兵士回忆地喃喃地说道："这，我怎么啦？是跌倒过了？叶尔沫亨呢？好……好同志……"他随后就开始咳嗽，淌着醉汉的泪水，痛心地说："我的小妹妹……小妹妹……"

滑腻、润湿而发臭的脚站起来踱了几步，于是就叩着吊床，他转动着可怕的眸子说道：

"他们全都打我……"

我觉得可笑。

"鬼东西，谁敢呢?"兵士死盯着我问，"你怎么敢? 人家老是打我……"

他双手推开我，又喃喃地说:

"第一期，伊索寓言家。第二期，也沃利马神。第三……别到我这儿来! 滚开，豺狼! ……"

我说:

"别傻气啊!"

他无理地生气，喊叫，跺脚。

"人家打了我，可是你……"

之后，枯瘦醒龊的手便使劲地打我眼睛。我眼睛瞧不见了。他喊叫一会儿，不知怎的跳出来，在天井上遇见纳挞娜。她携着叶尔沫亨的手，呵斥道:"走，猪猡。"

"你干吗?"她抓着我，问。

"他打人……"

"打人?"

纳挞娜惊讶地伸长手抓着叶尔沫亨，说他:

"嗯，魔鬼，感谢你自己的上帝吧!"

我用凉水洗好眼睛，从走廊望到大门里，瞥见兵士们已经谅解了，他们互相拥抱，流泪，随后有两个人拥抱着纳挞娜。她呢，捶着他们的手臂，叫道:

"狗爪子拿开，魔鬼们! 我是你们什么娼妇呀? 躺下去睡觉，趁着家里还一个人都没有，要不然，回头看倒霉的!"

她像弄孩子似的把他们弄睡觉。一个睡在地板上，其余一个睡吊床。之后，当他们打鼾时，她便走开，来到走廊上。

"我做客人穿的衣服，简直全都醒龊了! 他打了你吗? ……哎，好傻的家伙! 都是烧酒害人。小伙计别喝酒啊，永远也别喝……"

后来我同她蹲在门口的长凳上，问她怎么不害怕醉汉。

"我不怕'醉酒心明白'的家伙，比方那儿那些！"她捏紧拳头指给我看，"我的丈夫也是醉酒死的。有一回，他喝醉了，我就把他的手同脚捆起来。一会儿他苏醒了，我卷起他的裤脚管，拿木棒结实地揍，不要喝酒，不要再醉。假如你结婚了的话，妻子就是你的娱乐品，而不是烧酒啊！好，我直吵骂到筋疲力尽才完事，之后他便成为我的……"

"真是你的魔力。"我说，记取关于女人即是自欺的造物主——夏娃——那句老调。

"女人的力量应该比男人大些，应该大两倍，这是上帝赋予她的呀！男人，不平等的人。"

她蹲着，平和而无恶意地说着，手按着胸，背靠在墙上，眼睛盯着尘芥满地的堤堰。我听着聪明的话语，忘记了时光，后来突然瞥见堤堰的末端走着挂在男主人手臂下的女主人。他们庄严而缓慢地走着，好像印度公鸡和母鸡似的。他们留心瞧了瞧我们，互相地说了些什么。

我一趟子跑上去打开扶梯的门。门开了，女主人一边上楼，一边恶辣地说我：

"同洗衣妇轧姘头，是不是？学会了楼底下少奶奶的交际吗？"

这简直愚蠢到那种程度，甚至于使我都不感觉刺激了。挺难为情的算是男主人狞笑着宣告说：

"什么时期呀？"

第二天早晨下敞房拿劈柴，在敞房门边我拾得一个方口的钱皮包——空皮包。我瞧见它在锡多诺夫手里不下十次，因此我马上就还给他。

"钱在哪儿？"他一边问，一边用手钻进皮包内去摸，"三十卢布，给我！"

他的头上包着手巾做的头巾，瘦而黄的他，愤然地眯着浮肿的眼，不相信我拾的是空皮包。

叶尔沫亨走来，对我点了点头，就对他证明：

"这是他偷的，他偷去搁在主人屋里！兵士不会偷兵士的东西的！"

这些话在我听来简直就是他偷的，他故意把皮包扔在敞房里来诬蔑我。我顿时便当着他的面叫：

"你吹牛皮，是你偷的！"

后来终于证明我的推测没有错。他那笨拙的脸给恐惧和愤怒弄变了色。他糊里糊涂地尖叫道：

"拿证据出来！"

我有什么证据呢？叶尔沫亨连喊带拖地把我拖到天井上，锡多诺夫跟在我们后面，也在喊些什么。各种人头从窗口里伸了出来。马尔高皇后的母亲一边恬然地抽香烟，一边瞧着。我知道我已坠入我太太的目光中，因此茫然失措了。

记得兵士们握着我的手，主人们站在他们面前，听着控告，就互相同情地承认是我偷了。女主人自信地说道：

"这当然是他干的事。昨天他不是在门口同洗衣妇轧姘头吗？即是说，要花钱，离了钱，他不会得着她任何东西的……"

"正对呀！"叶尔沫亨叫。

我脚下好像地震，剧烈的愤恨之火烧焦了我。我对女主人咆哮，因此遭受了一顿愤怒的抽打。

但是，挨打倒不十分使我苦恼，而最苦痛的却是当时我以为马尔高皇后也认为我真是偷了东西的那种思想。在她面前我究竟怎么辩得清呢？在这丑恶的辰光中，我真苦痛啊！

我真幸运，兵士们顿时把这个故事传到了整个的院子、整个的街坊上。因此，黄昏时候我躺在阁楼上，就听见纳挞娜在楼下喊：

"不成，我为什么要保守秘密！不成，亲爱的，走吧！我说，走吧！我要到小伙子那儿去，他屈服了你……"

我顿时感觉到这种骚音跟我有关系。她在我们阶沿旁边喊叫，声音越来越洪亮、严肃。

"你昨天给了我多少钱？你从哪儿得来的钱？快说呀！"

我快乐得叹息了，听见锡多诺夫懊丧地长吁短叹。

"唉……呀……叶尔沫亨。"

"有人打了小孩子，坏了他的名誉，是不是？"

我想跑下天井去，快乐地舞蹈起来，同洗衣妇接个吻，感谢她。但是，这时候也许是女主人在窗口里叫吧：

"为了那桩事，他们打了小孩子，他就大骂人家说他是强盗。除掉你，娼妇，没有谁想到这个！"

"少奶奶，你自己才是娼妇呢，你这母牛，让你说去吧。"

我听着这种吵骂，好像在听音乐，心中苦痛地燃烧着感激纳挞娜的与难为情的热泪之火。我努力忍耐着，自己只是叹息。

后来男主人慢吞吞地爬上楼来，蹲在我旁边屋角的斜枋上，一边理头发，一边说：

"兄弟，毕西戈夫，什么东西牵累了你？"

我默然地掉开头，不理他。

"你还要骂些丑话吗？"他接着说。但是我轻轻对他说：

"明天早晨起身的时候，我就要离开你们……"

他蹲着不作声，抽着香烟，后来留心瞧着烟屁股，低声说道：

"关你什么事！你已经不小了，留心你自己的前程吧！……"

于是走开了，他仍旧带着往常那种可怜相。

过了四昼夜之后，我离开这个人家。我很想同马尔高皇后告别，然而没有勇气到她那儿，只有期待她来叫我。

同女孩子告别时，我请求她：

"告诉妈妈我很感谢她！你要告诉吗？"

"我要！"她亲切而天真地微笑着说，"好，明天见！"

二十年之后我遇见她，她已经同一位宪兵军官结婚了。

十一

我重新做了"别尔门"一轮船上的洗碗夫。这只船白得好像天鹅似的，船身很宽大，马力很充足。现在我算是"黑色洗碗夫"或者"厨夫"了，每月赚得七卢布，我的职务是帮助厨司务。

厨头子是个肥圆的大模大样的骄傲家伙，精光的头像是一只小皮球。他手背在背后，沉重的脚成天沿着甲板踱来踱去，好像暑天的山猪寻找树荫的角落。他的妻子成天在膳厅里打打拌拌。这是一位约莫四十岁的太太，很美丽，但皮肤很苍老，黏性的白粉从她的两颊涂起，直涂到亮光光的衣领跟前。

厨房里雇了一位大价钱的叫依凡·依凡诺维契的司务，他的绰号叫"小熊"。这是一个小胖子，鹰样的鼻子，笑眯眯的眼睛，爱修边幅的家伙，穿上洗浆的长围襟，每天换衣服，脸颊上长着蓝黑的翘胡子，只要有一分钟的闲工夫他就不断地用灶火烤红的指头整理胡子，而且老是对看圆的手镜。

船上挺有趣味的人，算是伙夫亚各夫·舒莫夫，宽胸膛的四方形的乡民，面孔平坦得像铁锹，狗熊般的眼睛藏在浓密的眉毛下，脸颊上纤细的成圈的汗毛活像湖上的苔藓，头上密密的头发盘成一顶厚毡帽，他弯曲的手指很难钻进头发里去。

他会打赢钱的牌，而食量也很惊人，饿狗似的经常在厨房旁边挤挤擦擦，要求一块肉或者骨头，每个黄昏同小熊一道喝茶，述说自己惊人的故事。

他幼小时候做过雅查城的畜牧家的牧童，后来一位过路的修道士劝他进了修道院，在那儿修炼过四年。

"我也做过修道士，'黑天星'的，"他流利地开玩笑，"那时候，恰逢一位从平池来的女香客到我们修道院来烧香，那玩意儿说动了我的心。她说：'你多么好，多么健康啊！我，诚实的寡妇，孤独人，你来给我做看门的，我有一所小房子，我自己是做卖鸟毛的小生意的……'"

"妙极了，她要我做看门的。可是我对她呢，简直就像爱人一样，倚靠她的热面包过生活，差不多过活了三个季节……"

"多会吹牛皮呀，"小熊打断他的话头，惦念地瞧着自己鼻梁上的疖疮，"难道要人家给说谎钱？给你一千吗？"

亚各夫正在吃东西，蓝黑的汗毛圈在他荒谬的脸庞上牵动着，毛茸茸的耳朵也在颤动。听见厨司务的非难，他又那么精细而流利地接下去：

"她比我年纪大些，我同她在一道很苦闷，我老是受强迫，因此我同她的侄女发生了关系，后来她知道那回事了便在天井上按着我的颈子打……"

"这是你的报应，挺不应该的。"厨司务也像亚各夫那么爽直而甜蜜地说着。

伙夫塞块糖在嘴里又接下去：

"有些时候，我冒着风雨浪游，认识一批行商，卖皮货的老头儿。后来我同他们一道周游全世界，到过巴尔干山、土耳其、罗马尼亚、希腊和澳大利亚各地，巡游过各民族，这儿买进货来，那儿卖出去……"

"有人偷东西吗?"厨司务严厉地问。

"老头子不偷东西的! 并且他还告诉我: 到外国去的人都是诚实的，因为那儿的人都爱守秩序，都撕去了脑海里的废物。说到做贼，我相信也尝试过，只是结果没有安慰。有一次我打算把商人的马从天井上偷走，可是不行。他们知道了我偷马的事情，把我打了又打，后来还送到警察局去哩。我们一共两个伙计，有一个是懂现代法律的马贼，我自己不过是由于好奇心所驱使罢了，什么也说不上。后来我给这个商人做工，睡在新浴室的炕床上。商人病了，我天天晚上做噩梦惊醒他。他骇着了，后来经理就请求: 开销他，在这儿他老是睡觉就做梦; 不开销他，你不会恢复健康的。他显然是魔术师，真是魔术师呀! 这样，那豁达大度的商人开销我走了……"

"也许不是开销你走，而只是扔你下水去三天，让你的傻气淹一淹。"厨司务站起来说。

亚各夫顿时抓着他的话头:

"的确，我有不少的傻气，老实说整个村庄里面要算我……"

厨司务的手放松着束紧的围襟，愤然地提了提他摇摆的头，懊丧地怜恤道:

"好无聊! 那样的囚犯生存在世界上，只晓得吃、喝、游逛，但是生活的目的是什么呢? 你说，你为什么生活的?"

吃嚼着的伙夫回答道:

"这我可不知道，我为生活而生活。第一是睡觉，其次是走路，再次是要像官人般坐着。至于吃饭呢，这是人人所必需的呀。"

厨司务更加生气了。

"像你那样的猪猡，还有什么可说呢! 简直是一头瘟猪猡! ……"

"你骂什么?"亚各夫惊叫，"乡民通通都是一座木桥。你别骂，我已经不能从这儿获得任何满足了……"

182

　　这人立刻把我拖到他跟前。我带着难耐的惊骇瞧着他，听着他的嘴打哈欠，我认为他内心存在着某种个人的坚强的生活认识。他对众人说话，总是说"你"；毛茸茸的眉头下的眼光，直撇而自负地凝视着一切；对于船长、厨头子与头等舱的重要乘客们等等，总是用看待自己，看待水手、膳夫跟统舱乘客一般的眼光看待。

　　他常常站在船长或者机器师面前，修长的猴儿手背在背后，默然地探听着人家为了争位置骂他，或者为了他打牌随便赢人的钱。自然，骂他没有用，威胁他抵第一个码头就下船去也没有用。

　　他身上有点儿与众不同的什么，正如同"好事情"里边的人物似的。他显然自信他的特性，这种特性是不能为人们所了解的。

　　我从来没有见过这样难为情的爱思想的人，不记得他干吗要久久地沉默着。从他毛茸茸的嘴角里好像经常飞迸着滔滔不绝的谈话欲望。有人骂他或者他听见什么有趣味的故事时，嘴唇就微微颤抖着，好像不是在背诵听得来的，就是在轻轻地接着自言自语。每天，值完班他就从机器舱里爬出来，赤着脚，汗淋淋的身上涂着一层煤油。他穿上长齐腰的短衬衫，卷毛稠密的胸膛露在外面，他那流畅的单音节嘎声立刻迸流到整个甲板室，话语散播着，好像雨点子。

　　"受福吗，阿妈！往哪儿去？是不是到杞司托波尔？我知道你是去给那儿的鞑靼富翁做农奴。人家说乌岗·古班以杜林的鞑子，一个老头儿总共有三个妻子，好阔气，好幸福啊！有一个已经嫁给鞑靼老头儿的风流少妇，我曾经同她犯了罪……"

　　他到处都去过，在他自己的旅途上，同一切女人都犯过罪。他老是那么平和而无恶意地述说着这一切故事，好像在他自己的生活中，从来没有尝试过辱骂。一分钟之后，他的言辞又在船尾那边响着。

　　"诚实的百姓来打牌啊！"

　　我发现他很少说"好""不好""丑恶"这些字眼，差不多经常说"愉快""惬意""有趣味"。美丽的女人对他是愉快的小玩意儿、风和日暖的天气、惬意的天气。但是，他最爱说：

"呸!"

众人都认为他懒惰，但是我觉得他在那闷热窒息的地狱般的锅炉面前做着自己艰苦的工作，也跟大家一般忠实。我不记得他什么时候，像其他伙夫一样诉过疲倦的苦。

一天，不知谁偷了一位年老女乘客的皮钱包。这是一个明朗而静谧的黄昏，一切人都和平地生活着。船长给了老年女乘客五卢布，乘客们也各人自动捐助了一些。当人们交钱给老太婆的时候，她一边画十字，一边对人们鞠躬，说道：

"亲人们，这比我的多出一卢布和十戈比!"

不知谁快乐地叫道：

"全拿去吧，大娘! 乱吼什么，个把卢布永远也不算多的。"

不知谁打趣道：

"银钱不比人，老是有多余的……"

但是，亚各夫踱到老太婆跟前，郑重地说：

"多余的给我拿去打牌吧!"

人们哄然大笑起来，以为伙夫在开玩笑，可是他顽强地劝诱着忐忑的老太婆：

"给来，大娘! 你的钱有啥用头，你明天不是就到地方了吗……"

人们驱逐他，大骂他。他摇着头对我惊叫道：

"怪物百姓! 意外之财有什么了不得的? 况且是她自己申明钱有多余的呀! 有多卢布，我倒是惬意……"

银钱的外貌也许使得他愉快。他爱摩擦裤子上的银扣子或者铜扣子，还有把铜板摩擦得放光，然后捏在弯指头的手窝里，送到塌鼻梁的脸前面，挤眉弄眼地瞧着它。

一天，他提议我同他们赌"司笃果洛克"，我不会。

"你不会?"他惊叫，"你怎么啦? 亏你还是认识字的! 应该教会你。

来赌'夫拉洛梭克'吧，赢糖的。"

他赢了我半风特的锯锯糖，便一块块地通通塞进嘴里，后来发现我已经会赌了，就提议：

"现在来赌'夫穴约尼'，赢钱的！有钱没有？"

"有五卢布。"

"我有两个………"

无疑，他是很会赢光我的钱的。我希望"翻梢"，把棉背心拿来抵五卢布的赌金，也输了；拿双新皮鞋出来抵三十戈比，也输了。于是亚各夫不满意我，差点儿生起气来，说道：

"不成，你不会赌，只晓得烦恼、暴躁，现在脱背心来，拿皮鞋来呀！我可不需要这个，背心退还你，拿四卢布来，还要一卢布的'出师钱'……好不好？"

我很感谢他。

"呸，"他回答我的感谢，"赌博即是一种游戏、娱乐。老实说，你好像打架似的，就是打架也不应当大发脾气，要有计划地打呀！你干吗在那儿发脾气？你，年轻人，应该有坚强的忍耐性。一次不成功，五次不成功，七次总要成功呀！走开，等你头脑冷静一下再来，要知道这是游戏呀！"

他又很使我欢喜，又不使我欢喜，有时他的故事好似外祖母的。他有着许多不知什么思想蛊诱着我，而且激烈地冲散着他整个生活中所表现的对于人类极其深沉的超然态度。

某一天，日薄崦嵫的时候，二等舱里一位喝醉酒的乘客——肥硕的别尔门商人跌落在船舷之外，顺着金色的水道蹀躞浮沉着。人们顿时抛锚让船停住，船的机轮下烟波冒射着，夕阳残照将它染成一片红色。在这如血的奔流中，船尾之外的远处，一个黑黝黝的投水人沿着水流叫出一种惊人的粗音。乘客们也在船舷边上吼叫、拥挤、冲撞。溺死者的同伴也是一位皮肤很黄的秃头的醉汉，他用拳头冲开人群，击破船舷，恸哭道：

"走开，我立刻去捞他……"

两个水手跳下水去，抓着尺杆泅到落水者的地方。有的人从船尾上将小艇放下水。在房间里的喊叫声与女人们的喧哗声中，亚各夫流利而沙哑的声音迸流出来：

"他沉水了，完全沉水了，因为他穿的棉背心，裹着长被窝，他应当溺死的！比方说，男人为什么比婆娘沉水要快些呢？因为裙子的道理。婆娘们一落下水，马上就会浮起来，你瞧，秤锤落下水去，不是一下就沉底了吗，我不是胡说……"

商人真是淹死了，找他两个钟头，没有找着。他的同伴酒醒了，蹲在船尾上叹气，申冤似的咕噜道：

"嗯，找到了吗？现在怎么样，俺？告诉他什么亲属呢？他的亲属……"

亚各夫站在他们面前，手藏在背后，开始安慰道：

"不要紧，商人！谁也不知道命里注定他在哪儿死。外国有一个人吃菌子，正吃得起劲，但是一下子就死了！同桌吃菌子的人们都没有吃出毛病，只有他一个死去了！你说这是什么菌子呀？"

宽大而健壮的他，磨刀石样地屹立在商人面前，散播他的话语，好像撒播粗糠似的。起初商人默然地哭着，阔大的手掌拭着胡髭上的泪水，但是后来一边听，一边吼道：

"狐狸精！你怎么能挽回我的心？信仰正教的害了他，唉，那些犯罪的家伙！"

亚各夫恬然地走开，说：

"怪物，百姓！你对他仁慈，他同你瞎闹……"

有时我觉得伙夫是蠢东西，但是我老是认为他故意装傻。我顽固地希望探听他怎么游全世界，看见些什么，然而这可没有得到好的结果。他昂着头，几乎狗熊样的黑眼都没有睁开，手摸着他生长苔藓毛的面庞，回忆地拖长调儿说：

"小百姓四海皆兄弟，蚂蚁似的！说到那儿的百姓也跟这儿的一样繁杂，我可以那么说：乡民自然是占最多数！乡民好似秋天的落叶似的，广播在大地上。巴尔干半岛吗？巴尔干半岛我也去过，希腊我也去过，塞尔维亚和罗马尼亚也去过，那儿通通都是下贱民族，各种各样的！究竟是怎么样的民族？他们像什么样子呢？城里头的都市人，乡下的乡下人，通通同我国一样有许多相同的地方。他们也有会说俄国话的，只是说得不好，就好像鞑靼人跟莫尔多人似的。希腊人跟我国的习惯不同，他们说起话来像在放爆竹，说些似是而非的话，究竟说的什么，可不能明白。同他们交谈全靠做手势。但是我的老头儿，他佯装懂得希腊话的样子，他嚷叫'加拿马'就是'加里墨'。好狡猾的老头儿啊，他完全把那些话学着了……你再要问……怎么样？怪物，那几国人会生活？嗯，自然他们都是黑色的，罗马尼亚人也是黑色的，只有一个信仰。巴尔干半岛人也是黑色的，信仰我国的宗教。至于希腊呢，跟土耳其差不多哩。"

我觉得他所知道的没有说详尽，还有不愿说的什么。

根据画报，我知道雅典是历史上最古而最华丽的城市，但是亚各夫怀疑地摇着头，否认雅典：

"这是人家骗你的，兄弟，没有雅典，只有雅封，这不是城，而是一座山，山上只有一个修道院，此外再也没有什么了。人家叫：'圣灵的雅封山'什么画报载得有呢。老头儿还在那儿做过买卖哩。有一座城叫别尔戈罗特，建筑在多瑙河岸，好像亚罗斯挪威尔，跟尼日尼城似的。那儿的城市并不见得堂皇富丽，说到村镇那又是另一回事啊！嗯，也有些婆娘们真正享福到死。为着一个女人，我几乎不能在那儿蹲，她叫什么名字呢？可惜记不起了。"

他的手使劲擦着狂妄的面庞和粗硬的头发，擦出一种细细的沙声。他的喉管深处发出什么声音，好像破响鼓的。

"薄情人！"她告别时哭了，我也哭了，真是……

他带着和平而无耻的心眼教我应当同女人交际。

我们蹲在船尾上，暖人的月夜荡漾在我们面前，银样的流水之外隐约可见草原的河岸，山冈上淡黄的灯火正在挤眉弄眼，无数的星星魅惑着大地。周遭一切都在荡动，失眠似的震悸，安静而且顽固的生活活跃起来。可爱的沉郁的静谧中坠下了沙声的话语：

"有一回，她撒开手，做成一个十字架……"

亚各夫的故事虽然无耻，然而却不反动，不矜骄，不残酷，而只是一种超然的微含愁苦的呼声罢了。天上的月儿也不害羞地裸着身子，也那么感动人，增人愁苦。这时候我不得不回忆起那绝世无双的极尽美丽的马尔高皇后，与她永世不忘的真理的诗句：

只有诗歌需要美人，

美人啊，却不需要诗歌……

这种幻想的心境好像温柔的摇篮似的摇撼着我，我重新问询伙夫自己的生活与他的经过。

"你，怪物，"他说，"还要我告诉你什么？我什么都见过了，你问：见过修道院没有吗？也见过。酒吧间吗？也见过。达官贵人的与乡巴佬儿的生活也见过，饱食暖衣的生活同啼饥号寒的生活也……"

他好像浩荡河流越过动荡的破桥那么慢吞吞地回忆地说着：

"嗯，打个比喻说吧，为了做马贼我蹲在拘留所，我以为快要充军到西伯利亚去啦！后来拘留所的卫兵骂我烧火炉烧坏了他崭新的房子。我就说：'大老爷，这事情我能修理好的。'他说我：'别作声！这儿挺高明的匠师也一点儿办法都没有……'我又对他说：'在挺聪明的畜牧将军家里也发生过这种事情的呀。'于是在未到西伯利亚之前，我唯一的是想拼命做出一切事情来！他说：'来吧，要是你愈是弄坏了，我可要你棺材里的鬼骨头烂成肉酱！'花了两昼夜工夫我给他把事情做得好好的。于是卫兵惊叫道：'嗨，你，傻瓜，木偶人！你真是手艺人呀，那你为什么要偷马？'我对他说：'大老爷，这的确是我的愚蠢。'他说：'不错，是愚蠢，我可怜你啊！'之后，真就可怜我了。一个专干残酷事业的做警卫兵的人，公然会可怜别人……你见过没有？"

"那么后来怎么样？"我问。

"没有怎么样。他可怜我。还有什么呢？"

"他怎么样可怜你，你这石头！"

亚各夫好心地冷笑道：

"怪物，你说我是石头？石头你也会爱惜的，它可以给你做桥，做街道。万物都应当爱惜，丝毫不能白糟蹋！沙土有什么用呢？可是到底它也会生长植物……"

当他那么说的时候，我特别明了他知道对于我很神秘的什么。

"你对于厨司务有什么感想？"我问。

"是说小熊吗？"他态度很超然的说了，"对他有什么可以感想的呢？完全没有可以使人发生感想的地方。"

真的，依凡·依凡诺维契也是那么严正而心事坦白的人，他的思想不能引起亚各夫的注意。他的趣味仅有一种：不欢喜伙夫，经常骂他，而又经常请喝茶。

一天，他说他：

"如果站在农奴制度的立场，我也许是你的老爷。每礼拜我可以揍你这寄生虫七次呀！"

亚各夫郑重表示：

"七次太多！"

厨司务骂他，而又无缘无故喂他些零碎东西，粗暴地一块一块塞给他，说道：

"吃呀！"

亚各夫一边慢慢吃，一边说：

“我因为你积蓄不少的力气，依凡·依凡诺维契。”

“懒东西，你的力气用在哪儿去了？”

“用在哪儿去了？我将要多活些时候哩……”

“你为什么要活？豺狼！”

“豺狼吗，为了生活而生活。难道你说生活还不够快乐？依凡·依凡诺维契，生活够惬意啦！”

“这好吃鬼！”

“这是干吗呀？”

“好吃鬼！”

“老是那句话。”亚各夫惊叹。接着小熊就同我说：

“你想：我们在那地狱般的热锅灶旁边，费尽心血，骨头都烤干了，但他只晓得吃，猎猡似的。”

“全是自己的命运！”亚各夫说了，又大嚼其食物。

我知道在蒸汽锅炉旁边工作，比在灶头跟前要苦些。晚间我同亚各夫一道去试试烧火，我很奇怪他为什么不想对厨司务表白自己工作的艰苦。不，这个人知道特殊的什么……

船长、机器师等通通都骂他。实际上他从来没有懒惰过。我很奇怪，为什么不算他的工钱？伙夫们对他的关系，比对其余的人都要好些，虽然是为了打牌与开玩笑。有一回，我问他们：

“亚各夫是不是好人？”

“亚各夫？没有什么？他，无耻的家伙！”

由于锅炉边的艰苦工作，与他马一样的食欲，亚各夫换班之后是很少睡觉的，往往不换衣服的汗淋淋的龌龊身子整晚出现在船尾上，同乘客们谈天或者是打牌。

他立在我面前，好像一个上锁的箱子。我感觉箱子里有什么是我所需要的，因此我固执地寻找钥匙想打开它。

"兄弟，你究竟要探听什么，我真不懂？"他质问，瞧不见的眉头下的眼睛盯着我，"嗯，嗯，真是，世界上许多国家我都游历过啦，可是还有什么呢？怪物！挺想听我说我自己亲眼见得的故事吧。"

他于是说了："有一个县城的青年审判官，得了肺病。他那健康而老练的德国籍的妻子，后来爱上一位标致的商人，商人是结过婚的，有位漂亮的妻子和三个小孩。因此商人发现德国女人爱上他的时候，就设计开她玩笑，约她晚间逛花园，同时招呼自己的两位朋友来，把他们藏在花园的丛林里。

妙极了！德国女人来了，而且他们也到了——于是他们俩蹲在一块儿！后来他对她说：'太太，我不能答应你，我是有妻之夫，所以我给你预备了两位朋友。他们，一个是死了妻子的，其余一个是未结婚的。德国女人，嗨！这儿便使劲打他一耳光，他从长椅上一跤跌下去，但她又拿靴子揍他的嘴，脚踏他的头！这是我送她去的，我做审判官的看门人。我从篱垣缝隙里瞧出去，只见她口沫溅着。那两个朋友一下子跳出来，抓着她的发髻。我顿时从篱垣外挥着手，对他们解说：'这个，不可以的，商人先生！'太太全副心肠爱他，可是他猥亵地胡思乱想。他们终于把她放走了，同时用砖头打破了我的脑袋……她苦痛着，走到自己天井上，不自觉地同我说：'我要离开这儿，到自己家去，到德国去！亚各夫，只要我丈夫一死，我就去了！'我说：'自然应当去啊！'后来审判官刚死，她马上就走了。她多么可爱且聪明呀！审判官也可爱，也是一位和蔼的绅士……"

我迷乱着，不懂得这个故事的意义，不作声。我感觉这故事中存在着熟识的残酷而荒谬的什么，但是，怎么说呢？

"故事好吗？"亚各夫问。

我说了什么，便破口大骂着，但亚各夫恬然地解说道：

"吃得他饭的人们，总是满意一切的。嗯，有时也想开开玩笑，但又找不出笑料来，而且他们好像不会找。商人都很严肃。自然啰，经商便耍小聪明。靠小聪明过生活，就不得不感觉苦闷，所以又得要开玩笑哩。"

船尾外，一切都浴在烟波中。江水急流着，流水的澎湃声远远可以听见，黑黝黝的河岸伴随着它。甲板上乘客们正在打鼾。长凳之间，瞌睡的人体之间，一位瘦长的黑衣妇人，露着斑白头发的脑袋，轻轻踱近我们跟前。伙夫推着我的肩头，悄声说：

"瞧，她苦痛……"

于是，我觉得别人的苦痛正是他的快乐。

他说过不少的故事，我贪婪地听着他，牢记着他的一切故事，但不记得有一个不是快乐的。他所说的较书本中的更加冷静。书本中，我时常听见作者的感觉——他的愤慨、快乐、悲哀和嘲笑。伙夫不嘲笑，不加裁制，没有什么使得他惭愧，也没有什么使得他挺快乐。他说起话来好像法庭上大公无私的见证人，又好像与原告、被告、审判官完全无关系的人……这种超然态度惹起我更猛烈的苦痛，唤醒我对亚各夫愤恨的敌意感觉。

生活在他前面燃烧着，正像蒸汽锅炉下的火。他站在锅炉面前，狗熊样的弯曲手握着木槌，轻轻敲着抽水机龙头，增加或者减少燃料。

"有人侮辱你没有？"

"谁侮辱我？我这么有力气，难道不可以揍一下！……"

"我不是说的打架，而是说有人侮辱你的灵魂没有？"

"灵魂不能够侮辱，灵魂不接受侮辱的。"他说，"人的灵魂无论怎样不会触动，而且没有东西……"

三等舱的乘客们、水手等一切人，关于灵魂时刻都那么滔滔不绝地谈论着，就跟谈论土地、工作、面包同女人似的。灵魂——平常人的口中十有九句话都是很流行的，正如同"巴达克"似的（巴达克是俄币，面值五戈比——译者）。我不欢喜这般人的油腔滑调，当着乡民们恶意而亲密地责难着、污秽着灵魂。这可给了我心上一个打击。

我牢记着外祖母谨慎地论到灵魂即是爱情、美丽、快乐的话语。我相信善人死后，洁白的安琪儿会把他引到蔚蓝的天上，对于我仁慈的造物主外祖母，也会亲切地迎接她的：

"我亲爱的，我纯洁的，什么使你苦恼、厌倦？"

于是以上等天使的羽翼，给灵魂一个白的羽翼。

亚各夫·舒莫夫论到灵魂也那么谨慎、简单、不开心，好像外祖母论到它似的。他咒骂着，不要触到灵魂，然而旁的人批评它的时候，他又不作声，偏着红色的母牛颈。当我问他什么是灵魂时，他答道：

"精神，上帝的咽喉……"

我觉得，这远不够，又问了些什么。于是伙夫低着头，说道：

"兄弟，关于灵魂就是神父也不懂得的，这是神秘的事情啊。"

他使我陷入不断思索灵魂的深渊中和固执的努力求了解他的境况中。但是这种努力终于没有成功。除了他，我任何东西也瞧不见，他宽大的影儿完全掩蔽了我。

厨头娘猜疑而亲切地对待我。早晨我得帮助她盥洗，虽然这是二等舱的清洁而快乐的姑娘路茜的责任。当我站在狭隘的房舱中靠近厨头娘旁边时，她腰身全是精光的，我瞧见她瘦黄的肉体好像发酵的面粉团。马尔高皇后润泽的淡黑的身体又记上心来。厨头娘无论提到什么，总是那么喃喃而唠叨地且愤恨而嘲笑地。

她谈吐的思想不及我，虽然我也许是远远地打量她有着可怜的下流的无耻思想，然而我又反对这样去打量。我离开厨头娘，同一切在船上做事情的人远远地生活着，生活在那毛茸茸的大石头背后，它遮蔽着我身边这个境界的一切和往何处浮游的夜与昼。

"我们加伏里罗夫娜简直爱上你啦？"我听见路茜取笑的话，仿佛在做梦，"张开口吞下幸福吧……"

不仅她取笑我，即是一切厨役也知道女主人的弱点的，但厨司务皱着眉头说：

"这婆娘要一口吞进一切，像吞馒头似的，婊子！瞧呀，毕西戈夫，她已经有了两个，又要三个……"

于是，亚各夫老前辈似的暗示我：

"自然啰，假如你再大两岁的话，嗯，那我就没有别的话可说，但是现在你的年龄——挺好！即是说你还不配！那么……"

"得啦，"我说，"这是损害……"

"自然啰……"

但是他顿时用指头抓了抓披在头上的头发，又播出自己圆滑的话语：

"嗯，也应当了解她的情形，困穷而凄凉的情形……就说一只狗，人家抚摸它，它也得喜爱呀，何况是人呢！婆娘们需要亲爱的生活，正如同蕈菌之需要润湿地方。她，挺无耻，但是怎么办呢？肉体要求宠爱，再也没有别的……"

我紧张地瞧着那糊涂的眸子，问：

"你可怜她？"

"我？她不是我的母亲，母亲不要可怜，你……怪物！"

他像敲破响鼓似的低声笑了。

有时，我瞧着他，自己好像坠入哑然无声的空虚中与无底的幽暗深渊中。

"人人都要结婚，你干吗不结婚呢？"

"为什么？我老是那么时常想婆娘，谢谢上帝，真是……结婚应当有固定的地方生活，要做乡民，可是我，所有的稀少的土地又很贫瘠，而且还给伯父侵占了。我弟弟从军队里回去，同伯父争执，打官司，弄到挨打、流血，结果为着这事情他还坐了一年半的监牢哩。从牢狱里出来，仅有一条路，再坐牢。他妻子也是很惬意的少妇……又怎么说呢！结了婚，即是说要蹲在自己的狗窝里。至于当兵呢，没有自己一定的生活地方。"

"你祷告上帝吗?"

"怪物! 我当然要做祷告呀。"

"你念什么祷告词?"

"我可不知道祷告词,兄弟,我只是:主耶稣啊,求你赦免生者的罪恶,安息死者的灵魂。救主啊,保佑一切生老疾病……嗯,无论什么我都可以说……"

"到底是什么?"

"没有什么,别问,去经历吧!"

他很亲密而喜忧地对我,欢喜我好像欢喜使他快活的骨牌。一天晚上我同他蹲在一块儿,他身上有挥发油味、焦香和葱臭。他爱大葱,嚼葱头像是嚼苹果。后来他突然请求道:

"喂,奥列沙,唱首山歌来听呀!"

我记忆中有不少的诗,除了这,我还有一大本记录名句的簿子。念《鲁斯兰》给他听,他如聋如哑地听着,动也不动。他忍住喘息声,低声问道:

"好惬意,好甜蜜的故事! 是你自己想出的? 还是普希金的? 那位老爷米恒·普希金,我见过的……"

"不是那个,那个早就给人打死了!"

"为什么?"

我把马尔高皇后告诉我的那个简单故事告诉了他。亚各夫听了平和地说:

"人民都是为了婆娘们遭殃……"

我时常给他讲各种书里念过的故事。这一切在我心中结成一个复杂而不安宁的幸福生活的长故事,它充满着热情的火焰,充满着疯狂者的事业——紫色的尊贵,神话的成功,决斗,死亡,尊贵的话语,低贱的行为。洛卡姆布尔使我接受了雅慕尔、安尼巴尔和戈龙诸武士的特点,刘杜威克第十一具有格兰特父子的特点,骑士奥特列达也夫同亨利第四混成一色。这个故事中我本着灵感改变人们的性格，转移事实来成为我的境界。在那儿我像祖先的上帝似的可以自由。上帝也会玩弄一切，随心所欲。这种书的混沌，不妨碍我认识那样的故事的真面目，不冷淡我理解活人的欲望。它又透明的又不透明的云层，摒弃许多带传染性的尘芥与有害的生活毒素而蒙蔽着我。

书籍使我不受许多东西的损害：我知道怎么喜悦与苦恼，怎样不能够踏进娼寮之门。金钱的魅惑引起我对它的仇恨，怜恤懦弱的人们。洛卡姆布尔教我坚忍，不屈服于恶势力。仲马英雄暗示着他自己某种紧要而伟大的事业的志愿。快乐王子亨利第四是我敬爱的英雄，我觉得别郎士的光荣的诗歌即是他的写照：

他减去了乡民许多租税，

而自己又爱好酒贪杯；

假如一切百姓都很幸福，

试问皇帝用什么来喝来醉？

长篇小说中描画亨利第四这人是仁慈而亲近民众的。光明如太阳的他暗示我确信法兰西是全世界美丽之国、武士之国，王子穿的斗篷与农民的衣服同是一样，贵族安士·皮都也和特·阿尔达言武士一样。亨利挨打时，我放声大哭了，而且切齿痛恨拉瓦尔亚克。这个王子差不多每每成为我给伙夫讲的故事中的重要角色。后来，我觉得亚各夫也爱慕法兰西与亨利了。

"亨利王子是好人啊，要是我遇得见他多惬意呀！"他说。

他不赞叹，不用问题来打断我的故事，只是听着不作声，脸儿死板板的，眉头低着，正像一块铺上霉菌的老石头。但是，假如我或者为了什么停顿讲说，他便立刻质问：

"完了没有？"

"还没有。"

"那你别停住呀！"

关于法兰西，他叹息着，说了：

"清凉的生活啊！"

"这是什么意思？"

"瞧呀，我们同你都生活在火热中、劳动中，可是他们生活在清凉的空气里面，并且任何工作都没有，只是吃喝玩，惬意的生活啊！"

"他们也要工作的。"

"照你的故事可没有提到这个！"伙夫很有道理地说。我突然觉悟到我念过的大部分的书籍，差不多简直没有提到那些尊贵的英雄们怎样工作和过着什么样的劳动生活。

"哎呀，我睡眠不足。"亚各夫说，脊背朝他坐的地方一倒，一会儿发出很有节奏的鼻息。

秋天，当卡姆河岸草木黄落，夕阳的光线变成苍白色的时候，亚各夫偶然离开了船上。还是这事的前一晚，他同我说过：

"后天清晨到别尔门码头我就喊醒你，我们下船去，洗洗澡，蒸馏下亲爱的灵魂，随后逛逛有音乐的酒吧间，惬意啊！"

但是，到了萨拉朴尔，一位干瘪的妇人脸的没有胡髭的肥胖男人蹲上船来。他穿着长的冬大衣，戴着没有遮阳的狐皮帽，这样便增加了他酷似女人的模样。他马上占据着厨房边的小桌，那儿是挺热的，讨了一个茶碗，开始呷红茶，身上淌着大汗，也不解开大衣的纽扣，也不脱帽子。

秋云密布的天空，时时撒着细雨，正像这人用方格布手巾从脸上拭落的汗粒。雨下小了，但一会儿这人又开始淌汗，于是雨又更大起来。

一会儿亚各夫便出现在他旁边，他们开始瞧乘客拿在手里的月份牌。伙夫和平地说着：

"什么！不要紧。我，呔……"

"好吧!"乘客尖声地说,把月份牌往脚下打开的皮包里一塞,又开始一边轻轻地谈天,一边喝茶。

亚各夫上班之前,我问他那人是谁?他狞笑着说:

"看起来好像一只鸽子,而实际上是一个被削掉睪丸的人。从西伯利亚来的远客,充过军的快乐家伙!……"

他从我跟前跑开,一双黑色的结实的脚后跟马蹄似的只见沿着甲板跺着,一会儿又停息下来搔抓着腰。

"我雇他来做工人的,船拢别尔门我就要下去,再见吧,唉哈……嗬……上岸就乘火车,下车再乘船,然后再骑马,总共大约要走五礼拜哩。那些地方有人抢劫……"

"你怎么认识他的?"我问,很奇怪,亚各夫突如其来的决定。

"怎样?要不是逢见尼古拉,我可不能在他那地方生活啦……"

早晨,亚各夫穿上油污的短皮袄,精光的腿干上缠着绑腿布,头上戴着没有边缘的小熊的破帽,铁棒似的指头握着我的手,说道:

"要同我走,唵!他们抓住了你,小鸽子,你要说这是我喊你走的吗?他们过分地剥削了你的力气,然后又给一点儿钱。这就是他们'厚道'地砍了一个人的手脚。为了这他们又酬报……"

最后,我在胳肢窝里挟了一个白的包卷,站在船舷边,死人般的眼老凝视着背包掮伞的臃肿得像溺毙者的亚各夫。我偷偷地骂了他,伙夫又来同我拉拉手。

"丢他妈,呸!他只晓得祈祷自己的上帝,我们有什么呢?好,再见,愿你幸福!"

于是,亚各夫离开船上了,蹒跚着脚步,好像狗熊似的,遗留在我心里的只是一种浓重的复杂感觉。怜恤他而又恼恨他,记得当时我曾稍微有点儿羡慕而又惊心地思索过:为什么这人要糊里糊涂地走开?亚各夫·舒莫夫究竟是什么样的人呢?

十二

　　秋末，轮船的航期终了时，我便到神像制造厂里做学徒去。但是，几天之后，我的女主人——柔和糊涂的老太婆，对我说：

　　"现在白天的天气很短，夜很长，你早晨上铺子去，像小伙计似的站在门口，晚上才学习！"

　　于是，给了一个"跑腿"的小店员与小白脸的青年小伙子的头衔。每天早晨，在寒冷的黎明幽暗中，我同他们穿过全城，沿着瞌睡的商业繁盛的依林街走到下市。铺子开设在那儿劝业场的二层楼上。入时的砖瓦建筑的阴暗铺房，正对铁板盖成的凉台开了一道铁门和一扇窗户。屋子里密密层层地堆放着各种尺度的神像、光滑的镌上葡萄树的神像龛子和石印的斯拉夫文字的福音书。这些书全是黄皮的书面。我们铺店隔壁，另外还有一家也是做神像和书生意的。那位黑胡须的商人是伏尔加河流域格尔仁省最著名的旧教学者的后裔，他生着一副老头儿般的小脸和一对不安宁的小鼠眼睛。

　　打开铺门，我得下酒吧间去泡开水沏茶，收拾铺房，扫除货色上的尘土，随后便竖立在廊台上，锐利的眼睛注视着，不让买主进隔壁铺子去。

"买主，傻东西。"大司务自信地同我说，"他只图买便宜，不懂得货色的好坏！"

他马上用木片敲着神像，恃着一点儿小聪明，教我：

"制造厂的出品，最低价钱的货色，是三寸到四寸高的。譬如你面前的……六寸到七寸的，譬如你面前的……知道神的名字吗？记着，沃宜伐经是医酒病的，瓦尔瓦拉殉教徒是医牙齿痛和暴病的，华西里·布拉仁伦是医疟疾和热病的……你知道圣玛利亚？当心，司各巴士卡亚、特洛也鲁启查和阿巴娜茨卡亚·兹纳墨叶，都是保佑人家少哭泣消除愁苦的圣母，至于卡山司加亚、波克洛瓦和谢米司特列里娜亚……"

依照神像的大小和人工，我很快就记得它的价值，记得圣玛利亚形像的区别，但要记得神的称谓可不容易。

往往，我站在铺门边，刚开始想什么，大司务就突地考问我称谓：

"重病类的保佑者是谁呀？"

假如我回答错了，他就疑惑地问：

"你的脑子是干吗的？"

挺困难的是招呼买主。我不欢喜那些画得奇形怪状而又不容易出售的神像。依据外祖母的故事，我想象圣玛利亚总是年轻、美丽而仁慈的，她一定同画报上的一样。但是，她的塑像那么苍老严厉，修长的弯鼻子，木头的手肘。

集市日，礼拜三跟礼拜五，生意比较好一些。廊台上，男人、老太婆，有时整个的家庭，全都是从查沃尔士来的旧教徒。疑豫的严肃的乡巴佬儿熙来攘往着，捎着谷类跟家庭制造的粗罗纱的贫苦人们沿着廊台慢慢蹀躞，看起来，好像害怕跌倒似的。我呆呆地停在他们面前，感觉怪难为情。我带着巨大的力气在他们的过道上踮起脚来，一边在他们穿上一普特重的靴子的脚下兜圈子，一边蚊虫似的哼叫：

"先生们，便宜货要吗？仿印的赞美诗有注解的。叶夫列姆、西林拉、基里拉、乌斯达夫跟卡索托夫的书通通都有，欢迎参观！一切神像应有尽有，上等的人工，永不褪色的油漆，价钱分几种，随你的尊意！一切的神道跟圣玛利亚的塑像上，我们都注明了其功效！你们如果再要注上家族的姓名也可以的。俄罗斯上等制造厂！本城头一家生意啊！"

糊里糊涂的什么也不懂得的买主久久地不作声，瞧着我，好像瞧狗似的，后来突然用木头样的手把我推到一边，走到隔壁铺子去了。这儿，我的司务搔抓着大耳朵，生气地嚷叫：

"放过去啦，买客……"

隔壁铺子里响出柔和而甜蜜的声音，洋溢着醉人的话语：

"我们都是亲戚，不换谷类跟靴子，只求换得上帝的洪恩，这比金银远要宝贵呀，区区金钱有什么价值呢……"

"鬼东西！"司务又羡慕，又嫉妒，喃喃地说，眼睛紧盯着隔壁铺子的乡下人，"你学，你学人家呀！"

我很诚心学习，凡事都应当做好，假如要做事情的话。但是在诱惑顾主与交易之中，我却遭到失败。这般严肃的口齿迟钝的乡农男女，好像经常被什么恐吓着的小鼠，畏首畏尾的，引起我对他们的同情，很愿意悄悄地告诉他们神像的真实价钱，不多讨二十戈比。我觉得他们全都是饥饿的穷人，一瞧见这般人买得起三卢布半的一本赞美诗——常常买来送给别人——我就觉得奇怪。

他们很稀奇我的见识和神像上的笔画。有一次，一位给我兜进铺子来的斑白头发的老头儿，简单地说我：

"小孩子，这是不对的！你们的神像制造厂不是俄罗斯最著名的，最著名的是莫斯科的洛果仁拉！"

我很受感动，连忙躲开身子。他呢，也不进邻家铺子，只是轻轻地远远走开。

"吃饱啦？"司务恶辣地问我。

"你不告诉我关于洛果仁拉神像制造厂……"

他诅咒道：

"就只有这般跑江湖的伪君子，什么都知道，什么都懂得，老狗……"

漂亮、丰肥而自私自利的他，总是厌恨乡下人，但在仁慈的霎时间却又对我诉苦：

"我，聪明的人。我爱香料，譬如檀香哪、巴黎香水哪，为着乡下人可以多给主人五戈比的买香料的钱，我就得效劳，对他们折腰！这对我本身究竟有什么好处呢？什么样的乡下人？发酸臭的汗毛，满身的虮蚤，而在那些之间……"

他感伤地不作声了。

我欢喜乡下人，他们中间每一个人都使人感到有着某种神秘，正像亚各夫似的。

一天，一位穿短皮袄，背后背着日本式包袱的家伙，爬上铺子来，脱下绒帽，用二拇指画着十字注视着神灯微明的屋角，眼睛拼命不瞧没有光辉的神像，后来默然地把视线转移到自己周围，说道：

"给有注解的赞美诗来！"

卷起衣袖，他老是念着标题纸，颤动着土色的出血的虫蛀的牙齿。

"没有再旧一点儿的吗？"

"再旧的值一千卢布，你知道……"

"知道。"

乡下人用口沫润湿手指翻开书篇。在他摸过的书篇上，留下黑的指印。司务狞恶的眸子瞧着买主的额头，说：

"《圣经》全都是一种古物，上帝的言论不会改变……"

"知道，听见过！上帝不改变，但是李广改变了。"

于是，买主合上书，默然地走开。

有时候，这般乡巴佬儿刚同司务争论，我便明白他们比他更熟悉经典。

"湖沼上的异教徒。"司务嚷叫。

同时我瞧见，虽然新的书不合乡下人的口味，但乡下人还是很重视它，很留心地触着它，好像书会从他手里飞走似的。这，我欢喜瞧，因为书籍对于我是奇迹，它里面包藏着被描画出的不可思议的灵魂。展开书，我便解放了可以同我秘密谈话的灵魂。

老头儿跟老太婆经常带些尼古拉时代以前的古书，或者依尔基斯与格尔仁哲的隐士装订得挺精致的那类子书的善本，跟没有经过特米特黎·洛司托夫斯基校正的米纳的善本书来卖。还有古旧的神圣的画像，连带着涂上白瓷的铜框格的十字和莫斯科侯爵赠给酒店侍者舀水的银勺。这一切东西讲价钱的时候很秘密，用眼睛同手势。

我的司务，同我们的邻人都很锐利地监视着那样的卖者，相互地拼命拉他们。买得一卢布或者十卢布的古董，他们贩到市场上去卖给发财的旧教徒，至少可以赚得一百卢布。

司务教我：

"你注意这般山林鬼和巫婆，两只眼睛注意呀！他们带幸福来给你啊！"

那样的商人出现时，司务便吩咐我去请《圣经》学者比特·华西里也维契来，这是一位古书、神像与一切古物的"鉴定人"。

这位高个子的老头儿，修长的华西里·布拉仁伦的胡须，漂亮的脸庞，聪明的眼睛。他有一只脚胫给割掉了，手里拿着长的手杖，走路一拐一拐，冬夏都穿着软和而单薄的背心，好像袈裟似的，头上戴着烧锅似的极其旧式而没有遮阳的绒布帽。健康而执拗的他，低肩驼背地走进铺子来，一边喘息，一边常用二拇指画十字，整个时间都在咕噜祷告词和赞美诗。这种虔诚与老弱的态度，即刻暗示卖者对于《圣经》学者的信任。

"你们什么事情弄糟了？"老头儿问。

"就是那个人来卖圣像，他说木刻的。"

"什么样的?"

"木刻的。"

"哎呀……我听不清楚,上帝塞住我的耳朵,不让听李广的污秽语……"

他脱下帽子,把神像拿平,横来竖去看过一番,后来瞧了瞧它里面的衬木,挤眉弄眼着,嚷叫道:

"无神论的李广教徒把我们对于古代神圣的尊容的爱情扫荡干净了,奸狡的魔鬼教人学会各种不同的诈伪。你瞧,目前的神像模仿得好巧妙呀。噢,好巧妙!从表面上看,似乎还可以,而实际上全是浮雕的,粗制滥造的。瞧,这不是欺诈是什么呀!"

假如他说"欺诈",这即是神像是很稀罕的可宝贵的意思。他用预先约定的各种表示指示司务神像可以出多少钱,书可以出多少钱。我知道"消沉"和"悲哀"这两个词即是值十卢布的意思,"李广老虎"二十五卢布。我瞧见他们欺骗买主,非常难为情,但《圣经》学者的玩意儿又使我发生兴趣。

"李广教徒即是'李广老虎'的黑儿子,在魔鬼指导之下,他们无论什么都会做。你瞧,'正身'好似真的活人,面孔就不像了,不是那样画法啊,不是!老年匠师如像西曼·乌沙戈夫,虽说他也是异教徒,但他不管什么神像都能画;可是我们现代一般教徒就做不到从前的神像画原是神圣事业,而今只是一种艺术,还说得上什么神圣不神圣呢!"

最后,他谨慎地把神像放在柜台上,一边戴帽子,一边说:

"罪恶!"

这即是要买的意思!

沉溺在"鉴定人"妙论洪流中的卖主,毕恭毕敬地问道:

"神像到底怎么样,先生?"

"神像——李广教徒的手。"

"不曾是那样的吧!我们先辈就供奉起……"

"从前的神像倒是你先辈所供奉的。"

老头儿把神像捧到卖主面前，严肃地提醒道：

"你瞧瞧，这神像有什么灵验呢？这只是一幅画面、盲目的艺术、李广教的玩意儿，这东西里面没有精神！难道我还会说谎吗？我，老年人，为了真理的追逐，不久便要到上帝跟前去的，难道我还打算歪曲灵魂吗？"

他从铺子踱到廊台上来，为着年老的虚弱而休息了，同时难为情地疑惑自己的估价。司务付了几卢布的神像钱，卖主便对比特·华西里也维契深深地一鞠躬，走开。他们吩咐我去泡开水沏茶。我回来时便发现精神勃勃的快乐的《圣经》学者在瞧着买品，教训司务：

"瞧吧！这真是好雕工的神像，笔画很细致，反对它的人莫不生敬畏之心啊……"

"到底是哪一种画法呢？"高兴得手舞足蹈的司务问。

"这是你早就知道的呀。"

"给'鉴定人'多少报酬呢？"

"我可不知道，随便你给吧。"

"噢，比特·华西里也维契……"

"假如卖出去了的话，我给你五十卢布，其余的算我的！"司务接着说。

"嗨呀……"

"你别唉声叹气……"

他们一边喝茶一边无耻地谈着生意经，骗子眼睛互相瞧着。司务的一切都把持在老头儿手里，这是显而易见的。后来老头儿走开时，司务便说我：

"你，当心，别对主人提到这一件买品啊！"

规定好神像的卖价，司务便问老头儿：

"城里有什么新闻吗，比特·华西里也维契？"

老头儿用黄色的手捻着胡须，嘟着油腻的嘴唇说着关于富商生活的事情，关于商业的隆盛，关于宴乐、疾病、婚礼与夫妇的变节。他流利而巧妙地烤焙着这些肥腻的故事，正像好厨娘的薄饼焦响似的。司务的圆脸因为羡慕与狂喜发紫了，眼睛上罩上一层幻想的烟幕。他叹息着，喃喃地说：

"这才是人的生活呀！可是我，你瞧……

"全是你自己的命运，"《圣经》学者低声说，"天使们拿的银锤，对于别人来的也许就是魔鬼的斧头刀背……"

这个健康而多筋肉的老头儿什么都知道——本城一切人的生活，一切商人、官吏、教徒与小市民的秘密。他狡猾得宛如一只恶鸟，心窝里蕴藏着豺狼与狐狸般的可笑的什么。我老是想生他的气，可是他老远凝视着我，好像从雾罩之外望过来。我觉得他被深邃无底的空虚包围着。假如你走近他跟前，你就会跌倒在那儿的。因此，我感觉到他的心眼有些同伙夫舒莫夫相似。

虽然司务当面背面地夸耀他的聪明，但有时对他也像对我一样，居心发脾气，侮辱老头儿。

"你简直是人类的骗子。"他突地说了，盯住老头儿的脸，大发脾气。

老头儿无精打采地狞笑着，答道：

"只有上帝才不欺骗，可是我们过的傻子生活。假如傻子不欺骗，那他从哪儿获得利益呢？"

司务激烈地说：

"乡下人不全都是傻子，有些商人也是农民出身的呀！"

"我们不要攀谈到商人。真正的傻子不会过欺骗者的生活的。傻子，圣洁者，头脑是糊涂的……"

老头儿说话的神色更加无精打采，但是很动人。我觉得他处于山冈之上，而他周围都是湿地。生气他不可能，他很难愤怒，也许是深藏不露吧。

常常有那样的事情——他自动地跟我要好，走拢来，胡须里狞笑着，问道：

"法兰西的著作家波洛士，你怎么称呼他？"

这种无聊的曲解人名的态度，使我失望地生气，但忍受到了时候，我便回答：

"称呼他邦松特吉拉以尔。"

"他在哪儿死的？"

"你别傻气，你又不是小孩子。"

"自然不是小孩子啰。你在读什么？"

"也夫列玛·西林拉。"

"谁的文章写得挺好？本国人的，还是这个人的呢？"

我不作声。

"本国人写什么写得挺多？"他接着又问。

"不管什么，只要是生活中发现的。"

"也许是写狗和马吧，它们都是生活中发现的。"

司务哈哈大笑起来，我可生气了。我很苦痛，不愉快，但假如我企图蹦开他们，那么司务便要阻止我。

"往哪儿去？"

结果，老头儿又考问我：

"好吧，读书人，来解答问题。站在你面前有一千个裸体的人：五百个女人，五百个男人。他们之间有亚当和夏娃，你怎么样去发现亚当和夏娃呢？"

他考问我许久，后来终于带着胜利的态度解释道：

"小傻子，他们都不是父母生的，而是上帝创造的，即是说他们没有肚脐孔。"

老头儿知道不计其数的那类子"问题"，他能为着这些吃苦。

头一次到铺子去上工，我便告诉司务我念过的几本书的内容，现在这些故事对于我简直成了一种罪过。司务告诉了比特·华西里也维契，故意讹传，卑污地歪曲事实。老头儿在这无耻的问题方面，很会帮他忙的。他们黏质的舌头吐出一些无耻的废话，诬蔑格兰特、刘特米尔和亨利第四。

我明白他们之所以这样做不是出于恶意，而是由于郁闷，但为了这我却更不快畅了。他们好像猪似的制造出一堆脏物，然后就在它里边搔抓着，为着欢喜污秽而哼叫，而涂污美好的东西！他们认为美好的东西都是奇怪的、不明了的和可笑的。

整个劝业场的居民、商人和店员都过着一种充满着愚蠢幼稚的，但老是恶意玩弄的奇怪生活。假如过路的乡下人来问到某一家铺子或者城中的另一条街去，往哪儿走路近一些？那么，他们总是指示不正确的路线。如果人家习惯地达到了目的地，骗子便得不着满足。他们假如捕得了一对老鼠，便把它们的尾巴束在一起，放在过道上，玩弄着，观看着它们在两个相反的方向中怎样撕扯和相互地咬嚼；有时还泼煤油在老鼠身上，放火烧起来；用破铁桶的碎块束在狗尾巴上，惊恐中的狗狂吠大叫着，飞快地东奔西窜。人们一边观看，一边哄然大笑着。

还有许多相类似的玩意儿，一切的人都好像很特别的木头人，他们过着另外一种玩弄生活。在对人的关系中，有一种顽强的戏弄人家，致使人家苦痛的蠢笨的野心。因此，我很奇怪我念过的书本中从不提到这种经常努力相互戏弄的人们。

劝业场里那类子的玩弄中的一个，我觉得特别可耻与丑恶。

我们铺店楼下，有一个做鞋子和毛织货生意的商人，他雇用了一位食量惊动着整个下市的店员。他的主人很夸耀自己工人这种能干，好像夸耀一只恶狗或者一匹有力气的马似的。他常常引诱隔壁邻舍的商人赌东道：

"谁愿拿出十个银卢布来？米斯加在两个钟头的时间内，吃完十风特的咸肉。我做见证人啊！"

但是，大家都知道这是米斯加很能胜任的。因此，有人说：

"我们不赌东道。至于咸肉是可以买来的，让他吃去，我们只是瞧瞧……"

"但是要没有骨头的干净的肉啊！"

人们无精打采地多少争执了几句，于是从黑黝黝的石库房里爬出一个面貌消瘦的没有胡须的大颊骨的青年来。这人身上穿着粗布的长外套，腰上束着红色的腰带，周身粘贴着羊毛。他恭敬地脱去没有遮阳的帽子，默然地凝视着主人圆脸上的深陷的眸子。主人呢，脸皮里注满着紫色的血液，吐出了粗暴的声音：

"十风特咸肉，吃得消吗？"

"限多少时候？"米斯加老练地尖声问。

"两个钟头。"

"太困难！"

"那有什么困难呢！"

"请给两杯麦酒吧！"

"你吃吧，"主人说了，又夸张道，"你们别以为他是空肚子，不是的，他每早晨得吃下两风特白面包，可是吃中饭时候，又咽下……"

咸肉买来了，观众便挤拢在一块儿。一切肥硕的商人们，身子被裹紧在厚实的皮袄里，仿佛一堆大秤锤。大肚子的人们，眼睛多是很小的，周身是多脂肪的肉瘤，如梦如烟的未消逝的郁闷笼罩着他们。

他们手缩在衣袖里，挤成一个狭隘的圈子，包围着被大的刀叉跟黑面包武装起来的吃手。他虔诚地画了画十字，蹲在羊毛口袋上，把咸肉箱子拖过来同自己并列着，用白眸子衡量着食物。

吃手切下一块薄面包跟一大块肉，精细地把它们合在一起，双手捧到口边。他的嘴唇在颤动，狗样的长舌头舔着嘴，细小的尖角形的牙齿露了出来，饿狗似的嘴巴弯来对着咸肉。

"开始啦!"

"留心时钟。"

所有的视线一齐集中在吃手的脸上。他的下颚上和耳朵边圆的隆起物上,照着那尖角形的腮怎样平均地起落着,同时播出一些蠢笨的话语。

"他简直是一只狗熊呀!"

"你瞧见过狗熊吃东西吗?"

"难道我在林场里生活过? 这不过是人家说他吃东西像狗熊罢了。"

"有人说像猪哩。"

"猪不吃猪……"

人们很勉强地冷笑着,不知哪一个聪明家伙立刻纠正道:

"猪不管什么都要吃,哪怕就是它自己产生的小猪姊妹……"

吃手的面孔逐渐变成灰褐色,耳朵变得跟斑鸠的颜色一样,陷落的眸子从肉骨头的孔里爬出来。他的呼吸虽很困难,但下腮依然那么均匀地牵动着。

"时间快到啦,米哈以尔!"人们催促他。他呢,着急地用眼睛衡量下剩下的肉,喝口麦酒,又开始吃起来。人们活跃着,时刻留心米斯加主人手里的表,互相地警告着:

"他不会逾过期限的,瞧他吧!"

"监视米斯加,别让他藏块肉在衣袖里!"

"规定的期限内,他吃不光的!"

米斯加的主人着急地叫:

"我拿着四张支票! 米斯加,别退出去啦!"

人们刺激着主人,但谁也不肯接受赌东道的办法。

结果,米斯加吃了又吃,想把所有的肉全都吃光。他的脸变得也跟咸肉一样,尖角形的软骨的鼻子诉怨似的喘着气。瞧着他,非常可怕,我觉得他马上会叫喊,会哭出来:

"对不起……"

或者喉管给咸肉哽塞着，头栽在观众脚下，死去。

最后，他吃光了一切，瞪着醉昏昏的眼睛，疲倦地说：

"再来干一杯吧……"

但是，他的主人瞧着手表，叫嚷道：

"迟了四分钟啦，流民！"

人们责骂他：

"可怜虫，我们不同你争论，你输了！"

"真是兽骨头！"

"好，把他弄到竞赛场去吧……"

"上帝难道会损害一个人吗，唵？"

"喝茶去吧。怎么样？"

于是，人们好像一只驳船似的浮游到酒吧间去。

我想明白在一般好身手的人们周围的不幸的青年，他那病态的饕餮为什么会使人们快活呢？

阴郁狭隘的廊台上，密密层层地堆放着一些毛织物、羊皮、苎麻、破鞋和制马具用的材料，炼瓦砌成的柱头把廊台的走廊分成两半。粗大的柱头被时代腐蚀着，被街道上的尘埃浇洒着。所有的炼瓦与它们之间的隙缝被我下意识地数过不下一千回，因此它们那奇形怪状的沉重之网老是躺在我的记忆中。沿着走廊慢吞吞地走着一些过路人，街道上蠕动着马车夫和载货的雪橇。街后边，一所用红炼瓦盖成的四方形的一楼一底的铺房对过，有一个广场，那儿堆着被抛弃的木箱、蒿草和揉皱的被尘芥与踏污的雪花掩盖着的广告纸。

这一切同着人和马在一道，虽然能移动，然而又好像是不动的，无精打采地围绕在一处，像给看不清的锁链锁紧似的。你会突地感觉这种生活，近于无声息的，缺乏声息到哑然的程度。雪橇轮子在咯叽咯叽地叫，商店的门在乒乓地响，卖馒头的和卖蜜茶的小贩在叫卖，但是人们的声音都响得不愉快，很勉强。"同等形"的人们，使你很快就习惯对待他们，而且停住脚步注意他们。

教堂的钟哭丧似的号叫，这种沉郁的钟声经常在耳朵的记忆里，好像它从早到晚不断地泳游在市场之上的空气中，报告着一切思想与感情，压迫人的黄铜般的渣滓似的躺在一切印象之上。

寒气逼人的郁闷从各方嘘出气息，从雪泥掩盖的地上，从屋顶的灰色的云堆上与屠户的瓦屋上。郁闷如青灰色的炊烟似的从堤堰升起来，爬上灰暗、低矮、虚渺的天空。马和人吹嘘出如烟的郁闷。它有它自己的气色，浓厚而迟钝的汗气、荤菜气、大麻油气、烤馒头的与煤烟的焦臭气。这种气色压紧着头脑，好像一顶暖和而窄小的帽子，并且沁透心胸，刺激起奇怪的陶醉。这使人闭上眼睛，一边绝望地大叫，一边往哪儿跑去，用狂暴的头撞击头一道墙壁的黑暗之欲望。

我观察着一个大肚子商人灌满着浓厚而多脂肪的血液的被霜雪剥削了的死板的脸孔，好像在做梦。人们时刻打哈欠，张大着嘴巴，正像给扔在干泥沙上的鱼。

冬季的生意很疲，因此商人眼睛中失去夏季活跃而带色彩的争先恐后之光辉。笨重的妨碍走动的皮衣压弯人们的脊背。商人们无精打采地说话，当生气吵架的时候，我认为他们只是指鸡狗，互相表现——我们的生活！

我很懂得郁闷、压迫、打击他们的道理，我可以对自己解释：残酷笨拙的人们之玩弄只是一种反抗郁闷吃人之魔力的不长进的斗争。

有时候，我同比特·华西里也维契谈到这桩事情。虽然一般他对我的关系都是讪笑、揶揄，但他有点儿欢喜我对于书本的嗜爱。有时候，他自动地、严肃地同我谈说一些含着教训的话语。

"我不欢喜商人生活。"他说。

他把成卷的胡须卷在修长的手指上，问道：

"但是你从哪儿知道他们的生活？难道你经常去拜访他们吗？这儿

虽说也有青年、街坊，但是他们都不在街坊上住家，只是来做生意的，一会儿匆匆地来，一会儿又匆匆地回家去！人们穿好衣服出街，在衣服里面不知道他们究竟是什么样的心肠。他们在自己家庭里，四道围墙的家里，才率直地生活着。这是你知道的呀！"

"难道他们的思想在这儿是一样，在家里又是一样？"

"谁知道邻人是什么思想呢？"老头儿鼓起严厉的圆眼，用重低音说，"思想犹如虱子，是数不清楚的，老年人都这样说。也许一个人回到家里便跪着一边哭泣，一边祷告上帝：主耶稣啊，饶恕我，在你天神面前我犯了罪呀！也许，家庭便是他的修道院，但是他在那儿只是同着一个上帝生活吗？是那么的啊！每一只蜘蛛都要知道自己的隅角，都要编个蜘蛛网，而且要会懂得自己的一切，为着维持自己的……"

他严肃地说着，声音愈来愈低，低到好像在报告一种重大的秘密。

"你就要裁制人啦，裁制人这门事情对于你不太早了吗？在你的年龄不要用聪明来生活，而是要用眼睛！当心吧，记着，别作声。对于事业要有理智，对于灵魂要有信仰！你读书倒是不坏的，不过凡事都应当知道选择。有些人读书读成了神经错乱者与无神论者……"

我觉得他是生气勃勃的人——不容易想象得到他可能马上就衰老、变化。他欢喜说商人、盗贼和谋害名人的造谣中伤者的故事。那类子的故事我从外祖父口中已经听得不少，外祖父说得比《圣经》学者还要好些。但是，故事的思想还是一样的：富者每每是获得了违背人们和上帝的罪名。比特·华西里也维契不怜悯人们，至于谈到上帝，老是带着温暖的感情，眯着眼睛唉声叹气。

"有的人就只晓得欺骗上帝，但是耶稣天父瞧见这一切就哭泣道：'我的人们，我的人们，悲哀的人们，已经给你们预备好地狱啦！'"

一回，我鼓着勇气说他：

"你也是欺骗过乡下人的呀……"

这，他可不难为情。

"难道是我的伟大事业吗？"他说，"这种鬼鬼祟祟的人至多只值三个钱，这全是一时的……"

他发现了我在念书，便把书从我手里掠走，噜哩噜苏地问我念过的书，随后疑惑地惊叹着，对司务说：

"你瞧，这流民也懂得书哩！"

接着他便解释与记忆地教训道：

"听我的话，这是于你有益的啊！从前有两个名字都叫基里尔的人，两个都是主教；一个是亚列克山大的，另一个是叶鲁萨尔的。前者同可诅咒的异教徒涅司托利亚交战，那无耻的异教徒教训他：圣母——有这样的人，而且是平常人，她没有生上帝，只生了一个名字叫耶稣基督的人——世界的救世主，甚至于还说不应当叫她作圣母，应该叫'耶稣的娘'。你明白吗？这就叫异教！叶鲁萨尔的基里尔也抗战过阿利亚异教徒……"

他宗教历史的见识很迷乱了我，但他用冷冰冰的教徒的手牵着胡须，自夸说：

"在这种事情方面，我算是一员大将，我曾经到莫斯科跟特洛以哲去同那般毒害人的有学问的无神论者、神父和庸俗辈舌战。我还是小孩子就同教授谈论问题。对呀！我曾经用舌头鞭子把一个神父排斥得鼻孔满血！"

他的两颊被红晕遮掩着，眼睛开花了。

敌手鼻孔流血，他认为是自己至高胜利之一点，是自己光荣的黄金冠冕上的一个红宝石，所以说到这回事非常快活。

"是一个漂亮的健康神父呀！他站在'阿那尔'面前，鼻血一滴一滴地淌出来！他自己当时还没有瞧见哩。刘特也是神父，荒地的狮子发音像洪钟，我对他很和平，凡事都藏在心里，把钢锥般的话语深藏在肋骨之间！……他简直是一座炽热的炉灶，燃烧着狞恶的异教的……嗨，有这种事！"

经常到来的还有几位《圣经》学者：班河密是一个大肚子的人，穿着油污的背心，有一只眼睛是弯曲的，皱皮的脸，猪样的声音。鲁干，矮小的老头儿，很亲切，活泼，光滑得像老鼠。同他们在一块儿的还有一个硕大而阴郁的车夫般的人，黑胡须，死人似的脸庞，虽不仁爱，然而却有很漂亮的死钝眼睛。

他们差不多时常带些古书籍、神像和茶具什么的来卖。有时候领些卖主来——伏尔加河的老妇人和老头儿。事情完了，他们便像边境的麻鹊似的蹲在柜台旁边，喝茶、吃白面包和素的糖食，同时谈着关于各地方。

压迫教堂的事情：那儿曾经有人来搜查，掠走了福音书。当地的警察局封闭教堂，把它的主管者抓到法院去，根据法律一百零三条起诉。这一百零三条每每是他们对谈的"主题"，但他们和平地谈到它，正像谈到那难免的冬天的霜雪。

在他们为着信仰而受压迫的对谈中，不断地响出关于警察、搜查、监狱、法院、西伯利亚等等话语，烧燃的煤炭似的坠落在我心灵中，点燃起对于这般老头儿的同情之火。读过的书，教我尊重一心要达到自己目的的富于恒心的人们与坚忍的精神。

我忘记了从这般生活教师中所发现的一切坏处，感觉他们和平的恒心，为着这，好像自己的真理被根深蒂固的教师之信仰所蒙蔽着，预备着为信仰而受一切苦痛的精神。

后来，当我发现许多那样的事情和相似的旧信仰的保守者时，我便明白在民众中，在智识分子里头，这种恒心的人们的义务。这种人离开所处的地方便无路可走，而他们无论哪儿也不肯走，因为被陈词滥调与浪费生命的理解牢固地缚住，他们颓废在这般滥调中、理解中了。他们的意志非常坚定，不适宜于发展前途。当某种外来的打击，击中了他们习惯处，便机械地滚下来，正像石头从山上坠落似的。他们保守着自己在教堂跟前的斋戒，回忆着过去的死者的力量与自己对于灾难和安慰的病态的爱情。但是假如夺去他们灾难的可能性，那他们便好像日暖风清天气中的浮云——破碎了，消失了。

为着信仰，他们带着满意与巨大的自私心，预备受苦，这是不用争执的。坚强的信仰好似被穿上一件外衣——油迹和尘土交织着的外衣，因此信仰很少被有时候破坏的工作所触到。思想与感觉对于狭隘的、厚实的偏见和教条之封皮已经习惯了，虽然被包封得五官不全，成了残废，但他们的生活还是很惬意、愉快。

这种信仰习惯，是我们极其悲惨而有害的生活表现之一种。在这信仰领域内，正像在一面石墙的阴影中，一切新的东西都发育得很慢，很不完全，长成些消化不良的。这种信仰之火是含磷质的腐败的光辉。

但是，为着这种信仰，我过去经过了许多艰难的岁月，在自己心灵中，经过许多损伤。这，现在已不记得了。但是那时候，当我第一次遇见郁闷的生活教师与没良心的事实的时候，它们指示了我谁是伟大精神之力的人，谁是世界上最优良的人。他们中，差不多每个人都坐过监狱，在做囚犯的那一个阶段上多被从不同的城市分派出来游历过。他们大家的生活都很谨慎、秘密。

同时，我瞧见埋怨着"精神的虐待"的老年人，自己很愿意，而且很满意他们相互虐待。弯弓形的班河密喝醉了酒，欢喜夸大自己惊人的记忆力。有几本书，他简直"了如指掌"，正像希伯来人知道达尔姆特似的。手指插在可爱的一本书里，按住书上的字，班河密便开始背诵下去，声调很柔和，而且带着鼻音。他老是凝视着地板，一只独眼那么惊慌地满地溜来溜去，好像寻找很宝贵的失物。他时常表白侯爵梅勒茨基《俄罗斯葡萄园》这本书的中心点。他特别知道得清楚的是"神奇而英勇过人的殉教者之富于忍耐性与丈夫气的灾难"。但是，比特·华西里也维契简直拼命抓住他的错误。

"你吹牛皮呀！这不是同基里尔贵族在一道的，而是同吉尼斯·哲洛姆特伦。"

"还有什么吉尼斯？吉峨尼斯已经……"

"你别为着一句话就捣乱！"

"你不要教训我！"

过了一会儿，他们俩大发雷霆，双方留心着对抗，说道：

"你，好吃鬼，不要脸的家伙……"

班河密的答话，好像在算账！

"你，色情鬼，山羊，妇人的尾巴。"

司务手缩在衣袖里，狞笑着怂恿着旧道德的保守者，好像怂恿小孩子。

"他没有道理！好，再来吧！"

有一回，老头儿们打起架来，比特·华西里也维契非常灵敏，打着同伴的耳光，打得他只见逃跑。后来，他疲倦地拭着脸上的汗，追着逃走的叫：

"当心吧，这是你自己的罪过呀！你，可诅咒的浑蛋，牵连我去犯罪，呸，你！"

他最爱责骂缺乏坚定信仰堕落在"涅托夫启拉教"（俄国宗教之一种——译者）中的一切自己的同志。

"这一切都是亚列克山大扰乱了你们，简直是公鸡叫呀！"

显然，涅托夫启拉刺激着他，恐吓着他。但在"它的教训是什么"这个问题上，他的回答却又不十分明了：

"涅托夫启拉是一种极艰苦的邪教，信教的人只讲理智，不谈上帝！这儿的哥萨克人已经不管什么书都不读了，中了比布利的毒素，比布利是从德国的沙拉托和柳托尔来的。柳托尔这个名词跟"柳特"同音（柳特即魔鬼的意思——译者），所以涅托夫启拉教徒被人称为魔鬼，又称为教匪。这全是由西方来的，由那儿的异教徒传来的。"

老头儿踩着残废了的脚冷静地低声说：

"应当压迫新派的教会，应当放火烧掉教堂！可是，对于我们则不然。我们是原始的俄罗斯人，我们的信仰是真实的东方信仰，地道的俄罗斯信仰。但那一切全是从西方反宗教的自由主义思潮传来的，从德国、法兰西来的。有什么好呢？他们才二十年的……"

他昏头昏脑的，忘记自己面前的小孩子，后来用结实的手抓住我的裤腰带，时而拖拢来对着自己，时而又推开，说着漂亮而激烈、幼稚而动人的话语：

"人的理性徘徊在自己虚幻的溪谷中，正像一只迷失道路的恶狼，它屈服于魔鬼，拷打着人的心灵，上帝的赐予啊！修道士怎么发明魔鬼的呢？一切信奉涅托夫启拉教的'修道士'教人说：魔王即是上帝的儿子，耶稣基督的大哥。人们从何处干涉起呀！甚至于教人：原始时代——不服从，不劳动，女人同小孩一律不劳动，人们不注重任何事情，也没有任何的秩序。人们正像魔鬼似的，随心所欲地生活着。还有这一位亚列克山大也是……噢，蠢虫……"

这时候，发生了事情，司务逼迫我去做什么。我从老头儿身边走开了，但他独自留在廊台上，对自己周围无人处，继续说着：

"噢，没有羽翼的灵魂，盲目的山羊，我怎么避开你呢？"

后来，他昂着头，手支在膝上，久久地不作声，死钝的眼睛注视着灰暗的冬之天空。

他对我很注意，很亲切，遇见我在看书，便摸摸肩头，说道：

"读吧，小宝宝，正好读书呀！你似乎有点儿小聪明。可惜你不大尊重老人，不管同谁，总爱嘴打架。你想，这种鲁莽行为将把你引到哪一条道上去呢？小宝宝，这将使你没有旁的道路可走，正像拘禁在监狱门内一样。你读书，但是要记着，书毕竟是书，而自己的头脑要活泼一点儿！有一个教派的教师叫丹尼罗的，他有那么一种思想：凡是书不管新与旧都不看重，通通把它收藏在袋子里，而且扔下水去！……这自然也是愚蠢！那一位亚列克山大狗样的头脑，糊涂得……"

他时刻提起这位亚列克山大。有一天，劳心而粗暴的他，到铺子来，宣告司务：

"亚列克山大·华西里也维契昨天进城来了，找了又找都找不着他，他藏起来啦！我坐一会儿，回头你瞧瞧这儿……"

司务很不友谊地回答：

"我什么也不知道，什么人我也不晓得！"

老头儿点着头，说：

"好吧，你去留心你自己的事情——一切买主跟卖主，旁的你还晓得什么呢！倒杯茶来……"

当我泡了一大铜壶的开水回来时，铺子里已经坐着几位客人了。一个是嬉皮笑脸的鲁干，还有一位新客人蹲在门外的幽暗角落里。这人穿的是冬外套，高筒的厚底靴，腰上束着青色的腰带，戴着帽子，迟缓地颤动着眉。他那不可觉察的脸，看起来似乎很谦和，好像刚刚失业的很苦恼的店员。

比特·华西里也维契不瞧他那一边，严厉而低声地说了什么。他呢，全痉挛的右手老是推动着帽子，举起手，好像是画十字，把帽子朝头顶上推了又推，看看要推到后脑壳上去了，又重新慢慢地拉回来遮住眉头。这个人的痉挛动作使我记起白痴依戈沙"死在怀中"的故事。

"各种各样的鳝鱼游到我们龌龊的河流里来，愈是把河水弄脏了。"比特·华西里也维契说。

像店员的人镇静而轻声地问道：

"你这是说的我，是不是?"

"怕是说的你吧……"

于是，这人还是很低声地问了，不过态度很诚恳。

"好的，说人家，但是你怎么说人家呢?"

"说人家，我只有在上帝面前才说，这是我的事呀……"

"不成，人儿，我也是……"新客人严肃而用劲地说着，"你不要从真理那一边掉回你自己的脸，不要自私自利，盲目了你自己。这在上帝面前、人们面前算是一种巨大的过恶啊！"

我欢喜他叫比特·华西里也维契作"人儿"，同时他和平而严肃的腔调很使我受感动。他说起话来，好像高尚的神父念"上帝，我生命的救主"。后来，他身子朝前一弯，连着凳子一道移动了一下，手在自己脸前挥动着……

"不要裁制我，我的过恶不比你的更可耻……"

"自暖壶的水开了，开始呼呼地响起来了。"老头儿嘲弄地说着。但那一个便继续说了，不打断他的话头：

"只有上帝才晓得，谁更加弄脏了神圣的精神之泉源，也许这就是你们的罪恶。读书人即是纸做的人，但是我，既不是读书人，又不是纸做的。我，质朴的，有生命的人……"

"我知道你的质朴，听够啦！"

"这就是你们搅乱人们，破坏正直的思想？你们，书呆子、伪君子……我敢于说，你说不是的吗？"

"无聊！"比特·华西里也维契说。但那人颤动着自己脸前的手掌，好像在读写在掌上的字似的，后来热情地说道：

"你想，把人们从一个牲畜房驱逐到另一个牲畜房，这是对他们做的好事吗？我可以说不是的！人儿，解放自己吧！在上帝面前还应付什么家庭、妻子与自己的一切呢？人儿，摆脱自己身边的一切，因为人类正在为着金银与腐败污秽的财产而相互攻打厮杀呀！灵魂的救星不是在下界，而是在天堂的溪涧里！挣脱一切吧，我说，挣脱一切羁绊、绳索，摧毁一切自己境界中的网子。这是反基督教的编织物……我踏上正直的大道，我不移转灵魂，不接受黑暗的境界……"

"那么，面包、茶水和衣服，你要接受吗？瞧瞧境界中的东西吧！"老头儿用狰狞的口吻说。

但是，这些话都与亚列克山大不相干，他仍旧更加恳切地说下去。他的声调虽低，然而又像是吹铜笛。

"人儿，你有什么宝贝？只有上帝才是唯一的宝贝。站在人们前面，洗净你一切污点，挣脱你灵魂上尘俗的镣铐吧！回头会瞧见上帝：你一个，他也是一个！这样，你便接近上帝了，这是到他那儿去的唯一道路啊！救世主教人干什么呢？教人抛开父母，抛开一切，甚至于教人抛开蛊惑着自己的眼睛！上帝为着扑灭自己的物质欲望保全精神，他的灵魂便燃烧起永生之火啦……"

"好啦，你这臭死狗，"比特·华西里也维契站起来，说着，"我认为你从去年起就变得很聪明，而同时也就很坏……"

老头儿摇晃着身子，从铺房踱到廊台上。这可使得亚列克山大很不安，他惊慌地问道：

"走了吗？那怎么办呢？"

但亲爱的鲁干鼓着安静的眼，说道：

"没有关系……没有关系……"

于是，亚列克山大躬身对他：

"你，俗不堪耐的蠢材，也要来胡说八道，但是解释的什么？嗯，兔子嘴里的阿里露依亚（赞美耶和华之词——译者），嗯，加倍的……"

鲁干对他笑了笑，也踱到廊台上去。他呢，掉头对司务，自信地说：

"他们受不了我的精神，受不了！好像躲避烟火似的逃走了……"

司务睥睨着他，暴躁地说：

"我不理会这些事。"

那人似乎赧颜起来，推着帽子，又咕噜道：

"怎么可以不理会？这种事情就是要人理会哩……"

蹲下来低着头沉默了一会儿，老头儿们叫了他一声，于是他们三个便不别而去。

这个人好像脚下的柴火堆似的，火光在我面前闪耀了一下，便灭熄了，使我感觉到在他否定的生活中有着某种真理。

晚间，我抽出工夫来，很热诚地把他的故事告诉老年的神像师——亲爱和平的依凡·拉里奥洛维契。他听完我的话，便解释道：

"这显然是另一教派的亡命者，不管什么也不承认的。"

"他们怎么生活?"

"过着逃亡生活，到处流浪，因此人家给他们取个诨名叫'亡命者'。他们说：'世界与一切东西对于我们都是陌生的。'警察认为他们有害于人，所以通缉……"

虽然我的生活很艰苦，但我不懂得怎么可以逃避一切呢? 那时候围绕在我生活中的都有不少的趣味与不少的可宝贵的东西，亚列克山大在我记忆中很快就褪色了。

但是，日去月来，在艰难的时光中，他出现在我面前。他苍白、痉挛而失去劳动力的手拿着手杖，沿着灰暗的大道向旷野与林场走去，嘴里不时地咕噜着：

"我要走正确的大道，不管什么也不接受! 我要挣脱……"

外祖母梦见的父亲，好像同他们在一块儿似的。手头拿着胡桃木的手杖，杂色毛的狗摇着舌头追在他们背后。

十三

　　神像制造厂开设在一座两间房的半装石头的大房子里面。有一间屋有三个窗朝天井，两个朝花园。其余一间一面窗朝花园，一面窗朝街。窗户都是用四方形的小玻璃嵌成的，霓虹的颜色已经陈旧不堪了。苍白的冬日的阳光很勉强地射进制造厂来。

　　两间屋子挤挤密密地安放着条桌，钩腰驼背的神像师一个背着一个地蹲在每一张条桌的下方。几只绳系玻璃灯从天花板上吊下来，它们注满着清油的集中的雪白的灯之寒光反射在四方形的做神像用的木板上。

　　制造厂里，很闷热，将近有二十个"粗工"在工作。这里边有班列黑、贺露易和门司吉尔诺人。大家都穿着洋纱布衬衫、黄褐色的裤子，有的是赤脚，有的趿拖鞋。技师们头上笼罩着燃过的劣等烟草之烟幕，油漆的气味跟臭蛋的味儿弥漫着整个房舍。如泣如诉的山歌，树脂似的慢慢流露出来：

　　而今的百姓没有天良……

百姓的男孩诱奸别人的姑娘……

又另外唱了一首歌，也是不很快乐的，但这不过是借题发挥罢了。软性的歌之主旨，不妨碍思想，不妨碍画神像的细小的貂毛制成的笔尖之活动，不妨碍装置工作与神像面孔上愁苦的纤细皱纹之折叠的工作。窗下，雕刻师郭果列夫，醉昏昏的暗蓝色鼻子的老头儿敲着钉锤。暴躁的钉锤的叮咚声不断地交响着和谐的歌声，好似啄木鸟在啄树子。

神像画不使任何人发生兴趣。不知哪一位贤人粉碎了这项长时期的劳动事业、多余的美丽与对于这种职业的拙笨的爱情和兴趣。险恶的瞟眼木匠班菲尔专做刨削神像和制造接合用的各种不同尺寸的柏木板和菩提木的板子的工作。患肺病的青年达维托夫掌管油漆。他的同志梭洛根装置"正身"。米纳生用铅笔画神像标本。郭果列夫老头儿镀金和雕刻镀上金子的木坯，装置家画山水和神像的衣服，随后神像便无脸无手地立在墙壁边，等待着开脸师的工作。

当瞧见高大的神像在龛子中、祭坛门里与它们立在墙壁边，无脸无手足而只穿上一件常服或者铠甲跟天使般的短小衬衫的时候，心里怪不愉快。这一切斑斑点点的被刻画成死人模样的小木头，必须使它变成活的人才好啊！但是，不成，好像木头已经奇妙地消失了，而剩下来的只有它自己笨重的常服。

当神像的"正身"画好时，人们便把它交给技师去照着白镴铸造的坯子装置。题字又是一个专门技师。最后，制造厂的工头和平的依凡·拉里奥洛维契亲手上油漆。

他的脸是灰白的，胡子也是灰白的，头发好像细丝线做成的，灰白的眸子不知怎的陷落得特别深，而且特别忧愁。他很会笑，但你不能无缘无故对他傻笑。他好似西墨翁·司托尔朴尼克神像那么枯瘦憔悴，他那死钝的眼也那么抽象地凝视着远方、人们之外、墙垣之外。

我进制造厂几天之后，一位专做幡旗的技师——顿河的哥萨克人加宾周亨——健美的人，喝醉了酒到厂里来，咬紧牙齿，挤着愉快的女人眼睛，用铁样的拳头东敲西打。身材短小而匀整的他，满厂溜来溜去，正像钻进老鼠洞的猫儿似的。动心荡魄的人们跑到屋角里去躲藏着他，从那儿相互地喊叫道：

"打呀！"

开脸师也夫根尼·锡达诺夫扭住狂暴者的头在椅子上一阵碰撞。哥萨克蹲在地板上，人们马上动手打他，用布巾捆起来，他那兽牙一阵乱咬乱撕。于是狂暴的也夫根尼一纵步跳上条桌，手肘靠住腰，准备跳到哥萨克身上去。身材高大、身强力壮的他万一跳在加宾周亨身上去了，当然免不了要踏烂他的胸脯的。恰好，这时候他的身旁出现了拉里奥洛维契。他穿着外套，戴着帽子，指头威胁着锡达诺夫，对技师们用老前辈的和平口吻说道：

"扛他到走廊上去，让他撕咬……"

人们把哥萨克从厂里拖出去了，安置好桌椅，又蹲下来工作。关于同志的力气吐出简短的诽谤语，同时预告着不管什么时候还要同他打架。

"打他很不容易的啊！"锡达诺夫很冷静地说，对于这桩事好像很老资格的。

我凝视着拉里奥洛维契，猜疑地思索着。为什么这般身强力壮的暴徒们要屈服于他呢？

他指示大家应做的工作，甚至于最上等的技师也甘心听他劝告。他指教加宾周亨更多的事情，说了更多的话。

"你，加宾周亨，既然被称为神像画师，那你就应当好好地模仿意大利的作风呀。神像画唯一需要颜料的浓淡调和得相宜，可是你太爱清淡，圣母的眼睛画得那么冷淡无情，脸颊涂些苹果红，而眼又是另一种颜色，而且配置得也不正确，一只眼望着鼻梁，一只眼往额头上望。你画出的神脸简直不是圣洁的，而是奸狡庸俗的。你不想做好这项工作呀，加宾周亨。"

哥萨克听着，做做鬼脸，后来不怕难为情地微笑着女人般的眼睛，用醉酒沙哑的愉快声调说道：

"嗨，依凡·拉里奥洛维契老伯伯，这压根儿不是我的本行，我生来就是音乐家，不过是后来才做的教徒呀！"

"只要热心，哪一件事情不成功呢。"

"不成，我是什么样的人呀？我曾经是卸车夫，驾驶三轮快马车的，哎嗨……"

于是，他弯着喉舌，慷慨悲歌道：

哎嗨，我赶着快马车，

加速度的马，

噢，在夜之严寒中憩息了一下，

又对直走，噢，直走到自己情妇之家！

依凡·拉里奥洛维契谦和地微笑着，戴好灰白色的忧愁的鼻梁上的眼镜走开。接着十来种声音抓住这首混入权威的洪流中的歌儿。后来，好像整个制造厂都飞腾到云霄里去了似的。富有韵律的冲动震撼着屋宇。

根据习惯，人们知道

何处是王者生活的积谷……

学徒班司加·奥靖曹夫，抛开调和蛋黄工作，手头捏着蛋壳，鼻孔里哼出一种高音。

醉人的歌声，使人忘怀一切。大家一个心胸呼吸，大家眸睁着哥萨克，用一种感觉生活着。当他唱完时，厂中人一致承认他是自己的领导者。大家伸长身子对着他，注意他大挥动的手。他排开两条手臂，好像快要飞走似的。我自信假如他突然停住歌唱，大叫一声："去呀，打倒一切去呀！"那么，所有的人，甚至于极其文雅的技师们在那几分钟内怕都会带着厂里的木板跑去打去吧。

他不时常唱歌，但他那狂歌的威风每每同样地不遭拒绝，而获得胜利。好像要使人们一致地合唱毫不困难，只要他站起来煽动他们一下，大家便停滞在权威的机器之力的合流中。

这些歌谣激动我对于歌唱者与对于他驾凌人们之上的艳美权威的热烈的羡慕感情。不知什么在心窝里凄酸地波动，把心鼓胀到疼痛的境地，想要大哭一场，而同时对歌唱者大叫：

"我爱你！"

肺病鬼，黄色的束头发的达维托夫，他张大嘴巴唱着，极像刚从蛋壳里出来的雏鸟。

快乐的狂歌，只有在哥萨克领导他们唱的时候，他们才唱。人们最常唱的悲歌慷慨的调子算是《莫良心的国民》《樵夫曲》和关于亚列克山大第一之死的《我们的亚列克山大阅兵曲》。

有时我们厂里高等的开脸师任罕列夫打算续唱一首教堂的歌，但这是很少成功的。任罕列夫时常想唱一种只有他一个人才懂得，大家都不能唱的特别调子。

这是一位枯瘦的、斑白发的四十五岁年纪的人，粗大的好似胡髭的眉毛，斑白头发扭在一起正像妇人梳的发髻。稠密的笔尖胡子点缀着细腻淡黑的非俄罗斯人的面孔，隆鼻下竖着纤细的淡黄色的短髭。碧绿的眼睛长得不一样，左眼比右眼大一些。

"班司加！"他叫我的同志，学徒，"来呀，来'赞美'呀！人们要听！"

班司加用围襟布揩干净手附和道：

"'赞美'呀！"

"唱'赞美上帝圣名'的诗啊!"几个人的附和的声音。但任罕列夫不安地叫道:

"也夫根尼,轻一点儿,把声音低到自己胸心里去……"

锡达诺夫用喑哑得像敲木桶的声音祈求道:

"上帝的奴隶们啊……"

"不是那么的!这儿应当唱赞美歌,要不然回头地震会震翻你自己的门窗啊!"

任罕列夫周身战栗在不明了的奋激中,他那惊疑的眉毛在太阳穴下起落着,声音很含糊了,手指好像弹奏着瞧不见的弦琴。

"上帝的奴隶!你懂得没有?"他意味深长地说着,"这应当感觉到脱去了整个外壳的种子。奴隶们赞美上帝吧!你们怎么样,活生生的人民不懂得这个道理吗?"

"我们可永远不懂得你所知道的。"锡达诺夫郑重地说。

"好,算了吧!"

任罕列夫怪难为情地工作着。他是一位手艺很好的技师,会画君士坦丁式、法兰西式的神像脸和意大利流行的作风。拉里奥洛维契一边在神龛上刻注文,一边同人们聊天。他是最高明的神像画专家,所有一切宝贵的有灵验的神像画的原稿都是经过他的手的,比方费奥托尔的哪、司慕尔的哪、卡山与其他的哪。但在研究原稿时,他却大声叫嚷道:

"这些原稿把我们束缚住了……应当老实说,把我束缚住了!……"

虽然在厂里他自己的地位很重要,但较之其他却很少骄傲。对待学徒,我同班司加非常亲爱。他很愿意教会我们的手艺。这,除了他是谁都做不到的。

很不容易了解他这人。通常他都很不快乐,有时候却好像哑子似的整个礼拜工作着,一声不响,大惊小怪地凝视着一切,好似头一次遇见他所认识的人们。同时虽然非常爱好歌曲,但在这些日子里他却不歌唱,甚至于好像还不爱听人家唱。大家互相挤眉弄眼地注视着他。他身子弯来对着装置好的神像，它立在他的膝头上，中腰靠着桌边。他的手精细地绘画着黑色的神像脸。他自己的脸也是黑色的。

他突然明晰而难为情地说：

"先人，怎么一回事？不像古代的，即是说走样啦。我的先人，老祖宗！但，没有别的……"

厂里变得很寂静，大家都睥睨着任罕列夫那一边，狞笑着。后来在静寂中响出一阵奇怪的话语：

"他不应当用羊毛笔画，应当用鸟翼……"

"你同谁说？"他问。

他不作声，既不听问话，也不愿回答。后来在等待的静寂中坠下了他的话语：

"应该知道生活，但谁知道他们的生活呢？我们知道什么？我们生活没有帮助……何处是灵魂？灵魂在何处？原稿上有的，不错呀！但是心没有……"

这种思想的风声可引起了大家开玩笑了。除掉锡达诺夫，无论谁每每多爱幸灾乐祸地低语着：

"到礼拜六，他就要喝酒去啦……"

瘦长的锡达诺夫，二十二岁的青年，圆圆的脸，没有胡髭，没有眉毛，忧愁而严肃地凝视着屋角。

记得任罕列夫画好一个费奥托尔圣母像，好像是在礼拜六。他把神像摆在条桌上，大声说：

"完啦，妈妈！你真是一只无底之杯，现在注满了人类世界深心的苦泪之杯呀。"

于是，肩头上披着不知什么样的外套，到咖啡店去了。年轻人冷笑、吹嘘，老年人望着他的背影嫉妒地叹息。只有锡达诺夫踱到神像跟前，留心瞧了瞧它，便解说道：

"自然他要喝酒去啰，因为交出这项工作是很辛苦的，与外面的一切都不相往来……"

任罕列夫往往是每逢礼拜六喝酒。还好，这不算是一般"酒瘾匠师"的通病。这事情的开始是这样的：早晨他写好一封信，吩咐班伏尔（郎班司加——译者）送到那儿去，中饭之前便同拉里奥洛维契说：

"今天我要到澡堂去啊！"

"去得很长久吗?"

"嗯，先生……"

"请你别迟至礼拜二才来啊！"

任罕列夫同意地点着秃头，他的眉毛在战栗。

从澡堂回来，他装扮得好像纨绔子弟似的，穿着衬衫，打着领结，绸缎的背心外吊着修长的银链。他默然地走出来命令我跟班伏尔：

"黄昏时候，把厂里弄干净，洗磨干净大条桌啊！"

大家都表现着闲逸的心思，大家都伸伸懒腰，盥洗的盥洗，上澡堂的上澡堂去，吃晚饭的很快地吃。刚刚吃完晚饭，任罕列夫便带着啤酒、面包同一袋点心回来了，他背后跟着一位身体魁梧得近于丑陋的妇人。她的身材足有两阿尔生（俄尺，1尺等于28英寸——译者）零十二威尔索克（俄寸，1寸等1.7英寸——译者）之高，我们所有的桌椅摆在她面前好似小孩的玩具，甚至于修长的锡达诺夫也只高齐她的腰。她身体很匀整，但胸上耸到下巴的乳峰与颟顸而迟钝的举动却使人肉麻。她约莫四十岁年纪。死板的圆脸，大的马眼睛灵活而且冷静，小小的嘴巴与便宜傀儡之嘴相似。妇人一边微笑，一边以阔大的温暖之手向人们伸出，说些废话：

"你们好，今朝天气很冷啊。你们这儿有股浓厚的臭气，是颜料气味吧，你们好啊。"

瞧着安静而有力气的她，好似瞥见一条怡人的浩渺的河流，但在这河流里不知有着什么催眠的东西，大家都不看重，而且感觉疲惫。在众口纷纷之前，她的面靥更加膨胀，更加绷圆了些，两颊快要变成紫色了。

年轻人狞笑着，低声私语道：

"瞧，那副机器！"

"一座钟楼！"

她抿着鞋尖似的嘴唇，手按住胸，蹲在食桌旁边，对着自暖壶，仁慈的马眼睛轮流地凝视一切。

大家对她很恭敬，年轻人又稍微有点儿畏惧她。青年人用贪婪之眼凝视着硕大的身体，但当视线同她的视线紧碰在一起时，青年便震悚地低下自己的眼睛。任罕列夫对他自己的客人也很恭敬，同她交谈称"您"，称她教母，毕恭毕敬地款待着。

"你别忙呀，"她拖长着婀娜之声，"你干吗要慌忙，真是！"

她自己倒是不慌不忙，两只手只有从肘到腕那一节在活动，肘以上那一节紧紧压住腰。她身上发出酒精味和热面包气息。

郭果列夫老头儿欢喜得谄媚起来，赞美着妇人的美姿，好像修道士念祷词。她娇滴滴地笑了笑，但当他紊乱了话头时，她便自言自语说：

"当了娼妇我们完全不美丽了，这都是由于女性生活助成的呀。将到三十岁的时候，我们还在幻想沾沾贵人的光，希望县长大人派一辆双头马车来聘请……"

加宾周亨喝醉了酒，顿时狼狈起来，昏花的眼睛凝视着她，粗暴地问道：

"为什么要人聘请呢？"

"自然是为了我们的爱情啰。"客人解释。

"爱情？"加宾周亨震惊着，喃喃地说，"哪里有什么爱情？"

"你，这么标致的青年，当然很懂得爱情的呀。"妇人老老实实说。

厂里由于一阵哄笑声，屋宇撼动起来。后来锡达诺夫对加宾周亨嚷叫：

"傻东西，难道还不算坏透了吗！谁不晓得讲爱情只是为着排遣一种巨大苦闷……"

他醉得脸发白，太阳穴上淌着珠子般的汗水，聪明的眼睛惊惶地红着。郭果列夫老头儿摇着奇形怪状的鼻子，用手拭去眼睛上的泪水，问道：

"你有多少小孩？"

"我只有一个小孩。"

桌上挂着油灯，暖炉后边又挂了一盏。它们发出微细的光芒，厂的屋角里晃着大群阴影，从那儿可以瞥见一些没有画好的无眼睛的神像。在平坦的灰色斑点里，手和头的地方越发显得凄凉。这些神的躯体的像从衣服里、从这个地窖中神秘地消失了。用铁钩挂在天花板上的玻璃灯被烟云包蔽着，发出萤火虫样的光芒。

任罕列夫不安静地在桌子周围跑来踱去招待人们，他那秃头在这个面前点一下，在那个面前点一下，细小指头时刻挥动着。瘦削鲁莽的鼻子变得更尖了些。当他站来对着灯火时，他的脸颊上便躺着一个鼻儿的黑影。

"随便吃，随便喝呀，朋友们！"他用高音调说。

于是这妇人经济地呷了一口。

"你忙什么呢，教父？大家都生得有手，自己会吃的。要吃多少便吃多少，谁也不会客气的！"

"休息一会儿吧，客们！"任罕列夫兴奋地叫，"我的朋友，我们都是上帝的奴隶，来唱'赞美'吧……"

没有歌唱成功。大家都吃疲倦了，醉酒软化了。加宾周亨手里拿着双管口琴。年纪很轻的维克多尔·沙拉乌经，天真的黑得好似小乌鸦的家伙，拿着手鼓，手指弹着绷紧的鼓皮，手鼓便咚咚地响起来。

"俄罗斯人！"任罕列夫号召道，"教母，请跳舞啊！"

"嗨，"妇人叹息着站起来，"你着急什么呀！"

她踱到一块空地方去，屹然地立在那儿，正像一座小祠堂。她身上穿着肉桂色的阔大裙子、黄色的法兰绒的短上衫，头上是朱红色的头巾。

口琴在怒鸣，小铃在当当地响，响鼓在咚咚地叫。鼓皮发出一种沉重而喑哑的骚音，使人听得不愉快，好像人们疯了，在呻吟、哭泣，在用额头撞着墙壁。

任罕列夫不会舞蹈，只晓得颠脚步，跺着擦得溜光的皮鞋后跟，山羊般地跳跃，完全合不着柔和的音乐的拍子。他的脚好像是另一个人的，身体怪难看地扭来扭去，蹦蹦跳跳好像蜘蛛网或者渔网里的轴子。这是很不愉快的。但是，一切人甚至于醉汉都留心瞧他痉挛的表情，大家注视着他的脸和手一声不响。任罕列夫的脸愕然地表演着，变得那么亲切、赧颜，时而很傲慢，时而严厉地皱皱眉，不知惊讶什么，呻吟什么，眼睛刚一闭上，又一下子睁开，又变成很忧愁的模样。他捏紧的拳头在妇人跟前掠了一下，便突然跺着脚，终于跪在她面前，张大两条胳臂，扬起眉，真挚地微笑着。她呢，带着柔情的微笑，眼睛起落地盯住他，和平地预告道：

"你快疲倦啦，教父！"

她企图闭上可爱的眼睛，但眼睛已经落在值两戈比的一个银角上去了，终于没有闭成功，褶痕的面靥上现出不愉快的表情。

她也不会跳舞，只是慢慢摇晃自己顶大的身体，不出声息地从一个地方移到另一地方去。她左手拿着手巾，无精打采地对人们挥舞。右手叉腰，这造成她活像一只大水坛。

后来任罕列夫在这石头妇人周围跳舞着，面孔改变得很矛盾，好像不是他一人在舞蹈，而是十来个不相同的人：第一种，谦和的；次一种，生气的可怕的；再次即是自己畏惧着什么。他一边轻轻叹息，一边想稍微离开硕大而不愉快的妇人远一点儿。瞧，一会儿他又是一种样子：露着牙齿，身子痉挛地弯曲下去，好像一只受伤的狗似的。这种郁闷的舞蹈丑态，引起了我沉重的感伤，唤起关于兵士、洗衣妇、厨娘和关于狗一般的两性关系的恶劣的回忆。

记忆中留下了锡达诺夫和平之语：

"人人都相信在这难为情的景况中，谁也不会爱谁的，纯粹是消遣……"

我可不肯相信"人人都相信这件事情"，当年的马尔高皇后怎样呢！任罕列夫不相信，那是自然啰。我知道锡达诺夫有点儿欢喜娼妇，后来她传染他一身的花柳病，但他并不因此就打她，而只是一边忠告同志们别玩弄娼妓，一边招呼娼妇到自己房间去给她医治，每每同她说着特别亲爱动人的话语。

身体硕大的娼妇周身摇晃着，死人样地微笑，挥动着手巾，任罕列夫在她周围舞蹈着。我瞧见这般模样便想：是不是自欺的造物主夏娃就跟这匹母马一样呢？我产生一种憎恨她的感觉。

无脸的神像从黑壁头那边望去，黑夜紧抱着玻璃窗户。几盏油灯在制造厂的雾围里闪耀着朦胧之光，在沉重的脚步声之间与鼓噪声中，你可分别得出急骤的雨点好像从铜面盆里倒在脏水缸中似的。

这一切畸形的生活我已经在书里边读到过啊！悲哀的畸形生活！末了，大家都很疲倦。加宾周亨将口琴塞在沙拉乌经手里，叫道：

"来凑凑热闹呀！"

他也开始舞蹈，好像要飞上天去似的。后来，活泼善舞的班伏尔·奥靖曹夫和梭洛根也来了。肺病鬼达维托夫也沿着地板移动着脚步，尘土、香烟、浓烈的麦酒味儿，与每人发出一股硝牛皮气色的腊肠味儿刺激得他咳嗽起来。

他们舞蹈、唱歌、呐喊，但每个人都记得这全是娱乐，大家好像在互相考验，考验活泼同不疲倦的精神。

醉酒的锡达诺夫问了这个，又问那个：

"难道说可以爱上那样的妇人，唵？"

他好像即刻就要哭出来似的。

拉里奥洛维契耸着尖骨头肩膀，答他：

"像那样的娼妇，你要干吗？"

人们说完那位娼妇，便无踪无影地消失了。任罕列夫从上澡堂那天起，总要经过三两天之后才会进厂来，在自己角落里默然地蹲两礼拜，态度很庄严，对一切都好像是陌生的。

"他们走了吗？"锡达诺夫暗蓝色的忧愁眼睛到处张望着，自己问自己。他的脸孔很丑很苍老，然而眼睛却是很明亮、仁爱的。

锡达诺夫对我很要好，这是由于我本人做成功一本节录诗句的大簿子所致。他不信仰上帝，但很难明白厂里除掉拉里奥洛维契，谁是信仰上帝的？欢喜上帝的人们多是那么荒谬与嘲笑地谈到上帝，正像谈到女主人似的。不过坐下来吃午饭跟吃晚餐时大家还是要画十字，睡觉时还是要做祷告，每逢纪念日还是要进教堂去。

锡达诺夫一点儿也不要做这些事情，因此人家认为他是无神论者。

"没有上帝！"他说。

"万物从哪儿来的？"

"不知道……"

当我问："怎么没有上帝？"他解释道：

"你瞧，上帝在天上！"

于是，他举起修长的手臂在自己头上，后来低下来离地约莫一阿尔生远近，说道：

"人在地下！相信吗？有人说：'人的模样生来就与上帝相似的。'你要知道啊！可是郭果列夫同什么相似呢？"

这可弄颠倒了我。卑污的爱酗酒的郭果列夫老头儿还是在我的年纪就犯了"奥南"罪（《圣经》中的人名，犯手淫罪者——译者）。我回忆起联队的勤务兵叶尔沫亨和外祖母的妹妹。他们什么像上帝呢？

"人类即是猪子，这是显而易见的。"锡达诺夫说，马上又开始安慰我，"没有关系，马克西梅契，好人有的是，有的是！"

同他在一块儿，感觉很直爽。他不知道什么时，便坦白地说：

"我不知道的，就不去想它！"

这也是不平凡的。我发现同他相遇的人们，不管人家说什么，他们总爱说"知道"。

我瞧见他的笔记本，觉得很奇怪。那里边抄写着几行很感动人的有名的诗和许多只是使人感觉惭愧下流的韵文。当我对他说到普希金的时候，他便指示记录在他笔记本上的"加伏里亚特"……

"普希金，什么？他真正是一位滑稽家，瞧，别涅吉克托夫，这倒是值得注意的，马克西梅契！"

接着他闭上眼睛，轻轻念道：

瞧吧：那便是美丽妇人

魅惑人之胸脯……

于是，不知怎的特别凑合了三行，带着傲然的快乐念道：

惊的眼睛不能瞥见

兽子之门，

来吧——瞧瞧心窝里呀……

"你懂得没有？"

我很愚笨，承认我不懂得，不懂得他快乐的什么。

十四

在制造厂里我的职务是很简单的：清晨人们还在睡觉时，我便预备匠师们的自暖壶，直等到他们起来在厨房里喝过茶，我们才同班伏尔一道去收拾厂房，分配黄白两种颜料，之后我便出发到铺子里去。晚间他们盼咐我涂油漆和"研究"手艺。起初我倒带着巨大的兴趣"研究"，然而不久我明白凡是干这种"雕虫小技"的人多不欢喜这门技艺，而且多感觉着烦恼郁闷的苦痛，因此我也不大高兴"研究"了。

夜里我有闲工夫便把轮船上的生活告诉人们，有时也讲书中的故事给他们听，因此我不知不觉在厂里占得"故事家"同"演说师"的一席特殊地位了。

不久我便明白这一切人的见识都比我小。他们中差不多每个人从儿童时期就开始被关在技艺之笼里，从那时候起便蹲在那里边。厂里一切人当中只有任罕列夫去过莫斯科，他提到莫斯科总是很敏感而且很愁苦。

"莫斯科不相信眼泪，留心那儿吧！"

其余一切人多只是去过苏城和福拉吉米尔。有人讲到卡山时，他们便问我：

"那儿的俄罗斯人多吗？教堂有没有？"

别尔门他们认为是在西伯利亚，他们不相信西伯利亚是在乌拉尔山外。

"乌拉尔的沙丁煎同鲟鱼从哪儿运来的，是从里海里吗？即是说乌拉尔是在海上呀！"

有时我认为他们在开我玩笑，他们固执着英吉利是在陆地上而不是在海洋里，波纳班尔特跟卡鲁加的贵族原来是一家。当我告诉他关于我自身经历过的故事时，他们不大相信我，但大家都喜欢骇人听闻的故事、复杂的历史。我很知道，愈是荒唐无稽的事实，愈是异想天开的故事，愈是使人们留心听我。普通人一般都不注意现实，都憧憬着未来，不愿瞧见现实之丑态与贫困。

在生活与书本之间我所感觉的实足的矛盾，更加使我惊讶了。瞧吧，我面前活生生的人们，书本中没有。没有史姆利、伙夫亚各夫、亡命者亚列克山大、华西里也维契、任罕列夫和洗衣女纳挞娜……

达维托夫箱子里发现戈里钦司基的章回小说、布尔达林的《依凡·威士根》与男爵布郎别乌士的小册子。我读完这一切书，大家很高兴，后来拉里奥洛维契说：

"念书可以扫除争论同喧哗，这倒是好的！"

我开始挺热心找寻书了，找得了差不多每夜念它。这是很好的夜，厂房里寂静如深夜，桌上挂着玻璃的圆灯，苍白峭寒宛如星光，照耀着俯伏在桌上的包缠着破布巾的脑袋或者秃头。我瞧着和平沉思的面孔，有时响出一阵称赞书的著作者或者主人公的鼓噪声。人们很留心而且温情得失去了本来面目。这些时光中我很爱他们，同时他们对我也很好。我感觉得自己地位的重要。

"我们同书本在一块儿，好像与春天同在。当冬之窗棂推开时，思想上第一道窗也就打开啦。"一天，锡达诺夫说。

要获得书非常困难，到图书馆去抄写人们又没有打算，但我依然无论如何想方设法取得书籍。在这儿问人家要书，比乞丐讨恩惠还要困难啊！有一回救火队长借给我一册涅尔曼托夫，因此我一下就感觉到诗的力量与它在人类的权威之影响。

记得从"魔书"的头一行开始，锡达诺夫就瞧着书，后来又望着我的面孔，手一会儿搁在桌上，一会抱住膝头，摇头微笑。他们坐的椅子咯咯地响起来。

"安静，兄弟们!"拉里奥洛维契说了，也抛开工作踱到我正在念书的锡达诺夫桌子跟前来。诗句使我苦恼，但又愉快，我的声音逐渐嘶哑，给泪水包蔽的眼睛看不清楚诗行。但最动人的是厂房里模糊的严谨的举动与苦痛的迁移，这一切好像在吸引人们对我的注意。当我念完第一章时，差不多大家都站在一张桌子周围，互相挤靠着拥抱着，有的皱着眉头，有的嬉皮笑脸。

"再念，再念下去呀。"锡达诺夫说，掀弯我书上的头。

我念完了。他拿着书，瞧了瞧书题目，随后塞在衣袋里，申请道：

"这应当再念一遍！明天请你还来念。书我保存着。"

他走开，把书锁在自己桌上抽斗里，又开始工作。厂里很寂静，人们严谨地散到各人自己位置上。锡达诺夫踱到窗户旁边，额头压在玻璃上，不动了。接着任罕列夫重新搁下画笔，声色俱厉地说：

"瞧，这就是生活，上帝的奴隶……对呀!"

他耸起肩膀，缩着头，接下去：

"我也会画魔鬼，身体跟羽毛画黑的，翅膀画火红色，手、脸同脚浅灰色，正如同月夜中的雪花似的。"

将近吃晚饭的辰光，他的身子很不自然地在椅上胡乱转动，玩弄着指头，含糊地说着关于魔鬼、女人、夏娃、天堂与神圣如何犯罪的故事。

"这全是真理！"他固执着，"假如圣人在女人面前犯了罪的话，那不消说他会带着赤裸裸的心去谄媚魔鬼的犯罪的……"

人们听着他不作声。也许人们也跟我一样，不管什么也不愿说。大家工作得很不耐烦，时刻注意时钟，只等九点钟一敲，便很友谊地抛开工作。

锡达诺夫跟任罕列夫踱到天井上，我也跟着他们一道出来，在那儿观望星星。锡达诺夫说：

"游牧人的旅行团，

在浩无边际的沙漠中扔下了灯光。"

"这不是你想出来的吧！"

"我任何语句也不记得，"任罕列夫说，身子战栗在凛冽的寒风中，"瞧见过的东西我一点儿也不记得！真是稀奇！人可以同情鬼神吗？你要同情他，唵？"

"要同情。"锡达诺夫承认。

在走廊上，他警告我：

"你，马克西梅契，千万不要在铺子里去提到这本书：它当然是被禁的呀！"

我很快乐，关于那种书牧师在忏悔场上曾经问过我！

很沉闷地吃晚饭，既没有往常那样的喧嘈，也没有讲话，仿佛大家发生了某种重大事情，需要严密的思想。晚饭后，人们睡觉去的时候，任罕列夫拿出书来同我说：

"再来念一次这个吧！慢一点儿，不要慌……"

好几个人从床上爬起来，踱到桌子跟前，于是桌子周围全是蹲着的赤膊露肘的人。

当我第二遍念完时，任罕列夫用指头敲着桌子，说：

"这才是生活呀！唉，魔鬼，魔鬼……就是那么样，兄弟，唵？"

锡达诺夫摇了摇我的肩膀，念了些什么，后来冷笑着，说：

"我要记在我的笔记本里……"

任罕列夫站起来，想把书拿到自己桌上，但又停住，突然用战栗的调儿，难为情地说：

"我们生活着好像瞎眼狗似的，为什么要生活呢？不知道，既不是为了上帝，又不是为了魔鬼！我们是什么样的上帝的奴隶呀？依奥夫，奴隶，可是上帝还同他说话！同摩西也是！甚至于替摩西取名字。'摩西'这两个字即是人是上帝的意思！可是我们是什么东西的呢？……"

他关上书，穿好衣服，问锡达诺夫道：

"去酒吧间吗？"

"我要回自己家里去。"锡达诺夫轻轻答道。

他们走开时，我躺在门边的地板上，同班伏尔并列。他老是说梦话，发鼻息，后来突然轻轻地哭起来。

"你干吗？"

"我很怜悯一切快要死去的人。我从十四岁起就同他们在一道生活，不管什么我都知道……"

我也怜悯这般人。我们许久睡不着觉，低声谈论着他们每个人仁爱善良的习性，与一切尤其是增大我儿童的怜恤心的什么。

我同班伏尔很友谊地生活着，后来从他手头学会了很好的手艺，但同他相处不久便分开了。他不到十三岁便开始酗酒，后来我在莫斯科流浪人荟萃的黑特尔市场遇见过一次，最近听说他已死于伤寒病了。我的一生当中，多少个好人竟然不知不觉地消失殆尽，回忆起来好不苦痛啊！凡人皆免不了生老病死，这是很自然的，然而别处的人毕竟不像我俄罗斯人死亡得那么可怕、迅速，那么无意义。

当年他长着一个圆圆的小脑袋，年龄比我大两岁，人很活泼、聪明、诚实。他的本事，善画鹊鸟、猫儿、老鼠，尤其是工于漫画。他时常用毛笔画锡达诺夫，有只腿上站着一只忧愁的山鹬；任罕列夫，鸡公，锯齿形的冠子，后脑壳上没有羽毛；大胖子达维托夫，悲哀的田枭。但这一切之中他做得最成功的一幅漫画算是雕刻师郭果列夫老头儿，样子酷似大耳朵蝙蝠，滑稽的鼻子，细小的脚，每只脚上长着六个毛茸茸的爪子。黑而圆的脸上白色的眼圈，扁豆仁似的眼球斜在一边眼角里，这可给出一副活生生的面孔与十分丑恶的表情了。

当班伏尔把漫画陈列出来时，匠师们并不难为情，只有郭果列夫的漫画引起人们不愉快的印象，因此他们严厉地忠告画家：

"你最好撕掉，要不然回头老头儿瞧见了，会揍死你的！"

腐败卑鄙的爱酗酒的老头儿，没落在宗教迷信之余烬中，时常爱在大司务面前诽谤整个工厂，大司务的未婚妻是女主人的嫡亲侄女儿，因此他已经觉得自己是整个工厂与一切人的主人翁了。工厂对他又厌恨，然而又畏惧，为了这种关系人们也畏惧郭果列夫。

班伏尔不管什么事情都爱放肆同雕刻师捣乱，好像居心不给他一秒钟的安宁。我也竭力帮他这个忙。厂里平素残暴无情而以我们的捣乱行为为可乐的人们，此刻也警告我们：

"看倒霉的，孩子们，谨防'铁甲虫'揍死你们啊！"

"铁甲虫"这是厂里给郭果列夫取的诨名。

警告我们也不怕，我们偏要在雕刻师睡觉的面孔上去涂颜料。有一回当他喝醉酒睡觉时，给他涂些黄色的油漆在鼻子上，他三个整天都不能揩掉鼻子深沟里的金黄的东西。但是，有一次，当我们同老头儿捣乱成功了时，我便记忆起轮船上联队的小兵，我的心灵中非常凌乱。

虽说我们快要长成大人了，然而郭果列夫却依然那么狠心肠地时刻打我们，为了一点儿无心之过失。打了不要紧，可是过后他还要在女主人面前告状子。

她也是一个每天酗酒的家伙，但她是很仁慈快乐的，拼命威胁我们，浮肿的手在桌上一边敲一边叫：

"你们这般鬼东西，还要无理捣乱吗？他，老年人，应当尊敬他！谁倒蜡油在他酒杯里？"

"这是我们……"

女主人惊叫：

"哎呀，我的阿爸，他们还公然承认呀！哎呀，可诅咒的东西，应当尊敬老人呀！"

她把我们驱逐开，黄昏时便在大司务面前诉苦，于是那一位便愤然地说：

"你们怎么样？你们念了书，念了《圣经》，还要那么无理捣乱，唵？当心吧，伙计们！"

女主人是个孀妇，仁义的可怜虫。有一天，她蹲在窗户边一边放肆喝酒，一边哼唱道：

"无论谁也不怜悯我，

我也不怜悯谁，

谁也不知道我的痛苦，

我的忧愁对谁诉。"

于是，她啜泣着，拖长颤抖的老调：

"呜……呜……呜……"

有一回，我瞧见她手里拿着一只热牛奶瓶，走到楼下，她的腿突然一弯，蹲下来，顺着楼梯朝下滚，一级一级，瓶子没有从手里滑脱。牛奶倒在她衣服上，后来，她伸长着手，愤然地对瓶子叫：

"你干吗，狂狼，往哪儿去？"

她身体很瘦，而且柔弱得活像一只只会吃会叫而不会捕老鼠的衰老猫。她甜蜜地回忆自己过去的胜利与满足。

"瞧，"锡达诺夫深思地皱着眉头说，"过去伟大的企业、伟大的工厂，做工的都是聪明的人才，现在一切都变卦了，一切都操纵在'铁甲虫'狗掌里！人们劳动、劳动，完全是替别人劳动，想到这儿，脑子里突然像中了一颗炸弹。无论什么也不愿意做，只想抛开一切工作，躺在屋顶上去，整整躺一个夏天，观看天上……"

班伏尔也有锡达诺夫这种思想，学大人抽香烟，幻想上帝，酗酒，幻想女人，幻想消灭一切工作，做某种事情的只有一种人，而其余的统统来破坏不为他所理解而没有价值的被人所创造的东西。

在那些时候，他那尖角形的可爱的面靥，起了褶痕，变得苍老了许多。他蹲在地铺上，抱住膝头，久久地眺望着暗蓝色的窗棂、敞房的屋顶上的积雪与冬之天空的星星。

匠师们正在打鼾，正在梦呓，不知谁睡醒了在啜泣，奄奄一息的达维托夫在炕床上咳嗽。屋角上横七竖八地倒着醉生梦死的"上帝的奴隶"加宾周亨、梭洛根跟别尔生诸人。无脸、无手足的神像从壁头那边望过来。浓烈的油漆气色、发臭的蛋与落进地板缝隙里的垃圾的浊气几乎令人窒息。

"我怜悯他们什么呀！"班伏尔喃喃地说，"我的上帝！"

这种对人们的怜悯心，使我更加不安。我们两个在一块儿的时候，我曾经说过一切匠师都好像是好人，只是生活太坏，工作没有代价，受不了郁闷罢了。风雪交加的冬天，当大地上万物——房屋、草木都在震撼、咆哮、哀鸣，教堂的沉郁的钟声正在大响的时候，郁闷之浪潮好像沉重的铅似的注入工厂，压抑着人们，抹杀了他们跑酒店、找女人的活泼精神。那种女人带着一种催眠术，好像麦酒似的。

那样的黄昏书本也就无补于事了，因此我同班伏尔用尽方法努力使他们愉快。我们用油漆和颜料涂抹在自己脸上，再把苎麻披在身上，演出各种喜剧。我们主编的、扮演的与郁闷争斗的英雄，使得他们愉快。记得《一个兵士援救比得大帝记》那一出戏，我用说白阐明这本书的故事，我们爬到达维托夫病榻对面的炕床上去，在那儿很痛快地演完了佯装杀头那一幕，人们哄然大笑了。

特别使得他们高兴的算是《群鬼游洞》那一出中国戏。班伏尔扮演企图成功一件慈善事业的不幸之鬼。我呢，装扮其余一切：地洞、道具、仁慈的鬼魂，甚至于装扮一面石头。那上面是中国人创造慈善的每一种企图失败之后的安息所。

人们哄然大笑起来，同时我很奇怪：怎么会这样容易使他们发笑呢？这种容易的笑可使我不愉快，而且厌恨。

"嗨，小丑！"有人说我们，"嗨，敌人！"

但是，愈下去，我愈是胡思乱想着人们发愁之心灵愈加接近快乐了。

快乐无论何时也没有生长在我们心中，也没有被人出于本意地去评价过，它只是卓然地从看不见的地方抬起头来，好像是镇压俄罗斯人梦幻般的苦痛之工具。那种不因为要生长，而勉强生长起来只是招致忧愁的内心的快乐力量，令人疑惑啊！

俄国人的娱乐往往极其唐突而不可思议地陷入残酷的戏剧中。舞蹈的人，好像在挣脱束缚他的镣铐，一会儿突然释放了猛兽般的自己，但又投身在一切非人的苦痛中，在那儿挣扎，张牙舞爪，悲伤颓废。

这种勾引起意外冲突的紧张的娱乐，激动着我，甚至于兴奋起自骄心，我开始表白意外创造出的幻想。我深愿喊出人间真正的、自由的、容易的快乐之口号！某种目的我已经达到了，有人赞美我、奇怪我，然而仿佛是动摇我的苦痛重新茂密坚固起来，压抑着人们的苦痛。

灰色的拉里奥洛维契，亲切地说：

"嗯，你这快乐神，上帝保佑你啊！"

"安慰者，"任罕列夫打断他的话头，"你，马克西梅契，到游艺场或者到戏院去吧，将来准会成为一个挺有名的丑角的！"

厂里一切人之中只有加宾周亨跟锡达诺夫两个每逢圣诞节跟四旬节去看戏。年龄大一些的匠师们郑重地劝告他们在"依奥丹"节（耶稣受洗礼的正月六日——译者）下冰洞去洗干净这种过恶。锡达诺夫尤其是时常鼓励我：

"抛开一切，学戏子去吧！"

于是他感慨地说着悲惨的"戏子亚各夫生活"的故事。

"瞧，他多会生活呀！"

他欢喜讲被人称为"江湖婆"的皇后玛丽亚·司欠阿尔特的故事，但特别夸奖"西班牙贵族"。

"邓雪察特班章这个人，兄弟，真是稀有的贵人啊！"

为了"西班牙贵族"，不知什么迷住他的心窍：有一天，望楼前面的旷山上，有三个救火夫开玩笑殴打一位乡民，约莫四十个群众在那儿观看打架，称赞救火夫的本事。锡达诺夫也跑去参加搏斗，用勇敢的拳头打倒了救火夫，把乡民扶起来朝人群中一塞，叫着：

"你们瞧吧！"

接着，他一个人抗战三个。救火队住的地方离这儿只有十来步远，救火夫要是能够喊人来帮忙，也许会打伤锡达诺夫的。但是，他很幸运，救火夫终于被吓跑了，跑到消防公所去了。

"狗东西！"他追着他们叫。

每逢礼拜日，青年人都要到比特罗班伏洛夫司基坟场外的林园去斗拳，那儿聚集着比赛的工人、清道夫与近村镇的乡民。垃圾车停在本城著名的斗友对门。这位斗友是莫尔多人，身体很魁梧，小脑袋，眼睛经常噙着泪水。他用龌龊的短外套袖子拭去泪水，挺起胸脯站着，两条腿大大地叉开，心平气和地挑战道：

"出来呀，难道冻僵了吗？"

我们这边的加宾周亨走出来站在他对面，莫尔多人时常打中了他。但是周身血淋的喘息的哥萨克说了：

"我不要老命，偏要战胜莫尔多！"

结果，这变成了他生活的目的，他甚至于戒了酒，入梦之前用雪花揩擦身体，吃许多的肉，因此肌肉很发达。每个黄昏玩两普特重的秤锤，但这是于他无补益的。后来他缝些铅块在手套里，对锡达诺夫骄傲道：

"现在莫尔多可不行啦！"

锡达诺夫严肃地警告他：

"滚开，要不然我要先同你斗一场啊！"

加宾周亨一开始不相信他，但当人们来比赛时，锡达诺夫突然对莫尔多说：

"走开，华西里·依凡伦契，我要同加宾周亨决斗！"

哥萨克马上脸儿发紫了，大叫道：

"我不同你斗，走开！"

"你要。"锡达诺夫说，迎上前去，睥睨着他的脸。加宾周亨脚在地上一阵乱跺，脱去一只手套，塞在衣怀里，离开决斗场。

于是我们的敌方怪不高兴地惊讶着，不知哪一位上流人物愤然地说锡达诺夫：

"我的伙计，这完全是不合法的，为着家常琐事到大庭广众之中来决斗呀！"

各方面攻击锡达诺夫，呵责他。他许久不作声，但是，最后对上流的人说：

"难道要我赔偿损失吗？"

上流的人顿时想了想，脱去没有遮阳的帽子，说着：

"那么，我们这边同你斗吧，谢谢！"

"但是，你，老伯伯，不要说出去！"

"为什么？加宾周亨是稀有的斗友，但是失败激怒了人，我们明白！可是现在从他的手套便可以看出决斗之前的阵容。"

"随便你！"

上流人走开时，我们这边开始骂锡达诺夫：

"踢开你，车杠！假如哥萨克来斗多好呀，可是，你瞧，回头我们要失败的……"

锡达诺夫叹口气，说道：

"嗨，你们……"

接着他便招呼莫尔多决斗，那人便站成一种比赛的姿势，愉快地挥动着手，讪笑道：

"我们来打一打，暖和一下身子吧……"

好些人被后面的人揪倒着，一个个手牵手地站成一个阔大的圈子。

斗友们敏锐的眼睛互相注视着，右手向前挥，左手便按住胸脯。有经验的人们，顿时发现锡达诺夫的手肘较莫尔多的要长些。肃静，斗友们脚下的雪花发出一阵碎响。不知谁等得不耐烦，贪婪地埋怨道：

"还不快开始……"

锡达诺夫挥动着右手，莫尔多举起左手防护，左心室下中了锡达诺夫左手一直拳，叫了一声，退开满足地说：

"年轻人，可不是傻瓜啊！"

他们开始互相跳跃，沉重的拳头互相挥打。几分钟之后，双方的人们兴奋地叫道：

"跳呀，神像画家！拳头对准他！"

莫尔多的力气较之锡达诺夫的多得多，但是以体重闻名于当时的他，不能够打得那么敏捷，往往挨了别人两三拳才还击一下。不过被打伤身体的莫尔多，显然感觉不很难受，他只是喘息、冷笑，后来，突然使劲地朝天冲几拳，拳头从锡达诺夫肩上落入左边腋下。

"散开，没有啦！"好几种声音顿时叫出来，于是毁了圈子，人们带走斗友。

莫尔多心平气和地说：

"没有巨大力气，而只是一位敏捷的神像画家！将来会成为一个名斗士的，我可以向人们这么说。"

小伙子们开始普通的决斗。我陪锡达诺夫到骨科医生那儿去，在我的眼光中，他们的行为更加提高了他，而且引起人家同情他、尊重他。

他的为人很公正诚实，他认为这是自己的本分，但夜郎自大的加宾周亨怪巧妙地取笑他：

"唉，你妇人心眼！你把灵魂擦干净得像礼拜六的自暖壶似的，然后自夸道：'瞧，多么洁白呀！'然而实际上你的灵魂是黄铜做的，十分郁闷……"

锡达诺夫很安静，不作声，不是热心地工作着，便是在抄写涅尔曼托夫的诗在自己笔记簿里。他所有的闲工夫都耗费在抄书方面，因此我对他提议：

"假如你有钱，你就去买书吧！"

他答道：

"不好，最好是亲手抄写！"

用秀丽的笔法抄完一页，签好名等待墨迹干的时候，他轻轻地念道：

> 不用悲伤，不用怪命运，
> 将来你瞧世界上，
> 哪儿也没真正的幸福，
> 也没有永恒美丽的人生……

念完，他眯着眼说：

"唉，这真是不错！他的确懂得真理。"

我很奇怪锡达诺夫同加宾周亨的关系。哥萨克喝醉酒，老是对同志挑战，锡达诺夫再三叮咛他："得啦，别再……"

但后来他开始残暴地打醉汉，残暴得使对于"内讧"素来漠不关心的匠师们也来参加这种战斗、离间朋友。

"一次也不要放松也夫根尼，一下把他打死，他不怜恤你。"他们说。

戒酒后的加宾周亨同样是不觉疲倦地取笑锡达诺夫，嘲笑他对诗的热情与他悲惨的浪漫史，但猥亵的话语却没有获得好的结果，没有激起人家注意。锡达诺夫听着哥萨克嘲笑，不作声，不难为情，甚至于有时也跟着加宾周亨一道笑。

他们在一个铺上睡觉，每天晚上总要叽里咕噜地聊天许久。

这种谈话扰乱我的安宁，想打听他们可能友爱地说什么，与对别人说的究竟有什么不同。可是，当我走近他们身边时，哥萨克嚷道：

"你要什么？"

锡达诺夫好像没有瞧见我。

后来，有一次，他们叫我去，哥萨克便问道：

"马克西梅契，假如你发了财，要做什么？"

"将要买书。"

"还有呢？"

"不知道。"

"唉。"加宾周亨很不高兴，从我面前掉开身子。接着锡达诺夫冷静地说：

"你瞧，不管老老少少，无论谁也不知道的！我可以告诉你：自己发了财并不单是达到了买书的目的就完事，不管什么人都得需要任何东西的。"

我问：

"那你们为什么要问？"

"我们不想睡觉，所以要问。"哥萨克说。

我听他们谈话，听到夜很深，打听到他们每夜所谈的不外乎一般人白天所说的那些：真理哪，上帝哪，幸福哪，愚蠢与狡猾的女人哪，富人的贪婪哪，与一切复杂的不明了的生活哪。

我每每贪心地听着这些对话，它们使我感动，使我快活。差不多的人都爱说千篇一律的话：生活不好，应当生活得好一点儿！但是那时候我瞧见工厂的生活与匠师们的相互间的关系，丝毫没有变更，怎样才算好生活也没有规定。这一切在我生活前面大放光明的言论暴露了它里面某种悲哀的空虚，人们在这种空虚中，好像风前水池里的尘芥无意义地受刺激地浮动着，同时又埋怨着无意义的随波逐流，使他们难为情。

他们不管什么事情总爱批评，不管对什么人都欢喜裁判、赞美、宣扬罪恶，因此每每为着一点儿琐事，引起狞恶的争执与互相残暴的侮辱，时常拼命议论他们死后要怎么样；但是工厂门边的脏水桶、破烂的床板、地板下地洞中潮湿腐臭地升起冻僵了腿的寒气，这一切的一切，他们想也不想。我同班伏尔常常用干草跟烂布去填塞地窟窿堵住寒气。人们时常说应当换个床板，可是地窟窿一天天地变大变深，大风雪的日子蹲在它旁边，好像蹲在冷水管面前，使人伤风咳嗽。这，他们可不要管。镔铁皮遮搭成的风窗轧轧地响得令人生厌，人们粗鲁地呵责它，但当我给它涂上油漆的时候，任罕列夫倾听着，说：

"风窗不响了，响疲倦了！"

人们洗完澡回来，便躺在满是尘土的龌龊床上，污秽的尘土气息，大概不会扰乱任何人吧。还有许多有碍卫生的零碎废物，本来他们是可能取缔的，然而谁也不肯去做。

人们时常说：

"谁也不怜悯人类，哪怕就是上帝，就是自己……"

但是，当我同班伏尔扫除干净食人的脏物同垂死的达维托夫床上的虫虱时，人们大笑我们，故意脱下自己身上的衬衫，叫我们去捉虫虱，并且叫我们作"浴室听差"，好像我们做出了什么丢脸的很可笑的事情，惹得他们随时取笑。

达维托夫从圣诞节直到大斋期都躺在病榻上，不断地咳嗽，吐着怪腥臭的血——吐不进脏水桶里，便落在地板上，每夜他梦呓似的喊醒人们。

差不多每一天都有人说：

"应当送他进医院去！"

起初人们给了达维托夫一张"请假证"，后来他病又好些了，可是最后人们又决定：

"反正都是一样，他快要死去的！"

他自己也表示：

"我，快啦！"

他是一个好沉静的幽默者，同时平常也努力用小玩意儿驱散厂里剧烈的郁闷，消瘦黧黑的脸从床沿上吊下来，用竹笛的声音叫：

"人们，听床上的声音啊……"

接着他快速地念出一首忧愁的"打油诗"：

我生活在炕床上，

睡觉是很早的辰光。

梦醒时，

我身边走着蟑螂……

"他不悲哀呀！"人们称赞道。

有时候，我同班伏尔到床前去，他鼓起劲儿说笑话：

"用什么酬谢贵客呢？你们不要新鲜的蜘蛛吧？"

他死得很慢，这使他很厌烦。他带着恳切的烦恼说：

"无论怎样都不能死快一点儿，真是不幸！"

他的死很使班伏尔惊骇，他每夜喊醒我，低声说：

"马克西梅契，他好像死啦……瞧，死在夜里，叫我怎么睡觉呢，唉，上帝！我害怕死人……"

或者说：

"人生有什么意思呢？二十岁还不到，就要死去啦……"

有一回，月夜，他喊醒我，瞪着吃惊的眼睛，说：

"你听！"

达维托夫在床上嘎着嗓子，急促而又嘹亮地说着：

"到这儿来，来……"

接着开始抽噎。

"真是快要死啦，你瞧！"班伏尔很感动。

我整天扫雪，从天井扫到旷野去，此刻十分疲倦，很想睡觉。但班伏尔偏要请求我：

"别睡觉，谢谢你，做做好事，别睡觉！"

后来，他突然跪起来，狂叫：

"起来，达维托夫死啦！"

不知谁被惊醒了，好几个人影从床上爬起来，响出一些愤然的问题。

加宾周亨爬上炕床去，惊叫道：

"的确像是死了，不过身体还是热的……"

"肃静！"任罕列夫画完十字之后，藏在被窝里，说，"嗯，上帝对他怎么样？"

不知谁提议：

"把他扛到走廊上去……"

加宾周亨爬下床来，瞧了瞧窗户。

"让他躺到明天清早，他活着的时候都不妨碍任何人，何况是——"

班伏尔头藏在枕头下，啜泣着。

可是，锡达诺夫并不会被惊醒。

十五

　　雪融解在田野间，冬天的乌云融解在天上，大地上下着潮湿的雪雨。太阳极其迟慢地走过它日间的道路，空气变得更加暖和了些，好像快乐的春天已经到了，喧嚣地躲藏在城外的田野间，一会儿就会涌进城来的。街道上满是黄色的尘芥，铺石道旁溪流正在奔放，亚列司丹旷场融化的雪堆上小鸟快乐地跳跃着。人间也显出鸟儿般的忙碌景象。春的骚音之上，差不多从早至晚不断地迸出大斋期的钟声，软绵绵地刺激震撼着心儿。在这种钟声里，好像老头儿的话语中藏着某种难为情的东西，又仿佛人们带着冷峭的悲哀对着钟声说一切：

　　"过去了，这个，过去了……"

　　我的"命名"日那天，厂里赠我一个"上帝的人阿列克西"的雏形像，像虽小，然而刻画得却很精致。任罕列夫来了一番长而且严肃的演说，这，我很记得。

　　"你是谁?"他弹动手指，扬着眉，说，"没有多大的小把戏，孤儿，年龄总共不过十三岁，但是我年纪差不多比你大四倍，我之所以称赞你，只是因为你对付一切事物能用老老实实的率直态度，不矫揉造作走歧途！希望你永远走正路，那就好了！"

他谈到上帝的奴隶与他的人类的事情，然而人类与奴隶间的区别终于使我不明了，而且就是他也许还是不明白。他说得很沉闷，厂里取笑他，我拿着塑像站着，心惊胆战，不知道怎么做才好。最后加宾周亨很不耐烦地说这演说家：

"停止你的葬礼祷词，瞧，他的耳朵已经变成蓝色了。"

后来他拍着我的肩膀也称赞了几句：

"我们所以觉得你好，是在乎你是一切平民的亲属，这就是你真正的好处！所以当你做错事情的时候，不要说打你，即使骂你几声也是很难得的！"

大家用和爱的眼睛凝视着我，嘲笑着我难为情的尴尬样子，但是没有笑多久的工夫。这时候，我真想大叫几声，因为他们这班人对于我居然也觉得有些用处，使我获得了出乎意料的快乐的感觉。但是，正当这天早晨进铺子去，司务便向我点着头，对比特·华西里也维契说：

"不仁爱的小把戏，不论做什么也不中用的！"

我照常是清早到铺子去，但是中饭后，司务便说我：

"回家去，把厰房屋顶上的积雪扫下来，装进冰库去……"

关于命名纪念日那回事他不知道，我自信无论谁也不知道这桩事。当厂里庆祝典礼完毕时，我才换好衣服，跑到天井里，爬上厰房屋顶扔些去年冬天的坚硬厚实的积雪下来。但是心不在焉的我，忘记打开冰库门，倒雪进去。我跳下地来发现这种错误，顿时决定把雪块从门那儿扔进去，润湿的它粘紧在一块儿，木铲很难摇动它，铁铲又没有，因此当经理出现在后门的一霎，我便撬坏了一把铲子。俄国的谚语"乐极生悲"，这确是真理啊！

"好，"经理取笑说，走到我跟前，"唉，你，工作，见你的鬼！看我打破你糊涂的脑袋……"

他拿铲柄子挥动着。我移开一步，愤然地说：

"我难道是你雇的看门人……"

他对准我的脚摔一木棒，我抓住雪团扔去打他的脸。他一边跑开，一边喘息，我也抛下工作跑到工厂里去。几分钟之后，他的未婚妻、满脸痘痕的活泼姑娘跑下楼来。

"马克西梅契上楼去！"

"我偏不去。"我说。

拉里奥洛维契吃了一惊，轻轻问道：

"干吗不去？"

我告诉他那是怎么一回事。他心焦地皱着眉头，一边预备上楼去，一边用半低音说我：

"这桩事，你，兄弟太大胆了……"

厂里开始轰动，责骂经理。加宾周亨说道：

"嗯，回头看他们揍死你啊！"

我可不怕挨揍。我同经理的关系老早就破裂了，他一味厌恨我，最近更尖锐化，我也不能饶恕他，但我很想打听他为什么要对我不讲理。

他故意丢铜板在铺子里的地上。我扫地时，拾着它便存放在柜台上的茶杯里，这茶杯是专门装打发乞丐的小钱和戈比的。我打量到这含着拾物归私人所有的意义时，便说司务：

"你白丢钱给我啦！"

他面孔发烧了，满不在乎地说：

"你不敢教我，我知道怎么做事情！"

但他顿时更正道：

"怎么是白丢呢？它们自己掉下去……"

他禁止我在铺子里念书，说着：

"这不是你的聪明事业！你，寄生虫，怎么配打学者的招牌？"

他用值二十戈比的一个银角子来谋害我的企图依然没有取消，我明白假如那一次我扫地把钱扫滚在地板缝隙里去了，那他准会确信是我偷走的。因此我再一次对他提议放弃这套把戏，但是当天我从酒吧间泡开水回家来，就听见他在怂恿隔壁店里最近才雇来的伙计：

"你教他偷部赞美诗，我们马上可以得着一部赞美诗和三个匣子……"

我明白这话与我有关，我一走进铺子时，他们俩做出很不安的样子。除开这个征兆外，我还有证据证明他们蠢笨的谈话中有反对我的嫌疑。

隔壁的伙计已经不是初次给那儿做工的，他被认为是手腕灵巧的商人，然而酷嗜酗酒，前些日子为着酗酒主人把他开除。但后来这位消化不良、有气没力的长着一双狡猾眼睛的人又被原来的东家雇回来。在主人面前装腔作势假谦恭的他，胡髭里经常露出聪明的微笑，欢喜说俏皮话。他身上常有一股一般牙齿腐烂的人们常有的恶臭气味，虽然他的牙齿很洁白健康。

有一天，他很使我受惊吓：踱到我跟前来，亲切地微笑着，但后来突然打翻我的帽子，一把抓住头发。我们开始打架，他从廊台上把我拖进铺子，我简直拼命在大的神龛上和竖着神像的地板上一阵横冲直撞。假如他打胜了的话，我说不准会打碎玻璃窗，毁了雕刻物，抓扯坏一切值钱的神像哩。可是他很没有力气，结果给我征服了，但是正当我饱受惊骇的当儿，这位长胡髭的男人蹲在地上，揣着受创的鼻子，苦痛地大哭起来了。

可是，第二天早晨，我们两家的主人都出去了，我同他又在一起的时候，他手揣着浮肿的鼻梁和眼睛下边，友爱地同我说：

"你以为我有意跟你捣乱吗？我不是傻子，我老早知道你会打伤我的，因为我是一个身体衰弱的酗酒汉。这是主人命令我的。'去呀，'他说，'努力对他挑衅，要不然总有一天他会跑到铺子来同你打架的，挺好还是先去打倒他的威风吧！'可是我自己也许还没有决心打，你就装模作样……"

我顿时相信他是受人指使，因此很怜悯他，我知道他同那时常捶他的妇人都过着半饿半饱的生活。但结果我还是问了他：

"假如有人强迫你毒杀人，你要毒杀吗？"

"他要强迫，"伙计带着可怜的微笑，轻轻说，"他可能……"

这事过后不久，他要求我：

"听着，我此刻连一个铜板也没有，家里断了炊，女人埋怨我，好朋友，请把你们储藏室的不管什么样的神像偷一个出来，给我卖去吧，唵？要偷吗？要不然偷部赞美诗吧？"

我回忆起鞋店、教堂的门房，使我想到：这个人又是出卖我的呀！但是要我替他偷神像这桩事，很不容易拒绝。至于说到偷一部值好几卢布的赞美诗，我更没有勇气，因为好像这便是我犯了十恶大罪呀！究竟怎么办呢？人道中每每包含着数学，"刑事犯"洁白质朴的心灵十分显明地会露出隐藏着巨大的个人的欺谎之小秘密。

当我听见我的司务怂恿隔壁伙计叫我偷赞美诗时，我愕然了。我的司务显然知道我很慷慨，善于替他人打算，同时隔壁伙计对他谈到过关于神像的事情的。

卑污龌龊的慷他人之慨与对于我的低能的诡计，引起我对自己与对一切人的愤恨仇视的感觉。好几天来我饱受剧烈的苦恼，同时期待着书箱的来到。结果，它们来了，我把它们收拾在储藏室里，隔壁伙计走来要我给他赞美诗。

当时我便问他：

"你要说神像是我的吗？"

"要说，"他用悲哀的嗓子说，"我，兄弟，不管什么也不能保守秘密的……"

这可迷乱了我，我蹲在地上瞪着眼望他，可是他开始急速地咕噜着，由于绝望的苦痛变得报颜了。

"你没瞧见你自己的主人和我的主人已经打量到这回事了吗，还说我说你的……"

不用说我已经倒霉了。这般人侦察着我，现在我只有预备地方去跪着忏悔童年的犯罪行为！假如要堕落的话，那就堕落在万丈深渊中去吧，反正都是一样的堕落！我终于率性把一部赞美诗递到伙计手头，他将它藏在大衣里，走开几步，但顿时又跑回来，把赞美诗丢在我脚下，一边大踏步地走开，一边说着：

"不要，你自己要倒霉的……"

我不懂这话的意思，为什么我自己要倒霉呢？但我很满意他不接受书。这之后，我小小的司务越发生气、狐疑地监视我了。

我完全记得拉里奥洛维契上楼去那回事。他在那儿停留一会儿，回来时比较往常更加抑郁、更加沉静了些。正当吃晚饭时，他挤眉弄眼地说我：

"真是心焦啊！他们要取消你铺子里的职务，也许是调到厂里来。别再出错呀！'铁甲虫'不满意你，因为你对他没有诚意……"

在家里，我也有一个仇敌——司务的未婚妻、风流过度的女孩子。厂里一切青年都同她玩，在走廊上等着拥抱她，她并不难为情而只是小猪样的轻轻地叫几声罢了。她从早到晚吃东西，她的衣袋里装满着姜饼同煎糕，牙腮成天不觉疲倦地牵动着。她那一副长着不安静的晦涩眼睛的平凡面容，看起来是很不仁爱的。她时常以隐藏着某种粗俗无耻的神秘东西来诱惑我跟班伏尔，对我们说些掺杂着丑恶字眼的轻快话语。

有一天老年匠师中不知哪一位说她：

"你，不要脸的野女孩子！"

她娇憨地用俗不堪耐的小调来回答：

"假如女孩子要顾羞耻，

她便不适宜于做婆娘……"

我真是第一次瞧见那样的女子，她站在我面前便恐吓我，粗鲁地卖弄风骚，后来发现这种风骚使我不愉快，马上就变成更加烦恼的了。

某一次，我同班伏尔在敞房里帮她蒸馏装过酵母跟胡瓜的木桶时，她对我们提议：

"来呀，小孩们，来，我教你们接吻呀！"

"我比你还要会些哩。"班伏尔说她，狞笑着。接着我便说她已经同未婚夫接吻过，再来是不很甜蜜的。终于她生起气来。

"嗨，好浑蛋！少奶奶同他谈情，可是他鼻子一掉。你们说，多么摆臭架子呀！"

于是用手指威吓着，补充道：

"好吧，先生，我记得你啊！"

班伏尔打断我的话头，也说她几句：

"假如未婚夫知道你的鲁莽，看不要你啊。"

她狐疑地皱着麻脸。

"我才不怕他哩，带着我的嫁妆我可以找到十个以上的男人，只要是未结婚和未'那个'的处女。"

后来，她开始同班伏尔轧姘头，从那时候我便做了她喋喋不休的谗言者。

铺子里的生活愈加困难了。我读过一切宗教的书籍，《圣经》学者们的谈话和论争更加不使我发生兴趣，他们所说的一切都不外乎一桩事情，只有比特·华西里也维契"黑暗人生"之见识与富于兴趣同热情的经验谈仍旧使我心生向往。有时我也想效法流浪世界的孤独的幻想的叶里士预言家，到处漂泊去。

但是，有一天，当我开诚布公同老头儿谈说人类和自己的思想时，他深切地注意听我，一会儿便把我所说的告诉司务，后来那家伙不是耻笑我，便是愤然地呵责。

一天，我告诉老头儿说我已经把他有时候的言论记录在我抄写的有各种不同的诗与书中的警句的笔记簿上了。这可使他吃惊不小，他顿时对我摇了摇脑袋，惊心地问我：

"你这是为的什么？小孩子，这是要不得的呀！为了记忆？不成，你抛掉这个吧！你干吗要这样！你给……给我这本笔记簿吧，嗯？"

他喋喋不休地说了我许久，为的是要给他笔记簿或者把它烧掉，但后来愤然地同司务埋怨着。

我们回家时，司务严厉说我：

"你不要做这种笔记，听见吗？只有侦探才做这种事情呀。"

我随随便便问一句：

"那锡达诺夫是什么呢？他同样做笔记。"

"同样？大傻瓜……"

他沉默了许久，非常和蔼地说：

"听我的话，把你自己的同锡达诺夫的一道给我看，回头我给你五十戈比！但是要锡达诺夫不知道，偷偷地……"

也许他自信我会实行他所希望的，不再多说一句话，两只短短的小腿便从我前面跑开了。

回家我就告诉锡达诺夫司务所说的话，也夫根尼皱了皱眉头。

"你真是白啰唆！现在他会叫不管什么人来偷走我和你的笔记簿的。把你的给我，我替你藏起来。但是他马上会压迫你的，留心吧！"

我相信这一点，因此决定等外祖母一回城里来就辞去职务。她整个冬天都住巴拉汉，帮人家教女孩子学编花边。外祖父又搬到古纳汶去住了，我不愿到他那儿去，因为他进城来都不来看看我。有一天，我们在街上碰见，他穿的狗熊皮袄，走路很庄严、很缓慢，好像神父似的。我同他打招呼，他用手掌遮住额头瞧着我，深思地说：

"这是你，你现在是神像画家了，好，好，好吧，你去，去呀！"

他从道上推开了我，继续庄严而缓慢地向前走着。

我瞧见外祖母的时候很少。她毫无倦怠地劳动着，挣钱来供给老态龙钟的时常生病的外祖父的穿吃，而且成年同舅父的子女们纠缠在一块儿。最使她劳碌的算是米哈依尔的儿子沙夏，标致的青年、幻想家、书呆子。他精于美丽的技术，时常从这个东家跑到那一个东家去，但在过渡时期中，一切都由外祖母负担，他只是静待着她替他寻新的位置。除此而外，她还得照料沙夏的姐姐。她是一个不幸的女人，嫁给一位爱酗酒的手艺人，给丈夫打骂，逐出了家庭。

同外祖母相遇的时候，我愈觉得她的灵魂魅惑人，然而我这种美丽的灵魂已经被神话故事弄糊涂了，不适宜于观察事物，不能理解苦痛现实的景况、我的烦恼与我对它疏远的感情。

"应当忍耐，奥列沙。"

回答我关于丑恶的生活、人们的烦恼以及一切使我感受刺激的苦痛故事，她总会这样说。

我很不会忍耐，假使有时候表现了牲畜、草木和石头的德行，也不过是为着自身的经验，为着要知道蕴蓄自己的力量与巩固世界上的阶级罢了。有时候，青年们凭着一般英豪的蠢动与对于成年人的力气之敬慕心，也爱企图提高艰难困苦、增长他们极大的筋骨，同时也需要人家赞美，正如同大力士之举起两普特重的秤锤画十字。

在一直的转变思想中，这一切我都做过，不管精神的也好，肉体的也好，不过得感激不曾致我死命、不曾毁伤整个生活的某种意外事情。因为一个人的毁伤，再也没有像毁他的坚忍、毁伤他对外界定规的屈从力量那么可怕。

假使我最末最末的一天，还生息在这被毁伤的世界上，那我可不会骄傲地在自己最后一点钟内嘱咐四十来岁的仁慈的人们：当心把我的灵魂弄变了形啊！但是现在强情的劳动的他们永远不会损失它的。

粗鲁地安慰人们，强迫他们欢笑的热烈欲望变本加厉地抓住我，结果我获得成功了，因为我善于讲说下市商人的故事与化装表演：装扮男女乡民进城来卖或者买神像，装扮司务如何对他们花言巧语，《圣经》学者们如何论争。

厂里哈哈大笑起来，匠师们往往抛开工作，观看我怎么表演，但之后，拉里奥洛维契每每忠告我：

"你挺好是晚饭后才表演，要不然你会妨碍工作的……"

"表演"完，我自己感觉到很轻松，好像放下一肩重担。半点钟到一点钟之间，脑海里变得很愉快、空虚，但后来好像我脑海中充满着尖锐的小洋钉，它们在那儿滚动，在那儿乱钻。

我的周围好像沸腾着不知什么龌龊的稀粥，我渐渐被煮烂在里边了，使人暗想：

"难道整个人类的生活都是这么样的吗？我将来的生活是不是也跟这般人的一样，不曾发现、不会瞧见更好的什么呢？"

"马克西梅契发脾气啦！"任罕列夫注意瞧着我，说。

锡达诺夫时常问我：

"你怎么啦？"

我不会答复。

生活顽强而粗暴地拭去我灵魂上的墨迹，恶辣地以某种无用之废物来替代它。我愤然而倔强地反抗生活暴力，虽然有时也像一般人那么浮沉在那种生活的狂流中兴波助澜，然而流水对我毕竟是愈加寒冷的，它不像支持别的人那么容易支持住我，有时我好像已经沉落在某种深潭里去了。

人们对我的关系愈加不恶，这倒是很好的。他们不像叫骂班伏尔那么叫骂我，不虐待我，为着表示尊敬我的关系，他们叫我的父名。但是，瞧见很多的人喝酒，瞧见他们醉后的反常状态与对于女人的病态关系，我非常苦恼，虽然我明白酒与女人在这种生活中是唯一的娱乐。

时常忧愁地记忆起极其聪明勇敢的纳挞娜·戈兹诺夫司加亚也说女人是"娱乐品"的话来。

但是当时的外祖母是什么呢？马尔高皇后又是什么呢？

我带着近于畏怖的感觉回忆起马尔高皇后。她那么与众不同，好像我是在梦里瞧见她。

我也过分地想女人，同时决定一个问题：下礼拜是不是要到一般人所走的地方去呢？这可不是肉体的欲望啊，我很健康，很忌避这桩事情。但有时由于一种感情冲动，我很想拥抱着一个亲爱聪明的什么人，真诚地、无限久地谈谈母亲和心灵不安的一切事情。

我厌恨班伏尔，当他每夜告诉我他同对门丫头闹的"罗曼司"时。

"瞧，兄弟，真是滑稽！一个月前，她不欢喜我，我就用雪花扔去打她。"此刻他正蹲在长椅上，"你拥抱她去吧，没有什么了不起的！"

"你说的什么！"

"自然是说的一切啰。她对我对你都是一样，我对她也跟对你一样。好，我们同她接吻去吧……她真是诚实的……她，薄命女，多么好呀！兄弟……嗯，你抽烟好像老年的兵士！"

我抽烟抽得挺厉害，因为烟草可以麻醉不安宁的思想，迟钝惊心的感觉。还算好，麦酒的气味引起我的厌恨。可是，班伏尔很欢喜喝酒，酒醉之后，便伤心痛哭起来：

"我要回家，要回家呀！让我回家去吧……"

我记得他也是孤儿。父母死得很早，兄弟姊妹都没有，八岁时就在陌生的人间鬼混。

在这骚乱不安的空虚心境中，春之号召愈加刺激我，我决定再到轮船上去，顺流而下到阿司特拉罕，再转到波斯去。

我记不得为什么缘故要到波斯去，也许是我很欢喜尼日尼诺夫戈洛特（下新城）的波斯商人吧：他们坐着如同石头偶像一样，染着色的胡子翘来对着太阳，镇静地吸着香烟，他们的眼睛大而且黑，好像无所不知似的。

的确，我已经决定逃走了，但是在耶稣复活节的那一个礼拜上，当一部分匠师回家，回各人的村镇去了，其余的蹲在家里酗酒，我沿着春光明媚中的田野和奥咳河岸漫游的时候，偶然遇见了我以前的主人、外祖母的姨侄。

他穿着轻巧的灰外套，手插在裤袋里，嘴衔着香烟，帽子戴在后脑壳上。他仁爱的脸庞对我露出友谊的微笑，他确有一种诱惑人的闲适愉快的风度。田野间除开我们两个，任何人也没有。

"喂，毕西戈夫，祝你耶稣复活节快乐啊！"

行过复活节的接吻礼，他便问我生活怎么样，我如实地告诉他关于工厂、城市以及一切我所厌烦的事情，还有我决定到波斯去的打算。

"算了吧，"他态度很严肃地说，"见鬼，到波斯去干吗？这，兄弟，我知道，像您的年纪我也想跑去碰碰一切的鬼哩……"

我欢喜他"碰鬼"那句妙语。这个"鬼"字里边弹奏着不知什么最好最快乐的东西，这简直是"意在言外"啊！

"抽香烟吗？"他伸长着装上一支大香烟的银烟斗对我，问。

"嗯。"毕竟他说服了我啊！

"好吧，毕西戈夫，再到我那儿去！"他提议，"兄弟，我今年承办建筑一千四百所市场的店铺你知道吗？所以我请你上市场去替我做'监工'，将来管理一切材料，监视那儿的工人怠工或者偷窃材料，你去不去？月薪五卢布，另外还给每天五戈比的膳费！女人们不同你发生关系，你早晨出去，晚上回来，只是在女人们跟前过趟路呀！但是你千万别说我们遇见过，只是说你因为复活节放假特意来玩儿的！"

我们做了好朋友，他居然同我握手告别，而且走了很远还在依依不舍地挥帽子。

当我告诉神像厂说我要走时，开头引起大部分人谄媚的爱怜。班伏尔特别感动。

"嗯，想想吧，"他叱责地说，"同我们过惯了生活之后，你怎么和各种各样的乡下人合得来呢？唉，你，这叫作助祭不做，做守墓的……"

任罕列夫咕噜道：

"仁爱的青年，捉鱼一定要在挺深的水里去捉，这是最坏不过的……"

厂里同我要好的伴友，开始抑郁不乐了。

"自然，应该尝试一下这桩事情，又去尝试一下那桩事情。"醉黄了脸皮的任罕列夫说，"不过挺好是马上更加强大起来，去开拓一件不管什么事情……"

"要建立终身事业呀。"拉里奥洛维契轻轻地补充一句。

但是我感觉到他们好像很有责任心似的，说得那么紧张。他们仿佛扔下一个什么样圈网，网紧了我，但不知怎的马上又给我弄破了、撕碎了。

炕床上醉酒的郭果列夫，嘎声嘎气地说：

"我唯愿一切将来都坐监牢！我知道一种秘密！这儿的人谁是信仰上帝的呢？唉……唉……"

一切仍如往常。壁头旁边放着无脸的漆画——未完的神像，天花板上挂着玻璃圆灯。灰暗色的油烟和尘土遮掩了灯罩，人们早已不能利用玻璃灯的灯光来工作了。周围一切很能使人牢记，闭上眼睛便瞧见黑暗笼罩的整个地窖中，一切桌子、窗棂上的颜料坛，成束的毛笔管，屋角里的神像，脏水桶，黄铜的洗脸盆，好似救火夫的铠盔，还有从炕床上吊下的郭果列夫的赤脚，蓝得好像溺死鬼的脚似的。

我巴不得赶快走，然而俄罗斯人总爱拖长忧愁之时光。告别时，人们像是在举行"镇灵"的仪式。

任罕列夫颤动着眉头，说我：

"《魔书》这一本书，我不能给你，你愿意二十戈比卖掉它吗？"

书是我的唯一的财产。救火队长赠我的涅尔曼托夫的书，我很舍不得卖掉。但当多少有点儿难为情的我拒绝钱的时候，任罕列夫把钱塞在皮包里，起劲地说：

"哪怕你想要书，但是我也不肯给你的！这本书不是你读的，带走它不久就会犯罪呀……"

"那么书店里为什么有人卖它呢？我亲眼瞧见的呀！"

但他倍加努力地说服着我：

"不是这样的意思，铺子里短铳也有人卖……"

结果他没有给我涅尔曼托夫。

我跑上去同女主人告别时，在走廊上碰见她的侄女，她问我：

"有人说你要走，是不是？"

"是要走。"

"也许是有人驱逐你，要不然不会走的吧。"她不很可爱，然而很天真地表白。

后来，醉酒昏昏的女主人说了：

"再见吧，耶稣保佑你！你，坏孩子，胆大的！虽然我没有发现你一点儿坏处，但是大家都说你很坏呀！"

于是她突然大哭起来，含泪说道：

"假如我那甜蜜的男人、亲爱的心肝不死，还活着的话，他也许会领导你，替你缝件长披衫，留着你，不赶走你呀！可是现在一切都变了！简直不像从前，走吧！噢，你往哪儿去呢，小孩子，干什么去呢？"

十六

　　我同主人（即图案师——译者）共乘一只小木船，沿着市场街道两排铺店之间的一条小河驶去，浩渺的春水高过两层楼房。我摇桨，老人不会划船，蹲在船尾上，船尾的桨深深地沉下水去。制造很拙笨的小船，沿着静悠悠的浊流从一条街旁驶行到另一条街旁，船身颤动不堪。

　　"喂，现在水位高啦，见鬼！它妨碍航行。"主人抽着香烟，嚷叫。香烟的青烟缕缕地喷射着。

　　"安静！"他愕然地叫，"我们划到灯塔跟前去！"

　　修理好船儿，他便叱责：

　　"嗯，浑蛋们给出这样的船来！……"

　　他指示我浅水后头有个修理船的地方。他那刮光的脸、剪齐的胡子、衔着香烟的嘴巴，俨然一位工头的模样。他穿着皮的短上衣、高齐膝头的长皮靴，肩后是猎人用的皮囊，脚下竖立着宝贵的双管的"涅别尔"鸟枪。这儿那儿的事情使他不安地把皮的鸭舌帽动来动去，时而把它拉下来遮住眼睛，嘟着嘴，焦心地东张西望，时而把帽子推到后脑壳上，一下子变年轻了些，胡髭里微笑着，思想着愉快的什么。不相信他的工作很多，逐渐减少的水量不见得会使他着急，显见得他心中荡漾着某种冲动与闲适的思潮。

可是我被肃然的惊讶之情压抑着：这个死城与直行形的打开窗户的建筑物，看起来好不奇怪啊！城市密接着洋溢的春水，我们的船好像从屋顶上航行过。

天是灰色的。太阳迷途在云层里，从云堆里仅露出一点儿斑斑点点的宛如寒冬之银光。

水也是灰色的、寒冷的，它的细流好像冻结了，又好像同着空虚的房舍与浊黄色的成列的铺房一道在睡眠。当苍白色的太阳从云里望出来，周遭的一切渐就明亮，水里映出天体的时候，我们的小船便挂在两层天之间的空中了。石头的建筑物也高举起来，隐隐约约地对着奥喀河与伏尔加河浮游。船的周围漂流着破木桶、木箱、提篮、木片与蒿草，有时还漂来死蛇般的木杆或者屋梁。

某处开着窗子的人家屋顶的晒衣服的凉台上，凸现着一些破皮靴。一位妇人从窗口里眺望着外面灰色的河水，凉台铁柱的顶端舣着一只小木船，红色的船舷映在水里怪油腻的。

主人点头对这般生活的标记，向我解说道：

"这是集市场的巡警住家的地方。从窗口爬出，再爬到屋顶上，可以蹲进船去航行着，视察着哪儿有没有强盗。可是没有强盗，他们自己就是做贼的……"

他说话的态度很沉静，很没精神，思想着旁的什么。周遭很肃穆、荒芜、模糊，如在梦中。伏尔加河同奥喀河汇入一个大湖里。远处，毛氄氄的山上，凸出斑斑点点的城楼，花园中的一切还是黑郁郁的，但苗绿的树木已渐渐繁茂起来，花园给房屋与教堂穿上碧绿色的暖和的袭衣。水上浓厚地流出耶稣复活节的音响，听起来好像是闹杂的市声，可是这儿仿佛是被人忘怀的墓场。

我的船容与在两道阴郁的丛林之间，我们走的到"老教堂"去的主要航线。香烟使得主人不安，恶辣的青烟隐蔽了他的眼睛。船呢，不是船头便是舷碰撞着矮林的树干。主人很刺激地惊叫：

"好浑蛋的船！"

"谁叫你不会划哩。"

"怎么会呢？"他喃喃地说，"假如两个人共乘一只船的话，总是有一个会划，一个不会划的。瞧吧，那就是中国人的市场。"

我早就知道这市场的来历，知道这盖造着笨拙的屋顶的滑稽的市场。屋顶的角落上蹲着翘起大腿的中国人的石膏像，不知什么时候，我同同伴们曾经扔石头去打它们，有几个石膏像的头和手即是我们打碎的。但是此刻我已经不热心这些了。

"无聊，"主人指着市场，说，"他们假如给我造这样的……"

他把鸭舌帽推到后脑壳上，吹口哨了。

可是我不知怎的想到他将来也许会造一座这种无聊的石头城，在这每年得遭两条河的洪水淹没的低洼地上，而且也许会发明中国市场……

他把香烟扔在船舷外，随着吐出厌弃它的口沫，说道：

"苦闷，毕西戈夫，真是苦闷啊！找不出有教养的人，没有谁可以说说话。想赞美，可是在谁前面去赞美呢？没有人！全是些木匠、石匠、乡民、骗子……"

他眺望着右边粉白的教堂美妙地从水上矗立在小丘上，于是好像回忆起忘怀的事情似的，接下去：

"我开始喝酒、抽烟，是住在德国的时候。德国人，兄弟，很机巧的民族，就是那样的'老虎婆'啤酒——愉快的企业，可是对香烟还没有习惯！你抽烟，老婆便吵：你身上有什么臭味，好像毛皮匠身上的呀！不错，兄弟，我们生活，我们有计划……好吧，你自己的右边……"

他把桨搁在船舷上，拿出鸟枪，对准屋顶上的中国人放了一枪，没有射中中国人，流弹落在屋顶上、墙上，尘土般的青烟飞腾到天空。

"没有打中。"枪手无情地承认着，重新装置枪里的弹药。

"你怎么强奸处女'开斋'的呢？没有过吗？可是我，十三岁时便爱上……"

他讲他自己第一次恋爱建筑师的丫头的故事，好像做梦似的。他曾经在那位建筑师那儿做过学徒的。灰色的水慢慢溢出，冲洗着建筑物的基角，教堂后出现着一片白茫茫的流水，水上的某处，矗立着一只黑黝黝的桅杆。

神像制造厂里常有人唱出一首学校的歌：

"碧蓝的海。

狂暴的海……"

致人死命的郁闷，也许就是这碧蓝色的海吧……

"夜里我不睡觉，"主人说，"有一回，从床上爬起来，站在她的门边，周身战栗得好似一只小狗，屋子里很冷！主人每夜去拜访她，很可能遇见我，可是我不怕，而且……"

他深思地说着，好像在仔细观察着破旧的衣服——可不可以再穿一次，或者一次也不能穿。

"她发现我，很可怜我，打开门，招呼道：'进来，小傻子……'"

那种使我厌烦的故事，我已经听得不少了，虽然它里边存在着愉快的特色。关于自己第一次"恋爱，"差不多一切人都说得没有骄傲，没有猥亵，只是很亲爱而且愁苦。我明白：在说故事者的生活中，这是最美好的。许多的人，好像这才是好事情似的。

他摇头冷笑着，惊叫道：

"不要把这个告诉老婆，不要！嗯，那儿怎么样呢？不要告诉！那故事……"

他不是对我说，而是自己说自己。假如他沉默了，我可以说在这种静谧与空虚中，必须聊天、唱歌、吹口琴，要不然只好在这死城与灰色的寒水之间酣睡，做一场大梦。

"头一桩事情，不要早结婚！"他教我，"兄弟，婚姻是一个人的终身大事！没有结婚的人的生活可以要怎么就怎么，随你的便！要到波斯去做回教徒也可以，要到莫斯科去做巡察兵也可以。穷了，你要去做贼也可以，一切你高兴怎么就怎么！可是，老婆，兄弟，就跟天气似的，你就不欢喜她也没办法呀，没办法！兄弟，这不是靴子可以脱下来扔掉就是……"

他的脸变色了，他眺望着灰色的水，皱着眉头，手指挖着塌鼻孔，喃喃地说道：

"好，兄弟，当心吧！我们打量，你对于各方面应当折腰，而同时也要站得笔直……嗯！不过对于一切人，应当安排你自己的网……"

我们划到伏尔加河支流墨陈尔司基湖的矮林跟前。

"轻轻划。"主人低声说，鸟枪瞄准着矮林。

打得了几只瘦山鹬，他吩咐道：

"我们抵古纳汶啦！我在那儿住到明天，你去告诉家里说我同市场管理人……"

他在一条街的郊外上岸，这儿也是给洪水淹没了的。我回到司特列洛克集市场，舣好船之后，又蹲在船里眺望着两条河的汇合处、城市、轮船和天空。天上好似一只大鸟的华丽翅膀，一切都掩蔽在云翼之中。浮云之间蔚蓝色的罅隙里现出了金黄黄的太阳，它的一瞥可以改变大地上的一切。周遭一切豪爽而泰然地荡漾着，河之急流飘飘然地送来一阵无量数的竹筏的骚音，筏上挺立着几个长胡髭的乡民，转动着修长的桨杆，与相遇的轮船互相呼应着。小小的轮船拖带着逆流中的驳船，河水摇撼着它，船头好像梭鱼似的旋转着、喘息着，机轮顽强地沉陷在水里，急躁的奔流迎面冲击着它。驳船上四个乡民肩并肩地蹲着，脚吊在船舷外。乡民中有一个穿漂亮衬衣的正在唱歌，歌词虽听不清楚，但我却知道它。

我觉得在这儿活泼泼的河上，一切我都很熟悉，很接近，很能懂得。但是，我背后水淹的城市，正像我主人做的噩梦，连他本人都少有明白。

饱瞧了一切之后，我便回家，同时感到自己已经长成大人，一切劳动都能胜任的样子。我沿途眺望着绵亘在伏尔加河上的山岭、远处。

从山岭上、从平地上好像有一个巨大东西允许供给一切人所希望的。

家里我也有书。在从前马尔高皇后所住的房舍里，现在住着一个大家庭：总共有五个女人，其中的一个较其余的都要美丽些，还有两个是中学生，这些人供给我书。我带着贪婪心念着屠格涅夫，惊叹他全书的素朴明了有如秋之晴空。他简述的一切人物，总是那么纯洁，那么良善。

读波麻洛夫司基的《布尔士》，我也惊叹：这酷似神像制造厂的生活。我彻底认识了沸腾在残酷的鲁莽中之郁闷的绝望。

念俄国书我却很欢喜。它里边每每使人感觉到某种相识的、忧愁的东西，仿佛字里行间包藏着阴郁的大斋期之钟声，刚刚展开书，它就在轻轻地作响。

《死魂灵》我马马虎虎念过一遍；《死者家书》也是《死魂灵》《死人之家》《死》和《三个人的死》《活人的权力》这一批同名的书，不得不留意，同时刺激起纷乱不安的不愉快对于那类子的书的感觉。《时代象》《一步跟一步》《做什么》《史姆林村记事》我也不欢喜，这好像全是千篇一律的故事。

然而，我很欢喜狄更斯与司各得。我存着巨大的欢心读这些著作家的文章，这一本读两三遍，那一本读两三遍。司各得的书好像富人教堂中礼拜日的祷告，微嫌冗长而沉闷，然而却很严肃；狄更斯在我面前，算是我虔诚膜拜的一位文学家，这个人对于人类极尽艰苦的爱情技巧获得了惊人的成功。

每个黄昏，家户门前的阶沿上聚集着大批伴友：k兄弟，他的姊妹与一些年轻小伙子，还有个塌鼻梁中学生亚且司拉夫·雪马司轲，有时候少妇布吉村娜同某一位重要官员的小姐也来。谈论着书、诗歌，这是我性近而且很懂得的。我比他们一切都要读得多些。他们时常互相讲说着关于中学校的故事，与埋怨教师的情形。听着他们的故事，我感觉自己是一个最放荡不羁的伴友，很惊叹他们的坚忍力量，同时也嫉妒他们——他们是学生呀！

我的伴友年龄都比我大，但是我觉得我自己较他们更大、更老成、更有经验，这可没有多少使人难堪，我希望自己的感觉与他们相近。晚间，我回家很迟，尘埃满地中，充满着形形色色的印象，较之他们的印象，然而实际上是很有些相同的。他们喋喋不休地谈论女人，时而恋爱这个，时而又恋爱那个，时而又试想作诗。在这桩事情里时刻需要我帮忙，我高兴学诗，很容易找着诗韵，但不知怎的我的诗常是幽默的，然而吟布吉村娜太太的诗却是另一种意境，我本能地用蔬菜跟葱来做譬喻。

雪马司轲说我：

"这叫什么诗呀？这简直是皮鞋钉。"

不管什么事都不肯后人，我也爱上布吉村娜太太了。不记得我用什么表示，但结果很不好的：腐臭的芝威慈经绿水池塘中浮着一副床板，我便提议太太从这块木板上渡过。她同意了，我便把木板搭在池塘两岸，站在它的一端，太太替我安搭好另一端。但当穿上花边艳服的太太娇滴滴地站上木板另一端的时候，我正在得意扬扬地用棍子推着泥土，可恶的床板在我脚下移动一下，太太便落在池塘里。我武士似的跳下水去追她，顿时把她救上岸来。惊骇与池塘的污泥损失了我太太的美丽！

她用湿淋淋的拳头威吓着我，叫道：

"这是你居心淹我的！"

后来她不相信我恳切的申辩，从那时候起，便对我很仇视。

城里普通的生活，都不很有趣味。老年的女主人仍像从前一样对我很不仁爱，年轻的猜疑地看待我。维克多尔由于脸上长雀斑疮的关系，颜色渐渐变黄色了，对着一切都是用鼻孔说话。他已经得了什么不治的可耻的疾病。

我主人的图案工作非常之多，兄弟两人忙不过来，便聘请我的继父（高尔基母亲改嫁的丈夫——译者）做助手。

有一天，我从市场回来，时间还早，约莫五点钟光景，走进饭厅便瞧见茶桌边蹲着一个我已经不记得了的男人。他同主人蹲在一排。他对我伸长脖颈：

"你好啊！"

由于一种出人意料的情景，我手足失措了，往事迸出烈火，烧焦了心灵。

"还要发呆呀。"主人叫。

继父凝视我，憔悴的面靥上堆着微笑，黝黑的眼睛睁得更大。他周围被什么摩擦着、压抑着。我把手塞在他细小炙热的手里。

"嗯，瞧，我们又遇见了。"他咳呛着说。

我走开，身心虚弱得好似伤兵。

我们之间建立着某种严谨而不明了的关系。他叫我父名，同我说话像同同辈说话一样。

"到店里去的时候，谢谢你，替我买四风特'拉非门'烟草，一百张'维克多尔松'牌子的香烟纸，一风特煮热的香肠……"

他给我的钱，每每是给他怪讨厌的炙热的手捏热了的。自然，他是得了肺病的，世界上的"好吃鬼"。他也知道这个，捻着尖尖的黑胡子，用镇静的低音说：

"我得了不治之病。假如有许多肉吃，不用说是可能好一点的，也许还会完全好起来也说不定。"

他吃得难以使人相信那么多，吃东西跟抽香烟简直是继续不断的：吃完东西便抽烟，抽完烟又吃。我每天替他买香肠、咸肉和沙丁鱼，但是外祖母的妹妹自信地且不知为什么幸灾乐祸地说：

"你别喂死人的零碎食物，别害他，别害！"

主人们对于继父存着难堪的注意心，经常忠告他尝试这样那样的药方，但是暗地里嘲笑他。

"老爷，应该时刻扫除桌上的残余东西和苍蝇，即是说一定要把琐屑的食物弄掉呀！"年轻女主人说。接着老太婆便插嘴道：

"什么样的老爷！也许害怕把粗布外套摩擦破了吧，但是为什么又用刷子时常刷它呢！怪物，要爱干净！"

接着男主人好像是安慰她们：

"算了吧，'老虎婆'，反正他快死去的！"

这种荒谬的仇恨的对于贵人之下流关系，逼着我同继父接近。苍蝇虽然带着污秽的毒菌，然而却是美丽的！

继父生息在这般人们之间，犹如一条偶然堕入鸡埘里的鱼，荒诞的譬喻，正像这一切荒诞的生活。

我发现他有"好事情"的特色，永远被我忘怀的人。我以一切书中供给我的好东西来装饰他跟马尔高皇后，以我的纯洁、我的一切幻想与新诞生的见识来赐予他们。继父酷似"好事情"中不为人所喜爱的陌生人。他对待家里的一切人都是很平等的，从来不谈他的过去，回答问题总是那么特别郑重而简略。我很欢喜他教主人的时候——站在桌子边，弯着背，干枯的手指在厚纸上敲着，镇静地劝告着：

"这儿要同榫钥相连接，这个要隔断墙的压力，另外一榫要靠住壁。"

"真是，见鬼！"主人喃喃地说。接着老婆见继父走开，便说他：

"真是稀奇，你怎么要他教你呀！"

当继父晚饭后去刷牙漱口，弯着舌尖的时候，不知怎的特别使她受刺激。

"据我的意思，"她用苦涩的调子说，"也夫根尼·华西里也维契弯着头对你，这准有害的！"

他雅致地微笑着，问：

"为什么？"

"不为什么……不……"

他用小牛骨签签着自己蓝色的手指甲。

"你说，他还要弄干净手指甲呀！"女主人感叹着，"他死去，可是……"

"哀……嗬……嘿！"男主人叹息，"'老虎婆'，你今年几岁，蠢东西……"

"你说什么呢？"老婆抗议。

老太婆仍旧每夜激烈地对上帝诉苦：

"主啊，他们要我负担这样的腐烂的东西，但是维克多尔丢在一边啦。"

维克多尔模仿继父的风度，模仿他慢慢的步法、绅士的手的很有信用的动作，模仿他特别会打漂亮领结的聪明与吃饭不出声音的本事。他鲁莽地问这问那：

"马克西梅契，法国话叫亲戚叫什么？"

"人家叫我也夫根尼·华西里也维契。"继父镇静地回忆。

"好，妙极啦！胸脯又叫什么呢？"

晚饭后，维克多尔听令老太婆。

"Ma mir, donne mua zankor, 牛肉干！"

"嗨，你，法兰西鬼！"老太婆感慨着。

继父冷静得如同又聋父哑的人，嚼着肉，谁也不瞧。

有一次大哥说弟弟：

"维克多尔，你学会法文的时候，就去教你的情妇……"

记得这是继父唯一的一次默然的微笑。

后来，女主人生气把汤匙朝桌上一摔，对丈夫大叫：

"你对我说出这样的猥亵话，你怎么不害羞呀！"

有时，他到黑黢黢的走廊上来看我。那儿扶梯下的阁楼上是我睡觉的地方，扶梯对过有个窗户，可以看书。

"念书吗?"他问，口里吐着烟子，胸脯里有痰在吼，"这是什么书?"

我给他书看。

"唉，"他瞧着书名，说，"这，我似乎念过！要抽香烟吗?"

我们抽烟，眺望着窗外尘埃满地的天井。他说：

"很可惜你不能进学校，你好像有出息……"

"我不是在学习，在念书吗?"

"这效果很少，应当有学校有系统……"

我想对他说：

"我的老爷，你说的学校跟系统，做何解释?"

但他似乎怀疑我的思想，补充道：

"在陶冶性情方面说来，学校教育比较好。只有知识丰富的人，生活才能活动……"

但有一次他忠告我：

"你最好离开这儿，别瞧这儿的思想，不要留恋对你的利益……"

"我欢喜工人。"

"欢喜他们什么?"

"同他们在一块儿有兴趣。"

"也许……"

后来，又有一次，他说：

"实际上，我们这般主人都是这样无聊，无聊……"

回忆起我母亲曾说过的话，我不得不推开他。他微笑着，问道：

"你有什么感想?"

"没有。"

"嗯，对的……我瞧见这个了。"

"男主人还是欢喜我……"

"不错，他的确是仁爱的男人，不过很可笑。"

我想同他谈谈书，但他显然是不爱书，他忠告我不止一次：

"你别崇拜书本，凡是书都是很矫揉造作的、歪曲真理的，不管本国的也好，外国的也好。大部分著书人差不多和我们的主人一样——'小人'。"

似是而非的裁判我觉得很勇敢，而且诱惑我。

某一回他问我：

"你念过龚查诺夫没有？"

"念过《班尔拉达巡洋舰》。"

"这是很郁闷的'班尔拉达'。不过一般说来，龚查诺夫还是俄国极聪明的文学家。念念他的讽刺长篇小说《奥布莫洛夫》吧，这是他最正确最有力的一部书。在俄国文学中是最伟大的一部……"

关于狄更斯，他说：

"这，无聊！我相信你……你瞧，《新时代》报纸副刊上不是经常刊载着有趣味的东西吗？'神圣的安东尼之经验'，你应当念一遍！你，好像欢喜教堂，这全是教堂的，'经验'对于你将有补益……"

他亲自给我一卷副刊，我读了福罗贝尔的名著。它使我记忆起无数的圣徒之说教与《圣经》学者口中的某种故事，但没有引起特别深刻的印象。最使我欢喜的算是《回忆乌比利·法以玛尔，禽兽的征服者》一书。

我对他说到这本书的时候，他镇静地说道：

"即是说，你念那样的东西的时间还早！但是，不要忘记这本书……"

有时他同我坐得很久，一句话不说，只是咳嗽，不断吐烟。他美丽的眼睛，发出苦痛之火。我静静地凝视着他，忘记这一个忠厚朴实而无哀怨的人当年曾经同我的母亲亲近过，而且还凌虐过她。我知道他现在和某一位女裁缝同居着，因此我疑虑地想：她怎么不厌弃拥抱这长骨头，不厌弃吻这发出强烈的腐臭气的嘴呢？这正像"好事情"里边所有的。继父偶然也说出一些自己心坎上的话来：

"我爱猎犬，虽然它们很愚笨，但我也要爱，爱它们很美丽。美丽的女人往往是愚笨的……"

我不无骄傲地想：

"你不知道马尔高皇后吧！"

"一切长久生活在一所房子里的人们，面孔会变成一个人的样子。"他有一回说，这句话我曾经记录在笔记本上。

我期待这样的警语，好似期待礼物——欢喜听家中不平凡的譬语，因为那儿一切人所说的都不是花言巧语，而是硬化如骨的单调的雕磨的词句。

继父从来不提起我的母亲，甚至于好像她的名字都从来没有提过。这很使我欢喜，因而引起尊重他的感觉。

某一回我问他关于上帝的事情，不记得怎么问的。他瞧着我，十分镇静地说：

"不知道，我不信仰上帝。"

我记起锡达诺夫，便说了关于他的故事。继父留心听着我，后来也那么镇静地说：

"他裁制人，而被裁制的依然在信仰什么……我真的不信神！"

"难道可能的吗？"

"为什么不可能！你瞧，我就不信神！"

我只瞧见一桩事：他快死去了。我稍微有点儿怜恤他，不过首先感觉到的还是一种尖锐化的天然兴趣，对于垂死的亲人，对于死的神秘。

一会儿这位好思想的周身炙热的人蹲下来，用膝头触着我，自信可以使一个人以自己的血统关系对待他，不管说到什么，总是应用专有的威权来裁制、来决定。在他心灵中，有着某种东西是我所需要的，也可以说，某种东西对于我是着实的无用。这不可思议的复杂元素，无尽的思想旋风之贮藏器。我同他好像没有关系，他只是我自己的一部分，曾经在某处同我生活过，我一想到他，他灵魂上的阴影便躺在我的灵魂上了。他将来消灭整个生命时，那深藏在他脑海中、心灵中的而被我似乎在他美丽眼睛里读到的一切，也许会与他同归于尽的。当他消灭时，撕去联络我与世界的活的联系之一，而留下的只有追悔，但是追忆是有限制的、不变的，然而变易的活的东西已经去了。

但是，这些思想背后，横看说不出孕育思想的话语。这些话语自然而然地需要洞察生活现象，从它每一种现象中需要反问为什么？

"我好像要病倒了似的，你要知道，一回，下雨天，"继父说，"好气人的虚弱症啊！什么都不愿……"

第二天晚茶后，他特别用心扫除桌子同膝头上的面包屑，弄清爽他自己身上不大瞧得见的什么脏污痕迹。老年女主人睥睨着他，对媳妇咕噜道：

"瞧，他才爱清洁……"

两天之后，他没有来。后来老年的女主人转给我一个大的白纸信封，说着：

"喏，还是昨天一个小婆娘送来的，大概是中午吧，我忘记交出来。可爱的小婆娘，她干吗给你送信来——不知道，真是！"

信封里一页注上医院名称和地址的信笺上，用大写字母，写着一行：

"有工夫，请来看看我，我住在 E·M·玛尔底洛夫司戈依。"

第二天早晨，我坐在医院病房里的继父床前。他比吊床还长些，灰色的脚尖伸在床头外，背后支着靠背架子。美丽的昏花的眼睛扫射着黄壁头，死盯住我的脸和一位坐在他枕头下边椅子上的小姑娘的手。她的手按住枕头，继父张开着嘴，摸弄着她的两颊。小姑娘身体很丰满，穿着黑颜色的软光布衣服，椭圆形的脸上慢慢淌着几行泪水，润湿的碧眼目不转睛地望着继父的脸：尖角形的骨头、锐角形的大鼻子和黑嘴巴。

"请神父来吧，"她咕噜，"可是他不准……什么也不懂得……"

一会儿，她把手从枕头上拖开，按住胸脯，好像在做祷告。

继父知觉清楚的那一霎，便瞧了瞧天花板，庄严地皱着眉头，好像在回忆什么，后来枯瘦的手移来对我。

"是你？谢谢，你瞧瞧……我感觉精神很恍惚……自己……"

这可疲乏了他，他闭上眼睛了。我摸着他长蓝指甲的修长的手指。小姑娘轻轻问道：

"也夫根尼·华西里也维契，请你介绍一下！"

"那就是你要认识的，"他说，用眼睛指示她，"亲爱的人……"

不作声了，嘴巴更加张大了些，后来他突然发出嘎声，好像小鸟似的，在吊床上辗转着，打开被窝，精光的手在自己周围摸索。小姑娘把头压在揉皱的枕上又哭起来。

继父死得很快，刚一断气，马上就收殓好了。

我携着女孩子走出医院来。她好像病人似的摇晃着身子，哭着。她的手里捏着一卷手巾，整整齐齐地把它叠成一个方块，捏得紧紧地送到眼睛跟前，望着手巾好像望着人家给她的最宝贵的最后的遗物。

她突然停住脚，握紧我的手，呵责道：

"连冬天都活不到……唉，上帝，上帝，这是怎么一回事呀？"

后来她对我伸长泪湿的手。

"再见吧。他很称赞你。出殡——明天。"

"要送你到家吗？"

她瞧了瞧。

"为什么？此刻是白天，又不是夜里哩。"

　　从胡同的转角上，我瞥见她的背影，她轻轻地走着，好像一个无路可走的人似的。

　　这是八月，树叶已经开始黄落了。

　　我没有工夫送继父上墓场，永远也没有再瞧见这个姑娘……

十七

　　每天早晨六点钟，我便到集市场上工去。在那儿我碰见一些有趣味的人们：木匠奥西布，花白头发的人，样子酷似尼戈拉以大的塑圣像，机巧的工人和滑稽家；驼背的泥水匠也菲姆司加；信宗教的石匠比特，沉静的家伙，也好像神像；油漆师格里戈利·余士林，亚麻色胡髭的碧眼的美男子，辉耀着仁爱和平之光。

　　我认识这班人是在图案师家生活的第二个时期。每个礼拜日，严正而坚忍的他们都要来到厨房里，带给我一些愉快的演说、意味深长的话语与崭新的东西。这全是一批身体健壮的乡民，当时我觉得他们都是好人。每一个都有他自己的兴趣，他们同古纳汶城中狞恶的、贼心眼的酗酒的小市民层很有区别。

　　我最欢喜的是油漆师余士林，当时我曾经要求参加他们的工会，但他用白皙的手指搔着眉，和蔼地说我：

　　"你还早，我们的工作不容易的啊。等几年再说……"

　　后来，他昂着漂亮头，问：

"难道你的生活不好吗？嗯，不要紧，忍耐吧，忍耐到你自己再长强壮一点儿的时候再说！"

当时我不懂他给我这个忠告的意思，但我现在回忆起来却很感激他。

他们每个礼拜天早晨到我主人家来，坐在厨房桌子周围的长凳上，兴趣盎然地聊天，等候着主人。主人嬉皮笑脸地同他们打招呼，握着强壮的手，蹲在前面的屋角上，摆出账目单跟钱包。乡民们也把自己折叠皱了的账簿摆在桌上，开始清算上礼拜的账目。

闹嚣着，瞎谈着，主人拼命盘算他们，可是他们也不放松他，有时候很认真地争论，但一会儿又友谊地微笑着。

"唉，亲爱的人，你养些骗子呀！"乡民们说主人。

他赧颜地冷笑着，回答：

"嗯，你们，'老虎婆'，也是十足的骗子呀！"

"那有什么稀奇呢，好朋友？"也菲姆司加承认了。接着严正的比特说道：

"'吃那家，偷那家'，你不想赚上帝跟沙皇的钱……"

"我就想骗你们的呀！"主人冷笑着。

他们温情地开他玩笑：

"要欺骗吗，即是说？"

"要瞒着人家吗？"

格里戈利·余士林捏住胸前的美髯，似哼似唱地说：

"伙计们，不欺骗，真有人肯给事情做吗？假如人们都忠诚地生活着，那多么好，多么安宁啦，唵？老百姓都像自己一家人似的，唵？"

他的碧眼发黑了，润湿了。他在这一霎，极其和好的。大家都给他的慨叹激动，大家都赧颜地避开着他。

"乡民欺骗的不多。"美貌的奥西布叹息着，嚷叫着，好像怜恤乡民。

黑颜色的石匠，驼背钩在桌沿上，沉郁地说：

"罪恶之湖泽愈是遥远，愈是泥泞！"

接着主人便模仿这种语调，喃喃地说他们：

"我，什么？'善有善报，恶有恶报'……"

谈了一阵人生哲学，又重新企图互相欺诈、盘算，一会儿，紧张得淌汗了的疲倦了的人们便招待我同主人到酒吧间喝茶去。

在市场上，我得提防他们偷洋钉、炼瓦和木屑。他们中每一个人除开替我主人工作，还有自己的包工工作。我一转眼，每个人都拼命窃取什么来凑合自己的事情。

他们看待我很亲切，只有奥西布说过我：

"记得吗，你曾经要求参加我们的工会？可是现在，人家提拔你，你要做我们的工头啦，唵？"

"嗯，嗯，"奥西布讪笑，"做个好好的监工吧，上帝帮助你！"

比特，非友谊地表示：

"遣派一只小白鹤来管理老鼠……"

我的职务极其使我难堪。处在这般人面前我很惭愧，他们好像全是通晓某种特别的、挺好的事情的。这，除开他们，是谁也不知道的，可是我一定要把他们看作强盗、骗子。开头几天，我很难应付他们，但是奥西布顿时便注意到这一点。有一次，他挤眉弄眼地说：

"喂，小伙子，你不会欺诈，这不是你那么的，懂得没有？"

我自然是无论什么也不懂得，但是感觉到老头儿已经了解我的笨拙态度了。不久，我便同他们发生一种公开关系。

不知在什么地方的角落里，他教我：

"我们里边，假如你要打听主要的强盗的话，我可以告诉你：石匠比特那家伙就是。他是大家庭中人，很贪婪。要留心他，他没有东西不偷，凡物都是他所需要的：一风特洋钉哪，十匹炼瓦哪，一袋石灰哪，全是这儿供给的！他是好人，拜神教者，思想很严正，而且还是识字的，嗯，只是爱偷东西！也菲姆司加同女人过生活，他的态度很和蔼，不会给你难堪的。他也是聪明人，驼背子，一点儿也不傻！至于格里戈利·余士林呢，这是一个白痴，不会揩他人的油，而只是自己吃亏！他做工简直是白费力气，一切人都会欺负他，可是他不会！没有聪明驾驭……"

"他仁爱吗？"

奥西布瞧了瞧我，好像瞧着远处似的，于是说着值得记忆的话语：

"自然是仁爱的啰！懒惰的仁爱生活，极其平凡。仁爱，小伙子，不需求聪明……"

"好，那你自己呢？"我问奥西布。他狞笑了一下，答道：

"我，好像一个女孩子，将来做了贤妻良母的时候，再来说我自己，你等到那时候吧！那时候，你可以去发现我秘密着的聪明，可以去发现啊！"

他推翻我想象中的他与他的朋友。我很难相信他的答话有道理，我发现也菲姆司加、比特跟格里戈利都算是美貌的老头儿，较之他自己都要聪明些，对于一切世俗人情都要熟悉些。他不管什么事情总爱忠告他们，他们留心听了他的忠告，便对他表示了一切尊崇的暗号。

"你忠告我们吧。"他们要求他。但请求之后，当奥西布走开时，石匠轻轻地对格里戈利说：

"异教徒。"

接着，格里戈利狞笑着，补充一句：

"丑角。"

油漆师友谊地警告我：

"你当心，马克西梅契，同老头儿在一块儿生活应当谨慎。在一点钟之内，他的手指可以左右你的周围！这样狡猾的老头儿，上帝救助的害虫呀！"

我一点儿也不懂。

我觉得最诚实、最迷信的人是石匠比特：他不管说什么总是很简略，很有威信。他的思想经常停滞在上帝跟前、地狱与死亡之中。

"喂，小伙计，别争斗，别生嗔，棺材与墓场谁都避免不了的啊！"

他经常患肚子痛，有的日子他什么东西都不能吃，甚至于一小块面包会惹得他疼痛到痉挛，痛到发呕。

驼背子也菲姆司加也是很仁爱诚实的，不过每每很可笑，有时头脑清楚，有时却很糊涂，好像一个沉静的小白痴。他经常恋爱形形色色的女人，关于一切说些"人云亦云"的话语。

"老实说，不是女人，而是垃圾堆里的鲜花，真的！"

当古纳汶活泼的穷妇人到铺店来洗地板时，也菲姆司加从屋顶上溜下来站在某处基角上，嘘风打哨，闪着活泼的灰色眼睛，大嘴巴拉到耳边。

"上帝赐予我这种新鲜的婆娘，这样的快乐降到我身上来啦。嗯，垃圾堆里的鲜花多好呀，但是为了这个赠品，我该怎样感激命运之神呢？为着那样的活美人，我给欲火烧焦了！"

起始女人们取笑他，后来有一个对另一个叫：

"瞧，驼背子销魂了，阿爸呀！"

嘲笑少有刺激泥水匠，他那大颊骨的脸变得神魂颠倒的样子，说话好似梦呓，甜蜜的醉人的话语之洪流渐渐麻醉了女人。最后，一位年纪较大的女人对同伴惊叫了些什么：

"你听，那一位男人销魂了，纯洁的年轻小伙子！"

"他学鸟儿唱……"

"假如乞丐要进厨房，倔强的女人是不会准许的。"

但是，也菲姆司加不像乞丐。他屹然地站着，好似短大的树干，声调非常诚恳，话语非常魅惑人，女人们听着不作声。的确，她们神魂颠倒在亲爱的魅惑人的语调中了。

之后，有一回不知是晚饭后或者是安息日，他摇晃着笨重的锐角形脑袋，愕然地对同伴说：

"嗯，好甜蜜、好可爱的婆娘，有生以来头一次触到这个！"

也菲姆司加说着自己胜利的故事，不夸张，不嘲弄被征服者，只是快乐而感激地叹息，灰色的眼睛讶然地睁大着。

奥西布摇头大叫道：

"嗨，你，老不死的男人！你上什么年纪啦？"

"我的年纪吗？四十四岁，这不要紧的！我就是到满五十岁那天，也还是年轻的。譬如说，一个在流水中被救起来的人，他身体总是健康的，心灵总是安静的！不成，你瞧，我有什么样的女人，唵？"

石匠粗暴地说他：

"你怎么样跨得过五十岁那一步，瞧吧，你那不要脸的习惯总有一天会给你苦头吃的！"

"你，不要脸的家伙，也菲姆司加！"格里戈利·余士林叹息。

但我觉得美男人嫉妒驼背子的幸福。

奥西布卷曲的银白色的眉毛下的眼睛平直地凝视着一切，讪笑说：

"凡是'马司克'（婆娘的意思——译者）都有自己的癖气，这一个爱杯子又爱匙子，那一个爱戒指也爱耳环，一切'马司克'都要做贤妻……"

余士林是结过婚的，不过因为他的妻子留在乡下，他也想"白相"女人。他们大家都很容易接近每一个"出租货"。对于这类子饥饿线上的"出租货"关系非常简单，正像对于旁的什么工作一样。但是，美男人不"触动"女人，他只是用特别的眼光远远眺望，好像怜恤自己或者人们。当人们真正开始同"出租货"玩儿，诱惑他时，他便报颜地冷笑着，走开……

"嗯，对于我……"

"你怎么，白痴？"也菲姆司加惊叫，"难道可以失掉机会？"

"我，有老婆的。"格里戈利记忆着。

"难道你老婆知道吗？"

"老婆每每会知道，假如生活不忠实的话，兄弟，你别欺骗她！"

"那她怎么知道呢？"

"这我可不明白。不过假如她自己生活很忠实，必然要知道的。就说我吧，假如我很忠实，她有什么差错，我也会知道她呀……"

"究竟怎么会知道呢？"也菲姆司加叫道。但是格里戈利镇静地重说一句：

"这我可不知道。"

泥水匠刺激地散开手：

"好吧，对不起！忠实，不知道……唉，你，头脑！"

余士林的工友，共总有七个。他们对他的关系很简单，并不觉得他是工头，但背地里却叫他作"小母牛"。在工作方面，他们表现得很懒惰。他呢，拿着铁锤或者铲子熟练地做着自己的工作，亲切地叫道：

"加工钱啦，孩子们，加工钱啦！"

有一次，我履行我主人愤然的委托，对格里戈利说：

"你的工人不好……"

他好像吃了一惊：

"嗯？"

"一件工作本来应该昨天做完的，今天中午还没有做完，但是他们今天还不努力……"

"这自然啰，不努力。"他同意了。沉默了一下，他又谨慎地说：

"我当然也看得出，照规矩应当革除他们，但全是自己人，全是从我村镇里来的，所以不得不用他们。不过，我可以大声疾呼：求上帝替我、替你惩罚这一切脸庞上淌着汗水吃面包的人吧！再说，我和你都比他们少劳动，嗯，蠢笨，似乎还是要开除他们……"

他爱沉静，沿着集市场空虚的街道走着，突然间停在奥布沃特伦运河的一座桥上，久久地站在桥栏杆旁，眺望着水、天与奥喀河外的远景。你碰见他，问：

"你怎么？"

"唵？"他震惊着微笑，"我没有怎么，只是憩憩气，瞧一会儿……"

"伙计，上帝安排的一切多么好啊，"他常常说，"天、地、河流、船舶。坐在轮船上，随便你要去哪儿都可以：不管去雅查也好，去楼滨司加也好，去别尔门也好，到阿司特拉罕也好！我到过雅查，没有什么的小城市，而且很郁闷的。尼日尼更加郁闷，不过，有我们愉快的青年在那儿！至于阿司特拉罕也是很郁闷的。在阿司特拉罕主要的、最多的是卡尔梅克人，可是我不喜欢这种人，我不喜欢任何的莫尔多人、卡尔梅克人、波斯人、日耳曼人与一切国民！"

他慢慢说着，他的话语谨慎地触动和谐的思想，每每比特石匠打断他的话：

"他们不是国民，而是'超人'，"比特自信地愤然说道，"超过耶稣所生的，超过耶稣所创造的……"

格里戈利活泼起来，脸上放出光辉。

"不是那么的，绝对不是。可是我，伙计们，欢喜纯粹的俄国民族，因为他们眼睛是直的！犹太民族，我也不欢喜，甚至不懂得民众为什么要信上帝！圣人安排……"

石匠糊里糊涂补充一句：

"圣人，简直是多余的！"

奥西布听见他们的言论，也参加进来，说了几句恶辣的笑话：

"多余的，只有你们的话才是多余的，完全是多余的！唉，你们，吹牛皮，无聊。"

奥西布固执着自己的意见，但不可能明白他所同意的是什么、反对的是什么。有时候，他似乎温情地同意人们的论调，同意他们的思想，但时常又瞧见他厌恨一切，把人们当作蠢材看待，时常说比特、格里戈利和也菲姆司加：

"唉，你们，小猪猡……"

他们微笑着，虽然笑得不快活，很勉强，然而还是要笑。

主人每天给我五戈比的膳费，没有拿着的时候，我得稍微忍耐下饥饿。工人们发现了，便请我同他们一道吃早饭和午餐。有时，工头们招呼我到酒吧间喝茶。我十分同意，很欢喜蹲在他们之间，倾听着懒洋洋的演说与奇奇怪怪的故事。这些东西给了我宗教学识的满足。

"你咬文嚼字嚼饱啦，嗉带里充实啦。"奥西布说，蜥蜴般的眼睛注视着我，很难捉摸他的表情，他的眸子每每好像在游泳，在融化。

"你做监工，应当积蓄点儿钱才好。将来长成大人，做教徒去，用舌头安慰平民，要不然就做大富豪……"

"做大富豪。"石匠不知怎的用难为情的调儿指正。

"唵?"奥西布问。

"'唵'什么，你说做大富豪，难道你自己还不知道！你别假装聋子……"

"好，妙极了！做了大富豪，同异教徒论争去吧。要不然就做异教徒的自己人，同时也做个面包店的总经理！凭着自己的聪明，可以同异教徒鬼混……"

格里戈利赧颜地笑了笑。接着比特说：

"魔术师生活也同样不好，各种不相同的无神论者……"

但是，奥西布顿时反驳道：

"魔术师不是过的知识分子生活，知识分子不踏进魔术师的宫廷……"

于是他告诉我一个故事：

"当心，听着！从前有一个被称是杜斯加的衰老的空虚的农民，生活在我们这'穷人团'里，他好像长得有羽翼似的，东西南北随风飘游着，既不是工人，也不是流民！瞧！就因为失业才到处流浪，才做'修道士'，直漂泊了四十二年，后来突然一下变了个样子：头发长齐眉头，头上戴着盖头帽（罗马教徒戴的帽子——译者），身上穿棕色的衣服，好像鬼皮似的。瞧见一切人，口口声声说：忏悔呀！该挨三度诅咒的家伙！对什么忏悔，难道对自己的婆娘吗？后来事业顺利了，杜斯加吃得饱饱的，喝酒喝得醉醉的，玩婆娘玩得心满意足的……"

石匠惯然地抢说一句：

"难道那种事业中还可以饱，可以醉吗？"

"什么事业？"

"总而言之，事业就是事业。"

"嗯，我不理会他的话的意思，总而言之，我自己所想的是发财。"

"我们就是杜斯加呀，我们彻底知道。"比特难为情地说。格里戈利低头不语，凝视着自己的茶杯。

"我不争论，"奥西布表示谅解，"我不过是对我们的马克西梅契说说道听途说的琐碎故事罢了。"

"沿着异途走的人，看失足跌落在牢狱里……"

"不稀奇！"奥西布答应，"你别从一切崎岖的小道跌落在教徒门阈里吧，应当知道从何处回头。"

他常有点儿奚落教徒——油漆师和石匠。他也许不欢喜他们，但机巧地不露声色。他对人们的关系普遍都是不可捉摸的。

他看待也菲姆司加似乎要仁爱和蔼些。泥水匠不参加关于上帝、真理、宗派与人生之悲哀的讨论及他朋友们所欢喜的讨论。椅子安放在茶桌侧边，为着不妨碍他的驼背。他镇静地一杯一杯地喝茶，后来，突然聚精会神瞧着出青烟的屋子，听着不断的骚音，一纵步跳开，消失了。这即是酒吧间里来了一个什么人，向也菲姆司加讨债。他的债主是一个仁爱的工头，后来，因为他逃债，所以打了他几下。

"发脾气，怪物，"他困惑着，"假如我有钱，难道我还有不给的吗？"

"唉，苦痛的穷光蛋……"奥西布怜恤他。

有时，也菲姆司加久久地坐着、思想着，什么也不瞧，什么也不听。大颊骨的面庞上表情很镇静，仁爱的眸子看起来愈见仁爱了些。

"想什么，想当兵？"有人问他。

"我想，做富翁，唉，想讨个极其摩登的少妇、贵族的小姐、真正的将军的女儿做老婆，要像这样的，我才爱她，像爱上帝似的！挨近她身边才能燃烧起热情之火……伙计们，因为我曾经盖过一位大佐的孀妇的别墅……"

"寡妇有一个亲生的女儿，我们听见过啦！"比特不友爱地说。

但也菲姆司加手掌擦着膝头，摇摆着头，驼背向上耸了耸，接下去：

"有一天，她到花园里来，周身穿着白色的华服，我从屋顶上瞥见她。我对面正出着太阳。因此我想：为什么太阳光是白的呢？她脚下好像有鸽子在飞呀！真是，垃圾堆里天空色的鲜花！同这样的女人在一块儿，我希望一辈子天都不要亮！"

"那你们吃什么？"比特粗暴地问，可是这却没有扰乱也菲姆司加。

"上帝！"他喊，"难道我们还缺少便宜吗？她既是那么发财的……"

奥西布笑了笑：

"那么你，也菲姆司加，什么时候才浪费你自己的银钱在这些事情中呢，浪费者？"

除掉女人，也菲姆司加什么也不谈，同时他是一个工作成效很不平均的工人，时而工作得很快，成绩很好，时而又不长进，拿着木槌无精打采地慢慢敲着，壁上往往给他留下一些孔洞。他身上常有肉油跟桐油的臭气，但他也有健康愉快的气息，正像刚砍伐的树木的新鲜的香味似的。

木匠的一切言论都有趣味，但他的话不很愉快，而且每每惊动心灵，当他说正经话或者开玩笑时，是不容易懂得他的意思的。

格里戈利关于上帝谈得最多，他爱上帝，而且信仰很坚定。

"格里沙，"我问，"你知道有不信仰上帝的人没有？"

他镇静地狞笑着：

"这是怎么的呢？"

"有人说：没有上帝！"

"噢！那是的！我知道。"

于是，挥着手，说道：

"还有达维特沙皇也是的，你知道，他说过：'疯人自己心灵中的言论没有上帝。'瞧，现在还有人说这种蠢话呀！没有上帝，无论怎样说，都讲不通的……"

奥西布似乎同意他。

余士林漂亮的面靥变得很严肃，指甲里藏着干石灰的手指摸摸胡髭，神秘地说道：

"宇宙间的上帝在每个人肉体内，良心是一个人心之深处的核心，上帝赐予的！"

"罪恶呢？"

"罪恶，肉髓给的，魔鬼之王给的！罪恶——表皮，好像一层壳，不十分大！魔鬼之王使一切罪恶思想最浓厚的强者犯罪，不去想念罪恶你就会犯罪！罪恶思想即是魔鬼之王，肉体的主宰者，蛊诱……"

石匠疑惑。

"好像有的不是那么……"

"是那么！上帝不使人犯罪，人类的形态本来与他相似的，虽说有时形态与肉体犯罪，但与他相似的精神是不能犯罪的。"

他胜利地微笑着，接着比特又咕噜道：

"这，好像不是那么……"

"据我的意见，"奥西布问石匠，"不犯罪即是不忏悔，不忏悔即是不得救，是吗？"

"也许是最确实的吧！一个人可以唤醒魔鬼去爱上帝，老头儿们说……"

余士林不会酗酒，刚喝两杯便醉了，他的脸顿时变成玫瑰色，眸子与儿童的相似。他哼唱着：

"我的伙伴们，这一切多么好呀！我们生活着，稍微劳动一下便可以吃饱肚子，唉，谢谢上帝，多么好呀！"

他哭了，眼泪淌到胡髭上，玻璃珠似的在细小的胡髭上放光。

他对人生的赞美与这些泪水很使我不快活，我外祖母赞美人生非常确切动人，不像他这么烦琐讨厌。

这一切论调使我陷于不断的紧张的心情中，激起纷乱的不安。我已经听了不少关于平民的故事，现在发现眼前的平民很少与书上的相似。书中一切平民都是不幸的，有的仁爱，有的狞恶，他们大家都挺缺乏眼前的人所有的思想与语言。书中的平民少有谈上帝、谈宗派与教堂，大半爱谈统治阶级，谈土地、真理和艰苦的生活。关于女人他们也少谈，而且谈得很雅致、很友爱。女人在眼前的平民心目中是"玩意儿"，而且是带危险性的"玩意儿"，同女人往来每每应当阴险，要不然她会征服人，搅乱整个生活的。书本中描写的平民也有或好或坏的，总是一目了然，全都写在书上；而活生生的人既不好也不坏，而只是有着惊人的趣味。看起来好像在你面前没有一个活生生的人说句真心话，每每使你感觉得人家心头还余留着什么。但这种余留的东西只是对我的，同时也许在这不道破的话里边隐藏着极其重要的东西吧。

一切平民文学中，我最欢喜比特的《木匠劳动组合》，很希望念这本描写我的朋友们的故事，因此我便带书到市场去。我时常在那一个或者另一个"劳动组合"里过夜，有时也因为我白天疲倦了，没有力气走回家，所以去蹲在那儿。

当我说我有一本描写木匠的书时，大家便兴趣盎然了，最厉害的是奥西布。他掠去我手头的书，翻开它，猜疑地摇着神像头：

"真是，好像描写的我们呀！你这流民！谁写的，是绅士写的吗？

嗯，我是那么想。绅士跟官吏不熟悉这一切的啊！就是绅士也意测不到官吏的思想，他们有他们自己的生活……"

"奥西布，你不小心，提到上帝。"比特表示。

"不要紧！对于上帝，我的话很少，正像我秃头上的碎雪或者雨点似的。你别疑心，我同你都没有触到上帝……"

他突然不安地摇着身子，吐出击火石般的尖锐化的俏皮话来，这些话好像用剪刀剪尖了的，一切使得他很矛盾。好几次，过了一天之后，他又问：

"我们念书吗，马克西梅契？嗯，正经事！正经事！这是妙不可言的想法。"

休息时，到他的"劳动组合"去吃晚餐，晚饭后，比特同他自己的工友阿尔达隆、余士林同青年小伙子贺玛也来了。在"劳动组合"里工人睡觉的敞房中照上油灯，我便开始念书。人们听着，不响不动，但一会儿阿尔达隆愤然说道：

"嗯，我受不了啦！"

他马上走开。头一个睡觉的是格里戈利，惊人地张开着口，跟着他睡去的又有几个木匠，只有比特、贺玛跟奥西布移到我跟前来，努力听着。

当我念完时，奥西布马上熄了灯，利用将近夜半的星光。

比特在黑暗中问道：

"这是对谁写的书呢？反对谁？"

"现在要睡觉！"奥西布一边脱靴子，一边说。

贺玛默然地移到一边去。

比特严格地重复道：

"我说，这是写来反对谁的呢？"

"他们已经知道！"奥西布躺在叠床上申斥。

"假如反对继母的话，那真是空事情，离开这个继母也没有好结果的，"石匠顽固地说，"再说，反对比特吗，也是没有意思，他的罪恶自然有他的报应！为着杀人被充军到西伯利亚去，更没有意思！书上写的那种罪恶，都是无用……似乎无用，唵？"

奥西布不作声。于是石匠又补充道：

"他们没有事情干，所以做些稀奇古怪的事情！好像女人的幽会！再见吧，应当睡觉……"

他背靠着蓝色的开着的方形门，又问：

"奥西布，你做什么感想？"

"噢？"木匠梦呓似的反问一句。

"嗯，好吧，你睡。"

余士林侧着身子倒卧在坐的地方。贺玛同我躺在乱七八糟的干草铺上。院落已经睡觉了，远处传来一阵火车的汽笛声、火车道上的隆隆声与车轮的轰鸣。敞房里人们在打鼾。我呆呆地期待着某种谈话，但什么也没有……

但是奥西布突然说话了，声音虽轻，然而却很明了：

"你，小孩子，别相信这本书中的什么，你还年轻，生活很长久，应该积蓄自己的聪明！自己的聪明才是稀奇的宝贝！贺玛睡熟了吗？"

"没有哩。"贺玛痛快地回答。

"好啦！你们两个都是识字的，你们念书，但只是不要信赖任何东西。著书人一切事都掌握在他们手里，不管什么他们都可能暴露出来！"

他脚从叠床上吊下来，手支在床板边缘上，弯着身子对我们，又继续说下去：

"对于书应该怎样去理解它呢？书是人们的报告！所以说，你们要注意哪一类子的人是木匠，或者不是，比方说，贵族就不是的！书不是无意义的文章，而是证明什么……"

贺玛含糊地说：

"比特杀工头是合理的呀！"

"嗯，这，没有意思，杀人永远是不合理的。我知道，你不爱格里戈利，不过这种思想你要抛了。我们全是贫穷人，今天我做工头，明天——工友……"

"我不是说的你，奥西布老伯伯……"

"这全是一样的。"

"你，公平的人。"

"等一等，我还要说，这本书写给什么人读的呢，"奥西布打断贺玛愤然的话头，"这是很狡猾的著作！贵族没有平民，因此平民也没有贵族！现在瞧：贵族衰颓、愚顽，而平民很骄傲、爱酗酒，身体虚弱多病，而且变成难为情的尴尬的样子，真是这样的呀！所以说从前的贵族制度也有好处：贵族对平民客气，平民也跟贵族要好，两种人相处在一起，过着丰衣足食的和平生活……自然，我不用争执：贵族的生活总是要比较和平些才好，贵族要不贪图利益，否则平民会贫穷的；但是又要平民生活好，又要贵族发财，这是不可能的，钱财平均地集中在两种人的手里，根本就不可能！我熟悉这些事情，我亲身在贵族制度中经历了将近四十年，周身的皮肤上哪儿没有写上这类子的文章呢。"

我回忆着过去被杀害的马车夫比特所说的关于贵族的故事，因此很不欢喜奥西布的思想同那狞恶的老头儿相符合。

奥西布用手摸摸我的脚，接下去说：

"一切的书跟著作都应当明白！无论谁都不会干任何无意义的事情，这是很显然的。至于书呢，也不是胡乱写来使人头痛，它有它的意义。凡是一切创作都需要聪明，一个人没有聪明就等于没有斧头斫，没有铁铲剔……"

他说了许久，躺下去，又跳起来，在黑暗中、静谧中轻轻地抛出自己甜蜜的方言俚语。

"有人说：地主把农民当作陌生人看待，这是不可信的。我们曾经也做过地主，只不过极低等的罢了。老爷们受书本的教训，可是我受松球的教训，而且跟在老爷屁股的最后头，这简直悬隔得太远啦！不成，青年人应当过自己的新的时代生活，应当抛弃陈旧书本！让每一个人自己问问自己：我是谁？是人。他是谁呢？也是人。现在怎么样：上帝是不是多要他七个小钱呢？不，绝不，我们两个在上帝面前的贡献全是同样的。"

最末，将近早晨，晨曦熄灭了一切星光的时候，奥西布说我：

"瞧吧，瞧，我能怎样著书？就像说话这样，从来不思索什么！你，小孩子，别相信我，我比较白痴，不过是较老大的'梦醒者'罢了，从前睡呀睡地又梦想什么玩意儿。有一回，梦见一只乌鸦从田间飞到山上，又由一个地界飞到另一个地界，终于回到了自己的老巢。主人惩罚了它，后来乌鸦干枯了！那是什么意思？没有任何意思……好，我们醒来，马上爬出巢来……"

十八

　　好像在伙夫亚各夫的时期中，奥西布在我眼睛里广泛地繁茂起来，掩蔽了我身边的一切。他的为人与伙夫很相近，但那时候他却有些像我的外祖父、《圣经》学者比特·华西里也维契、厨师史姆利与一切粘牢在我记忆中的人们。他以他自己深刻的形象安放在心窝中，让它在里面腐蚀，好像铜器里的铜锈似的。他的思想程序显然有两个：白天在人们面前工作，他那活泼单纯的老练思想较之他休息的当儿或是每个黄昏同我一道进城往他教母——卖馒头的女商人那儿去的时候和夜间失眠的时候，更能使人明了。他有一种特别的多方面的夜的思想，好像灯笼的火，放出灿烂之光；但是思想的正面在哪儿，究竟两方面的思想，哪一方面的是奥西布最接近、最宝贵的呢？

　　我觉得他较之我所遇见的一切人都要聪明些，我踯躅在他周围的那种心情，正如同在伙夫周围一样，希望打听明白一个人的事情，可是他会圆滑会矫情，使人捉摸不定。他内心藏匿着什么真理？可以信仰他的什么呢？

我记得他对我说过的话：

"自己去发现我所隐藏的，去发现啦！"

我的自私心被触动了。然而我心里较之自私心被触动得更厉害的是必须了解老头儿生活的欲求。

在他一切不可捉摸的思想上，他的性格表现得很坚强。看起来好像他再活一百多岁，一切都还是那么不变的，在意志薄弱的人类之间屹然地保存着自己。《圣经》学者引起我发生一种倔强印象，但这个印象使我很不愉快。奥西布的倔强则不然，愈是使人愉快。

人们摇摆不定的思想极其猛烈地在眼前掠过，他们从一个场合到另一个场合的魅惑人的动摇打击着我。我已经疲于惊讶这种不可解的动摇思想，他们不声不响地消灭了我对人们活泼的兴趣，而搅乱了我对他们的爱情。

七月初的一天，我们工作地方来了一辆赶来回的四轮马车，车子走得很快，山羊背上坐着一个没有戴帽子的长胡髭的缺嘴马车夫，他喝酒醉了，阴郁地打着嗝。马车里倒卧着醉酒的格里戈利·余士林，携着他的手的是一位身体丰肥的桃红色脸颊的妓女，戴麦草帽，血红色的玻璃珠子耳坠，手里拿着洋伞，没有袜子的脚穿着套鞋。她挥着洋伞，摇晃着身子，一边哈哈大笑，一边喊叫：

"鬼东西！市场没有开门，没有市场，他们偏要我来逛！"

焦头烂额的苦恼的格里戈利溜下四轮马车来，蹲在地上含混对我们观众表示：

"我跪下来忏悔十恶大罪呀！我想真是犯了大罪！也菲姆司加说：格里沙，格里沙！他说……他说的自然可靠，可是你们原谅我吧！我可以请你们大家吃东西！他说的可靠，我们头一次生活……再来一次不可能……"

妓女放声大哭，跺着脚，跺落了套鞋。马车夫严厉地喊叫：

"我们赶快继续走吧！我们走吧，马不要站了！"

老弱的劣马，周身是汗泡，站着好像生了根似的，所有的一切真是说不出的可笑。工友们失神的眸子瞧着格里戈利，瞧着他那妖艳的妍头与昏头昏脑的御者。

只有贺玛不笑，同我并列站在铺门边，喃喃地说：

"该杀的猪猡……他家里有美丽的老婆呀！"

车夫忙着卸走，妓女跳下车来，把格里戈利扶上车，安置在她自己的脚边，挥着洋伞，叫道：

"卸走！"

人们温情地开格里戈利的玩笑，嫉妒他，后来在贺玛催促之下大家才开始工作。显然贺玛是不喜欢瞧可笑的格里戈利的。

"他都够资格做工头！"他喃喃地说，"我们至少要怠工一个月，回到县城里去……实在受不了……"

为着格里戈利，我很感伤：他同这位戴耳坠的妓女在一道，多么可耻，多么无聊啊！

我常常想：为什么格里戈利是工头，贺玛·杜奇戈夫是工人呢？

健康白皙的青年，卷曲的头发，鹰样的鼻子，圆圆的脸庞上配着一对聪明的眸子，贺玛不像乡民。

假如他穿着阔气一点儿，也许酷似一位上等人家出身的商人子弟。他是一位阴郁的不爱讲话的态度老练的人物。认识字，可以替工头记账，编制工作计划书，善于督责同志们努力工作，然而自己工作起来却很马虎。

"我一切工作永远不会做成功的。"他镇静地说。关于书他带着轻视口吻批评："一切都可能出版，只要我愿意对你有所发明，这无聊……"

但他爱注意探听一切，听完之后假如什么东西引起了他的兴趣，便不厌其详地追根究底，经常思索自己的事情与一切自己的计划。

有一次我说贺玛他应当做工头的，但他无精打采地答道：

"也许马上就轮流到我名下来的，嗯，又是这儿那儿……但这不是为着铜板同老百姓捣乱吗？这简直是'逃出虎穴，又入虎口'。不成，我看看就要进修道院，到奥兰克去的。我，漂亮而有本事的人，大概一般商人跟寡妇无论怎样都会欢喜我的！有这样的事：塞尔维亚的青年享了两年的幸福，并且还娶了一个当地知府的女儿做老婆哩，人们挨家挨户抬神像，可是她对他取监视态度……"

这是他"研究"的心得。他知道许多关于修道院中修身养性可以引人登上康庄大道的故事。我不欢喜他的故事，而且不欢喜他智慧倾向，不过我相信他始终会进修道院的。

集市场开市，贺玛出人意料地做酒吧间的侍者去了。这不用说惊动了他的同志们，而同时他们大家对这青年取嘲笑态度，每个放假日去喝茶，互相谈论，讽笑。

"喂，到自己的'六指头'那儿去吧！"

于是到酒吧间去，老主顾似的叫：

"喂，堂倌，卷头发的，这儿来呀！"

他走来，昂着头，问：

"有什么吩咐？"

"你不认识朋友了吗？"

"有时也认识……"

他感觉到同志们在轻视他、玩弄他，一对侍者的忧郁眼睛盯着他们。他的面靥变得好像木头做的，但看起来好似脸在说：

"赶快嘲笑吧，怎么不……"

"拿茶杯来吗？"人们问他，故意久久地捏着钱袋，结果一个戈比也没有给。

我问贺玛："要进修道院又不进，此刻来做堂倌，究竟是怎么一回事……"

"我不想做教徒，"他答应，"做堂倌也不过是暂时的……"

经过四年之后，我在查礼春碰见他，他依然是做酒吧间的侍者。后来读报纸，知道贺玛·杜奇戈夫为着犯夜盗的嫌疑而下狱了。

特别刺激我的是石匠阿尔达隆的故事——比特工会中年老的上等工人。这一位四十来岁的愉快的黑胡髭的人也引人有意无意地发生一个问题：为什么工头不是他，而是比特呢？他少有喝酒，差不多从来没有喝醉过。一件工作在他手里，好似美丽的鸽子。同他一道在工会里身体硕大而多汗的比特，看起来好似一个完全多余的人。关于工作，他说：

"我替人家造石头房子，可是自己的棺材是木头做的……"

阿尔达隆带着快乐的狂热，叠着炼瓦，叫了一声：

"喂，工作呀，孩子们，谢谢上帝！"

于是，告诉大家说他来年春天要离开这儿到托姆司克去，那儿他有一个姐夫在做大工头造教堂，并且邀请他去做监工。

"这是我决定的事情。建筑教堂，是我所爱好的！"他说，同时对我提议，"同我一道去吧！在西伯利亚，兄弟，对待识字的人都很天真，那儿的读书人简直是刚勇的大丈夫！"

我同意了，阿尔达隆胜利地喊道：

"好极了！只是这桩事不是说来玩儿的……"

对待比特和格里戈利，他总是带着温情的取笑，正像成年人对于小孩似的。他说奥西布：

"骄傲的人们爱互相标榜各人自己的一切聪明，正像斗牌似的。一个说我有一对什么牌，另一个也说我也有……因此，你瞧他们都是大丈夫！"

奥西布含含糊糊地表示：

"有什么稀奇呢？凡是女孩子都在胸前走路，这才是人们值得骄傲的事情哩……"

"一切'呜呼哀哉'了！上帝，上帝要大家都要积'私房'钱啦！"阿尔达隆着急起来。

"嗯，格里沙不积钱……"

"我，只有我自己。不管到林场去也好，到沙漠中去也好，总是带着上帝一道。唉，我厌烦这儿，春天迁到西伯利亚去……"

工友们嫉妒阿尔达隆，说：

"假如我们有这样的'瓜葛亲戚'，姐夫之类的什么，我们也不稀奇西伯利亚……"

后来阿尔达隆突然失踪了，是礼拜天走的，三天来谁也不知道他在哪儿。

人们惊心地臆测：

"也许是谁杀害了他吧？"

"要不然，也许是下河洗澡给水淹死了。"

但是，赧颜的也菲姆司加走来，表白道：

"阿尔达隆怠工了！"

"你吹什么牛皮？"比特猜疑地问。

"他嫖娼妇去了，酗酒去了。真的，因为他茅房的中堂被火烧了，似乎他的爱妻也死去了……"

"他变成单身汉子了呀！现在他在哪儿？"

比特愤然地跑去援救阿尔达隆，可是那人创伤了他。

当时奥西布手深深地插在衣袋里，咬紧嘴唇表示：

"我要去，去瞧瞧那究竟是为的什么？好男人……"

我也跟着他去。

"你瞧他这人，"奥西布在道上说，"活着，活着，似乎一切都很不坏，但突然间好像香烟屁股似的沿着一切沙漠滚去了。马克西梅契当心步他后尘呀。"

我们走到"古纳汶分村"平民房舍的一家去，迎接我们的是一位狡猾的老太婆。奥西布同她私语几句，她便领我们到一间幽暗、龌龊、狭小得像牲畜房似的空房间里去。吊床上有一位蓬头赤足的肥硕妇人正在睡觉。老太婆用拳头推着她的腰，说道：

"喂，起来，瞌睡鬼，起来呀！"

妇人愕然地跳起身来，手掌指着面孔，问着：

"上帝！这是谁？这是干吗的？"

妇人消失了，他望着她的背影吐口沫，同时对我解释：

"她们畏惧侦探，比畏惧最坏的魔鬼还厉害……"

老太婆取下壁上的小镜子，撕开裱糊纸。

"瞧瞧这一个是不是？"

奥西布瞧了瞧壁上的蟪隙。

"就是他！驱逐开那儿的娼妇……"

我也瞧瞧壁缝。在也像我们蹲的那么狭窄的牲畜房里，百叶窗关紧着的窗棂上点着镔铁皮制造的煤油灯，灯旁站着一个瞟眼睛的裸体的鞑靼妇人，正在缝汗衫。她背后放着两个枕头的床上，高卧着阿尔达隆浮肿的脸，竖立着他凌乱的黑胡髭。鞑靼妇人战栗着身子，披上汗衫，跨过床来，突然出现在我们房里。

奥西布瞥见她，也吐了口沫：

"娼妇！"

"你自己是老傻瓜！"她冷笑着，回答。

于是奥西布也笑了，用手指恐吓着她。

我们迁到鞑靼妇人的房间里，老头儿蹲在阿尔达隆脚旁，久久地叫醒他，但他仍旧没有十分苏醒，而只是咕噜着：

"嗯，好的……等一等，我们走……"

最后，他清醒起来，凶恶的眸子盯住奥西布同我，一会儿又闭上红眼睛，呻吟：

"嗯……嗯……"

"你怎么啦？"奥西布镇静地说，虽不是呵责，然而却也不快活。

"自缢过了。"阿尔达隆咳嗽着，嘎声说。

"怎么的？"

"没有怎么……"

"不妙吧，好像……"

"有什么妙不妙呢……"

阿尔达隆抓住桌上没有开过的麦酒瓶，抱着瓶颈喝了几口，后来对奥西布说：

"你要吗？这儿应当有下酒菜……"

老头儿倒杯酒在自己口里，咽下去，眉头皱了皱，又留心嚼面包屑。醒醒的阿尔达隆有气没力地说：

"我已经同鞑靼妇人轧姘头了。这都是也菲姆司加干的事，他说鞑靼妇人是从卡西慕夫到市场来的年轻孤女。"

隔壁有人说着一些不成篇章的话语：

"鞑靼女人，太阳的光线！好年轻的母鸡呀。赶他滚蛋，但不要携走自己的……"

"就是这一个。"阿尔达隆喃喃地说，死盯住壁头。

"我瞧见了。"奥西布说。

阿尔达隆掉头对我：

"瞧，我怎么，兄弟……"

我期待着奥西布责备阿尔达隆，教训他一顿使得他很感动地忏悔。但是这类子的事情一点儿也没有，他们并排地坐着，肩头靠着肩头，镇静地说着简略的话语。瞧见他们在这幽暗醒醒的牲畜房里，十分愁惨。鞑靼妇人在壁缝里说些笑话，但他们也不理睬她。奥西布拿着桌上的鳟鱼在靴子上敲了敲，精细地剥去皮子，问着：

"钱花光了吗？"

"因为比特有……"

"病还没有痊愈吧？你当心，最好马上到托姆司克去……"

"但是，到托姆司克去……"

"不是老早就考虑好了吗？"

"假如是陌生人请的话……"

"什么?"

"不过,那是姐姐、姐夫……"

"嗯?"

"初次出门,不要过分地去找寻自己的快乐……"

"不管哪儿都是一样……"

"还是要……"

他们谈得那么友谊而恳切,使鞑靼妇人终于停止挂虑他们,跑进屋来,取下壁上的衣服,默然地走开了。

"小姑娘。"奥西布说。

阿尔达隆瞧着他,毫无悲愁地说:

"全是也菲姆司加干出来的,除了女人他什么也不知道。不过,鞑靼妇人倒是很愉快的天真的……"

"当心,不要自暴自弃。"奥西布警告他之后,一边吃鳟鱼,一边告别。

回家的路上,我问奥西布:

"你为什么到他那儿去?"

"不过是去瞧相识的朋友罢了。那样的事情,我瞧得很多,活生生的一个人,突然间从牢狱里被撕碎了,"他重复着过去说过的话,"麦酒倒是应当戒除的!"

但过了一分钟,他又说:

"没有它,却是苦闷!"

"没有麦酒吗?"

"就是呀!你喝醉了,好像踏上另一世界……"

阿尔达隆终于没有自暴自弃,过了几天之后便回来复工,但不久之后又消失了。第二年春天我在流民群中间遇见过他,他在浅水河滩上的驳船周围移冰。我们遇见是很亲切的,马上到酒吧间去喝茶。茶后,他便自夸道：

"记得吗，我从前是什么样的工人，唵？老实说，我的本行是化学药品师呀！挣个百把块钱满可以……"

"可惜没有挣得。"

"是自己不肯去挣钱呀！"他傲然地叫，"我唾弃这门工作！"

他那种自大自满的态度，引起酒吧间的人们注意听他暴躁的话语。

"你记得，从前我所说的和平的强盗比特工头那个人吗？他说过：'替人们造石头房子，而自己埋木头棺材。'就是那么的，一切劳动事业！"

我说：

"比特有病，他害怕死。"

但阿尔达隆叫道：

"我也有病，我也许灵魂都不在原来的地方了！"

每逢休假日，我常常到城外的"万人街"去，那儿是流浪人荟萃的地方。我瞧见阿尔达隆很快就变成"金门"中的自己人了，一年前还是快乐、庄重的人，而现在居然变成有论争癖的、自大自满的、暴躁地凝视着人们的人，好像要挑拨一切来争吵、搏斗似的。他经常自夸说：

"瞧，人们怎么待遇我，在这儿，我好像'亚达曼'似的（亚达曼是哥萨克军中的大将或强盗首领之称）。"

他不希望积钱，时常请流浪人吃饭，站在同情争斗失败者的立场，经常替人鸣不平：

"孩子们，不合理！应当合理地行动！"

因此人家称呼他叫"合理人"，他非常之高兴这种称呼。

我热心地观察那些密密实实地拥挤在陈旧而污秽的街上的小石屋中的人们。这全是被生活毁碎了的人，但是看起来好像他们创造了自己的愉快生活，不依赖任何主人。无挂无碍的勇敢的他们使我回忆起外祖父的码头工人容易变成土匪跟隐士的故事。当他们没有工作可做时，便不惜做做轮船上或驳船上的小偷，但是这种行为却没有骚乱我，我已经看出整个的人生都被贼的行为缝上，正像旧外套被灰线缝上似的。同时我也看出这般人有时候也非常起劲地做他们的工作，毫不吝惜力气，譬如救人之危急哪、救火哪、下河去移冰哪……总之，他们的生活，较之其他的人都要来得痛快。

但是，奥西布发现我同阿尔达隆的友谊，便老前辈似的忠告我：

"我的心肝、悲哀疏略的心肝，你干吗要苦痛地同'万人街'发生密切的朋友关系，当心，别害了自己……"

我告诉他，我会欢喜这些人的，因为他们过着没有工作的愉快生活。

"这些天上的鸟儿，"他狞笑着，打断我的话头，"他们之所以把工作当作一种悲哀，就因为他们是懒惰鬼、空虚的百姓！"

"到底什么是工作呢？人家说：没有获得石房子住，都由于劳动太认真！"

我很会说那样的话，这种俚语我时常听得很多，同时感觉到它的真理。但奥西布生我的气，叫道：

"这是谁说出的？只有傻瓜跟懒鬼才说这种话，可是你，小把戏，不要听这个！你！这是嫉妒者同穷光蛋所说的蠢话，你首先要羽毛丰富，然后才学飞呀！关于你的结交朋友，我要告诉你东家，但不是上法院告你状子！"

后来真是告状子了。主人根据他所说的，说我：

"你，毕西戈夫，抛弃'万人街'吧！那儿全是强盗跟妓女，从那儿出来的道路只有监狱和医院。抛弃吧！"

我开始瞒着我的拜访"万人街"，但不久之间便不得不与它断绝关系。

某一回，我同阿尔达隆还有他的同志洛宾诺克一道坐在夜宿所的一个厂房的屋顶上。洛宾诺克告诉我们他怎样从洛司托赖河步行到莫斯科的愉快的故事。这是一位战壕兵，格奥尔基的骑士、跛子，土耳其战争中他的膝头负伤了。短小精悍的他，手头生来就有一副惊人的力气，他因为跛脚病不能劳动，所以这副力气对他没有益处。他为着患了什么病，脑壳前后的头发通通落光了，他的头极像婴孩的脑袋。

他闪烁着棕色的眼睛，说：

"嗯，你瞧，雪尔布河夫神父坐在园栅里。我说：'教父，给我一个土耳其英雄的官衔吧……'"

阿尔达隆摇头说道：

"嗯，吹牛皮，吹牛皮……"

"我吹什么牛皮呢？"洛宾诺克问了，并不难为情。可是我的朋友无精打采地教训似的咕噜着：

"你不正经的家伙！你请求做巡警兵倒还差不多，跛子每每是过巡警兵生活的，可是你，飘游浪荡毫无意思，就只会吹牛皮……"

"我不过是开开玩笑罢了，我，倒是相信两条胳臂……"

"你应当开你自己的玩笑……"

虽然空气很干燥而且明朗，但天井上依然很幽暗、污秽。一个妇人出现在那儿，一边回旋着什么布巾，一边喊叫：

"谁要买裙子？喂，朋友们……"

从屋洞里爬出一些女人来，密密地包围着卖裙子的。我一下子认出这就是洗衣妇纳挞娜！我从屋顶上跳下来，但她已经打本钱卖好了裙子，悄悄地从天井上溜出去了。

"你好啊！"我在门外追着她，快乐地打招呼。

"你还要说什么呢？"她睥睨着我问，于是突然停下脚，愤然地叫着，"先生对不起！你在这儿干吗的？"

她愕然的叫喊触动了我，扰乱了我。我懂得她是为我受惊骇，恐怖与惊惶表现在她聪明的面靥上，我顿时对她解释说我不在这条街居住，而只是偶尔来瞧瞧。

"瞧瞧!"她讥笑与生气地叫道,"这儿是干吗的,你究竟往哪儿瞧?走女人衣袋里和怀里过路吗?"

她的脸上满堆着皱纹,眼睛下躺着一个浓密的阴影,嘴唇懊丧地嘟着。

她停息在酒吧间门口,说道:

"我们进去吧,我要去喝茶!看穿着倒是干净,不跟此地的一样,不过,我不相信你什么……"

但是,到了酒吧间之后,她似乎相信了我,一边斟茶,一边说到她刚在一点钟之前才睡醒起来,没有喝,也没有吃的一切事情。

"昨天睡觉时已经醉酒了,不记得在哪儿醉的,同的谁?"

我很怜恤她,傻头傻脑地蹲在她面前,想问问她的女儿在什么地方。后来她喝完了麦酒跟热茶,勇敢而粗暴地说了些有见识的话,正像这条街的一切女人似的。但当我问到她的女儿时,她顿时断然地叫道:

"你为什么打听她?不成,我的女儿你得不到的,不成!"

她又喝了一杯,述说道:

"女儿同我在一道干吗呀!我是谁?洗衣妇。我是她的什么娘呢?她,受教育的女学生。是吗,兄弟!所以她离开我,到发财朋友那儿去,现在大约做女教员了吧……"

她沉默一会儿,又低声问道:

"就是这样!洗衣妇对于你不快感?但是荡妇对于你快感吗?"

她,"荡妇",这自然我马上就看出了的。别样的妇人,这条街压根儿就没有。但当她自白到这桩事情时,我由于惭愧与对她的怜恤,只得掉眼泪,好像她以自觉心来烧焦我的心。她最近还是那么勇敢、自强、聪明的呀!

"唉,你,"她瞧着我,叹息,"你离开这儿!并且我请求你,劝告你不要再来这儿!快走呀!"

后来,头低在桌上,手指在茶盆里画着什么,轻轻地断续地说着,好像是自言自语：

"你对于我的请求与忠告究竟怎么样？假如亲生的女儿不听话，那我可以……有一次我说她：'你不能抛开亲生娘，你怎么？'但是她说：'我要自缢死。'后来终于到卡山去学习助产医生去了。嗯，好的，好的，可是我怎样呢？我就是这样，依靠谁？只有依靠过路先生……"

她沉默着，久久地想什么，嘴唇颤动着一声不响，显见得她已经忘记我了。扁着嘴角，嘴巴弯得像一把镰刀。瞧着她战栗着的嘴皮与好像在默念什么的骇然的皱皮脸，是很苦恼的。她长着一副儿童般的害羞的脸，头巾下掉出一绺头发，躺在面颊上，弯到小小的耳后。冷茶杯里滴落着眼泪，女人发觉了这一点，马上移开杯子紧闭上眼睛，又挤出两行泪水，后来用手巾拭着脸。

我没有耐心再同她蹲下去，便悄悄地站起来：

"再见！"

"唵？去吧，碰鬼去吧！"她摇开身子，不瞧我，也许是忘记了同的谁吧。

我又回到天井上，打算再到阿尔达隆那儿去，他希望同我一道去捉螃蟹，而且我也想告诉他关于这个妇人的事情。但是他同洛宾诺克已经不在屋顶上了，直到我还在七零八乱的院落里找他们时，街上已开始照例是对她的辱骂的骚音。

我从大门里走出去，顿时就碰见纳挞娜，她啜泣着，一个手拿头巾揩着受伤的脸，另一个手整理着散乱的头发，茫然地沿着铺石道走去。阿尔达隆同洛宾诺克跟着她大跨着，洛宾诺克说：

"再揍她一次，揍去！"

阿尔达隆扭住挥着拳头的女人，她用胸脯冲撞他，她十分可怖的眼睛里燃烧着自强之火。

"嘎，揍呀！"她叫。

我握住阿尔达隆的手，她愕然地瞧着我。

"你干吗?"

"不要打人。"我差点儿不能对他说出来了。

他哈哈大笑。

"她是你的爱人呀!唉,纳挞娜吃小孩子!"

洛宾诺克也哈哈大笑起来,拍打着他自己的大腿骨,后来他们久久地把我烘焙在热烈的秽物中,这是很苦恼的啊!但等到他们完了这场纠纷,纳挞娜走了之后,我忍无可忍,终于用脑袋冲撞洛宾诺克的胸脯,撞倒他,便逃走了。

从那天起,我许久不瞧"万人街",但又碰见过阿尔达隆一次,在渡船上遇见他。

"你逃到哪儿去了?"他快乐地问。

当我对他说我反对追忆过去他痛打纳挞娜与侮辱我那回事时,他温情地笑了笑。

"难道这是认真的?我们这个玩笑就是侮辱你呀!至于她,假如她是荡妇的话,怎能不打她呢?打老婆尤其是不该怜恤!这全是一种放纵淫乱的行为!我已经懂得,拳头不是学问!"

"那你拿什么学问去教训她?你什么东西比她好?"

他抱住我的肩头,摇了摇,带着取笑的口吻说:

"在那种事情中,都是我们的丑恶,谁也不比谁好些,我,兄弟,凡是一切里里外外的事情我都懂得!我不是乡下人……"

他稍微喝醉一点儿酒,很快乐,看待我好像亲爱而富于同情心的仁慈教师之看待不了解书理的学生。

有时我也碰见班伏尔·奥靖曹夫,他变得更活泼了些,纨绔子弟的穿着,同我说话很谦卑,不过略带责难的口吻:

"你为了获得什么样的工作,跑走!这些乡民……"

后来他忧愁地告诉了神像制造厂的新鲜事情。

任罕列夫依然同那个母牛纠缠在一起;亚达诺夫显然很悲哀,过度地酗酒；至于郭果列夫呢，也大喝麦酒，他到耶稣复活节办祭祀的人家去讨东西吃，在那儿有人给他麦酒和菜饭！

于是，班伏尔流出一阵快乐的笑声，可笑地编述着：

"既饱且醉后，大家开始寻快乐。用脚后跟走路，走进林场去，好像受过训练的狗似的，狂吠着，可是经过一昼夜之后，完全枯槁了！"

我听着，也笑了，但感觉神像制造厂里我过去经历过的一切现在已离开我太远了。这使我稍微有点儿不快活。

十九

冬天市场的工作差不多快没有了。我在家里仍如从前一样，须得担任无数烦琐的职务。琐事消磨了整个白天，黄昏时得着闲工夫，我便重新念我主人编的新闻杂志《倪甫》与《莫斯科新闻》中我不欢喜的长篇小说，但同时每夜阅读名著与试学写诗。

有一回，女人们通通做"通夜祷"去了，男主人为着身体不舒服留在家里。他问我：

"毕西戈夫·维克多尔似乎在笑你写诗，真的吗？好，念来听听！"

一味拒绝是很笨拙的，因此我念了几首诗。显见得他不欢喜它，不过他还是说了：

"努力，努力吧！你将来也许会做普希金的。读过普希金吗？

埋葬家鬼，
是否出嫁女巫？

在他的时代中，一般人还是信仰家鬼，嗯，他自己呢，并不信仰，而只是开开玩笑罢了！"

"不错，"他沉思地拖长嗓子，"应当进学校，可惜你太迟了！鬼晓得你往后的生活怎样？自己的笔记簿应该保藏下去，它可以取得女人的爱慕、嬉笑……兄弟，女人就爱这个，为着心灵的刺激……"

从前些时候起，主人就变得很沉默，忧心地瞧着一切，钟声使得他恐怖。有时为着一点儿小事情病态地发脾气，叫骂一切，甚至于从家里跑出去，更深夜半喝得烂醉回来，使人觉得他的生活中发生了什么除开他谁也不晓得的创痛他的心的什么。他此刻失掉信赖地、勉强地生活着，好像为着因袭旧习。

每逢放假日，从中饭到九点钟，我都在外面游逛，一到黄昏便坐进亚门司克街的酒吧间去。店老板是个身体丰肥的时常淌汗的人，酷爱唱歌，号召了差不多所有教堂的唱歌班聚集在他那儿。他用麦酒、啤酒跟茶来招待歌唱者。歌唱者——爱酗酒的兴趣索然的平民，他们很勉强地唱歌，而目的只是为了吃东西，他们差不多是经常的教堂里的唱歌班，因为信教的酒徒们认为唱歌班在酒吧间里没有地位，所以店老板便招待他们在自己的房间里来唱歌，因此我只能在门外听。但是，酒吧间中常有一批乡民和手工人来唱歌，店老板在城中的唱歌者那儿打听到集市日有过路的农民会唱歌，便邀请到自己店里来。

歌者每每是坐在麦酒缸下食堂小桌边的椅子上，他的头嵌在酒缸底下，好像圆的木框中的画片。

一切歌都比较会唱，而且每每唱出特别优美的歌词的人，是一位身材瘦小的马鞍匠克涅曹夫，被生活蹂躏的好吃人，成圈的黄头发，放光的小鼻子，好像死人似的，细小的惺忪眼睛很呆板。

有一次，他避开人们，后脑壳凭在酒缸底上，挺着胸脯，用轻轻的然而是胜利的次中音的快调唱道：

> 唉！雾霭笼罩着清洁的大地……
> 雾霭掩蔽了前面的道路……

这儿，他站起来，腰身靠在桌边，身子向后弯，脸昂来对着天花板，悲歌慷慨地接下去：

> 唉，我往何处，往何处走去，
> 我要寻觅的宽广大道在哪儿？

他的声音虽小，然而却不疲倦。歌声交响着酒吧间里喑哑而含糊的银弦琴样的骚音与感伤的话语和呻吟。一阵阵的歌声征服了一切人们，甚至于酒徒们也停息下来愕然地、庄严地凝视着自己面前的桌子，一声不响。但是我被权威之感觉充满着的心给搔碎了，这种感觉奇妙地触动着心之深处。

酒吧间里很寂静，好像教堂中似的，歌者犹如仁爱的神父。他不说教，而只是用全副精神为整个人类脚踏实地地做祷告，虔诚地大声疾呼贫穷人生之悲哀。一些长胡髭的人们凝视着他，儿童般的眼睛对着他粗野的面庞眨着。有时，不知谁在叹息，这便是胜利的歌曲之力量的很好写照。在那一霎，我觉得一切人都过着虚伪的诡计百出的生活，而真正的人生——就是音乐！

蹲在屋角里的有一位面貌丰肥的女商人冷舒哈，风流无耻的荡妇，头藏在肥腻的肩膀中，哭泣着，眼泪轻轻地洗着她傲慢无礼的眼睛。离她不远的桌子上倒卧着一个多头发的阴郁的青年米特洛波尔司基，唱歌者，这人好像一个助祭师，醉昏昏的脸庞上长着一对大眼睛，瞧着自己面前的酒杯，端起来递到口边，又放到桌上，谨慎地、一声不响地，他已经不能再喝了。

一切人们都在酒吧间里出神，好像聆听着老早遗忘了的与他们很接近而宝贵的话语似的。

克涅曹夫唱完歌时，很客气地坐在椅上。店老板马上敬他一杯啤酒，存着满足心微笑着说：

"嗯，自然不错呀！虽然你没有唱得好到多少程度，但一个手工人居然能唱歌也就不坏呀！无论谁也不说别的……"

克涅曹夫不慌不忙地呷口酒，谨慎地嘘口气，轻声说道：

"凡人都会唱歌，谁都有嗓子，只是要看歌曲中表现什么样的灵魂，这只有我才做得到啊！"

"嗯，但是，不要自夸！"

"对谁自夸呢，这不是夸口。"歌者说话的声音依然那么轻，不过态度更加固执了些。

"克涅曹夫，你自尊自大！"老板喊叫，态度很不愉快。

"我不给自己的灵魂戴高帽子……"

接着，屋角里阴郁的唱歌者米特洛波尔司基吼叫道：

"你们懂得他曲子中的丑天使是什么吗？你们，蠹虫，只晓得捧场！"

他每每同一切都合不来，抗议人们，告发人们，差不多每个放假日都有人为了这，或者为了唱歌，人家残酷地打他。

老板欢喜克涅曹夫的曲子，但又不能宽容自己的歌手。他怜恤他的一切，但又公开地寻觅马鞍匠的卑贱处，嘲笑他。这是老板身边的来往人与克涅曹夫自己都知道的。

"好唱手，同时也是骄傲者，应当打倒他的威风。"老板说，于是有几个客人同意他。

"这自然啰，自尊自大的青年！"

"有什么值得骄傲呢？声调是上帝赋予的，又不是自己找得来的！难道声调就伟大得了不起了吗？"老板顽强地说。

同意他的人们反复申说道：

"自然啰，声调倒没有多大关系，最要紧的是聪明。"

有一天，歌手扫兴地走开时，老板便劝冷舒哈：

"马利亚·也夫托米慕伏娜，你将来同克涅曹夫讲恋爱去吧，唵？你可以帮助他一下，你的意思怎么样？"

"假如我还年轻的话，那就不用说啦。"女商人冷笑着说。

老板激烈地大声叫道：

"年纪轻会干吗？你只晓得唠叨！瞧瞧，他怎么在你周围调情啦！就这样唱歌，也许会增加他心之苦痛的，不是吗？也夫托米慕伏娜，别说废话，讲恋爱去吧，喂？"

但是她没有接受。身体肥硕的她，垂着眼皮，手指理着胸脯上的头巾结子，同样无精打采地说着：

"倒是需要那种青年，假如我还年轻的话，嗯，现在可不妄想……"

老板差不多经常努力劝克涅曹夫酒，但那一位唱完两三首歌，便为着每一首歌喝一杯酒。他慎重地用围巾缠着颈子，没有遮阳的帽子紧盖着醉昏的头，然后走开。

老板时常发现克涅曹夫的敌手，唱出马鞍匠的曲子，老板赞美他，感动地说：

"真是好运气，又来一个歌手！好，请你再唱吧！"

歌者有时也唱得娓娓动人，但我不知道克涅曹夫的对手中是不是无论谁都会唱得那么淳朴动人，就跟这位小小的丑陋的马鞍匠一样。

"好呀，"老板不无爱怜地说，"真是好！重要的是那嗓子，可是主唱者……"

人们哄然大笑起来。

"不成，不及马鞍匠，显然的！"

但是，克涅曹夫从卷曲的黄眉毛下瞧着人们，镇静地且很有礼貌地对老板说：

"你偏见。比我更富于天才的唱手，你还找得出吗……"

"我们全是天才的……"

"你犯了罪，你不会找……"

老板脸儿发紫了，后来喃喃地说：

"知道，知道……"

接着，克涅曹夫倔强地对他辩证：

"我还要告诉你，这样的曲子，不比得鸡打架……"

"我已经知道啦！你唠叨什么？"

"我不是唠叨，我只是说明：假如曲子是一种愉快品的话，那就是恶鬼编制的！"

"得啦！还是你唱得挺好！"

"我可能时常都唱得好，甚至于就是做梦……"克涅曹夫应声，小心地咳嗽着，一会儿又开始唱歌。

因此，一切琐事，一切无意思的话语、意见与酒吧间的一切下流的动作都不可思议地烟消了。人们面前袭来另外一种生活之波澜，沉思而清洁的充满爱情与忧愁的。

我羡慕这个人，羡慕他的才干与他凌驾人们之上的权威。他那么善于利用这种权威！我想同马鞍匠交好，久久地同他谈些什么，然而我没有决心到他跟前去。克涅曹夫用那么奇怪的白眸子凝视一切，好像不理睬自己面前的任何人。因此他的心眼我不欢喜，同时妨碍我对他的爱慕。但希望爱这个人，并不在正当他唱歌的时候。最不爱看的是他老头儿似的帽子戴齐眉头，颈上缠着红围巾那种模样。关于围巾，他曾说过：

"这是我的爱人，一个小姑娘替我编织的！"

假如他不唱歌，便做出大模大样的态度，手指揸着死人般的结冰似的鼻子，回答人家的问题总是那么单调与不高兴。当我蹲在他旁边，问到什么时，他不瞧我，只是说：

"滚开，小把戏！"

我挺欢喜的是米特洛波尔司基。他走进酒吧间来，慢步地踱到屋角里，脚用劲地移动下靠背椅子，蹲下来，手肘压住桌沿，手掌捧着毛毧毧的大脑袋，默然地喝完三两杯，鸭子似的发着嘎声。人们被惊动了，便掉头对着他。但是他呢，手托着腮，仰望着人们，未经梳洗的头发奇奇怪怪地披在他浮肿的苍白的面庞上。

"你们瞧什么？你们望的什么？"他突然用洪亮的话语问。

有时，人家回答他：

"我们瞧豺狼！"

有些黄昏，当他默然地喝完茶，拖着沉重的脚步一声不响走出去时，我好几次听见他好像预言家似的启示人们：

"我上帝的廉洁奴仆，我，依沙易，对你们忏悔！悲哀是给阿里尔城的，在那儿一切卑污无耻者与骗子跟丑恶鄙陋的东西生息在自己下贱的憧憬中呀！悲哀即是世界之船翼，因为它把宇宙的秽恶的小人拖在道上走。我可以告诉你们酒徒、贫馋鬼、世界的废物，你们带着钱财与感伤，地球是不会容纳你们在它自己的腹心里的！"

他的声音响亮得简直像玻璃窗的声响，这使人们十分欢喜，因此他们赞美预言家：

"好会撕剥皮骨的长毛狗啊！"

同他交朋友很容易，只要事先请他吃一顿东西，他需要一杯麦酒和一份拌着红胡椒的红烧牛肉，这是他爱好的饮食，而且经常吃坏了他的胃口。当我请求他告诉我应该念些什么书时，他凶恶地反问我：

"为什么要念书？"

但缓和着我的震惊，又说道：

"读过折中派的东西没有？"

"读过。"

"要读折中派！再好的没有了。那是一切智慧之世界，只有一种四只脚的阉羊才不懂得它，即是说，没有谁不懂……你是什么人，会唱歌吗？"

"不会。"

"为什么？应该唱歌。这是极其拙笨的事情呀。"

邻近的席上有人质问他：

"那你自己又为什么要唱？"

"我，流民！嗯？"

"没有关系。"

"不新鲜。谁不知道我脑海里没有任何东西的，并且无论何时也没有发生任何东西。亚门！"

自然，他同我一切谈话总是用这个调子，虽然在请他吃了两三回东西之后，对我比较和蔼一点儿，但有一天仍旧带着意味深长的疑讶心同我说：

"我瞧着你，不明白：你是什么？你是谁？你干吗的？唵，真是，见你的鬼！"

他对克涅曹夫的关系，很不明了。他带着鲜明的喜悦听他唱歌，甚至于有时也带着亲爱的微笑，然而不同他交好，很粗鲁与轻视地说他：

"这个木偶人！他会呼吸，会懂得他所唱的歌，但还不是一只驴子！"

"为什么？"

"为着他本人的天性。"

当他酒醒时，我深愿同他谈话，但他酒醒时只是牛样地吼叫，晦涩的苦痛的眼睛盯住一切。不知从谁那儿，我打听到这一位很有做主教的本领的酒徒，是在喀山大学念过书的，我不相信这一点。但有一次，对他谈到我自己，顺便提到主教黑里山伐·米特洛波尔司基，他摇头说道：

"黑里山伐？知道，我的教师，大善士。在喀山，在大学校里，我都记得！黑里山伐，即是一枝黄金花，这是班门瓦·别伦达说的。真的，他是一枝黄金花，黑里山伐！"

"但是，班门瓦·别伦达这个人是谁？"我问。但米特洛波尔司基简略地回答一句：

"不关你的事。"

回家，我在自己的笔记簿上写着："必然要知道班门瓦·别伦达。"我觉得就在这位别伦达那儿，我可以找出许多问题的答案来，问题使我不安。

唱歌者酷爱应用某种我不懂的人名跟奇怪的成语，这很使我受刺激。

"生活，不是亚李霞！"他说。

我问：

"亚李霞这人是谁？"

"生病的。"他回答，我的疑问反而使他开心了。

这些陈词滥调全是他在大学校里学得来的，我不得不认为他的见识很丰富，同时自己很难为情。他什么也不说，是不是说了我也不懂，或者我不会问他呢？

但他仍旧留得有些东西在我心灵中，我欢喜他醉后模仿伊沙易预言家的启示的勇敢。

"噢，世界的污秽，世界的恶臭！"他吼叫，"十恶不善的你们得光荣，然而大善人被驱逐。临到恐怖之日，你们才来忏悔，但已经迟了，来不及了！"

听着这种吼声，我回忆起"好事情"、洗衣妇纳挞娜的可耻而荒唐的没落与马尔高皇后之堕入卑污的诽谤之云里雾中。

我同这个人短短的交情，结局是很不平凡的。

春天，我在田野间靠近陆军野营的地方遇见他，他骆驼似的大跨着，摇晃着孤独的浮肿的头。

"散步吗？"他嘎声问，"一道走吧。我也是散步。兄弟，我已经病了，而且……"

我们默然地走了几步，突然在天幕之外的土壕沟中瞥见一个人：他坐在沟底上，头倾向一边，肩头靠在沟壁上。他身上的外套有一边高耸齐耳朵，仿佛是想脱掉它，而又不能够。

"醉酒汉。"唱歌者决定，停住脚。

但是，这人手肘下的青草地上，摆着一把大手枪，离手枪不远有一顶鸭舌帽，同它在一块儿的还有一只打开过的麦酒瓶，已打碎的瓶的颈子摆在青草坪上，这人的脸害羞似的藏在外套里。

从那一霎时起，我们便站着不作声。后来，米特洛波尔司基，大打开着脚步，说：

"自杀的。"

我顿时明白这人不是醉汉，而是死人，但这出人意料的事情使人不敢轻易相信。记得，我当时既不感觉恐怖，也不怜恤，瞧着从外套里露出的大而光滑的头顶与深蓝色的耳朵，不相信这人在那可爱的春天会自杀死。

米特洛波尔司基用手掌擦着自己未经剃刮的脸颊，好像怕冷似的，后来嘎声说：

"老头儿，不是老婆逃跑了，便是浪费了别人的钱……"

他吩咐我进城去报告警察局，自己蹲在土沟边上，裹紧在破外套里的脚吊下沟去。报告警察关于自杀者消息后，我马上就跑回来，但我回来之前，米特洛波尔司基已经喝完死者留下的麦酒，挥着空瓶迎着我。

"就是它害了他！"他吼叫一声之后，愤然地把酒瓶朝地上一摔，瓶子给摔得粉碎。

随着我到来的警察瞧了瞧壕沟，脱去鸭舌帽，犹疑地画了十字，问歌手：

"你是什么人？"

"不关我的事……"

警察想了想更温和地问：

"你们究竟是怎么的，他，死人，可是你，是醉汉吗？"

"我二十岁年纪的醉汉！"歌者傲岸地说，手掌拍着自己的胸脯。

我自信为着酗酒，他会被拘禁的。城里跑来一些平民。威严的区分所的警察官也乘马车来了，他跳下土沟去，提了提自杀者的外套，瞧着他的脸，说：

"谁先瞧见？"

"我。"米特洛波尔司基说。

警察官瞧瞧他的面孔，厉声说：

"你好，我的老爷！"

四五十个观众一齐聚集来，喘息着的跳跳蹦蹦的人们包围在壕沟之上，凝视着沟里。不知谁喊道：

"这是我们街上的官吏，我认识他！"

米特洛波尔司基摇晃着身子，站在警察官前面，脱去帽子，同他论争，轰轰然地喊出些什么不明了的话语，后来警察官迎面推他一下，他身子一摇，蹲下来。当时警察官不慌不忙地拔出衣袋里的绳子来，缚住唱歌者习惯的、恭顺的藏在背后的手。接着警察官便愤然地对观众大叫：

"走开！散开……"

又来一个年老的警察兵，润湿的红眼睛，疲倦得张大了的嘴巴，手牵着缚住米特洛波尔司基的绳子的一端，轻轻地牵他进城去。

苦恼的我也离开田间，记忆中响出了惩戒语的回声：

"悲哀是给阿里尔城的！"

但眼前一幅苦痛的画面：警察不慌不忙地掏出自己衣袋里的绳子来，被威胁的预言家把红色的毛氄氄的手恭顺地背在背上，手腕习惯地交叉着。

我很快就打听到预言家是被人从城里遣派到军驿附近来的。之后，克涅曹夫也将随着他消失了，讨了一位好老婆，打算搬到他开得有一片马贝店的县城里去住。

男主人热烈地赞美马鞍匠的曲子。因此，有一天他说：

"应当去听一听。"

于是他坐在我对面的桌旁，愕然地扬起眉，张大着嘴。

在路上他同我说笑话，到了酒吧间里，开头几分钟内，他便嘲笑我、嘲笑人们与一切令人窒息的臭气。当马鞍匠开始唱歌时，他讥笑着，斟啤酒在杯子里，刚斟满半杯便停住，说着：

"噢……鬼东西……"

他的手在战栗，轻轻地放好酒瓶，又注意听。

"好呀，兄弟，"克涅曹夫唱完时，他感叹着，"真是唱得好……见他的鬼！简直激烈得……"

马鞍匠昂着头对天花板，又开始唱一首：

清洁田野之大道上，
走着富人村庄里出来的一个年轻姑娘。

"他又唱啦。"主人摇头冷笑着，咕噜。

接着克涅曹夫唱得好像吹竹笛似的。

美丽姑娘回答他：

"我，孤女，我不需要任何人……"

"好，"主人喃喃地说，瞪着红眼睛，"呸，鬼东西……好的……"

我瞧着他，快乐起来。如泣如诉的歌声压倒了酒吧间的喧嚣，更加响得有力，更加凄艳动人！

他厌世地居住在我们村子里，
也不叫我姑娘日之夕，
噢，我贫穷到衣不蔽体。

我不便于与勇敢的青年认识……
单身汉求婚于同行的劳动妇女——
我不愿屈服那命运之神祇！……

我的主人难为情地哭起来，低头坐着，隆起的鼻儿抖动着，他的膝上滴落着泪水。

这首歌完了之后，他感伤地说：

"我不能再坐下去了，闷气窒息……鬼东西……我们回家吧！"

但是，到了街上，他提议：

"去吧，毕西戈夫，到饭店里吃东西去……不愿意回家！"

他没有讲价钱，便坐上雪橇，整个的路上不说话，到了饭店，拣好屋角里的小桌，一边东张西望，一边愤然地用半低音诉说着苦痛：

"这个山羊抖昏了我，驱出那样的忧愁来。不成，你会念书，会裁制人，但是你说：究竟碰了什么魔鬼呢？活着，活着，活了四十岁，有老婆、儿女，但是要说话找不着同谁说。有的时候，也想展开胸怀，畅谈一切，可是同谁谈呢！同老婆和孩子们谈吗，谈不上来。老婆，她有她自己的事情，家主妇的责任，嗯，还有孩子！她对于我的灵魂是陌生的！老婆，养了头一个孩子，就等于一个朋友，再养孩子的话，那她对我正像对一般的人。嗯，你自己瞧，没有人吹竹笛，便没有人跳舞……死肉……见你的鬼！痛苦，兄弟……"

他痉挛地喝干冷而苦的啤酒，沉默一下，捻散修长的头发，又开始说：

"兄弟，一般的人都是匪徒！只要你在那儿同乡民谈谈话，你就晓得……我明白许多不正确的、卑贱的事情，兄弟，真的，全都是盗贼！你以为你的话可以压服人？不成！比特、奥西布，他们全是骗子！他们什么话都要说，比方你对我有什么表示，他们都要……怎么，兄弟？"

我愕然地不作声。

"是那样!"主人冷笑着说,"你要到波斯去,这很合理,虽然在那儿你什么也不懂得,语言不同!至于本国语言呢,人家说,下流腔调!"

"奥西布提到我没有?"我问。

"嗯,提到啦!你认为怎么样?他尤其是挺爱说话,饶舌汉!他,兄弟,狡猾家伙……不成,毕西戈夫,话语不会压服人。真理呢?但是,对什么鬼讲真理?全是一样没有用,正像秋天的雪落在尘埃上便融化了,而且增多一些尘埃,你挺好是沉默……"

他一杯杯地喝啤酒,没有醉,更流利更愤然地说下去。

"俗话说,话语不是凿子,沉默才是黄金。唉,兄弟,痛苦,痛苦……他唱的歌的确有道理:'他厌世地住居在我们村子里。'孤独的人世……"

他到处瞧了瞧,低着腔调,又说:

"所以我要找知己的朋友,一个邂逅的女人、孤独者,她的丈夫为着伪造钱币被充军到西伯利亚,此刻还在那儿的监狱里。所以我同她交好。她连一戈比的钱也没有,嗯,她真是那样的,你知道……鸨母介绍我同她交朋友。后来,我仔细瞧瞧,好可爱的人啊!人又年轻又漂亮,你知道……真是人才出众的呀!一次,两次之后,我对她说:这是怎么的,我说,你丈夫既是骗子,你自己干吗态度还不诚实,要跟着他到西伯利亚去呢?可是她,你瞧,还是想跟他去做移民去,是呀。后来她对我说:'他虽然没有饭吃,可是,我还是爱他,他对我的感情不坏!他,也许他就是为着我才犯罪吧?现在我同你犯了对不起他的罪,他需要钱,他过去是贵族,过惯安逸生活的!'她说:'假如我是一个人过生活,也许会态度很诚实。'她说:'你也是好人,我挺欢喜的,但只是你能不能帮帮我这个忙。'鬼东西!后来,我把自己身上所有的几十卢布通通一道给她,并且我说:'请原谅,我不能给你再多的钱,绝对不能!去吧,好……'"

沉默了一下,他突然喝醉了低着头,喃喃地说:

"我到她那儿去过六次，你也许不知道这回事是怎么的吧！我，也许再要到她家去六次。决定不进屋，不能！现在她已经搬走了……"

他手肘压在桌上，手指移动着，低声私语着：

"上帝不让我再碰见她，上帝不让！真是，大家都见鬼了！我们回家去吧，去吧！"

我们走出来。他蹒跚地走着，嚷着：

"真是那样的，兄弟……"

我不奇怪他所说的故事，我早就看出他发生了什么不寻常的事情。

但是我很受他所说的一切生活故事的压迫，使我不安着，尤其是他对奥西布的批评。

二十

三个夏季我都在死城里空虚的建筑物之间过着"监工"生活,观察着劳动者秋天怎样拆毁粗制滥造的石铺房,而春天又怎样建造一所那样的房子。

主人用尽心思让我不白白挣他那五个卢布。假如有人来铺商店里的地板,我得担任在一切铺房的空地上掘一阿尔生深的地洞的职务。他雇零工来做这项工作,得花个把卢布,我却丝毫也得不着,而且做得这种工作来,我又来不及监视木匠们,因此他们便乘机拔取门闩、门钮,偷窃各种零碎东西,并且一切工人跟工头都拼命欺骗我,偷窃东西,差不多很公开地做这种事,正如同公开地屈服于郁闷的职务。当我搜出他们的赃物时,他们也少有生气,甚至于不生气,而只是惊叹:

"你为着五卢布拼命,也许你把五卢布看作二十卢布那么重要吧。多可笑啊!"

我对主人表示,他应当给我掘地工钱,但他每每十回有九回都是满不在乎的样子,只是对我眨眨眼睛,说:

"好的，别装疯！"

我明白他在疑惑我私通强盗，这可引起我对他发生一种憎恨的感觉，但并不难为情。那些工头全都会做贼，何况主人自己也是欢喜揩他人的油的呢。

主人视察一遍集市场上的铺店之后，拿得了一笔承办费不算，而且瞧见别人忘记的自暖壶、毛毡、剪刀、家具什物、木箱或者布匹等等，还得狞笑着，说：

"把东西登记好，通通搬进贮藏室去！"

可是，搬进了贮藏室，他便鬼鬼祟祟地偷些东西回家去，害得我三番五次地涂改什物登记簿。

我不爱人家的物件，无论何物我也不希望有，甚至于书籍也累赘了我。我任何东西也没有，除掉一册《别郎士》和《格茵诗集》。我希望买普希金诗集，但是城中唯一的旧书店里的狞恶老头儿，卖普希金的著作，讨价讨得非常之高。家具、地毯、镜子与一切物件在我主人房舍里堆积如山，我很不高兴，同时搬运进来的粗制滥造的东西与一切颜料跟油漆的臭气也使我受刺激。我不欢喜主人们的房间与塞满了无用之物的箱柜，尤其是反对主人偷窃贮藏室中别人的物件来过分地铺张自己的周围。在马尔高皇后的屋子里也挤塞着不少的东西，然而人家是为了美观。

一般的生活，据我看来都是凌乱而拙笨的，它里边包藏着过多的鲜明的愚蠢。瞧，我们改造一阵铺房，一会儿浩渺的春水便来淹没了它；冲洗干净了地板，激荡歪了外间的大门；水落，梁柱便开始腐朽。年复一年接连十年的洪水注进集市场，坍坏了建筑物与铺石路。每年的洪水带给人们一种巨大的损失，大家知道这是自身不能除去的。

每个春天的流冰总得切碎好几十只驳船与小木船，人们一边叹息，一边制造新船，一会儿流冰又来毁坏了，为什么这般天然的捣毁机随处皆是呀！

关于这，我曾经问过奥西布，他讶然地大笑了。

"嗨，你，鹭鸶！当心被人家捉住呀！这一切到底关你什么事？怎么，你，唵？"

但同时又更加恳切地说了，在碧绿的非老头儿所有透明的眼睛中讽笑之火花仍未熄灭。

"这你应常深切注意！假使我们认为那与自己无关系，也许什么都是应该的吧！所以你还是要留心。"

接着，用轻描淡写的话语述说着故事，豪爽地播出方言俚语与一切带讽刺性的异想天开之譬喻：

"有的人埋怨：土地少了，都是由于春天的伏尔加河撕掉河岸，把土地带去，以它自己的浅滩来拼成一个河床的缘故；同时又有人埋怨：伏尔加河本来水浅！只是泛滥的春水与夏之淫雨掘开了山谷，土地又往河里走去了！"

他的口吻既不是恶意，而又不是同情，好像喜悦自己哀怨人生之认识，虽然他的话恰好与我的思想相吻合，但我喜欢听。

"也应当关心火灾哩……"

我回忆起过去当伏尔加河沿岸没有发生火烧林场时，看起来似乎就没有夏天。每年六月，天空中必然要飞腾着浊黄色的火烟，苍白的太阳失去了光芒，病眼似的俯视着大地。

"林场，空事情，"奥西布说，"这是属于贵族和公家的所有物，平民没有林场。城市给火烧了，这也不是好了不起的事：城里住的富人，他们有什么可怜呢！你们，村庄上跟村镇里，有多少人家夏天给火烧！纵然有，至多也不过百把卢布的损失，有什么了不起呢！"

他轻轻地微笑着。

"有了财产，就没有聪明！并且像你我这样的人出来劳动也许都不是为了自己、为了土地，而是为着水与火而劳动！"

"你笑什么？"

"笑什么？火又不是眼泪浇得熄的！而是要洪水同权威之眼泪才能发生效力。"

我早知道这位漂亮的老头儿，是我所遇见的一切人们之中极其聪明的人。但是，他究竟爱好什么，憎恨什么？

我正在思想这件事，他暴躁的俚语又抛到我的骨子里了：

"你瞧，少数的人们怎么保护自己的和别人的力量？主人怎么剥削你的呢？区区之水对于世界值得了什么？不可以数计的只有高过一切的学问智识。一座木房烧掉了还可以另造一座，可是，当一个好人衰败了时，你就没有法子挽救！比方阿尔达隆跟格里沙吧，你瞧，多么光明磊落的农民呀！格里沙虽然很傻气，但到底是诚恳的！毕竟衰草荒烟般地消失了！女人们伤害他，正像虫子之伤害森林。"

我存着好奇心，毫不自惭地问他：

"你为什么在主人面前说我的思想？"

"就为着使他知道你那些有害的思想，这是应该的，我的目的是使他教训你。主人不教训你，还有谁教训你呢？我之所以告诉他并非出于恶意，而只是本着我对你的爱怜心。你不是愚蠢的青年，但是魔鬼弄污秽了你的脑子。你偷东西，我不说，到妓女那儿去，我不说，酗酒我也不说，关于你的胆大，我倒是经常报告主人的，要知道……"

"我再也不同你说话了！"

他沉默了一下，用指甲挖着手掌上的树脂，后来亲爱的眼睛瞧着我，说：

"吹牛皮，你要说，你还有同谁说话呢？并且你不同谁……"

思想纯洁而且精密的奥西布，我突然觉得他与对于一切保持超然态度的伙夫亚各夫很相似。

有时他又像《圣经》学者比特·华西里也维契，有时又像马车夫比特，有时他的心肠很像外祖父，他与我所见的一切老头儿都不相同。他们都是兴趣盎然的老头儿，但我觉得不可能同他们生活在一起，同他们在一起很苦痛，很讨厌。他们像在咬啮灵魂，他们的花言巧语像黄色的铜锈似的蒙蔽着心。奥西布仁爱的吗？不是，狞恶的吗？也不是。他有小聪明，我倒是早就看出了的。但是他惊人的优柔寡断的性情与小聪明损害了我，因此最后我觉得他简直是我的仇人。

我的心中沸腾着黑暗思想：

"全人类彼此都是陌生的，虽然不少亲爱的话语与亲爱的微笑，但是全世界的一切人都是陌生的，看起来好像无论谁也不肯以自己坚强的爱情之感觉来与谁取得联络。只有外祖母同伟大的马尔高皇后爱生活，爱一切。"

有时，这类子的或者相类似的思想凝聚成一团暗云，生活变得很苦闷，想变换一下生活，但是往哪儿变换起呢？甚至于说话都找不着人，除掉奥西布。因此，我时刻同他聊天。

他带着明显的兴趣听着我激烈的幼稚话，再三审问我攻击的是什么，后来镇静地说：

"顽固的啄木鸟并不可怕，无论谁也不畏惧它！我恳切地忠告你：你到修道院去，在那儿蹲到长成大人，做一个安慰人们的'游说修道士'，只有这样才能镇静你的心，只有做教徒才有益处！我恳切地忠告你，对于尘俗事业看起来你是不大合适的，不是吗……"

进修道院，我可不愿意，但是感觉得我已经被人迷惑了，在带蛊惑性的不明了的领域内兜圈子。苦痛啊！生活好似秋天的林场，蕈菌没有了，在那荒凉的森林中无事可做，看起来好像你已经彻底认识林场。

我不喝麦酒，也不嫖妓女，代替这两种方式麻醉灵魂的是书籍。但是，读书愈多，我愈难忍受我当时所目睹的那些人所过的空虚无谓的生活。

我刚满十五岁的年龄，但有时觉得我已经和成人一样。我不知怎的内心膨胀起来，生活的经验、读书的心得与无解的思索把心灵压得紧紧的。我自己内省一下，发现自己印象的贮藏所，宛如一个横七竖八地堆满着各种各样东西的黑暗的储藏室。我也没有能力和智慧把这些东西整理起来。

同时，这些贮藏的沉重的东西虽然很丰富，但安放得不稳固，时常动摇、推荡着我，好像流水中一只摇摆不定的空杯。

我极端痛恨不幸、疾病、冤苦。当我瞧见残酷的流血、搏斗，甚至于口头上侮辱一个人的时候，这可引起我发生一种反抗的情绪，不久之间便诞生了冷静的愤懑，甚至于我有时自己也要奋然地起来禽兽似的痛打一顿，打完之后，又觉得惭愧到痛苦。

有时候，我愤极要想痛打一个残暴的人，盲目地参加搏击，此刻回想起过去这种失望的癫痫病与幼稚的无能，还觉得惭愧与苦痛哩。

我好像是两个人：一个是因为对于污秽卑鄙的事情见得很多，很有些灰心，同时又因为深受日常可怖的见识之压迫，对于人生与人类便存着不信任和猜疑的心理，对于一切与对于自己都存着懦弱无力的怜悯心。这种个人幻想和平的、孤独的读书生涯，周围没有人，幻想修道院，幻想一座看守森林者用的茅庐，幻想一个铁道上的哨舍，幻想波斯或者城镇边境上一个守夜者的职务，所希望的是少遇见人们，尽可能同他们离得远远的。

还有一个人却受了诚实的聪明的书籍所熏陶，观察着可怖的势力横行的时候，感觉这种势力之污秽要撕毁他的头脑、蹂躏他的心灵是如何容易，因此咬牙攘拳努力自卫，经常准备着应战。这个人无论爱人或是怜人都是积极的，正像法国小说中所描写的勇敢的英雄，三言两语的冲突，便拔出鞘里的刀来，立好应战的姿势。

那时候，我有一个穷凶极恶的敌人，这人便是玛尔波克洛夫司基街一个娼寮里的看门的。我认识他是一天早晨上集市场的时候：他把一个醉得失去知觉的妓女从四轮马车上拖下来，拖到大门边，抓打她落掉袜子的脚跟裸着的腰身。他无耻地抓扯她，一边痛骂，一边嘲笑，在她身上吐口沫。可是她呢，因为受了从四轮马车拖落下来时的打击与蹂躏，呆呆地张大嘴巴，软绵绵的头伸长着活像脱了关节骨的手臂。当她被拖下来时，背脊与后脑壳跟靛青色的脸，只见在马车的坐板上、踏脚凳上撞擦得咚咚地响。最后，倒在铺石地上，头又在石头上轧碰着。

赶马的车夫走开时，看门的把她的脚缚起来，在人行道上倒拖着，好像拖死人似的。我失掉知觉了，一会儿跑上前去抓住守门的用来自卫的偶然遗失了的一砂仁长的量水杆，迎头痛击他一顿，我把他揪倒在地上，自己跳上阶沿，绝望地挥动着敲钟用的木棒。一些粗鄙的人们跑出来，我丝毫不能对他们解释，举起量水杆，走开。

马车夫追赶到斜地近旁，他从高高的山羊背上瞧着我，赞同地说：

"你真会痛击他呀！"

我愤然地问他："怎么要让看门的侮辱妓女？"

他镇静与憎厌地说：

"我，只是他们用的狗呀！她上车时，主人付清了车钱的，谁打谁，这还关我什么事？"

"假如有人杀她呢？"

"嗯，是呀，你马上也要去杀人的吗？"马车夫说，好像他屡次企图杀死醉酒的妓女似的。

从那一天起，我差不多每天都瞧见看门的。到街上去的时候，他不是在扫除铺石地，便是坐在阶沿上，好似等待着我。我走到他跟前，他便站起来，挽着衣袖，预告道：

"现在，嗯，我要打烂你！"

他的年纪约莫四十岁，小小的弯曲腿，孕妇般的大肚子。他狞笑着，闪光的眸子凝视着我，仁爱而愉快的眼睛看来非常可怕。他不会搏斗，而且手臂比我的短些，两三拳之后，他便给我打败，背靠着大门，愕然说道：

"嗯，等一等，再来战斗吧！"

这样的交战，我很厌烦。因此，有一天我对他说：

"听着，傻瓜，你放松我吧，请你！"

"那你为什么要打人呢？"他呵责地问。

我也问他为什么那么猥亵地侮辱妓女。

"关你什么事？怜悯她吗？"

"自然怜悯啰。"

他沉默一下，噘着嘴唇，又问：

"你要怜悯猫儿？"

"是呀，猫儿也要怜悯。"

当时他说我：

"你，蠢东西，骗子！等着我给你说……"

我不能走这条街了。这是一条极其近便的道路。因此我为着不碰见这个人，起来得很早。但是，过了几天之后又看见他一次，他坐在阶沿上摸弄着一只躺在他膝上的黑猫，当我走近离他面前只有三步远近的地方时，他顿时跳起来，抓住猫的腿，挥来挥去在柱头上撞击着猫的头，好像在出我的气，撞打了一阵，把猫子朝我脚下一摔，站在小门边，问道：

"怎么？"

好，又开始搏战啦！我们好像两条狗似的，满院子滚来翻去。后来，我坐在杂草丛生的斜地上，由于难以形容的苦痛，失去了知觉。我咬紧嘴唇，使我自己不致号啕起来，就是现在我一回忆起当时震战在苦恼的愤怒中的情景，还在疑惑：那时候我怎么不疯狂起来，怎么不去杀掉一个任何的人呢？

为什么我要说这些卑贱的故事呢？为着使你们诸君知道这还没有过去，还没有过去啊！诸君欢喜奇思妙想的恐怖，欢喜美丽的恐怖故事，幻想的恐怖势力是会使诸君发生快乐之感的。但是我知道恐怖势力之实效与恐怖势力之横行，我之所以用恐怖故事来使你们发生不快之感，由于我有我自己不可否认的道理，为着你们去回忆过去你们怎样生活，生活在什么里边。

我们全都过着卑贱污秽的生活，就生活在卑贱污秽里面。

我酷爱人类，不欲苦痛任何人，但是情感的生活不可能，不可能掩饰形形色色的花言巧语欺谎中之威胁人的真理。去生活，去生活吧！应该开放我们心中、脑海中一切好的，属于人类的生活之门户。

……对于女人的关系特别使我疯狂。读过的小说中，我看出女人在生活方面极其美好而伟大的势力。关于这一点，外祖母关于圣母华西里·布列姆特娜的故事，与不幸的洗衣妇纳挞娜以及成百成千我所目睹的以青睐与微笑点缀这种缺乏快乐、缺乏爱情之人生的女人和生命的母亲，尤其使我确信。

屠格涅夫的书讴歌一切我所知道的好女人的光荣，我润饰了记忆中的马尔高皇后的容貌。对于这，格茵同屠格涅夫尤其是给了许多的珍贵品。

从集市场回家的黄昏时候，我逗留在城墙边的山丘上，眺望着伏尔加河上的落日、火红色的望空迸流的河水与时而紫色、时而碧蓝色的大地上的可爱之溪流。有时，在那样的雾时间，看起来好像整个地球都像一只囚犯的驳船，驳船好似一只猪，不知看不见的轮船将它拖往何处去了。

但是，时常使人思想到大千世界，思想到我根据书本所知道的城市与外国，以及外国人所过的生活。外国著作家的书中所描写的生活，都是最清洁、最亲爱、最少劳动的，比起我周围慢慢的千篇一律的沸腾着的那种生活。这，镇静了我的惊惶不安，同时刺激起关于不相同的生活之可能性的顽固梦想。

因此，我觉得好像真正就遇见了一个质朴而聪明的人，他把我引到宽阔光明之道上去了似的。有一天，我坐在城墙旁的长凳上时，发现亚各夫舅父同我坐在一排。我没有注意他怎么来的，同时一下子认不出是他。虽然过去几年中我们同住在一个城里，但是相遇的机会很少，而且都很偶然的、很匆忙的。

"喂，伸长你的颈项。"他开玩笑说，推我一巴掌，于是我们开始谈天，好像从前相识、现在好久不见的生客人似的。

据外祖母的故事，我知道数年前，亚各夫舅父的家屋就完全破产了，他简直是过的飘游浪荡的生活。他做过军驿里监督官的助手，但结果很不好。监督官生了病，亚各夫舅父在自己的寓所内安排愉快的酒席招待犯人。这事情后来给人家知道了，上司便撤销他的职务，控告他每夜释放犯人，让他们进城去游玩。犯人里边谁也没有逃走过，但在那样的辰光中，某一回有一个人，当他愤极地谋害一位助祭师时，却被人捉住了。审理了许多日子，官司都没有结束。犯人跟管理囚犯的负责人都善于替仁爱的舅父申辩。现在他过着失业的生活，经济方面依靠在当时最著名的鲁加威斯宜戈夫教堂里做唱歌班的儿子接济。关于儿子，他说得很奇妙：

"他是我庄严的重要人物！音乐者。假如你有一次来不及倒茶或者洗干净衣服，他就生气呀！思想精密的青年，并且是纯洁的……"

舅父的面貌极其苍老，满身的脏物，走路像是爬。他那愉快的卷曲头发极其稀薄了，两只耳朵竖立着，白的眸子、咖啡色的刮光的脸颊上现出密密的红色的筋纹。他爱说笑话，但是看起来好像他的口里嘟着什么，妨碍着舌头，虽然他的牙齿很整齐。

我快乐有了同这人谈天的可能，他会过快乐生活，而且见识很丰富，服务的经验很多。我鲜明地回忆起当年他那活泼而滑稽的曲子，记忆中想出外祖父说他的话：

"靠诗歌，达维特沙皇，但是靠事业呢，狼心狗肺的阿威沙龙！"

一批清洁的人们沿着道旁花园走过我跟前，这全是些艳装华服的贵太太跟文武官员。舅父穿着破旧的秋季外套，戴揉皱的没有遮阳的帽子，脚上穿着黄皮鞋，见了人畏首畏尾的，光景是想掩藏自己破旧的衣服。我们走开几步，到波卡英司基山谷的一家酒吧间去，拣好一个有一面窗开来对着新开的市场的座位。

"你记得从前你唱：

乞丐挂晒里腿布，

另一个乞丐偷走了里腿布……"

当我念到这个歌时，突然第一次觉得他思想的可笑，同时快乐的舅父的聪明之余烬在我面前展示着。

但他斟了一杯麦酒，沉默地说：

"我年老了，出来的时间不多！你说这首歌吗？这不是我作的，是一个神学校的小学教员编著的，他的诨名叫'死人'是吗？我忘记了。他是单身汉，我们同他交过朋友的。他会唱歌，唱着唱着就死去了，变成僵尸了。我的记忆中，不知有多少个音乐家，难以数计！你不会唱歌吧？不要唱……等几年再说。时常看见外祖父没有？不快活的老头儿，大约是患神经病了。"

喝完酒，他活泼起来了，精神振作起来了，样子也显得年轻了一些，开始说最豪爽的话。

我请求他讲关于囚犯的故事。

"你听见过吗？"他质问，瞧着我，后来低声说，"什么是囚犯？我又不是他们的审判官。我瞧见的人，就是人，我说，兄弟们，友爱地生活，快乐地生活吧。有一天，我说了如下的歌儿：

命运不是快乐之障碍！

让它在穹窿中压迫我们吧，

我们将要为着嬉笑而生活。

除掉傻子，谁不愿这样地过活……"

他微笑着，眺望着窗外堆满了货物箱的幽暗山谷，后来捻着胡髭，接下去：

"自然，他们都是监狱中苦闷的人。嗯，检定完了，马上就跟我往来。麦酒、蔬菜，不是我请他们吃，便是他们请我，因此俄罗斯的主人婆便动摇、便恐慌起来啦！我爱诗歌，爱舞蹈，恰逢他们之间有些优秀的歌手与舞蹈家，多么稀奇呀！嗯，还有一个戴镣铐的人，他不能跳舞，因此我便决定取消镣铐，这是对的呀。再说，不用铁匠他们自己也会取消的，好机巧的百姓，奇迹呀！因此，人家说我放纵他们，放他们进城去做强盗，无聊！同时，这也是毫无根据的造谣中伤……"

他沉默着，眺望着窗外古董商人的售货摊。那儿正发出乒乓的铁门闩声、铁索的叮当声、不知什么木板的落倒声与噼噼啪啪的骚音……

后来，他愉快地对我眨眨眼，低声地接着说：

"假如说句老实话，也的确有一个人每夜逃出去，但这不是大盗，而只是过去尼日尼诺夫戈洛特本地方的一个小偷，离毕却尔克不多远，他有一位爱人住在那儿，她同一位助祭师发生了暧昧关系，后来一位商人又去转代了助祭师。这事情发生在冬天暴风雪的夜里，一切人都穿上皮袄，两个人里边分别不出谁是商人、谁是助祭师。"

这故事，我觉得可笑。他也一边笑，一边说着：

"真的呀！见他们的鬼……"

这儿，舅父突如其来地发怪脾气了，推开蔬菜碟子，厌弃地皱着脸儿，后来一边抽香烟，一边含糊地咕噜着：

"人们互相偷窃，互相捕捉，坐监牢，充军到西伯利亚，嗯，我还有什么可说的？我唾弃一切……我有我自己的灵魂！"

"毛毵毵的伙夫时常站在我面前啦，他也常常说'唾弃'而且他也叫亚各夫。"

"你想什么？"他和蔼地问。

"你怜悯犯人吗？"

"很容易怜悯他们那样的孩子们，奇迹！有时候，你一瞧见便想：我不蹂躏他们，虽然官吏的权威高出他们之上！他们全是机巧的聪明人……"

葡萄酒与回忆，重新刺激起他的快乐。他身子靠在窗槛上，挥着黄色的拿着香烟的手，精神勃勃地说道：

"有一个钟表店的雕刻师，为着伪造钱币下狱，后来逃走了。你也许听见人家说过吧！他真会唱歌，正像一个音乐专家。你解释：为什么官家能够铸造钱币，我独不能？你解释这个道理呀！这个道理无论谁也不能解释的。没有谁能够解释，就是我也不能。但我还是在他之上的一名官员！此外，还有一个人，是莫斯科著名的小偷，和平而且清洁的优伶，说话很文雅。他说：'人们劳动到头脑愚拙，这我可做不到。'他说：'我有这种经验，你劳动，劳动，就劳动得变成一个疲倦的白痴，一天只晓得喝一个铜板的酒，用七个铜板去赌牌，再说是花五戈比去买女人的亲爱。好，结果把几个卖劳力得来的钱通通浪费光了，于是又来饿肚子、受穷。他说：'不成，我才不玩这套把戏哩……'"

亚各夫舅父头低在桌沿上，脸儿发红着，直红到脑顶，甚至于他的耳朵都兴奋得震颤起来了。

"他们都不是傻子，他们会正确地裁制一切！嗯，见他的鬼，打个比喻，我怎样生活回忆起来很觉惭愧，全是过的失业的与偷窃的生活。苦痛呢，自己的，快乐呢，偷窃得来的！所以父亲呵责：别胆大！老婆说：不要害人！往往有这样的事情：你简直害怕为了一卢布丢掉脑袋啦！生活困穷且不用说，而且到了衰老残年的时候还得奴隶似的侍候自己的儿子。秘密什么？我服服帖帖地做了奴隶，可是他好像老爷似的呼唤我。他叫：父亲！我听见便答应，奴隶来啦！我对于自己亲生的儿子要怎么奔波，要怎样尽责任呢？我为什么活着，我是不是获得了不少的满足？"

我注意听着，很不耐烦，不愿意答他的话，但结果还是说：

"瞧，我也不知道，我为什么活着……"

他狞笑着：

"嗯，谁知道这个？我没有瞧见过知道它的人。没有关系，人们的生活都是按照习惯……"

接着他又难为情地发泄一阵愤懑:

"有一个从奥尔来的人,贵族,优秀的舞蹈家。来到我那儿,为了暴虐的势力,他有一回讽笑一切,唱了一首《汪加》歌:

汪加沿着庙堂走着——

这——十分素朴的!

嗨,你,汪加昂着鼻子,

庙堂还遥远呢!……

我认为这完全不可笑,而是真理!假如不回头,你就不会瞧见前面的庙堂。但是,我觉得一切人都是一样的,不管囚犯也好,管理囚犯的负责人也好……"

他说疲倦了,喝干麦酒,用一只鸟儿般的眼睛瞧瞧空酒瓶里,默然地又抽起烟来,青烟在胡髭里跑。

"不要攻打,不要争名夺利,棺材跟坟场谁也逃避不了的。"比特石匠说得最多,但完全不跟亚各夫舅父一样。我知道多少那类子的相似的话语!

我最不愿问舅父的话,同他在一起,非常之愁苦,同时也怜悯他。一切都好像过去的雄壮的歌儿,与用软性的忧愁之外的快乐编成的这种歌的弦外之音。我不忘记快乐的郑纲,不忘记跟前的亚各夫舅父之起褶痕的面孔。我不由自主地想:

"他是否知道郑纲死于十字架呢?"

我不愿问他这件事情。

我眺望着山谷,直望到那被润湿的八月之暗淡笼罩着的山谷之边区。一阵阵的苹果与甜瓜之清香气息从山谷里飞腾起来,城市的路灯沿着狭隘之街道闪烁着,一切都那么熟识。瞧,顷刻之间那到楼滨司克去的,另外还有一只到别尔门去的轮船的汽笛便呜呜然地响了。

"应当走了。"舅父说。

在酒吧间门边,他摇着我的手,诙谐地忠告道:

"你别忧郁,你好像不快活,唵?算了吧!你年纪还轻,最要紧的,记着:'命运不是快乐的障碍!'好,再见吧,我要到乌斯丙去!"

快乐的舅父去了,留给我的只是一种繁杂万分的他的话语。

我上城中逛了一下又跑出来,踱到田野间。是月圆之夜,暧曃的浮云满天飞驰,它从地上拭着我的黑影。我在城市附近的田野间兜了一个圈子,便走到伏尔加河岸的奥特戈斯,躺在尘埃满地的草坪上,久久地眺望着河对面、草原上与这儿岿然不动的地面。云影慢慢地掠过伏尔加河,投入草原的怀抱中,变得更加皎洁,好像给河水洗干净了似的,周遭的一切都是半醒半醉的,一切都是朦胧的,一切都运动得很勉强,因袭着困难的需求,而不是为着如火如荼的对于运动与人生之爱情。

因此,我很想给整个的地球与自己有力的一踏,然后我自己好像快乐的旋风似的,好像互相恋爱着的闲暇的人们之舞蹈似的,翱翔在已开拓的另一种美丽的、勇敢的、诚笃的生活中。

思想:

"我自己必须做一件不管什么事情,要不然会消灭……"

愁眉不展的秋天,当你不仅是瞧不见太阳,而且感觉不着太阳甚至于忘记了它的时候,秋天的林场中每每有迷失道路的事情发生的。你从大道上被人扔掉下来,迷失了一切小径,找寻得疲倦了,你咬紧牙关,直朝前面的密林迈步,跨过腐烂的风拔倒的树木,跨过崎岖的泥泞之丘山。最最末了,你每每会寻出一条大道来的!

我就这样决定。这年秋天,我到喀山去,暗中希望能够在那儿达到进学校念书的目的。

后记

　　好像小孩子燃放爆竹样的，又爱好又畏惧地终于把这本二十五万言的世界文学巨著译出来了。

　　校完全书之后，私心感着莫名的欣慰和不安。

　　按个人的能力与经验说，一动手就翻译巨人高尔基的巨著，而且是叙述他那无比的多彩的人间生活之最复杂烦琐部分的"在人间，"简直是"胆大妄为"。在原文许多地方的语句繁复到超乎文法，或者土话、俗语和不完整语句累积到难以捉摸的场合，以及应用笨拙的为数有限的方块字，不能出巧地适当地来译出这世界最丰富、表情达意最完美的俄语写成的妙处时，始终企图而且居然能不苟且地译完它，这更其是"胆大妄为"了。这"胆大妄为"的结果在自己不无欣慰，可是不安也就随着这个而来了。自己最感不满的是因为一味想忠实原文多保留点儿原作精神，以致译文流于"不很通俗"。这只有待将来翻译经验多一些的时候来弥补了。

　　这本书是一九三三春天动手译起的，中间为生活不安与许多意外的灾难所阻害，有时竟然两三个月以至半年也译不成一件事也有过的。直到一九三四年的最末一天才全部译完。接着修改与抄写，以及为了找地方出版竟被遗失一部分待补上等等耽误，竟然费了与翻译几乎相等的时间。

本书的出版，得到徐懋庸先生不少的帮助。秦炳著先生于百忙中为本书设计封面与题字，均在这儿铭感着。

"季愚·一九三六年八月

"俄苏文学经典译著·长篇小说"书目